KB187476

단국대학교 일본연구소 학술총서 8

한·중·일 동아시아 신화의 문화적 교차

본 총서는 2014년 정부(교육부)의 재원으로 한국연구재단의 지원을 받아 수행된 연구(NRF-2014S1A5B4038127)임.

한·중·일 동아시아 신화의 문화적 교차

초 판 인 쇄	2018년 04월 20일
초 판 발 행	2018년 04월 30일
저　　　자	정　형·권태효·노로브냠·사이토 히데키·빈미정·선정규·양원석· 정제호·김광년·노성환·이경화·최승은·홍성준
발 행 인	윤석현
발 행 처	제이앤씨
책 임 편 집	최인노
등 록 번 호	제7-220호
우 편 주 소	서울시 도봉구 우이천로 353 성주빌딩 3층
대 표 전 화	02) 992 / 3253
전　　　송	02) 991 / 1285
홈 페 이 지	http://jncbms.co.kr
전 자 우 편	jncbook@hanmail.net

ⓒ 정형 외, 2018. Printed in KOREA

ISBN 979-11-5917-107-9　93830　　　　　　　　　　　　정가 27,000원

단국대학교 일본연구소 학술총서 8

한·중·일 동아시아 신화의 문화적 교차

Cultural crossing of Korea, China, and Japan in East Asian Myth

정 형 외 공저

제이앤씨
Publishing Company

서 문

  단국대학교 일본연구소 8번째 학술총서 〈한·중·일 동아시아 신화
의 문화적 교차〉는 본 연구소가 수행한 한국연구재단 토대연구지원
사업인 '탈민족주의적 관계 정립을 위한 한·중·일 동아시아 삼국 신
화 자료 집성 Data-Base 구축과 전자 문화지도 작성'을 위해 기획된
출판사업의 일환이다. 단국대학교 일본연구소는 동아시아 삼국 신
화의 내용과 분포 현황, 영향 관계를 객관적으로 확인할 수 있도록
그 기반이 되는 신화 자료의 구축이라는 연구목표 하에 2014년 9월
부터 2017년 8월까지 3년간 한국연구재단 토대연구지원사업인 '탈
민족주의적 관계 정립을 위한 한·중·일 동아시아 삼국 신화 자료 집
성 Data-Base 구축과 전자 문화지도 작성'을 수행하였다.
  신화란 "신격神格을 중심으로 한 전승적인 설화의 하나로, 우주 및
세계의 창조, 신이나 영웅의 사적, 민족의 기원과 같이 고대인의 사
유나 표상이 반영된 신성한 이야기"를 말한다. 그리고 이러한 신화
의 해석은 한 지역을 중심으로 한 특정 집단을 통해서 이루어지므로,
신화에 대한 탐색은 특정 지역의 문화 현상에 대한 해명과 깊은 관
련을 지닌다. 따라서 한 지역의 신화는 그 지역만의 독자성을 지닌
다고 할 수 있다. 그러나 이러한 개별적인 한 지역은 주변 지역과의
상호 교류를 통해 형성한 보편적 특성을 바탕으로, 그 지역만의 다
양한 특성을 이루어 나가게 된다는 점도 아울러 생각해봐야 한다.

이것은 어떤 민족이나 국가의 문화를 논하고자 할 때, 그 문화가 지니고 있는 보편성과 특수성을 아울러 주목해야 한다는 것을 의미하는데, 개별 문화의 기틀을 제공하는 신화의 경우 이와 같은 비교의 가치는 더욱 증대된다.

동아시아 삼국은 국가 성립 이전부터 지금까지 수천 년 동안 여러 분야에서 상호 영향을 주고받으며 유기적이고 역동적인 다양한 문화를 형성하여 왔다. 그럼에도 불구하고 동아시아 삼국은 각기 처한 위치와 상황에 따라 상호에 대한 대응과 평가를 달리하여 왔고, 그 상황은 현재까지 지속되고 있다. 이와 같은 상황을 단적으로 보여주는 예가 민족의 아이덴티티를 상징하는 신화의 수용에 관한 것이다. 현재까지 동아시아 삼국의 신화에 대한 연구는 특정한 한 국가, 특히 자국自国을 중심으로 진행되어 전체를 아우르는 시각이 미약할 수밖에 없었다. 이러한 연구경향은 서구 오리엔탈리즘의 극복 과정에서 나타난 민족주의의 결과로, 현대의 새로운 정치·경제적 패권주의와 결합하여 동아시아 권역 안에서 다양한 분쟁을 야기하는 원인이 되었다. 이러한 현재의 상황은 근대 제국주의 시대 이전 동아시아 권역 문화의 형성과 발전을 객관적인 시각으로 바라볼 수 없게 만들 뿐만 아니라 현재를 왜곡하는 근거로 작용하기도 한다. 이런 상황은 개별 국가 차원을 넘어서 동아시아 권역 전체의 미래를 위해서도 반드시 극복되어야 할 과제이다.

이러한 문제의식 하에 본 연구소는 2014년도 한국연구재단 토대연구지원사업에 지원하여 3년 연구과제에 선정되었으며, 각 연차별 Data-Base 구축 및 신화 관련 연구 성과를 연구팀 및 한·중·일 신화

관련 연구자들과 공유함으로서 동아시아 삼국의 신화 내용을 파악하고 분포 현황, 영향 관계 규명의 토대를 이루기 위한 목적으로 본 연구 과제를 수행하였다. 구체적으로는 동아시아 삼국의 문헌 자료 속에 존재하는 신화 관련 자료들을 집성하여 동아시아 삼국의 신화 자료 Data-Base를 구축하고, 삼국의 신화 내용과 분포 현황, 영향 관계를 객관적으로 확인할 수 있도록 하였으며, 더 나아가 민족주의적인 시각을 극복한 새로운 동아시아 담론과 관계를 형성하는 기반을 마련하였다.

이하 한·중·일 신화와 관련된 연구 성과를 학술총서의 형태로 묶어낸 연구 결과물로서 본서에 실린 수록논문을 간략히 소개해보면 다음과 같다.

먼저 이하 4편의 논문은 2015년 5월 제36회 단국대학교 일본연구소 국제학술심포지엄에서 〈동북아 신화에 나타난 죽음과 타계관〉이라는 기획 테마 하에 발표된 연구 성과논문이다.

권태효 선생의 '무속신화에 나타난 죽음 인도신, 저승차사의 인물 형상화 양상'은 저승차사가 중요하게 등장하는 무가 자료들을 살펴 그 다양한 존재양상을 정리하고, 이를 토대로 망자를 죽음의 세계로 인도하는 중요한 신격이면서, 여러 무가 장르에서 다양한 모습으로 형상화되어 나타나는 저승차사의 인물 형상화 양상 및 성격을 도출하고 있다.

노로브냠 선생의 '몽골구비문학에 나타난 죽음관-신화, 영웅서사시를 중심으로-'는 몽골의 신화 및 영웅서사시 텍스트를 분석함

으로써 몽골인들의 죽음 관념 및 인식과 감정, 세계관이 구비문학에
어떻게 반영되어 있는지 조망하고 있다.

사이토 히데키 선생의 '일본신화에 나타난 '죽음'과 '재생' — 신화
해석사의 시점에서 —'는 '신화'라는 것이 고대에 점유되었던 것이
아니라 텍스트의 '주석'이라는 형태로 시대마다 재해석되고 시대의
새로운 현실을 반영하고, 그것을 초월해 가는 '지知'의 영위였다는
신화 해석사 관점에서 '일본신화'에 있어서의 타계, 죽음과 재생을
고찰하고 있다.

빈미정 선생의 '중국신화·서사문학에 나타난 죽음과 재생관념'는
중국 기원신화와 지괴·서사문학에서 죽음이 새로운 생명과 의미상
으로 깊은 내적 연관성을 갖고 있으며, 이야기의 구조 안에 양자가
중요한 이야기의 요소話素로 엮어져 있음을 논하고 있다.

이하 9편은 한국연구재단 토대연구지원사업인 '탈민족주의적 관
계 정립을 위한 한·중·일 동아시아 삼국 신화 자료 집성 Data-Base
구축과 전자 문화지도 작성'의 참여 연구진이 한·중·일 신화의 원전
자료를 활용하여 연구한 성과논문들이다.

공동연구원 선정규 교수의 '중국 신화 비극영웅의 유형과 형상적
특징'은 예와 곤, 치우와 형천, 과보와 정위를 중심으로 중국신화의
비극영웅들이 가지고 있는 유형을 선공후사, 반항, 그리고 생명승화
영웅으로 분류하여 이들 신화들의 서사체계를 고찰함과 동시에 이
들 비극영웅들의 형상적 특징을 도출하고 있다.

양원석 박사의 '한자 자원을 통한 중국신화 인물 이해'는 중국신

화 人物名에 대하여 漢字學的으로 고찰한 논문으로, 炎帝와 그의 신하인 祝融과 刑天, 羿와 그와 관련된 인물, 그리고 『山海經』에 등장하는 몇몇 인물을 대상으로 하여, 한자 자원 분석을 통한 신화 인물이해의 구체적인 방법을 제시하고 있다.

정제호 박사의 '한국 신화의 보편적 성격과 신화적 의미—〈삼승할망본풀이〉를 중심으로—'는 여러 신화와의 비교 작업을 통해 제주도에서 전승되는 〈삼승할망본풀이〉의 산육신과 질병신의 대립 과정과 결과가 가지는 보편적 성격을 검토하고, 그 신화적 의미를 도출하고 있다.

김광년 박사의 '조선 후기 문인들의 『산해경』 인식과 수용'은 『산해경』이 다방면으로 활용되었던 것으로 생각되는 조선 후기에 초점을 맞추어 자료를 폭넓게 고찰함으로써 조선 후기 문인들이 『산해경』을 어떻게 인식하고 수용하였는가를 검토하고 있다.

공동연구원 노성환 교수의 '일본 시코쿠지역의 고대한국계 신사(사원)와 전승'은 시코쿠에 있어서 고대한국과 관련된 신사와 사원을 한반도에 존재했던 고대국가의 권역별로 나누어 살펴보고 그 특징을 추출하고 있다.

이경화 박사의 '일본 신공황후전승에 있어서의 물과 돌'은 '물'과 '돌'이라는 키워드를 중심으로 신공황후전승을 분석하고, 신공황후의 '물'의 영력과 '돌'의 신비를 한국 신화와의 접점이라는 관점에서 논하고 있다.

최승은 박사의 '일본 기기에 나타난 질투 모티프'는 『고지키』와 『니혼쇼키』에 등장하는 세 황후의 질투담(스세리비메, 이와노히메, 오시사카노오호나카쓰히메)의 질투 모티프를 추출해 그 유형을 분류하고 그 의미를 고찰하고 있다.

연구책임자 정형 교수의 '일본 근세문학의 신화 수용과 변용－근세전기 시민작가 사이카쿠의 내러티브를 중심으로－'는 아사이 료이의 가나조시 『우키요모노가타리浮世物語』와 사이카쿠의 호색물好色物 제1작인 『호색일대남』과 조닌물町人物 제1작인 『일본영대장日本永代蔵』 등에 나타난 신화인식을 분석하여 사이카쿠 소설에 드러나는 신화인식의 내실을 파악하고 있다.

홍성준 박사의 '일본 근세기 신화주석의 의의와 그 주변'은 근세기의 주석이 어떠한 양상을 띠고 있는지, 그리고 그 중에서도 신화주석의 양상에 대해 논하고, 근세기의 국학자가 집필한 대표적인 신화 관련 주석서를 대상으로 일본신화의 주석이 어떠한 방식으로 이루어졌으며 이것이 신화에 대한 인식을 어떻게 변화시켰는지에 대해 살피고 있다.

끝으로 이번 총서간행의 기반이 된 연구 과제를 적극 지원해 준 한국연구재단에 심심한 감사의 마음을 전하며, 한·중·일 동아시아 삼국의 신화 자료 집성 Data-Base 구축 작업이 동아시아 삼국의 신화에 대한 구체적이고 실증적인 자료를 제시하여, 이후 진행될 동아시아 삼국 신화 연구의 토대가 되기를 기대한다.

2018년 3월

편저자
과제 연구책임자 정 형

머리말 / 5

제1부 | 동아시아 신화에 나타난 죽음과 타계관

제2부 | 한·중·일 동아시아 신화연구의 교류와 소통

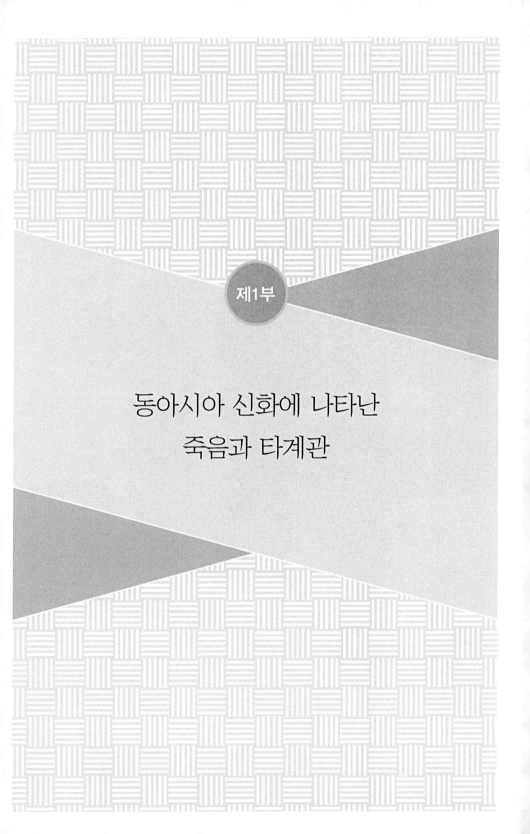

제1부

동아시아 신화에 나타난
죽음과 타계관

한·중·일 동아시아 신화의
문화적 교차

무속신화에 나타난 죽음 인도신, 저승차사의 인물 형상화 양상

권 태 효

I. 머리말

망자를 죽음의 세계로 인도하는 신격으로는 저승차사[1]가 있다. 이런 저승차사는 특히 무속신화에서는 아주 중요한 인물형이라고 할

---

1 저승차사의 명칭은 저승차사, 저승사자 등 몇몇 가지로 불린다. 이 글에서는 그 명칭을 저승차사로 쓰기로 한다. 실상 저승차사나 저승사자는 그 명칭에 따라 기능이나 성격이 차이가 나는 것은 아니다. '사자'나 '차사'는 시왕의 명을 받아 망자를 저승으로 데려가는 존재로 특별히 어떤 구분을 갖는 것은 아니며, 어떤 명칭을 쓴다 해도 무방하다. 다만 '사자'보다는 '차사'는 관직명을 가져온 것으로 보다 대접하여 높인 말이라고 할 수 있다. 그래서 무속신으로 섬기는 경우에는 그 신을 대우해서 차사라는 명칭을 쓰는 경우가 많고, 불교에서는 『불설예수시왕생칠경(佛說豫修十王生七經)』에서도 볼 수 있듯이 사자라는 명칭을 주로 사용하고 있음을 볼 수 있다. 하지만 이런 명칭에 따른 구분의식이 강하게 나타나는 것은 아니며, 혼용되어 사용되고 있다고 보아도 무방하다.

15

수 있다. 무속에서는 육지의 오귀굿이나 제주도의 시왕맞이 등 죽음과 관련된 의식이 크게 발달되어 있고, 이런 죽음 의례와 관련해 중요하게 등장하는 인물이 바로 저승차사이기 때문이다. 망자를 저승으로 인도하는 신격으로는 제주도에서는 강임 차사신이 중심이 되고, 육지에서는 바리공주가 그런 기능을 하지만 서울지역의 〈사재삼성거리〉나 안동지역의 〈시무굿〉 등 망자를 죽음에 이르게 하고 죽음의 세계로 데려가는 존재로 저승차사가 등장하는 무가의 모습도 육지에서 적지 않게 찾아볼 수 있다. 그런가 하면 〈혼쉬굿〉이나 〈장자풀이〉, 〈맹감본풀이〉 등 연명형 무속신화에서는 저승차사에게 음식과 돈을 뇌물로 바침으로써 목숨을 연명하는 모습을 보여주기도 하는 등 다채로운 인물 성격을 보여주는 존재라고 할 수 있다. 곧 저승차사의 인물형은 무속신화와 관련해 다음 몇 가지 점에서 중요하게 살펴야 할 대상이라고 할 수 있다.

첫째, 우리의 무속신화에서는 저승차사가 등장하는 자료를 아주 폭넓게 찾아볼 수 있다는 점이다. 망자를 천도하는 제주도 시왕맞이에서 왕성하게 전승되는 〈차사본풀이〉를 비롯해 죽을 횡액을 막고 목숨을 연명하게 되는 〈혼쉬굿〉이나 〈장자풀이〉, 〈맹감본풀이〉 등 육지의 무속신화에서도 중요하게 등장하며, 경기도 지역을 중심으로 전승되는 〈황제풀이〉 등의 성주굿무가 형태에서도 그 모습을 찾아볼 수 있다. 저승차사가 등장하는 무가 자료는 이외에도 망자를 저승으로 인도하는 과정을 보여주는 〈시무굿〉을 비롯한 여러 교술무가, 희극적 성격을 지닌 서울지역의 〈사재삼성〉 등의 자료에도 등장하여 죽음 인도신으로서의 역할과 기능을 보여주고 있다.

둘째는 죽음 인도신으로서의 기본적인 기능과 역할은 동일하나 그 인물형의 행적이나 성격이 형상화되는 양상은 아주 다단하다는 점이다. 곧 죽음 인도신으로서의 신적 기능을 온전히 수행하는 존재로 형상화된 자료가 있는가 하면 뇌물을 받거나 뇌물을 먼저 요구하기까지 하는 형태로 부정한 행위를 하는 존재로 형상화되어 나타나는 자료도 있다. 더 나아가 저승차사가 죽음의 세계로 데려가야 되는 대상자에게 오히려 죽거나 패퇴당하는 모습으로 희화화되면서 형상화되어 나타나기도 하는 등 저승차사의 성격이 천편일률적이지 않고 다양한 면모를 보이고 있다. 따라서 이런 다양한 인물 성격에 주목할 필요가 있다는 것이다.

셋째는 저승차사 인물형은 단지 무속신화에서만 찾아볼 수 있는 것이 아니라 〈저승차사를 대접하여 명 이은 동방삭〉과 같은 구전설화[2]나 〈저승차사가 데리러온 여자〉형의 구전민요,[3] 〈왕랑반혼전〉과 같은 고전소설에서도 찾아볼 수 있는 인물형이어서 우리 고전서사에서 중요하게 등장하는 인물형임을 알 수 있다. 저승차사 인물형은 더 나아가 〈춘향전〉과 같은 판소리계 소설을 비롯해 〈서동지전〉 등

---

2 〈저승차사 대접하여 명 이은 동방삭〉, 『한국구비문학대계』7-16, 한국정신문화연구원, 1987. 이외에도 〈삼천갑자 동방삭이 저승차사에게 잡혀간 내력〉(『한국구비문학대계』2-8, 한국정신문화연구원, 1983), 〈저승차사를 대접하여 손자 구한 조부〉(『한국구비문학대계』7-14, 한국정신문화연구원, 1985) 등을 비롯해 여러 편의 구전설화가 채록되어 있다.

3 서영숙, 「〈저승차사가 데리러온 여자〉 노래의 특징과 의미」, 『한국고전여성문학연구』제23집, 한국고전여성문학회, 2012. 이 글에서는 영호남 지역에서 길쌈을 하거나 밭을 매면서 불렀던 서사민요로 애운애기 계열 민요 곧 살림을 잘하는 애운애기가 저승차사가 데리러 오자 애원하는 내용의 민요를 소개하며 다루고 있다.

여러 고전소설에 등장하는 군노사령과도 유사한 인물 성격을 지닌 존재라고 파악하여 '사령형 인물'로 함께 묶여 논의가 되기도 하는 등,[4] 무가와 여타 고전서사와의 관련성을 살필 수 있게 하는 인물형으로서도 의미가 있는 대상이라고 할 수 있다는 점이다.

이처럼 폭넓은 자료에서 다양한 형상으로 등장하는 인물이고, 망자의 저승 인도신이라는 중요한 기능을 수행하는 신격임에도 불구하고 지금까지 저승차사 인물형에 대해서는 본격적으로 논의가 이루어지지는 못했다. 다만 송미경이 판소리에 등장하는 군노사령형 인물을 주목하고 그와 같은 부류의 인물형으로 저승차사를 '사령형 인물'로 묶어 살핀 바 있다.[5] 이외에는 서대석이 저승타계관을 개괄적으로 살피면서 특히 연명형 무속신화에 대해 저승차사의 인물 성격이 인간세계와 다르지 않으며 인간 삶의 모습을 그대로 반영하고 있다는 것[6]을 지적한 부분이 있는 정도이다.[7]

따라서 이 글에서는 망자를 죽음의 세계로 인도하는 중요한 신격이면서, 여러 무가 장르에서 다양한 모습으로 형상화되어 나타나는 저승차사 인물형에 대해 구체적으로 살펴보고자 한다. 이를 위해 먼저 저승차사가 중요하게 등장하는 무가 자료들을 살펴 그 다양한 존

---

4 송미경, 「사령형 인물의 형상화 양상 및 전형성」, 『구비문학연구』제32집, 한국구비문학회, 2011. 6.

5 송미경, 같은 글.

6 장덕순 외, 『구비문학개설』, 일조각, 1995, 142쪽.

7 연명형 무가 및 설화에 초점을 두어 연구한 성과는 없지 않다. 대표적인 연구로는 이지영, 「연명형 무속신화의 연구」, 『남도민속학의 진전』, 태학사, 1998 ; 정재민, 「延命說話의 변이양상과 운명의식」, 『구비문학연구』 3집, 한국구비문학회, 1996. 등이 있다.

재양상을 정리하고, 그것을 토대로 저승차사의 인물 형상화 양상 및 성격이 어떤 면모를 보여주는지 찾아보도록 하겠다. 아울러 육지에서 망자를 저승으로 인도하는 신으로 중요한 기능을 하는 바리공주와 그 성격을 비교하고, 이와 더불어 저승차사와 동일한 기능 및 성격을 보인다고 하여 동일 부류 인물형으로 지적되었던 군노사령형 인물과도 비교함으로써 저승차사 인물형이 지닌 성격과 특징을 보다 분명히 하도록 하겠다.

▥, 무속신화에 나타난 차사형 인물 자료의 존재양상

저승차사는 본래부터 무속의 신격이라고 보기는 어렵다. 불교의 시왕신앙이 통일신라 시기 무렵 유입되면서 시왕신앙이 무속에 반영되었고,[8] 그 과정에서 저승차사가 무속에서 죽음 인도신으로 점차 자리잡게 되었던 것으로 보인다. 불교의 저승 관념 그 가운데서 죽은 망자를 잡아가거나 망자를 저승의 지옥에 가두는데 있어서 불교의 작용은 절대적이다. 특히 굿에서 저승과 관련된 굿을 거행함에 있어 불교적 세계관이 개입하고 결합하는 양상을 보여준다.[9] 이런 과정에서 저승차사의 존재나 역할이 중요하게 작용한다.

---

8 김정희, 『조선시대 지장시왕도 연구』, 일지사, 1996. 이 점은 김헌선도 불교의 저승 세계를 무속의 세계관에 도입함으로써 체계적이고 입체적으로 무속의 저승 관념이 재편되었을 가능성이 있다고 지적하고 있다.(김헌선, 『서울진오귀굿 – 바리공주연구』, 민속원, 2011, 88쪽)

9 김헌선, 같은 책, 29쪽.

　저승차사가 중요하게 등장하는 사례는 다양한 무가 장르에서 찾
아볼 수 있다. 서사무가를 비롯해 여러 교술무가, 그리고 희극적 성
격을 지닌 무가에 이르기까지 여러 무가 장르에서 다양한 성격으로
형상화되어 나타난다. 저승차사가 중요하게 등장하는 자료들을 제
시하면서 그 자료의 존재양상을 검토해보도록 하겠다.

　　　가. 〈차사본풀이〉계 자료
　　　나. 〈맹감본풀이〉계 자료
　　　다. 〈성주굿〉 무가계 자료
　　　라. 〈시무굿〉 등 교술무가계 자료
　　　마. 〈사재삼성〉

　먼저 〈차사본풀이〉는 시왕+王을 맞아들여 기원하는 굿의 제차인
제주도 시왕맞이에서 불리는 무속신화로, 명칭 그대로 시왕의 사자
인 저승차사가 핵심이 되는 서사무가이다. 강임이라는 총명한 인간
이 저승에 가서 염라대왕을 잡아오고, 강임의 그런 뛰어난 행적을
염라대왕이 높이 사 저승차사로 삼게 되며, 때문에 망자를 저승으로
인도하는 신격으로서 기능을 수행하는 모습까지도 〈차사본풀이〉에
는 담겨 있다. 곧 가)는 인간세상에서 벌어진 죽음에 대한 의문과 그
것을 해결하러 저승을 찾아간 강임이라는 인간이 저승차사로 좌정
하는 그 과정담, 그리고 저승차사로서 임무를 수행하는 신적 존재로
서의 권능과 행적 등이 잘 제시되고 있는 자료라고 하겠다. 전체적
으로 신격좌정담 성격이 중요한 비중을 차지하고 있어 여타 자료들

보다는 죽음 인도신으로서의 권능과 기능을 잘 드러내 보이는 자료라고 할 수 있다. 한편 함경도 지역에서도 〈차사본풀이〉와 유사한 내용의 무속신화가 〈짐가재굿〉, 〈진가장굿〉 등으로 불리며 전승되는데, 이 또한 저승에서 열시왕을 불러와 인간세계에 생겨난 억울한 죽음의 원인을 밝혀준다는 내용으로 되어있다. 이들 함경도 자료 중에서 〈짐가재굿〉은 열시왕을 데려오는 존재인 손사령이 곧 열시왕사자가 되는 것으로 나타나 〈차사본풀이〉와 동일한 양상을 보이나 차사신으로서의 권능과 역할은 제주도보다는 현저히 약화된 모습을 보여준다.[10] 그럼에도 어떻든 자료 가)는 차사신이 되는 과정 및 신으로서의 역할 등이 잘 제시되고 있어 죽음 인도신으로서의 면모가 잘 드러나는 자료라고 할 수 있다.

나)는 망자를 저승으로 인도해야 하는 저승차사가 그 본분을 잊고 음식과 노자돈 등의 뇌물을 받고는 대명代命을 하게 해주거나 장적을 고쳐 수명을 연장시켜주는 내용의 무속신화이다. 제주도의 〈맹감본풀이〉, 전라도의 〈장자풀이〉, 함경도의 〈혼쉬굿〉 등의 자료가 이런 모습을 보여준다. 곧 이들 자료 또한 모두 저승차사가 중요하게 등장하는데, 정명定命이 다된 존재를 저승차사가 데리러 오나 백골이나 점쟁이의 도움을 받아 죽을 것을 미리 알고는 저승차사를 잘 대접하여 죽을 횡액을 모면하는 것으로 나타난다. 여기서 저승차사는 죽음 인도신으로서의 기능을 수행하는 존재로서의 모습은 그대로

---

10 권태효, 「동계 자료와의 대비를 통해본 〈차사본풀이〉의 성격과 기능」, 『한국신화의 재발견』, 새문사, 2014, 148-150쪽.

나타나지만 그 임무를 온전히 수행하지 못하고 음식과 뇌물 등을 받고는 정명을 고쳐주는 등의 부정을 저지르는 존재로 그려지고 있는 것이다. 인간의 입장에서는 죽음의 횡액을 모면하게 된다는 점에서 목숨 연명이라는 인간의 바람을 담고 있는 무속신화라고 할 수 있겠으나 저승차사로서의 권능이나 존재적 가치는 한껏 추락하는 양상을 보여준다. 부정한 대가를 받고 망자를 저승으로 인도하는 본연의 임무를 저버리는 타락한 존재로서의 면모를 보여주고 있어 그 역할이나 기능은 그대로이되 신적 권능은 크게 약화된 모습을 보여준다. 이런 점에서 가)보다는 신적 면모가 크게 약화된 형태라고 할 수 있다. 특히 인간계의 사람들이 살아가는 모습을 저승차사에게 그대로 투영한 형상이라고 할 수 있다.

다)는 서울 경기 지역을 중심으로 전승되는 〈성주굿〉 계통의 무속신화 중 황우량을 주인공으로 하는 무가라든가[11] 함경도에서 전해지는 〈셍굿〉의 '강박덱이' 부분 등에서 찾아볼 수 있는 양상으로, 목수 역할을 하는 주인공을 저승차사가 와서 천상으로 데려가는 모습을 보여준다. 먼저 아카마쓰[赤松智城]와 아키바[秋葉隆]가 경기도 고양군 용인면 아현리에서 채록한 〈성주본가〉에서는 천하궁에서 집을 지으려고 저승차사를 시켜 황우량을 데려오게 하나 황우량의 위세에 눌려 두 번이나 실패한 뒤 조왕신의 도움을 받아 갑옷을 벗은 황우량을 간신히 잡아갈 수 있게 되는 것으로 나타난다.[12] 한편 여섯 가

---

11 성주무가에 자료 양상에 대해서는 다음 논문을 참고할 만하다.
　홍태한, 「〈성주무가〉 연구」, 『한국서사무가연구』, 민속원, 2002.
　염원희, 「〈황제풀이〉 무가 연구」, 『민속학연구』 26호, 국립민속박물관, 2010.6.

지 신화 자료가 결합된 형태를 보이는 〈생굿〉에서는 성주무가에 해당하는 '강박덱이담' 부분에서 하늘 옥황의 궁궐을 짓기 위해 강박덱이를 데려오라는 명을 받고 저승차사가 강박덱이를 데려가는 모습이 나타난다. 이런 다)는 여타 저승차사의 자료와 달리 저승차사가 죽음 인도신으로서 기능을 한다기보다는 하늘 옥황의 문제를 해결하고자 파견한 사자로서 역할을 수행하는 것으로 나타난다는 점에서 근본적인 차이가 있다. 곧 저승차사가 천상세계에 닥친 문제를 온전히 해결해줄 인물을 인간세상으로부터 천상세계에 데려가는 역할을 수행하는 것으로 저승차사가 나타나는 것이다. 천상이든 죽음의 세계이든 타계他界라고 여겨 그 대상자를 데려가는 역할을 수행하는 존재를 저승차사로 설정한 것으로 보인다. 아울러 자료 다)에서의 또 하나의 특이점은 저승차사가 대상자를 잡아갈 임무를 수행할만한 능력이 떨어지거나 거미사자, 부엉사자 등과 같이 우스꽝스럽게 형상화되면서 오히려 강인한 모습을 보이는 주인공에게 퇴치를 당하는 형태로 희화화되는 양상까지도 보여줌을 알 수 있다. 곧 차사신으로서의 직능상에 있어서도 차이를 보이며, 신격으로서 수행 능력도 우스꽝스럽게 희화화시키는 등 자료 가)나 나)를 비롯한 여러 저승차사의 형상과는 다소간 차이를 보이고 있다. 그런데 이 점은 라)에 해당하는 자료 중 〈타승〉과 같은 자료에서 저승차사가 가신들 때문에 망자를 잡아가지 못하게 되자 병문안 온 여인의 옷에 거미 형상으로 화해서 들어가 망자의 숨을 끊는 모습과도 상통하는

---

12 赤松智城·秋葉隆, 심우성 역, 『조선무속의 연구(상)』, 동문선, 1991, 132쪽.

것으로, 교술무가 일부에서도 그런 모습을 찾아볼 수 있는 양상이어서 갑자기 나타난 자료적 면모는 아니라고 할 수 있다. 어떻든 저승차사의 기능이나 존재로서의 역할이 현저히 약화된 모습을 보여주는 것은 물론 희화화되는 성격마저도 보여주는 자료라고 할 수 있다.

가), 나), 다)의 자료가 서사무가 형태인 것과는 달리 라)는 교술무가에 해당하는 자료에서 찾은 저승차사의 모습이다. 곧 저승차사가 망자를 데려가는 양상을 보이는 무가 자료는 서사무가가 아니더라도 다양하게 나타남을 알 수 있다. 이들 교술무가 자료에서도 저승차사는 정명定命이 다한 망자를 집으로부터 데려가는 과정 및 저승길로 인도하는 과정, 그리고 저승열시왕의 심판을 받도록 하는 모습까지 보여주는 형태여서 저승차사로서의 기능과 역할 수행의 모습을 가장 풍부하게 보여준다고 할 수 있다. 이런 성격을 지니는 자료들 몇몇 편을 택해 그 양상을 제시해보도록 하겠다.

> a. 〈시무굿〉[13]
> b. 〈황천해원풀이〉[14]
> c. 〈타승〉[15]

a는 안동지역에서 망인의 영혼을 저승으로 보내주는 굿인 오구굿 중 〈시무굿〉에서 불리는 무가로, '시무'는 곧 저승차사를 지칭한다.

---

13 김태곤, 〈시무굿〉, 『한국무가집2』, 집문당, 1979, 216-222쪽.
14 김태곤, 〈서산지역 무경〉, 『한국무가집2』, 집문당, 1979, 319-329쪽.
15 김태곤, 〈타승〉, 『한국무가집3』, 집문당, 1979, 108-112쪽.

자료 a의 전체적인 구성은 사자의 행색 소개, 망자를 보호하려는 골맥이신·서낭신, 그리고 여러 가신들과 저승차사의 대결 및 그 패퇴, 대체자로 선정된 정씨 성姓의 사자使者가 여러 마을신과 가신의 승낙을 받고 망자를 데려가는 과정, 저승가는 과정에 지나는 12대문, 세 가지 난제 곧 열씨 닷말과 담배씨 닷말을 하루아침에 심는 것, 삼천 동이의 물을 하루아침에 먹도록 하는 것, 소沼에 있는 돌 이천덩이를 건져 올리는 것 등의 세 가지 과제를 동갑의 도움을 받아 수행하고 극락세계로 인도되는 과정 등이 차례로 제시된다. 이 자료는 서사적인 스토리가 없는 교술무가이기는 하나 다분히 서사적인 성격을 지니고 있다. 마을신 및 가신들과 저승차사의 대결, 망자의 저승 도달 과정, 동갑들의 도움으로 망자의 세 가지 난제 해결 과정 등은 다분히 서사적인 성격이 강한 요소들이라고 할 수 있다. 아울러 저승차사가 망자를 데려감에 있어서 마을신 및 가신들과 대립 부분은 앞의 다)에서 나타나는 양상과도 상통되는 모습이며, 저승차사가 망자를 데려감에 있어 장적을 관리하는 마을신과 가신들의 승낙을 받아야 데려갈 수 있다는 인식도 찾아볼 수 있다. 아울러 극락을 가기 위한 과정으로 나타나는 세 가지 난제의 해결은 예컨대 〈제석본풀이〉에서 황금대사의 아들임을 증명하기 위해 일정의 시험을 통과하는 것 등과도 같은 양상으로, 일정한 신직을 얻기 위한 난제의 해결이 변형된 것으로 파악된다. 그리고 동갑들이 어려운 난제를 해결하도록 도와주는 것은 안동지역에만 나타나는 것이 아니라『관북지방무가』의 〈동갑접기〉 등에서도 찾아볼 수 있는 모습으로 저승에서 처한 어려움을 동갑들이 도와주어 해결한다는 인식을 담고 있는 부분이다.

b는 충남 서산에서 전승되는 〈황천해원풀이〉로, 망인의 저승길을 닦아줄 때 부르는 무경이다. 모생이 죽어 저승가는 여러 노정을 거쳐 극락세계에 다다르는 과정을 상세히 밝히고 있는 무가이다. 자료 b 또한 저승차사가 망자를 잡아가려 하나 성주신, 조왕신, 토지신 등의 가신들이 막아서고 저승차사가 시왕의 배지를 보여주고서야 승낙을 받는 과정이 나타난다. 기본적으로 망자를 데려감에 있어 마을신과 여러 가신들의 승낙을 받아야 가능하다는 인식이 그대로 나타난다. 여기서 저승차사는 망자를 데려가는 과정과 그 행색, 저승길로 인도하는 앞부분에만 등장하고, 뒷부분은 망자가 강을 건너는데 있어 그를 돕는 설능할머니와 청의동자 등의 도움으로 저승에 도달하는 과정이 그려진다. 아울러 b는 여타 자료보다는 저승 노정길을 장황하게 보여주는 자료이다. 먼저 여러 산을 넘고 강을 건너야 하나 못 건너자 초월적 존재의 도움을 받는 양상이 제시된다. 그 뒤 오른쪽 길과 왼쪽 길 중 택하기, 왼쪽 우물물과 오른쪽 우물물 택해서 마시기 등 여러 과정들을 거쳐 시왕전으로 진입하고 시왕전에서 공덕을 인정받아 극락으로 보내지게 되는 내용으로 되어 있다. 자료 b 또한 저승차사의 역할과 기능은 앞부분에 집중되어 있다. 곧 망자를 잡으러 와서 가신과 대치하는 과정, 망자의 혼을 분리해 숨을 끊는 과정, 망자의 넋을 저승길로 데려가는 과정 등이 중심이 되어 주로 앞부분에 나타나고, 그 뒤부터는 망자가 저승길을 헤쳐가면서 여러 어려운 상황을 겪는 모습이나 구원자의 도움을 통해 시왕전에 이르는 과정, 그리고 시왕전의 심판 등을 거쳐 극락으로 이르는 과정 등은 주로 저승차사가 등장하지 않은 채 망자 스스로 전개시켜나가는

양상을 보여준다.

c는 함경도 지역에서 망인의 영혼을 저승으로 보내주는 망묵굿 중 〈타승〉에서 부르는 무가이다. 〈타승〉은 저승가는 길에 다른 성을 지닌 망자들이 나타나 저승길을 도와준다는 것으로, 이런 〈타승〉 자료는 임석재·장주근의 『관북지방무가』에는 타승[他姓]들이 나타나 도움을 주는 부분이 비교적 상세하나[16] 자료 c는 타승이 도와주는 부분도 나타나지 않고 전체적으로 간략히 압축된 형태의 자료이다. 그럼에도 저승차사의 행적과 성격이 잘 드러나서 선택한 자료이다. 먼저 〈타승〉에서는 망자가 집안의 가신들에게 지극정성을 다하니 가신들이 망자를 보호해주는 대목이라든가 급사사자, 검은 사자, 푸른사자들이 환자의 목숨을 끊는 대목, 망자를 재촉해 높고 낮은 저승길을 굽으며 열나흘 동안 걸어서가는 모습 등이 제시되어 있어 망자를 데려가는 저승차사 행적을 비교적 잘 보여주는 자료라고 할 수 있다. 한편 자료 c에서도 가신들이 막아서 망자를 못 데려가게 하자 저승차사들이 방문하는 여자의 치마꼬리에 거미넋으로 변해서 들어가는 것으로 나타난다. 여기서도 저승차사의 능력을 절대적으로 인식하기보다는 거미같은 존재로 변해서 편법을 써서야 망자를 데려갈 수 있다고 하는 형태로, 저승차사의 능력을 모자라게 표현한다든가 거미넋의 형태로 변한다는 식의 다소 희화화 양상도 찾아볼 수 있는 것이다. 곧 저승차사의 능력에 대한 의구심을 표현하면서 죽음을 회피하고 싶은 망자의 입장을 담고 있는 것이라고도 할 수 있는 부분이다.

---

16 임석재·장주근, 〈타승〉, 『관북지방무가(추가편)』, 문화재관리국, 1966, 1-64쪽.

이렇듯 라)에 해당하는 교술무가의 자료들은 여타 자료보다 망자의 숨을 끊는 과정, 망자를 고통스럽게 저승길로 끌고 가는 모습 등을 보여 저승길로 망자를 편안히 인도하기보다는 윽박질러 잡아가는 형국을 보여준다는 점이 특징적이며, 주로 망자를 죽음에 이르게 하고 저승길로 끌고 가는 전반부에 주요 기능을 하는 것으로 나타나고 후반부는 오히려 망자 스스로 헤쳐 나가 시왕전에 도달하는 모습을 보여준다는 것도 특징적이다.

마)의 사재삼성거리는 서울지역을 중심으로 연행되는 진오귀굿에서 주로 불리는 해학적이고 희극적으로 연행되는 연극적 성격의 굿거리를 이른다. 이 거리에서는 망자를 데려가는 사자와 시왕을 보좌하는 성격의 삼성을 섬기는 목적을 갖지만, 특히 저승차사의 역할과 기능이 중심이 되고 있다. 이승과 저승의 경계면을 넘어서 이승에서 망자를 잡아가는 모습을 고의적으로 재현하는 것이 사재삼성놀이의 핵심이다. 상주에게 조상을 하고 망자를 협박하면서 심술을 부리고 갖가지 놀이를 하면서 온갖 이득을 취하면서도 망자를 놀리고 넋두리도 하고 하소연을 하면서 상주를 웃기면서 여러 가지 일을 하는 것이 〈사재삼성〉의 요점이다.[17] 마)에서 사자의 행색이나 성격은 특히 '사재만수받이'에서 나타나는데, 라)와 마찬가지로 포악스럽고 무섭게 망자를 잡아가는 존재로서의 면모를 보여준다. 하지만 저승차사의 역할을 하는 무당과 유족들 사이에 이루어지는 일종의 연극演劇의 성격을 지닌 '사재재담' 부분에서는 저승차사가 돈을 요

---

17 김헌선, 『서울진오귀굿 - 바리공주연구』, 민속원, 2011, 61-62쪽.

구하는 부정적 존재로 묘사되기도 하고 익살스런 행동으로 좌중을 웃기는 형태로 희화화된 면모를 보이기도 한다.

사재삼성거리에서 저승차사 역할을 하는 무당은 유족들에게 망자를 편안하게 저승으로 데려가는 대가로 돈을 요구한다. 그리고 이 과정에서 무서운 이미지의 저승차사는 자신을 위해 차린 상을 불평하고 엉덩이로 조상弔喪을 하는 등 익살스럽고 모자라는 행동을 하기도 한다. 이런 모습을 통해 가족의 죽음으로 슬픔에 잠겨 있던 유족들은 처음으로 웃게 된다.[18] 이처럼 마)의 삼성사재거리는 망자를 잡아가는 저승차사가 무섭고 우악스러운 행위를 하는 그 성격은 그대로 드러내되, 돈을 바라는 부정적 인물형으로 형상화시키기도 하고 스스로 우스꽝스런 행위를 함으로써 사람들에 웃기는 형태로 희화화된 모습을 보이는 존재적 면모를 보인다.

이상 저승차사가 중요하게 등장하는 자료를 살펴보았다. 그 자료 양상을 통해 알 수 있었던 바를 종합하여 보면 그 자료적 성격을 다음과 같이 정리할 수 있을 것이다.

첫째, 서사무가를 비롯해서 교술무가, 희극적 성격의 무가에 이르기까지 다양한 무가 장르에서 폭넓게 저승차사 인물형이 나타나고 있음을 확인할 수 있다. 장르별로 서로 큰 차이가 있는 것은 아니나 서사무가는 차사신으로의 좌정담과 망자의 대접을 받고 대명 또는 수명을 연장시켜주는 연명담 성격이 중심이 된다. 한편 교술무가에

---

18 변지선, '사신(使神)'항목, 『한국민속신앙사전(무속신앙)』, 국립민속박물관, 2009, 373-374쪽.

서는 차사가 망자를 데려가는 존재로서의 그 기능이나 성격에 초점이 맞춰진 경우가 많다. 마을신이나 가신과 대결을 벌이기도 하고, 우악스럽게 달려들어 망자의 목숨을 끊으며, 포악스럽게 사자를 끌고 가는 존재로 나타난다. 주로 무가의 전반부에서 차사의 이런 행적이 두드러지며, 후반부는 망자 스스로가 초월적 존재나 동갑, 타성 등의 도움을 받아 무사히 저승으로 도달하고 열시왕의 심판을 받는 것으로 나타난다. 그런가 하면 희극적 성격을 보이는 사재삼성의 재담 부분에서는 저승차사가 해학적인 행동으로 웃음을 주며, 더 나아가 망자를 잘 데려갈테니 노자돈 등 뇌물을 달라고 먼저 요구를 하는 부정적인 신격으로 희화화시키는 모습도 찾아볼 수 있다. 어떻든 저승차사는 다양한 무가 장르에서 나타나며, 망자를 잡아가는 존재로서의 본질적인 기능과 성격에 있어서는 차이가 없으나 어떤 성격의 굿거리인가 하는 그 제의적 성격에 따라 그 형상화시키는 양상은 다소 차이를 보여준다고 하겠다.

둘째, 무속신화 자료에 나타난 저승차사의 기능과 성격은 시왕의 명을 받아 망자를 저승으로 데려가는 존재임은 분명하다. 이 점은 무가의 장르가 바뀌거나 어떤 굿거리이든 그 본래적 성격에는 변함이 없다. 저승차사가 망자를 저승으로 데려가는데 있어 그 성격을 행위별로 제시해보면 1)망자를 데려가기 위해 마을신 및 가신들과 대결을 벌이고 2)쇠사슬 등으로 망자에게 달려들어 포악스럽게 목숨을 끊어놓으며 3)망자를 저승으로 데려감에 있어서도 거칠게 끌고 가면서 길을 재촉하고 4)망자를 저승으로 데려가는 존재로서 그 직능을 이용해 망자의 가족에게 돈을 요구하는 등의 부정한 행위를 하며 5)망자에게서 뇌물을 받고 명부를 고쳐 수명장수할 수 있게 해준다. 곧 망자가 저승에 도달하는 데에 있어 차사신에 대한 두려움, 그리고 이런 차사신을 잘만 대접하면 망자를 편히 저승으로 인도할 수도 있고 더 나아가 저승 명부를 고쳐 수명을 연장할 수 있다는 바람까지도 담고 있음을 볼 수 있다. 어떻든 저승차사는 저승을 편히 가도록 길안내를 하거나 지옥으로부터 죄인을 구원해주는 성격을 지닌 바리공주와는 달리 망자의 목숨을 끊어내고 망자를 열시왕 앞으로 끌고 가는 무서운 신이라는 의식이 바탕에 깔려있다고 하겠다.

셋째, 저승차사는 이승에서의 존재를 저승으로 데려간다는 인식이 있음을 바탕으로 반드시 죽음의 세계인 저승으로 데려가는 것이 아닌 천상계와 같은 곳으로 특정인을 인도하는 경우에도 저승차사를 보내 이계로 데려가는 것으로 나타난다. 그 대표적인 자료가 다)의 성주굿 계통의 무가로, 천상계 또는 하늘 옥황의 궁궐을 짓거나 하는데 있어 지상 최고의 목수를 데려가는 역할을 시키고자 저승차사를 내려 보내고 있다. 이때에 등장하는 저승차사 또한 부분적으로 변형되어 나타나기는 하지만 가신과의 대립양상을 그대로 보이기도 하고, 여타 무가에서 저승차사가 망자의 혼령을 데려가는 모습과 다르지 않게 그들을 데려간다. 곧 저승차사는 죽음과 상관없이 천하궁이나 옥황으로 나오는 천상세계의 건축을 위해 지상의 목수를 데려가는 임무를 수행하고 있다. 천상계와 저승을 크게 구분하지 않은 채 하늘에서 필요한 특정인을 데려가는 것을 필요로 하기에 그 직무 성격에 따라 저승차사가 등장하는 것이라고 볼 수 있다.

넷째, 무가에 나타난 저승차사의 인물형은 죽음 인도신으로서의 기능과 직무를 온전히 수행하는 인물형, 뇌물을 받고 수명을 연장해 주는 식의 부정적 존재로 형상화된 인물형, 천도해야 할 대상에게 오히려 죽임을 당하거나 망자를 지켜주는 가신들에게 패퇴함으로써 그 직무를 온전히 수행하지 못하는 무능하고 희화화된 인물형 등으로 그 인물 성격이 다단하게 나타난다. 시왕을 명을 받들어 신직을 수행하는 존재임에도 그 형상화 양상에 있어서는 무가별로 큰 차이를 보인다. 부정적 인물 형상화나 희화화 양상은 저승차사에 대한 본질적인 면은 아닌 것으로 판단되는데, 그렇다면 왜 이런 형상화가 나타나는가가 의문이다. 이 점에 대해 다음 장에서 구체적으로 살펴보기로 하겠다.

Ⅲ. 무속신화에 나타난 저승차사의 형상화 양상

저승이라는 이계에 대한 상상은 대체로 시왕신앙에 근거하고 있는데, 여기서 시왕이란 고대 인도에서 죽은 사람들의 주재자였던 야마Yamaraja를 음역한 염라왕閻羅王의 개념이 중국 도교의 태산부군신앙과 결합한 후 불교의 지옥사상에 힘입어 열 명의 왕으로 확대된 것이다.[19] 저승차사도 이 시왕신앙에 의거하여 등장한 인물형이라고

---

19 김태훈, 「죽음관을 통해 본 시왕신앙」, 『한국종교』33집, 원광대학교 종교문제연구소, 2009, 117쪽.

할 수 있다.

『불설예수시왕생칠경佛說豫修十王生七經』에는 사자의 행색 및 그 성격에 대해 다음과 같이 언급하고 있다.

> 염라대왕이 부처님께 말씀드렸다. "세존이시여, 저희 모든 대왕들은 사신으로 하여금 검은 말을 타고 검은 깃발을 들고 검은 옷을 입고 죽은 이의 집에 가서 무슨 공덕을 지었는지 점검하게 한 다음 그 명성에 준하여 문서를 내 보이고 죄인을 가려내되 저희가 세운 서원에 어긋남이 없게 하겠습니다." 찬 "모든 왕들 사신 보내 죽은 이의 집에 가서, 남녀들 무슨 공덕의 인연을 지었는가 점검하여, 공적에 따라 삼도옥에서 방출하고, 저승에서 겪는 고통 면하게 해준다네.[20]

여기서 보면 사자 행색은 흑의와 흑번, 흑마를 탄 존재로 그려지고 있고, 그 직무는 망자의 집에 파견되어 무슨 공덕을 지었는지 살피는 것, 좋은 공덕을 지었을 경우 시왕의 엄한 추달을 피하게 함과 더불어 삼도지옥을 면하게 해주는 권한을 지닌 존재이다. 그런데 이런 시왕신앙에서의 사자 행색은 무가에 나타난 것과는 그 성격에 있어 유사하면서도 차이가 있다.

먼저 무가에 나타난 저승차사의 행색부터 살펴보기로 한다. 무가에서 저승차사에 대한 행색 묘사는 어떤 옷을 입었는지 간략히 묘사

---

20 閻羅法王 白佛言 世尊 我等諸王 皆當發使乘黑馬 把黑幡 著黑衣 撿亡人家 造何功德 准名 放牒 抽出罪人 不違誓願 讚曰 諸王遣使撿亡人 男女修何功德因 依名放出三塗獄 免歷冥間 遭苦辛(김두재 역, 「佛說預修十王生七經」, 『시왕경』, 성문, 2006, 41쪽)

하기는 하지만 무엇을 소지하고 있는지에 초점을 맞추기도 한다. 그가 들고 있는 것으로는 망자를 데려가도록 내린 문서인 배지와 망자의 숨을 끊는 도구, 저승으로 호송하는데 필요한 도구 등이며, 이를 제시하는 데도 중심을 두고 있다.

> 십대왕전 배자받고 / 최판관의 분부받아
> 여자 배자 품에 품고 / 성명 삼자 받아 들고
> 청창옷을 제쳐 입고 / 쇠패랭이 숙여쓰고
> 마목다리 걸드리고 / 우수에는 창검 들고
> 좌수에는 철봉 들고 / 오라사슬 빗겨 차고[21]

이것은 〈사재삼성〉의 '사재만수받이'의 부분으로, 망자를 저승으로 데려가는데 필요한 문서나 도구를 중심으로 차림새를 묘사하고 있는 것을 볼 수 있다. 먼저 시왕에게 배자를 받는 것과 사자의 차림새, 그리고 망자의 목숨을 끊어 저승으로 데려가기 위한 도구들이 차례로 제시된다.

그리고 실제 굿거리에서 차사의 모습은 창검이나 철봉, 오라사슬 등을 들고 있는 것은 아니며, 차사신의 상징적 면모를 부각시킨다. 먼저 〈사재삼성〉에서는 무巫가 저승차사의 복색을 나타내기 위해 남치마에 사재 섭수(두루마기)를 입고 큰 머리를 얹은 모습을 한다.[22] 큰

---

21 이상순, 〈진지노기 사재삼성거리〉, 『서울새남굿 신가집』, 민속원, 2011, 517-518쪽.
22 이상순, 같은 책, 511쪽.

머리는 대체로 위엄있는 신이거나 죽음세계에서 온 신들을 모실 경
우 착용하는 것으로, 중요한 신격으로 인식하고 있음을 보여준다.
제주도 시왕맞이에서 심방의 차사 행색은 치마저고리에 청쾌자를
입고 머리에 홍띠를 두르며, 팔목에는 폴찌꺼리를 찬다. 그리고 등
에는 적패지赤牌旨로 장식하며, 손에는 차사기를 든다. 곧 여타의 굿
거리와 차별되는 특별한 복색을 갖춰 입는 것이 아니라 저승차사의
면모를 보여주고자 망자의 혼령을 데려가는 상징물, 즉 〈삼성사재〉
의 경우는 큰머리를 얹고 건대구 또는 숭어[23]를 들고 있으며, 차사의
경우는 적패지를 등에 차고 차사기差使旗를 드는 형태로 특색있게 형
상화시키는 모습을 보여준다.

한편 시왕경에서 사자는 시왕의 명을 받아 망자의 공덕을 살펴 삼
도지옥을 면하게 하고 시왕의 추달을 피하도록 하는 기능을 한다고
했으나 실상 무가에서 이런 면모는 찾아보기 어렵고 망자의 숨을 끊
고 망자의 넋을 데려가는 기능을 하는 데만 초점을 맞추고 있는 모
습을 볼 수 있다. 곧 저승차사는 무속이나 무가에서는 망자를 저승
으로 잡아가는 두려운 존재라는 인식이 강하게 자리 잡고 있다.

    사재님의 거동 보소 / 벙이눈을 부릅뜨고

    석류 뺨을 붉히면서 / 삼각수를 거스르며

    무쇠같은 주먹으로 / 닫은 방문 열다리고

---

23 김헌선, 같은 책 19쪽. 숭어는 민물과 바닷물을 오가는 생선으로 이승과 저승의 중
   간에 있는 죽은 망자의 넋을 상징한다고 한다.

성명 삼자 불러내니 / 뉘 영이라 거역하고

실낱같이 약한 목에 / 팔뚝같은 쇠사슬로
오라 사슬 걸어놓고 / 한번 잡아 낚아채니
열발 열손 맥이 없소 / 두 번 잡아 낚아채니
맑은 정신 흐려지고 / 세 번 잡아 낚아채니
혼비백산 나 죽겠네.[24]

그런데 이런 차사신을 무가에서는 단순히 무서운 신적 존재로만
인식하는 것이 아니다. 이미 전장에서도 살폈듯이 망자를 잡아가는
신격으로서의 본분을 충실히 수행하는 존재가 있는가 하면 이런 차
사신을 뇌물로 달래 수명을 연장할 수 있다고 여기기도 했으며, 심
지어는 차사가 무능하여 오히려 망자를 데려가지 못하거나 패퇴하
여 죽임을 당하는 무능한 존재로 그려지기도 한다.[25] 그러면 그런 무
가에서의 저승차사 인물 형상화 양상들을 살펴보도록 하겠다.

  가. 죽음 인도신으로서의 기능과 성격을 온전히 수행하는 존재로
    형상화

---

24 이상순, 같은 책, 519-520쪽.

25 송미경은 군노사령과 저승차사를 포괄하여 사령형 인물이라고 하면서 1) 직무를
    충실히 이행하는 유형, 2) 뇌물의 유혹에 동요하는 유형, 3) 통속과 신성 양극단의
    유형으로 구분하고 있다. 이런 분류 중 1)과 2)는 그 분류를 받아들일 수 있지만 3)
    의 통속과 신성의 유형 설정은 다소 무리가 있다. 제주도의 강임차사를 3)의 유형
    이라고 하며 일반적인 저승차사와 별개로 분류하는 것도 문제이고, 더욱이 거미
    사자나 부엉사자, 패퇴하는 차사 등의 모습은 이들 분류로는 포괄하기는 어렵다.

나. 뇌물을 받고 수명을 연장해주는 식의 부정적 존재로 형상화

다. 무능하고 희화화된 존재로의 형상화

가)의 형태는 〈차사본풀이〉나 교술무가 등에서 주로 보이는 모습으로, 죽음 인도신으로서의 권능과 기능을 잘 수행하는 형태이다. 저승차사의 본질은 저승 시왕의 명을 받아 망자의 넋을 저승으로 데려가는 성격의 존재이다. 낯선 죽음의 세계로 망자를 데려가 저승에서 심판을 받도록 하는 존재인데, 그런 성격과 모습이 잘 드러난다. 〈차사본풀이〉에서는 강임이 어떻게 저승차사가 왜 되는지 그 신격 좌정담과 죽음 인도신으로서 차사의 직능 수행이 드러나고 있다, 채록본에 따라서는 삼천갑자 동방삭 등 차사로서 어려운 과제를 해결하는 모습 곧 차사로서의 뛰어난 공적을 덧붙이기도 하며, 인간에게 죽음의 순서가 왜 없게 되었는지 그 기원을 설명하기도 한다.[26] 곧 죽음과 관련성이 두드러지며, 저승차사로서 뛰어나 능력을 보여주는데 초점이 맞춰진 형태이다. 한편 교술무가들 자료에서는 망자를 저승으로 잡아가기 위한 과정, 숨을 끊어 죽음에 이르게 하고 잡아가는 과정, 그리고 저승길로 망자를 인도하는 과정들이 잘 나타난다. 교술무가에서는 저승길에 접어들어 저승 시왕에게 인도하는 과정에서 주체가 차사에서 망자로 전환되어 지옥들을 거쳐 간다거나 망자가 여러 어려움을 당하고 그것을 해결하는 과정이 서술되는 등 관점이 전환되는 양상을 보이기는 하지만 기본적으로는 망자를 저승

---

26 권태효, 「한국의 죽음 기원신화」, 『한국신화의 재발견』, 새문사, 2014.

으로 인도하는 신격으로서의 역할과 기능을 수행한다는 점에서는 동일하다.

이렇게 볼 때 가)에 해당하는 자료는 죽음 인도신으로서의 기능을 수행하는데 초점을 맞춰 인물을 형상화시킨 양상이며, 따라서 죽음의 세계로 편입하는 과정에 초점을 맞추는 형태라고 할 수 있다.

나)의 형태는 저승차사로서 망자를 잡아가는 존재로서의 기능을 수행하는 점은 다르지 않다. 하지만 그 본분을 잃고 음식과 짚신, 노자돈 등을 비롯해 뇌물을 받고는 해당 망자를 잡아가지 못하고 봐주며, 대신 다른 방도를 찾는다. 대명할 인물이나 말을 찾든가 저승의 장적을 고쳐 명부의 수명이 잘못되었음을 시왕에게 보고함으로써 망자의 수명을 연장시켜준다. 이 점은 저승차사를 잘 섬김으로써 죽을 횡액을 막는다는 의미가 있기는 하지만 한편으로 보면 저승차사의 신적인 권능이나 그 성격에 있어서는 심각한 결함이 생기는 것이라고 할 수 있다. 본래 임무를 온전히 수행하지 못하는 것이며, 더 나아가 부정을 저지르는 문제가 있는 신격으로 인식되는 것이기 때문이다. 곧 신격에 대한 신성성의 쇠락이라는 측면으로 이해할 수 있다. 그런가 하면 이와 같이 뇌물을 받고 데려갈 대상을 봐주는 형태는 무가 장르에서만 두드러지게 나타나는 양상이 아니며, 〈저승차사 대접하여 명 이은 동방삭〉, 〈저승차사 대접하여 손자 구한 조부〉 등의 연명형 설화를 비롯해 서사민요에서도 유사한 성격을 지닌 자료를 찾아볼 수 있어 구비문학의 여러 장르에 두루 그 자료적 양상을 찾아볼 수 있는 것이기도 하다. 곧 저승차사를 대접해 목숨을 연명하고자 하는 이런 나)에 반영된 의식은 반드시 무가가 아니더라도

설화, 소설 등 민간에서 폭넓게 유포되면서 공감을 받던 내용인 것이다. 이것은 죽음을 회피하고자 하는 인간의 본능과도 맞닿아 있는 것이라고 하겠다.

다)는 저승차사로서의 대상자를 데려가는 하늘 또는 저승으로 임무를 수행함에 있어 거미라든가 파리 형상으로 묘사되기도 하면서 그 임무를 온전히 수행하지 못하고 좌절하는 모습을 보이는 희화화 양상으로 나타나는 인물형이다. 우선 저승차사는 천상 또는 저승으로 대상자를 인도함에 있어서 가장 먼저 마을신이나 가신들과 대결을 벌이게 된다. 경우에 따라서는 그 대상자가 저승차사와 직접 대결을 벌이기도 한다. 그런데 이런 대결에서 저승차사가 당연히 승리해야 함에도 불구하고 패퇴하여 물러나거나 오히려 죽임을 당하기도 한다. 예컨대 〈셍굿〉의 강박덱이 경우는 저승차사로 설정된 거미사자와 부엉사자를 손쉽게 물리친다. 그러다가 결국 귀신사자의 자부럼병에 의해 인도되는 것으로 나타나지만[27] 저승차사는 본분을 온전히 수행하기에는 무력하고 무능한 존재이다. 더구나 곤충의 형상 등으로 나타나 쉽게 죽임을 당하는 형태로 희화화되기도 한다. 이런 양상은 〈황제풀이〉 경우도 크게 다르지 않다. 그런데 이런 면모는 실상 교술무가들에서 저승차사가 망자가 될 사람을 잡아가려 하자 마을신과 여러 가신들이 못 잡아가도록 막아서는 것과 연결된다. 특히 앞에서 살펴본 〈시무굿〉의 경우는 처음 온 저승차사가 망자를 보호하려는 골맥이신·서낭신, 그리고 여러 가신들에게 막혀 임무를

---

27 임석재·장주근, 〈셍굿〉, 『관북지방무가(추가편)』, 문화재관리국, 1966, 1-64쪽.

수행하지 못한 것을 정차사가 재차 내려와 임무를 수행하는 것으로 나타난다. 평상시에 제를 올리며 섬겼던 신들이 나타나 도와주는 모습으로, 이런 대립적 면모가 여기서는 곤충의 형상으로 일차 희화화되는 한편 더 나아가 망자를 데려가는 임무를 수행하지 못하고 패퇴하는 무능한 존재로 그려지고 있는 것이다. 물론 여기에는 정차사나 강임차사처럼 여타 차사들이 해결하지 못하는 어려운 과제를 수행하는 존재가 설정되어 결국 임무가 완수되는 모습을 보이기는 하지만 저승차사를 신적 존재로 여기는 한편 희화화시키고 무능한 존재로 형상화시킴으로써 물리칠 수 있다고 위안을 삼는 인식마저도 담고 있는 것이다.

이처럼 저승차사의 인물 형상화 양상에 있어 차이를 보이는데, 그렇다면 왜 이처럼 저승차사에 대한 형상화가 인간에게 뇌물을 받고는 죽음을 연명시켜 주는 부정적 존재로 형상화되기도 하고, 무능한 존재로 희화화되기도 하는 등 다양한 형상화가 이루어지게 된 것인가?

먼저 죽음을 인도하는 신격으로서 신앙시되는 측면이 있다면 인간의 입장에서 죽음을 회피하고자 하는 측면의 입장이 담겨져 저승차사를 달래거나 물리치고자 하는 의식을 담기도 하고 있다. 마을신이나 가신들이 등장하여 저승차사를 막아준다거나 뇌물을 주면 죽음도 모면할 수 있다고 생각한다거나 또는 강한 인간 존재의 설정을 통해 인간 스스로의 능력으로 저승차사를 물리칠 수도 있다고 생각하는 형태로 스스로 위로를 삼기도 했을 것이다. 곧 죽음을 회피하거나 물리치고자 하는 바람이 바탕이 되어 저승차사를 무능하거나 희화화시키는 형태로 나아갔을 가능성이 있다는 것이다. 곧 죽음에 대한 두려움과 그 두려움으로부터 벗어나고자 하는 인간의 바람을 담아 저승차사의 인물형을 형상화시킨 것으로 이해할 수 있다.

이외에 저승차사 인물형은 무가에만 등장하는 것이 아니라 여러 고전서사에 나타나는 '사령형 인물'과 성격싱 연계되면서 통속적이고 세속적인 인물형에 대한 인식을 공유했을 수 있다. 저승차사가 망자를 잡아가는 형국이라면 군노사령은 인간세상에서 죄인을 잡아가는 모습을 보이는 존재이고, 사람들이 그들을 대하고 인식하던 바가 저승차사 인물형을 형상화시키는데도 자연스럽게 반영될 수 있었다는 것이다. 특히 두 번째 유형에 해당하는 인물형의 성격 곧 뇌물을 받고 대신 말을 잡아가거나 명부의 장적을 고치는 형태의 것은 판소리 등에 흔히 등장하는 뇌물을 받고 죄인을 봐주는 성격을 지닌 군노사령형 인물에서도 그대로 나타나 서로 상통하는 양상임을 보여주고 있다.

Ⅳ. 유사 직능 인물형과의 대비를 통해본 저승차사의 성격

무속신화를 비롯한 고전서사에는 저승차사와 유사한 직능을 수행하는 인물형이 있다. 망자를 저승으로 인도해주는 과업을 수행하는 신이 있는가 하면 망자를 데려가듯 죄인을 호송하는 기능을 수행하는 인물형도 있어 그 직능상 유사함과 더 나아가 인물 성격의 동질성이 인정된다. 먼저 무가 자료 중에 바리공주는 제주도를 제외한 육지 지역에서 망자를 저승으로 인도해주는 신직을 수행하는 존재이다. 그리고 〈춘향전〉, 〈이춘풍전〉, 〈장화홍련전〉, 〈서동지전〉 등 고

전소설을 중심으로 폭넓게 등장하는 군노사령형 인물은 죄인을 호
송하는 존재로서 그 행위나 기능이 저승차사 인물형과 밀접한 관련
이 있음이 이미 선행연구를 통해 검토된 바 있다.[28] 그러면 이 장에
서는 저승차사와 기능 및 성격이 유사한 인물형, 곧 망자를 저승으
로 인도하는 성격의 바리공주와 죄인을 호송하여 인도하는 모습을
보여주는 군노사령형 인물과 비교를 통해 저승차사의 인물 성격 및
정체성을 밝히도록 하겠다.

실상 '바리공주'와 '군노사령'은 저승차사와 관련해 그 기능이나
성격이 서로 밀접하게 연결되어 있어 반드시 비교가 필요한 대상이
었다. 하지만 지금껏 단편적인 비교만 있었을 뿐 인물형을 중심으로
한 온전한 비교는 진행된 바 없고, 특히 군노사령형 인물의 경우는
그 관련성에만 초점을 주어 차이점을 간과한 측면이 있었다. 따라서
이 장에서는 저승차사와 관련성이 있는 인물형과의 비교를 통하여
공통점과 차이점을 명확히 함으로써 저승차사 인물형의 성격이 보
다 분명히 드러날 수 있도록 하고자 한다.

1. 저승차사와 바리공주 인물형 비교

바리공주와 저승차사는 망자를 인도하는 신격이라는 공통점이
있어 우선 비교의 근거가 마련된다. 하지만 이에 대해서는 아직까지
본격적인 비교 논의는 이루어진 바 없다. 다만 김헌선이 저승과 이

---

28 송미경, 같은 글.

승의 경계면을 오고가는 신격으로 저승차사와 바리공주가 있다고
하면서 양자의 차이점을 지적하면서 부분적인 언급을 한 정도가 있
을 뿐이다. 곧 김헌선은 사재는 이승에 와서 망자를 데리고 가는 구
실을 하는데 반해, 바리공주는 그렇게 잡혀가서 저승의 지옥에서 고
통받고 있는 망자를 데리고 나와서 법문인 본풀이를 들려주고 망자
를 극락으로 데려가는 구실을 한다는 것이다.[29]

실상 망자를 저승으로 데려가는 신에 대해 서사무가로는 육지에
서는 바리공주무가가 있고, 제주도에는 강임차사본풀이가 있다. 육
지에서는 저승차사의 근본을 본격적으로 풀면서 섬기는 본풀이가
마땅히 없고,[30] 놀이와 만수받이로 되어 있는 사재삼성거리 같은 것
이 있다. 이외에는 〈장자풀이〉나 〈혼쉬굿〉처럼 차사를 대접하여 수명
을 연장하는 연명형 무가나 몇몇 교술무가들이 전승되는데, 저승차
사신으로 자리잡게 되는 과정을 온전히 보여주지는 않는다.

그러면 바리공주와 저승차사의 성격을 살펴 비교하면서 저승차
사의 인물형에 대한 특징과 면모를 찾아보도록 하겠다.

첫째, 이계를 다녀옴으로써 망자를 인도하는 신으로 거듭 난다는 점
에서는 동일하다. 하지만 이계를 다녀오는 목적에는 차이가 있다. 바
리공주는 부모를 살리고자 약수를 얻기 위해 떠나는 여행이라면 강임
차사는 과양생이의 아들 삼 형제가 죽은 까닭을 알고자 염라왕을 잡기

---

29 김헌선, 같은 책, 61쪽.

30 함경도의 〈짐가제굿〉과 〈진가장굿〉은 그 내용이 〈차사본풀이〉와 유사하며 망자를
    달래서 저승으로 보내는 망묵이굿에서 불리기는 하나 〈차사본풀이〉나 〈바리공주
    무가〉처럼 망자를 인도하는 신으로 잘 인식되지 않는다. 더구나 〈진가장굿〉의 경
    우는 저승의 존재를 데려온 자가 장승으로 되는 것으로 나타난다.

위해 저승을 여행한다. 모두 죽음의 문제를 해결하고자 한다는 점에서는 동일하나 바리공주는 재생에 초점을 맞춘다면 강임차사는 죽음의 원인을 밝히고 심판하는 데 초점을 두고 있다. 이것은 바리공주가 망자를 인도하면서 지옥으로부터 구원하는 성격을 지닌데 반해 저승차사는 망자를 끌고 가 심판을 받게 하는데 중심이 있음과 상통한다.

둘째는 이승을 하직한 망자의 혼신인 넋을 저승으로 데려가는 신이라는 점은 상통하지만 인도하는 방식이나 그 인도하는데 있어서 신으로서의 성격에 있어서는 차이가 있다. 먼저 바리공주는 망자의 혼령에게 낯선 저승길을 인도하는 신직을 수행할 뿐만 아니라 그의 저승길 여정에서는 지옥에서 고통받는 망자를 위해 극락왕생하기를 기원해주는 역할을 한다.

> 한 곳에 당도하니 칼산지옥, 불산지옥, 독사지옥, 한빙지옥, 구렁지옥, 배암지옥, 문지옥이 펼쳐져 있었다. 철성鐵城이 하늘에 닿았는데 구름도 쉬어 넘고 바람도 쉬어 넘는 곳이었다. 귀를 기울이니 죄인 다스리는 소리가 나는데 육칠월 악마구리 우는 소리 같았다. 낭화를 흔드니 철성이 무너지고 죄인들이 쏟아져 나왔다. 눈 없는 죄인, 팔 없는 죄인, 다리 없는 죄인, 목 없는 죄인, 귀졸鬼卒들이 나와 바리공주에게 매달리며 구제해 달라고 애원한다. 바리공주는 그들을 위해 염불을 외워 극락 가기를 빌어 주었다.[31]

---

31 김태곤, 〈바리공주〉, 『한국의 무속신화』, 집문당, 1989, 42쪽.

저승차사는 망자의 혼을 저승으로 데려가고 시왕전을 지나며 심판을 받도록 하는 존재라면 바리공주는 이처럼 저승에서 고통받는 혼령들을 구원해주는 기능과 역할까지도 수행하고 있는 것이다.[32] 따라서 이의 연장선상에서 김헌선은 바리공주 신의 성격으로 저승의 존재를 데리고 와서 이승에서 법문을 들려준 다음 극락으로 데리고 가는 구실을 하여 망자를 인도하는 존재라면서 사재와 바리공주가 그 기능이 비슷한 것 같아도 실제로 하는 직능에 있어서는 큰 차이가 있음을 지적하고 있다.[33] 한편 저승차사는 앞에서도 언급하였듯이 주로 열시왕의 배지를 받고 와서 망자를 저승까지 데려가는 역할에 초점을 맞춰진다. 망자의 숨을 끊고 옭아매서 데려가며 저승길을 재촉하는 두려움의 대상이 되는 존재이다. 그렇기에 망자의 가족들은 술과 음악, 노자돈으로 저승차사를 달래고 하여 저승차사를 잘 대접해 목숨을 연명하려는 노력을 하는 것으로 나타난다.

셋째, 바리공주는 특히 무속신화에서 실제 망자의 혼령을 저승으로 인도하는 과정을 보여주기보다는 스스로 저승을 다녀오는 과정을 제시하고 그를 통해 망자를 인도하는 신의 자격을 갖추는데 핵심이 있다면, 저승차사는 망자를 데려가는 신으로서 그 기능 수행 자체에 초점을 맞추고 있다. 바리공주는 저승여행 과정에서 특정한 인물의 도움에 의해 특별한 능력을 획득하게 되는 것으로 나타난다.

---

32 바리공주는 서천서역국으로 가는 도중에 지옥에 갇히기도 하고, 이 과정에서 죄인을 지옥에서 구제하는 모습을 보여준다. 그 이본 양상에 대해서는 홍태한, 「〈바리공주〉의 연구 성과 검토 및 무가권의 구획」(『바리공주전집1』, 민속원, 1997, 31쪽)에 정리되어 있다.

33 김헌선, 같은 책, 61쪽.

곧 석가열에 시준님, 무장승 등을 만나 그 도움으로 저승에 갈 수 있
는 방법을 얻고 재생에 필요한 약수를 얻는다.[34] 이를 통해 이승과
저승을 연결시키는 존재가 될 수 있는 것이다. 이 점은 저승차사가
망자가 될 인간을 만나고 그 혼령을 데려가며, 망자의 혼령은 죽음
의 세계에서 열시왕의 심판을 받는 과정과는 차별되는 것이다. 특히
석가열에 시준님, 무장승 등은 죽음의 세계에 자리잡고 있는 열시왕
등 죽음 관련 신들이 아니며, 바리공주가 저승을 가는데 있어 길을
알려주고 고난을 겪는 바리공주를 돕는 우호적인 신일 뿐 죽음의 세
계와 직접 관련된 신은 아닌 것이다. 그에 반해 저승차사는 죽음의
세계를 상정하고 그 곳에 존재하고 있는 인물과 망자의 관계를 설정
하는 등 전체적으로 죽음을 관장하는 신들과 그 세계를 중심으로 전
개된다.

물론 〈차사본풀이〉에서 강임차사의 경우도 염라왕을 이승으로 데
리고 와서 인간계의 죽음에 대한 의문을 해결하고 차사신으로 좌정
하는 과정이 장황하게 나타나기는 하지만 기본적으로 죽음을 관장
하는 염라왕에게 선택받은 과정이 나타나고,[35] 죽음으로부터 자유
로웠던 삼천갑자 동방삭을 잡아가는 위업담이나 '죽음에 왜 순서가
없게 되었는가'를 보여주는 죽음기원담이 덧붙어 있기도 하다. 연명
형 설화에서는 죽음이라는 필연성을 인정한 채로 장적을 고친다거

---

34 김헌선, 같은 책, 16쪽.

35 시왕 중 하나인 염라대왕은 이미 인도 불교에서부터 있었던 신으로 사후 심판을
염두에 둔 신이며, 염라대왕을 지옥의 주재자로 보는 심판사상은 도교와 함께 동
아시아에 널리 퍼져 있다고 한다.(편무영, 「시왕신앙을 통해본 한국인의 타계관」,
『민속학연구』3호, 국립민속박물관, 1996.)

나 대명을 하도록 하는 형태로 인간 수명을 관장하는 곳의 신이라는 인식을 주고 있으며, 교술무가 자료에서는 망자의 목숨을 끊고 망자를 저승으로 끌고가 시왕의 심판을 받도록 하는 등 죽음을 가져다주는 신, 죽음의 세계로 끌고가 심판을 받도록 하는 신, 인간의 공덕 또는 신에 대한 지극한 정성 등을 살피거나 하여 목숨을 연명하게 하는 등 죽음과 직접적인 관련이 있는 기능을 수행하는 존재로서 묘사가 되고 있다. 곧 바리공주가 망자의 혼령을 지옥으로부터 구원해주는데 초점이 맞춰져 있다면 저승차사는 죽음을 가져다주는 존재이면서 전반적으로 죽음의 본질적인 문제에 닿아있는 존재라는 성격이 강하다고 할 수 있다.

2. 저승차사와 군노사령 인물형의 비교

송미경은 사령형 인물을 주목하면서 죄인을 호송하는 성격을 지닌 인물형으로 판소리계소설을 비롯한 여러 고전서사에 등장하는 군노사령에 주목하고 아울러 저승차사 또한 같은 성격 및 기능을 지닌 인물로 파악하여 '사령형 인물'로 명명하면서 정리한 바 있다.[36] 죄인 또는 망자를 데려가는 기본적인 직무는 물론 뇌물을 받거나 요구하면서 부정을 저지르는 모습까지도 일치하는 부분이 있어 같은 인물형으로 묶어 연결짓는 것은 일단 인정된다. 하지만 군노사령과 저승차사는 몇 가지 점에서 근본적인 차이가 있다. 그럼에도 공통점

---

36 송미경, 같은 글.

에 초점을 맞추면서 차이점을 간과하여 군노사령과 구분되는 저승차사의 인물 성격이 명확히 드러나지 못했다고 판단된다. 따라서 그 핵심적인 차이점을 중심으로 저승차사의 인물형을 정리하면서 그 성격을 보다 명확히 할 필요가 있다고 생각한다.

군노사령과 비교해 저승차사는 다음 몇 가지 점에서 뚜렷하게 차별된다.

첫째, 군노사령은 작품에서 중심인물이 아닌 주변인물로 그 행위나 역할이 제외된다고 해도 그 서사적 전개상 크게 문제가 되지 않지만 저승차사는 그렇지 않다. 무가에서 저승차사는 망자를 잡아가는 역할을 함으로써 신으로 섬겨지는 존재이다. 곧 무가에서 가장 중요한 핵심인물이다. 차사본풀이처럼 망자를 인도하는 신으로 좌정하는 경위담이 무속신화로 형성되어 있으며, 삼천갑자 동방삭을 잡아가는 차사신으로서의 뛰어난 위업담을 담아 함께 전승시키고 있기도 한다. 따라서 그 행위나 기능은 절대적이며, 아울러 망자의 넋을 저승으로 데려가는 직능을 지닌 신격이기 때문에 그 좌정담과 망자가족들의 기원을 담은 무가를 구연하게 되는 것이다. 곧 그 비중에 있어 근본적인 차이가 있음을 볼 수 있다.

둘째, 군노사령은 죄인을 압송하는 책무를 내세워 백성을 괴롭혀서 원망을 받는 대상이지만 그저 원망에 그칠 뿐이지만 저승차사는 그 성격으로 인해 원망을 받을지라도 그것이 인간에게 중요한 기원의 대상이 되도록 한다는 점이다. 저승차사는 망자를 저승으로 데려가는 신이다. 저승차사는 망자의 숨을 끊는 존재이고 멀고 먼 저승길을 가는 도중 길을 재촉하거나 망자를 괴롭힐 수 있는 존재이다.

그것이 특히 막연한 공간이며 미지의 죽음의 세계로 나아가는 것이기에 그 두려움은 더욱 크다. 양 인물형은 기본적으로 죄인을 호송하는 기능적인 면에서는 동일하나 그 성격에 있어서는 근본적인 차이가 있다는 것이다. 저승차사는 신앙의 대상으로 삼을 만큼 중요하게 그 직능이 인식되고 있다는 것이다.

셋째, 군노사령과 저승차사는 그 권한에 있어서도 큰 차이를 보여준다고 하겠다. 뇌물을 받은 군노사령은 잡아가는 과정에 있어 거칠게 대하던 것이 온순해진다거나 또는 면회를 할 수 있게 해준다거나 하는 정도이고 죄인을 풀어주거나 죄를 바꿀 수 있는 권한은 없다. 그러나 저승차사는 저승 노정길에서 망자를 보살펴주는 것은 물론이고 저승의 장적을 고쳐 망자를 죽음으로부터 모면시켜줄 수도 있는 존재로 나타난다. 따라서 돈 몇 푼으로 달랠 대상이 아니며, 지극정성으로 섬겨야 하는 중요한 신격이라고 인식하며 섬겼다고 할 수 있다. 우리의 전통적인 인물형 중에는 장르를 넘나들면서 비슷한 기능과 성격을 하는 인물형이 있다. 사령형 인물 또한 이런 것의 하나로 주목되는 인물형이다.

사령형 인물은 죄인을 호송하는 역할을 수행하는 존재로 여러 작품에 거듭 나타난다는 점에서 주목되는 인물형이라고 할 수 있다. 특히 군노사령형이나 저승차사형 모두 직무를 충실히 이행하는 유형과 뇌물의 유혹에 동요하는 유형 등이 함께 나타나고 있어 그 구현양상에 있어서도 연결되는 측면을 보여준다. 이런 군노사령 인물형은 저승차사와 비교해 본질적인 과업 수행 내용에는 차이가 있지만 그 성격이나 행위는 동일한 양상을 보이는 존재라고 제시된 바 있다.

따라서 양 인물형을 연계해 다루는 것은 의미가 있으며, 저승차사 인물형을 이해하는데 적지 않은 도움이 된다. 특히 저승차사의 신격 형상화가 차사신으로서의 온전한 기능을 수행하기보다는 뇌물을 바라는 타락한 신으로 그려진다거나 인도해야 할 대상 또는 가신들에게 오히려 퇴치되는 형상으로 나타날 정도로 희화화되어 나타나기도 한다는 점에서 이런 통속적인 면이 일정 부분 영향을 끼쳤을 가능성을 상정해 볼 수 있다. 곧 인간세계에서 저승차사와 비슷한 역할 및 기능을 하는 존재의 인물 성격을 형상화시키는 틀이 저승차사의 형상화 양상과도 상통한다는 것이다. 이것은 반드시 군노사령의 인물 성격을 받아들여 저승차사 인물형을 묘사하는데 영향을 미쳤다기보다는 사람을 잡아가는 직업상 특성에 대한 공통적 인식이 양자의 인물형 형상화에 서로 연결되어 나타날 수 있었다는 것이다.

Ⅴ. 마무리

이 글은 망자의 넋을 죽음의 세계로 인도하는 신인 저승차사의 인물 형상화 양상을 파악하고자 마련한 글이다. 우리의 무속신화에서는 저승차사가 등장하는 자료가 아주 폭넓게 존재하며, 자료마다 인물 형상화 양상도 차이를 보이며 다양하게 나타난다. 그러면 이 글에서 밝힐 수 있었던 점들을 간략히 요약하면서 앞으로의 과제를 모색해 보도록 하겠다.

먼저 이 글에서는 저승차사가 중요하게 등장하는 무가들로 〈차사본풀이〉계 자료, 〈맹감본풀이〉계 자료, 〈성주굿〉 무가계 자료, 〈시무굿〉 등 교술무가계 자료, 〈사재삼성〉의 희극적 성격의 자료 등을 살펴 저승차사가 형상화되는 양상 및 그 자료적 성격을 파악하고자 했다. 그래서 첫째, 서사무가를 비롯해서 교술무가, 희극적 성격의 무가에 이르기까지 다양한 무가 장르에서 폭넓게 저승차사 인물형이 나타난다는 점, 둘째, 망자를 잡아가는 존재로서의 본질적인 기능과 성격에서는 장르별로 차이가 없으나 굿거리의 제차적 성격에 따라 형상화 양상이 차이를 보여준다는 점, 셋째, 저승차사는 망자의 목숨을 끊어내고 망자를 열시왕 앞으로 끌고 가는 무서운 신으로 의식되고 있다는 점, 넷째, 저승차사는 반드시 죽음의 세계인 저승이 아니더라도 지상계 인물을 천상계로 인도하는 데에는 등장하여 데려간다는 점 등이 있음을 밝혔다. 그리고 더 나아가 이들 자료를 전체적으로 종합하여 저승차사의 인물 형상화 양상을 가) 죽음 인도신으로서의 기능과 성격을 온전히 수행하는 존재로 형상화 나) 뇌물을 받고 수명을 연장해주는 식의 부정적 존재로 형상화, 다) 무능하고 희화화된 존재로의 형상화 등 세 가지로 정리하고, 각기 그 양상들을 검토하였다. 그래서 이런 다양한 형상화가 가능한 까닭으로는 죽음을 인도하는 신격으로서 신앙시하는 측면과 더불어 인간의 입장에서 죽음을 회피하고자 하는 의식이 함께 반영되고 있다는 점, 죄인을 호송하는 유사한 기능을 하는 '사령형 인물'이 여타 고전서사에 다양하게 분포하고 있어 그 성격상 서로 연계되면서 통속적이고 세속적인 인물형에 대한 인식을 공유할 수 있었을 것임을 지적했다.

한편 망자의 혼령을 인도하는 것과 유사한 직능을 보이는 바리공
주와 죄인을 호송하는 군노사령형 인물과도 비교하여 저승차사가
지닌 인물형이 지닌 차별점을 분명히 했다. 곧 바리공주는 망자의
혼령을 인도해주되 지옥으로부터 구원해주는데 초점이 맞춰져 있
다면 저승차사는 죽음을 가져다주는 존재이면서 전반적으로 죽음
의 본질적인 문제에 닿아있는 존재라는 성격을 지닌다고 지적했다.
그리고 군노사령은 작품에서 중심인물이 아닌 주변인물로 그 인물
의 행위나 역할이 제외된다고 해도 그 서사적 전개상 문제가 되지
않지만 저승차사는 망자를 잡아가는 역할을 함으로써 신으로 섬겨
지는 중요한 존재인 점, 군노사령은 죄인을 압송하는 책무를 내세워
백성을 괴롭혀서 원망을 받는 대상이지만 그저 원망에 그칠 뿐인데
반해, 저승차사는 그런 성격으로 인해 원망을 받으면서도 한편으로
인간에게 대접받는 기원의 대상이 되도록 한다는 점이 있다고 했다.

저승차사 인물형은 단지 무속신화뿐만 아니라 구전설화, 서사민
요, 고전소설 등 여러 장르에서 두루 중요하게 등장하는 인물형이
다. 따라서 단지 무속신화로만 한정하여 살필 인물형은 아니라고
할 수 있다. 여타 장르와의 관계성 속에서 저승차사의 성격과 본질
을 찾아보고, 특히 여러 장르에서 연명형延命型 성격의 자료가 두루
발달된 양상을 보이는 까닭이 무엇인지 찾는 것을 후속작업으로 삼
고자 한다.

제2장

몽골구비문학에 나타난 죽음관

- 신화, 영웅서사시를 중심으로 -

노 로 브 냠

I. 머리말

현재 몽골이라 하면 일반적으로 '몽골국'을 가리키지만, 몽골국 외에도 중국 서북지역인 신장성에 거주하는 몽골족과 내몽골 자치 구에 거주하는 몽골족이 있으며, 러시아에서는 바이칼 호수 인근의 부리야트인들과 흑해와 카스피해 사이 칼묵공화국의 몽골인들이 살고 있다.

이렇듯 몽골이라는 이름이 통용되는 지역은 예로부터 지금까지 광활한 지역에 살아온 몽골 유목 민족의 흥망성쇠와 정착 및 이동으 로 점철點綴되어 왔다. 몽골 부족들은 역사의 오랜 기간을 다른 민족 들과 정치, 경제, 문화, 군사 등 다방면에 걸쳐 폭 넓게 교류해왔으며,

이러한 점은 오늘날 몽골국의 인구 구성에도 큰 영향을 미쳤다.

몽골 국립과학원 역사연구소 소장인 아요다인 오치르A.Ochir는 "현재 몽골의 인구를 구성하고 있는 20여개의 아이막은 부족별로 크게 셋으로 구분할 수 있다. 이는 몽골계 아이막, 몽골화한 이민족계異民族系 아이막, 그리고 이민족계 아이막 등이다."[1]라고 밝힌 바 있다. 여기서 몽골계 아이막이란 순수 몽골부족을 의미하며, 몽골화한 이민족계 아이막은 원래 이민족이었지만 몽골족 사이에서 오랜 기간 살면서 언어, 문화적으로 이미 몽골화된 부족을 의미한다. 이민족계 아이막은 여러 시기에 걸쳐 전쟁, 경제 교류 및 기타 원인에 의해서 몽골 땅에 자리 잡았으나, 자신들의 언어, 문화, 신앙을 현재까지도 보존하고 있는 부족, 즉 투르크계가 다수이다.

몽골의 민족 구성이 이렇게 다양하기에 죽음에 대한 인식과 장례 습속, 죽음을 뜻하는 몽골어도 다양하다. 발표자는 이러한 점에 착안하여 몽골 고원을 중심으로 활동했던 유목민족의 죽음관을 검토해 보면 몽골족의 죽음관의 보편성과 특수성이 드러나지 않을까 생각한다. 본고에서는 현 몽골국을 범주로 하여 몽골 구비문학에 나타난 죽음과 영혼관, 관련된 정서와 인식을 검토해 보기로 한다. 이를 위해서 먼저 죽음을 뜻하는 몽골어를 정리해보겠다.

---

1 아요다인 오치르 「몽골국 여러 아이막의 기원, 분포 및 문화의 특징」, 몽골학자 초청 학술강연회 발표집, 단국대학교 한국민족학연구소, 1996.

죽음을 뜻하는 몽골어

죽음을 뜻하는 낱말	풀이
Нас барах	나이를 다하다
Нас эцэслэх	나이를 끝내다
Нас негцех	나이가 지나가다
Бие барах	육체를 다하다
Тэнгэр болох	하늘이 되다
Тэнгэрт халих	하늘에 가다
Өөд болох	위로 가다
Талий х	멀리 가다
Таалал төгсөх	축복이 끝나다
Таалал болох	평온해지다
Бурхан болох	보르항(신)이 되다

이와 같은 몽골에서 죽음을 뜻하는 표현들은 주로 '나이는 정해져 있는 것이고, 그것이 끝난다는 것과 죽으면 하늘로 간다'는 뜻을 담고 있으며, 몽골인들의 죽음에 대한 인식을 엿볼 수 있는 좋은 사례가 된다. 지금까지 한국 내에 소개된 몽골인의 죽음관에 대해서 이평래[2], 이안나[3]는 논저에서 몽골의 죽음 문화를 부분적으로 소개한바 있다. 본고에서는 몽골인들의 이러한 죽음 관념 및 인식과 감정, 세계관이 구비문학에 어떻게 반영되어 있는지를 몽골의 신화 및 영웅서사시 텍스트를 중심으로 확인하고자 한다.

---

2 이평래 외『아시아의 죽음 문화』, 소나무, 2010.

3 이안나『몽골 민간신앙 연구』, 한국문화사, 2010, 이안나「한국인과 몽골인의 영혼관에 대한 비교 연구」,『비교한국학』Vol.17 No.1, 2009.

Ⅱ. 몽골신화에 나타난 생生과 사死

몽골 창세 신화에서 세상과 만물의 근원을 하늘에 두고 있다. 창세 과정은 보르항(부처, 즉 신)⁴이 직접 세상을 창조하거나 보조신의 도움으로 물 밑에서 흙을 가져와 대지를 만들고, 하늘에서 흙을 가져와 땅을 만드는 형태로 나타난다.

이 하늘은 또한 흙을 빚어 사람을 만들고, 영생수永生水나 생명命을 가져와서 인간을 창조한다.

세상을 샤즈투브 보르항이 만들었다. 처음에는 대지가 없고, 물만 있었는데 보르항이 하늘에서 한 꼬집의 흙을 가져다가 (물 위에) 뿌렸더니 대지가 형성되었다.⁵

처음에는 대지가 없었고, 물, 불, 바람이 섞인 빈공이었다. 그 때 보르항이 흙을 물 위에 던져 대지가 형성되었고, 식물이 자라났다. 그 다음으로 사람을 만들었다. 그러나 현재 보르항은 칠성의 한 별이 되었다고 한다.⁶

---

4 현대 몽골어로 보르항(burkhan)은 부처, 혹은 신(神)을 말하는 것인데, 16세기 때 불교가 몽골에 전파된 이후로 원래의 '보르항 즉 신'이라는 뜻이 '부처'로 대체되었던 것으로 보인다.

5 D.Tserensodnom 『Mongol ardiin domog ulger(몽골신화)』, Ulaanbaatar, 1989, 38쪽

6 체렌소드놈 지음/ 이평래 옮김 『몽골 민간 신화』, 대원사, 2010, 28쪽

이렇게 창조된 인간이 죽음을 맞게 된 이유를 몽골신화에서 두 가지로 해석하고 있다. 그것은 인간이 창조될 때부터 수명이 정해져 있었다는 것과 다른 하나는 인간이 영생할 수 있었지만 부정적인 다른 창조신에 의해 죽게 되는 두 가지 형태이다.

보르항이 진흙으로 남자와 여자의 형상을 만들어, 그들에게 생명을 불어넣으려고 영생수를 가지러 가게 되었다. 보르항은 자신이 간 뒤에 악마(처트거르)가 와서 해칠지도 모른다고 생각하여 개와 고양이에게 그 두 사람을 지키게 했다... 보르항이 영생수를 구하러 간 후 악마가 보르항의 피조물을 해치려고 왔다. 그때 개와 고양이가 악마가 사람 가까이 접근하지 못하게 했다. 그러자 악마는 개에게 고기, 고양이에게 우유를 주었다. 그들이 먹이를 먹는 사이에 악마가 두 사람 주위를 돌며 오줌을 싸 더럽혀 가버렸다. 보르항이 영생수를 가지고 와서 보니 사람이 더러워져 있었다. 보르항이 노하여 고양이에게 더러워진 사람의 털을 핥아서 깨끗하게 해놓으라고 명했다. 사람의 머리털은 악마의 오줌이 미치지 않았기 때문에 남겨졌는데, 겨드랑이와 음부의 털은 고양이의 혀가 닿지 않았기 때문에 조금씩 더러운 털이 남게 되었다. 보르항이 악마가 더럽힌 털을 개한테 주었다. 이런 이유 때문에 사람들은 개의 털, 고양이의 혀가 더럽다고 말한다. 사람은 악마가 해쳐서 더러워졌기 때문에 보르항이 인간한테 영생수를 주었지만 인간은 영원히 살지 못하고 죽게 되었다.[7]

---

7 체렌소드놈 지음/ 이평래 옮김 앞의 책, 29-33쪽

이상의 신화에서 육체와 생명(영혼)의 결합이 곧 인간이며, 육신과 생명이 분리되어 있다는 인식과 부정적인 존재에 의해서 인간이 죽음을 맞이하게 된 것을 확인할 수 있다. 이 신화에 등장하는 보르항은 곧 창조신이다.

악마, 즉 처트거르chutgur는 부정적인 존재로 이상의 신화에 등장하는데, Tserensodnom의 『몽골신화』에 수록된 인간창조 신화의 2번째 이본에서 아타 텡게르가 질투하여 보르항의 피조물을 더럽히려고 처트거르를 보낸 것[8]으로 나온다. 처트거르는 에를릭erlig이라는 세상 창조에 이바지한 창조신이지만 하늘에서 쫓겨난 신격神格과 유사한 성격의 인물이다. 에를릭은 창조신의 친동생 혹은 아들로 세상 창조에 이바지한 존재이지만 형(아버지)에게 쫓겨났거나 세상(이승) 차지 경쟁에서 이기긴 했지만 세상 차지를 빼앗긴 존재로,[9] 한국신화의 '미륵과 석가의 대결'에서의 미륵과 대비되는 신격이다. 그러므로 '보르항'과 '처트거르' 혹은 처트거르를 보낸 '아타 텡게르' 둘다 창세 과정을 주도한 신격이며, 그들의 갈등으로 인해서 사람이 죽음을 맞이하게 되었다는 것이다.

또한 하늘에서 남녀 18쌍을 지상으로 보내는 이야기[10]도 전하는데, 이들이 인간의 조상이 되었다. 다시 말하면 인간의 근원은 하늘이라는 것이다.

인간의 생명이 끝을 보고 죽게 되면 어떻게 되는지에 대해서 몽골

---

8 D.Tserensodnom 앞의 책, 137쪽

9 S.Dulam 『Mongol domog zuin dur(몽골신화 형상)』, Ulaanbaatar, 2009, 318쪽

10 체렌소드놈 지음/ 이평래 옮김 앞의 책, 168-169쪽

신화가 다음과 같이 설명하고 있다.

'스물네 개 가지를 친 뿔이 달린 엷은 갈색의 네 살배기 수사슴'이라는 영웅서사시에서 다음과 같은 내용이 전해진다.[11]

> '...허헐데 메르겐이 90발 길이의 푸른 총을 겨누어 엷은 갈색 수사슴의 겨드랑이를 향해 쏘아 맞추었더니 수사슴이 휘청거려 쓰러지면서 '이쪽으로 와 주시오. 내가 할 말이 있다'고 했다네. 허헐데 메르겐이 '사람처럼 말하는 동물을 죽인 내가 죄 많은 사냥꾼이네' 하며 크게 자책하였다... 허헐데 메르겐이 수사슴의 유언대로 그 부모인 암수사슴 한 쌍과 엷은 갈색 수사슴의 머리뼈를 백두산(만년설 산) 꼭대기에 모셔 3년동안 제사를 지냈다. 3년째 되는 해에 그 3개의 머리뼈가 3색의 무지개를 만들어 하늘로 갔다네... 허헐데 메르겐이 자책하여... 높은 산에서 투신하더니 해골에서 오색무지개가 나와 허헐데 메르겐을 하늘로 데려갔다...'

이 허헐데 메르겐은 몽골신화 이본에서 활을 잘 다루는 명사수인 동시에 사냥꾼으로, 사냥을 하다가 하늘로 올라가 별이 된 존재로 나타난다.

그러면 사슴은 몽골신화에서 몽골인들의 조상, 토템 동물로 간주되는데, 모계 토템으로 존중된다. 몽골의 차탕족 박수 무당이 수노

---

11 Shinjlekh Ukhaanii akademi, Khel zohioliin khureelen(몽골 과학 아카데미, 어문학연구소), 「24 salaa evertei uhaa dunun buga(24개 가지를 친 뿔을 가진 엷은 갈색의 수사슴)」, 『Baatarlag tuuli(영웅서사시)』, 1991.

루 가죽, 무당은 암사슴 가죽으로 그들의 북을 만든다. 북의 표면에
는 박수무당은 15갈래 뿔이 있는 사슴을 붉은 색으로 그리고, 무당
은 암사슴을 흰색으로 그린다. 이것은 사슴이 죽은 것이 아니라 살
아있다는 것을 의미하는 것이라고 본다.[12] 북에 그려진 15갈래 뿔이
있는 사슴은 옹고드 즉 신령이 타고 이 세상 저 세상을 가는 운반수
단 즉 탈 것이라고 한다.[13]

몽골의 토르고드, 자흐칭족 설화를 보면, 수신의 3딸을 구하기 위
해 알리아다이 메르겐이라는 명사수가 하늘에 올라가려고 하지만
방법을 찾지 못하고 있을 때, 열 개로 갈라진 뿔을 가진 사슴이 턱을
땅에 대고 뿔을 하늘에 대어, 그 뿔을 타고 하늘에 올라간다[14]고 전
하고 있다. 이러한 문학적 표현에는 사슴뿔이 신성한 것, 하늘을 오
르는 탈 것이라는 개념을 나타내는 것이다.

또한 사슴을 숭배하는 관습과 관련된 암각화나 사슴돌이 몽골 땅
에 널리 퍼져 있다. 사슴돌은 청동기 시대 유물 즉 기원전 10세기경
으로 보는 것이 일반적이며, 그 시기 제사장이나 무덤 앞에 세웠던
석상이다. 석상 그 표면에 사슴을 새겨놓았기 때문에 사슴돌이라는
명칭이 붙어진 것이다.

---

12 L.Batchuluun 『Mongol esgii shirmeliin urlag(몽골 벨트 문화)』, Ulaanbaatar, 1999, 48-49쪽.

13 Ch.Ariyasuren, Kh.Nyambuu 『Mongol yos zanshliin dund tailvar toli(몽골 관습 사전)』, Ulaanbaatar, 1992, 31쪽.

14 B.Katuu 『Torguud zahchin ardiin tuuli, ulger(토르고드와 자흐칭족 토올과 울게르)』, Ulaanbaatar, 1991, 180쪽.

사슴돌의 기본 구성

사슴돌에 새겨진 사슴의 모습은 주둥이 부분을 새처럼, 뿔을 날개 처럼 묘사한 것이 많으며, 대체로 태양을 향해 질주해 가는 형상을 하고 있다. 이것은 사람이 죽으면 조상신인 사슴을 '탈 것' 즉 운반수 단으로 해서 하늘에 올라간다는 그 인식 때문이 아닐까 싶다. 다시 말해서 하늘을 나는 사슴 그림을 새겨놓은 돌을 제사장이나 무덤 앞 에 세움으로서 고인의 영혼을 부족 토템이 되는 동물의 세계로 인도 한다거나 혹은 조령인 사슴에 실어 하늘로 보낸다는 사고를 의미한 다고 볼 수 있다.

그러므로 하늘은 인간의 발원지가 되기도 하고, 인간은 하늘의 창 조물이기 때문에 사람이 죽어서 원래의 자리로 돌아가는 것, 즉 승 천한다는 것이다.

이상에서 언급한 사람이 죽으면 '신이 되었다', '하늘이 되다', '하늘에 올랐다'고 하는 몽골인들의 죽음에 대한 표현은 결국 인간이 죽어서 자기의 발원지로 돌아간다는 의미를 나타내는 것이며, 인류 역사의 초기 단계의 이런 의미는 나중에 계급사회 시대를 걸쳐 오면서 통치자나 지도자만이 하늘에 갈 수 있다는 의미로 변하였을 것으로 추정해 볼 수 있다. 즉 초기에는 조상신, 즉 영혼의 의미가 강하다가 나중에 왕권이 확립된 부족국가 시대에 오면서 하늘숭배 사상이 강화되고 '유일신 하늘', 하늘에 오르는 신선인의 의미로 변화된 것으로 보인다.

사람의 기원이 하늘에만 있는 것은 아니다. 몽골 영웅서사시에 등장하는 일부 영웅은 바위나 암석에서 태어나기도 하고[15], 나무에서 기원[16]하기도 한다. 또한 몽골신화에서 늑대, 사슴, 곰, 돼지, 수소, 곤이 등 동물이 그들의 조상신 즉 씨족이나 부족의 토템으로 등장한다. 이런 신화는 몽골의 주변 민족 신화에서도 나타난다. 예를 들어, 야쿠트 민족의 설화 속 영웅이 소 또는 곰으로부터 기원한다는 이야기, 부리야트의 일부 씨족의 기원에 관한 설화 등에서 '곰의 아들'이라는 신화소가 보편화되어 있다. 러시아의 연구자 프러마서프 N.Promasov가 1912년에 채록하여 출판한 〈곰 아이babagan xubun〉라는 설

---

15 몽골영웅서사시에서 암석이 갈라져 영웅이 탄생한다는 내용이 종종 나타난다. 예를 들어, '항하랑고이', '하이르트 하르' 등 영웅서사시가 그것이다.

16 몽골의 초로스 씨족의 조상은 오드(ud)이라는 나무에서 기원했다고 하는 '오드 나무를 아버지로, 올빼미를 어머니로 둔 초로스족'이라는 말이 있다. 또한 오리앙하이족 사이에서 연행되는 '나랑 항 허버운' 영웅서사시의 주인공도 나무를 기원으로 두고 있다.

화에는 "한 아이가 태어났는데 이 아이를 '하타하라xataxara'라고 이름 지었다. 곰 아이는 오랫동안 백성들을 이끌었으며 행복하게 살았다" 고 기술되어 있다. 여기서 곰 아이를 '하타하라한xataxara-Xan'으로 명 명한 것이다.[17] 또한 부리야트의 〈검은 수소 아이Bux xar xo'vuun〉라는 서 사시의 기원 역시 '곰 아이'라는 신화와 관련 있는 것으로 보고되어 있다.

사람이 죽어서 하늘로만 가는 것은 아니다. '항하랑고이' 영웅서 사시에서 주인공 영웅 항하랑고이의 동생들이 하늘에게 당하고 암 석이나 멧돼지로 변하고 있다.

'...하늘의 '독'을 쥐어 온 샤르미니칙치가 와서 자고 있는 항하랑고 이와 그의 동생 올라다이 메르겐, 히르기스 샌 보이다르의 입에 독을 넣고 사라져버렸다. 항 하랑고이는 머리가 95개가 달린 망가스(괴물)가 되어 쓰러졌다. 샤르미니칙치를 좇아나간 올라다이는 타고 있는 말과 함께 암석으로 변하였다. 히르기스 샌 보이다르는 멧돼지가 되어 숲으 로 들어갔다....'[18]

또한 다음과 같은 신화가 전해진다.

---

17 D.Tserensodnom 「Khan kharangui tuuliin neriin garal uusliin asuudald('항 하랑고 이 서사시' 명칭의 기원에 대한 연구)」 『Shinjlekh Uhaanii Akademiin medee, 2』, 1982.

18 Shinjlekh Uhaanii Akademi, Khel zokhioliin khureelen(몽골 과학 아카데미, 어문 학연구소) 『Eriin sain Khan Kharangui(항 하랑고이)』, Ulaanbaatar, 2003, 93쪽.

'옛날옛적에 '카라브티Karabti'라는 이름의 왕이 있었다. 카라브티 왕
은 한 고아에게 '에를렉 칸(Erleg xaan, 염라대왕)'의 여우 모자를 빼앗아
오라고 명하였다. 아이는 말한 곳으로 찾아갔다. 그러자 그 아이가 탄
말은 백 마리의 말발굽 소리처럼 웅장하였고, 아이의 고함소리는 장사
백 명의 목소리처럼 창대하게 들렸다. 에를렉 칸은 당황하여 자신의
모자를 벗어 주고 소년을 보내었다. 나중에 에를렉 칸은 카라브티 칸
이 자신의 모자를 가져오도록 한 사실을 알고는 '카라브티 칸이 곰이
되고, 왕비는 돼지가 되고, 아이는 별이 되라'는 저주를 하였고, 그 저
주대로 카라브티 칸은 곰이 되었다.'[19]

몽골인 연구자 체렝소드놈이 이상의 '항 하랑고이'나, '카라브티
칸'을 서로 기원이 같은 신화소로 보고, 항 하랑고이는 하늘과 땅 즉
천신天神, 지신地神과 대립되는 존재인데, 신들의 징치에 의해서 곰으
로 변한 존재로 보았다.[20] 이런 결과로 미루어 보았을 때 '동물로 변
신'하는 것은 곧 죽음을 뜻하는 말로 본다면 죽음이 바로 그들의 수
호신이나 조상신한테 가는 것이며, 고대인들의 죽음에 대한 두려움
을 털어주는 의미를 갖고 있었을 것으로 추론할 수 있다.

그러므로 인간이 죽게 되면 원래의 자리로 돌아가는 것이며, 이상
의 신화에서도 이런 관념을 확인할 수 있었다. 또한 이런 관념은 장
례문화에서도 확인된다. 현 몽골 고원을 중심으로 살아 왔던 유목민

---

19 D.Tserensodnom 앞의 글.

20 D.Tserensodnom 앞의 글.

족들은 다양한 방법으로 주검을 처리했던 것으로 나타나는데, 매장
埋葬, 화장火葬, 암장岩葬, 풍장風葬도 했던 것이다. 암장은 시신을 바위
동굴이나 바위 틈, 바위 가장 자리에 올려놓는 방식을 말한다. 고고
학 조사 자료에 따르면 오늘날 몽골의 서동부에서 주로 암장이 발견
되는데, 고·중세의 장기간에 걸쳐서 나타났던 장례문화인 것으로 보
고되고 있다.[21] 또한 몽골 속담에 '나무벽 집에서 태어나고, 바위 아
래서 죽다'는 말이 있고, 죽음이 다가오는 것을 '벽의 집을 떠나, 바
위 집으로 가다'라고 표현하여, '바위 집에 가다'가 죽음을 나타내기
도 한다. 이런 표현들은 곧 죽음과 암장 문화를 반영한 것들이다.

이 밖에 민간에서는 '사슴은 늙어서 쓰러져도 죽는 것이 아니라고
본다. 사슴은 늙고 쓰러지면 하체는 나무가 되고, 상체는 사슴 모습
을 그대로하면서 울음소리를 낸다'는 말도 있고, 또한 '타르바가(마못
이라는 토끼과 동물)가 늙으면 떨기나무가 되고, 사슴이 늙으면 쓰러진
나무가 된다.'[22]는 말이 전하는 것들도 인간뿐만 아니라 동물도 죽고
서 대자연의 일부가 된다는 의미를 갖고 있는 것이다.

이상의 자료들을 토대로 정리를 해보면 몽골인들은 인간은 죽고
서 하늘에만 가는 것이 아니라 그들 자신의 발원지로 돌아가는 것으
로 죽음을 이해하고 있는 것임이 확인된다. 곧 대자연과 일체화된
삶을 살다가 대자연으로 돌아가던 전통적인 삶의 방식과 사고를 신

---

21 D.Erdenebaatar 「Mongol Altain khadnii orshuulga(몽골 알타이의 암장)」
『Arkheologiin sudlal(고고학 연구)16호』, 1995, 116-118쪽.

22 S.Badamkhatan 『Mongol ulsiin ugsaatnii zui(몽골 민속), Ⅰ』, Ulaanbaatar, 1987,
387쪽.

화나 서사시에서 확인할 수 있었다. 한편 죽음을 나타내는 말과 장례풍속, 죽음에 대한 이해는 이렇게 다양하게 나타나는 것은 각 부족이나 씨족 집단이 다양하거나 각 시대별 차이로 해석될 수도 있는데, 이 부분은 다음 과제로 자세히 연구할 필요가 있겠다.

앞서 말한 '정해진 수명'에 대한 인식은 몽골 신화에서 다음과 같이 등장한다.

보르항이 세상의 모든 동물의 나이를 정하게 되었다. 사람은 좋은 운명을 타고 났으니 나이에 제한 없이 오래 살게 하려고 했다. 그러자 누군가 만약 사람이 죽지 않고 오래 살면, 세상이 좁아져 모두 들어갈 수 없게 될 것이라며 반대했다.

'그러면 사람의 나이를 어떻게 하면 좋겠느냐?'

'사람이 나고 죽는 비율을 맞추면 됩니다. 하루에 100명이 태어나면 100명이 죽도록 말입니다.' 이렇게 하여 사람의 나이를 100살로 정하게 되었다. 가축은 나쁜 운명을 가지고 태어난 것으로, 사람의 먹이와 타는 것이 될 운명을 갖고 태어났다. 그리하여 가축의 나이를 사람 나이의 1/3로 계산하여 말에게 서른 살을 주었다...[23]

위의 인용문에서는 인간의 수명을 하늘에서 정해준다는 것이며, 인간이 하늘의 섭리 즉 자연의 섭리를 따라야 한다는 사고방식이 내포되어 있다. 죽음을 뜻하는 '나이를 다하다'는 말이 이 신화의 '정해

---

23 체렌소드놈 지음/ 이평래 옮김 앞의 책, 172쪽.

진 수명'을 다하다는 인식을 그대로 보여준다고 할 수 있다.

Ⅲ. 몽골신화에 나타난 영혼관

인간은 육신과 영혼으로 되어 있다는 인식은 전 세계적으로 보편적으로 존재한다. 몽골인도 예외는 아니다. 다음은 비록 설화가 어떻게 생기게 되었는지를 설명하는 '설화 기원' 신화인데, 몽골인들의 영혼관을 볼 수 있는 좋은 예이다.

옛날에 몽골 전역에 역병이 돌아 많은 사람이 죽었다고 한다. 산 사람들은 병든 사람을 돌보지 않고, 운명에 맡기고 사방으로 흩어진 상황이었다. 그때 소경 타르바라는 15세 소년이 홀로 버려짐에 그의 영혼은 육신을 떠나 염라대왕에게로 갔다. 염라대왕이 소년을 보고, 깜짝 놀라서 '숨이 끊어지지 않았는데, 육신을 버리고 왜 왔느냐' '제 육신은 이미 죽은 것으로 간주되어 버림받았습니다. 그래서 기다리지 않고 이렇게 왔습니다.' 소년의 순종적인 면이 마음에 들었던 염라대왕은 '너는 아직 때가 되지 않았으니 돌아가라. 그러나 가기 전에 나에게서 원한 한가지만 받아가거라.' 염라대왕은 그를 지옥으로 데려갔다. 그곳에는 부와 아름다움, 운명과 행복, 즐거움과 기쁨, 고통, 눈물, 유희, 웃음, 음악, 춤, 음악을 비롯해서 인간의 일상생활에서 나타나는 모든 것들이 있었다. 소년은 그 중 민담을 골라 지상으로 돌아왔다. 소년의 영혼이 돌아와서 육신을 보니 까마귀가 두 눈을 파먹어 버렸다. 자

67

기의 육신이 이렇게 된 것이 슬펐지만 염라대왕의 명을 거역할 수 없어 그의 영혼이 다시 육신으로 들어갔다. 그후 소년은 앞일을 예견하고, 민담을 이야기하며, 오래 살았다고 한다.[24]

인간은 육신과 영혼으로 이루어지며, 죽으면 육신과 영혼이 분리되어 영혼이 떠난다는 것이다. 지옥이나 염라대왕, 염라대왕에게 심판을 받는다는 것이 외래적 즉 불교적 관념인데, 몽골의 전통관념이 윤색되어 있는 것으로 해석된다. 불교가 몽골에 전래된 이후 몽골인들의 신앙과 민속에 많은 변화가 있었다. 전통적 관념이 불교와 뒤섞여, 몽골 고유의 사고를 가늠하기가 어려워졌다. 특히 이상의 신화에 등장하는 '내세관'이 그것이다. 그러나 불교적 색채를 약간 벗겨보면 전통적인 옛 영혼 관념을 찾아볼 수 있다. 이를 위해서 몽골 민속이나 몽골 고유의 신앙 체계인 무속 자료를 검토하겠다. 몽골 민간에서 인간에게 3가지 영혼이 있다고 본다.

첫째, 살아 있는 영혼으로 주인이 죽으면 그 영혼은 죽지 않고, 살아있는 자들과 함께 가족을 음밀히 보살피며 지낸다. 그래서 그 혼을 불만스럽게 하지 않기 위해서 음식을 올려 공경하는 일이 중요하다. 두 번째는, 마음의 혼이다. 이 혼은 육체에서 완전히 분리되지 않고 그 주위를 맴돈다. 사람이 잠들면 잠시 죽은 듯이 되어 혼이 몸에서 순간 멀어졌다가 일을 마치면 육체로 다시 돌아오기 때문에 사람은 다시 살아나 잠에서 깨어난다고 한다. 세 번째는, 환생하는 영혼

---

24 이평래 外『아시아의 죽음 문화』, 소나무, 2010, 215쪽.

으로 죽은 뒤 육체에서 완전히 분리되어 다시 다른 모습으로 태어나는 영혼이다.[25]

그렇다면 몽골 무속에서는 또한 3가지 영혼이 있다고 보는데, 앞서 언급한 민간에서의 3혼에 대한 관념과 약간의 차이를 보인다.

첫 번째는 어머니로부터 형성된 '피와 살의 혼'이다. 이것은 사는 동안 인간의 신체로 옮겨 다니며 존재하다가 죽을 때 심장에 깃들어, 심장이 사라지면 함께 사라지는 유한한 혼이다. 두 번째는 아버지로부터 형성되는 '뼈의 혼'이다. 이것은 사는 동안 뼈에 존재하다가 죽으면 골반 뼈에 깃들어 골반이 없어지면 함께 사라지는 유한한 혼이다. 세 번째 '지성의 혼'은 어머니 뱃속에 있을 때 왼손 약지를 통해서 들어와서 일생 동안 뇌와 적수의 관에 있다가 사람이 죽으면 제 1경추와 제 2경추 사이 적수에 머물다가 두 목뼈가 분리되면 하늘로 날아올라 '흑암의 공간'으로 간다고 한다.[26] '흑암의 공간'은 몽골 무속에서 사람이 죽은 후에 가는 곳으로 죽은 자는 그곳에서 이승과 같은 생활을 누릴 수 있다고 본다. 즉 죽은 뒤 인생은 있지만 불교의 내세관과 별도의 것이다. 그리고 이 '흑암의 공간'의 위치는 위에, 하늘에 있는 공간[27]으로 나타난다.

인간은 이 3가지 혼을 가지고 있으며, 만약 그중 하나가 없거나 이상이 생기면 생명에너지가 불균형을 일으켜 병이 나게 된다고 본다.

---

25 Ch.Dalai 『Mongoliin buu murguliin tovch tuukh(몽골 무속 약사)』, Ulaanbaatar, 1959, 13쪽.

26 O.Purev 『Mongol buugiin shashin(몽골 무속 신앙)』, Ulaanbaatar, 1999, 126쪽.

27 O.Purev 앞의 책, 126쪽.

69

특히 무속에서 '혼'이 나가게 되면 사람은 죽게 되는데, 치병 굿 등을 통해서 그 영혼을 불러 사람을 살릴 수 있다고 여긴다.

몽골 영웅서사시에서도 영혼이 육체에서 분리되어 따로 있다는 인식을 쉽게 찾아볼 수 있다. 영웅서사시에 등장하는 영웅 그리고 그의 적대편인 괴물(망가스)의 영혼이 그의 육체 밖에 존재하는 것으로 묘사된다. 그 예로 '알탕 고르갈다이' 서사시에서 주인공 알탕 고르갈다이의 적대적 인물로 95개 달린 망가스가 등장하는데, 망가스의 머리는 수십 개로 설정되어 있어 그 거인성과 위력을 극대화한다. 망가스는 몸집이 크고, 손톱과 발톱이 쇠갈고리처럼 자라고, 4개의 송곳니가 옆으로 엉켜서 세워진 거구의 못생긴 존재이기도 하면서 신적인 존재이기도 한다. 이 95개의 머리를 가진 엔데그르 하르 망가스의 혼은 '뒷산에 있는 두 마리의 보라매와 7 마리의 까마귀이다. 또한 그의 침대 배게 위에 있는 은상자, 그 안에 금상자, 그 안에 산호상자, 그 안에 노닐고 있는 금은 한 쌍의 물고기이다. 또한 망가스의 오른쪽 어깨에 그릇만한 크기의 붉은 방점'이라고 나오는데,[28] 이들을 없애야 망가스를 없앨 수 있는 것으로 묘사된다.

영혼을 육체로부터 분리시킬 수 있다고 생각했던 것은 영혼을 물질적인 것으로 생각했던 원시관념의 소치라고 할 수 있으며, 토템과도 상관관계가 있다. 특히 자신의 영혼을 수호신적 동물 혹은 식물에 옮겨 보호받고자 했던 원시적 관념으로 볼 수 있다.[29] 영혼을 보

---

28 Shinjlekh Uhaanii Akademi, Khel zokhioliin khureelen(몽골과학 아카데미, 어문학연구소)『Khalkh tuuli(할흐 영웅서사시)』, Ulaanbaatar, 1991, 52-54쪽.

29 이안나 앞의 책, 112쪽.

관해 둔 은밀한 공간이나 장소에서 영혼이 안전하게 머무는 한, 그 주인 자신이 불사의 존재가 되는 것이다.[30]

영혼을 담는 존재는 보편적으로 동물로 표현되지만 간혹 식물, 신체의 일부 등으로도 나타난다. 영혼을 보호하는 동물로는 대개 새, 사슴, 산양, 소 등이 등장하는데, 이들은 모두 몽골 신화 체계에서 토템 동물이 되며, 이들이 죽어야 이들이 보호하던 영혼의 주인이 비로소 사망한다. 이러한 관념은 영혼이 신체의 일부인 점, 아킬레스 건, 머리카락 등에 깃들어 있으며, 이 곳이 손상되면 그 주인이 죽게 되는 것이다.

이러한 관념은 외재적 영혼[31]을 통해서 주어진 수명을 연장하거나 죽음을 극복하려는 몽골인들의 소망의 반영일 것으로 추정할 수 있다.

Ⅳ. 맺음말

이상, 몽골인들의 죽음과 영혼관을 그들의 신화를 통해서 확인하였다. 몽골구비문학의 한 장르인 신화나 서사시에 나타난 죽음과 영혼관이 몽골인들의 죽음관, 영혼관 모두를 나타낸다고 볼 수는 없다. 하지만 신화는 그 민족의 신앙생활과 밀접한 관계를 두고 있기 때문

---

30 제임스 조지 프레이저, 이용대 역『황금가지』, 한겨레출판, 2006, 847쪽.

31 이안나는 앞의 책에서 신체 밖에서 존재하는 영혼을 '외재적 영혼'이라고 번역·정리했고, 본 논의에서 그를 따랐다.

에 오랜 시간을 걸쳐 전해 올 수 있었고, 그 민족의 가장 기초적인 문화인식을 내재하고 있다. 그러므로 몽골신화나 서사시에 나타난 죽음과 영혼관을 살펴보는 것도 의의가 있다고 생각된다.

몽골어에서 죽음을 뜻하는 표현이 60여 가지에 이른다고 보고된 바 있다. 어느 민족이든 '죽다'라는 낱말을 피하고 돌려 말하기도 한다. 이러한 이유로 은유하는 말이 많은 것으로 생각되기도 한다. 한편으로 몽골 고원에서 여러 민족 집단과 종교가 활동하여, 교류했던 것에 대한 결과일 수도 있다.

인간의 기원과 사람이 죽고 사는 것은 모두 하늘의 뜻이라고 이해하는 하늘 숭배 사상과 정해진 수명이 끝나면 원래의 자리로 돌아간다는, 즉 자연과 인간이 하나라는 인식, 영혼이 나가면 죽음이며 영혼과 육체는 분리되어 있다는 것, 더 나아가 영혼이 여럿이며 영혼과 토템신과의 관계 등등을 확인할 수 있었다.

이번 논고에서는 몽골신화에 나타난 죽음과 영혼관을 살펴봤는데, 앞으로 그들의 장례문화와 몽골 무속신앙, 몽골불교 속에서의 영혼 관념과 의례를 살펴본다면 더 자세하고 전반적인 결과가 나올 것으로 기대된다. 이는 다음번 과제로 남겨 두도록 하겠다.

제3장

일본신화에 나타난 '죽음'과 '재생'

— 신화 해석사의 시점에서 —

사이토 히데키

Ⅰ. 들어가는 말

일본의 신화텍스트는 긴 역사에 걸쳐 해석·주석의 역사를 지녀왔
다. 나라시대 초기에 『고지키』[1], 『니혼쇼키』가 성립된 이후, 헤이안

---

1 『고지키』가 화동(和銅) 5년(712)에 성립했다고 하는 근거는 『고지키』의 첫머리 쪽
에 붙어 있는 '서(序)'에서 찾을 수 있다. 하지만 나라시대의 정사(正史)인 『조쿠니
혼기(続日本紀)』에는 『고지키』 성립에 관한 기술이 없다. 이러한 점에서 『고지키』
는 후세의 위서(偽書)가 아닌가 하는 설도 있다. 최근 미우라 스케유키(三浦佑之)
는 『고지키』가 화동 5년에 성립했다고 기술되어 있는 '서'는 헤이안시대 초기의 오
우지(多氏)에 의해 추가된 것이 지나지 않은 것으로, 『고지키』 본문 그 자체는 8세
기보다 더 거슬러 올라가는 7세기의 전승을 전하고 있다고 주장하였다.(三浦佑之,
『古事記のひみつ』, 吉川弘文館, 2007; 『古事記を読みなおす』, ちくま新書, 2010 등을
참조) 또 미우라의 설을 수용한 사이토 히데키는 『古事記　不思議な一三〇〇年史』
(新人物往来社, 2012)에서 『고지키』가 화동 5년에 성립했다고 기록하고 있는 '서'가

시대 전기에 조정朝廷의 주재로 행해진 '일본기강日本紀講'를 비롯하여 중세의 우라베씨卜部氏나 이세신궁의 신관들, 혹은 천태, 진언의 승려들에 의한 '일본기주日本紀注'의 세계, 더욱이 근세의 유학자와 국학자들에 의한『고지키』와『니혼쇼키』주석, 그리고 근대의 신화학·역사학·국문학·민속학·인류학 등의 학술지學術知에 의한『고지키』와『니혼쇼키』신화연구의 계보를 찾을 수 있다.

주지하는 바와 같이 이러한 신화 텍스트의 해석사 속에서도 현대의 학문 수준으로부터 높은 평가를 얻고 있는 것은 에도시대 중기의 국학자인 모토오리 노리나가(本居宣長, 1730~1801)다. 근대의 실증적인 문헌학 연구가 노리나가의『고지키덴古事記伝』에서 시작한다는 식의 평가가 그것이다.

반면, 노리나가 사후의 제자인 히라타 아쓰타네(平田篤胤, 1776~1843)는 노리나가에 의해 구축된 문헌학을 파괴하고, 자신의 신학神学을 펴기 위해『고지키』나『니혼쇼키』등의 문헌을 이용한 것에 지나지 않는다는 식으로 저평가 되어 왔다.

이러한 아쓰타네 비판의 논법은 중세에 만들어진 방대한『니혼쇼키』의 주석서에 대해 학문적인 평가를 허용하지 않는 문헌학적 입장과 연결되기도 한다. 곧 중세의 주석학은 불교나 유학, 도교 등과 습합된 '신도설'에 의해 신화를 곡해한 것으로, 고대신화에서 벗어난 불순한 견강부회, 공리공론에 지나지 않는다는 입장이다.[2] 이는 그

헤이안시대 초기의 '일본기강(日本紀講)'의 현장에서 만들어진 것임을 지적했다.
2 家永三郎,『日本古典文学大系·日本書紀·解説「研究·受容の沿革」』, 岩波書店, 1967, 56쪽.

와 같은 중세의 주석학의 한계를 뛰어 넘어 근대적인 문헌학의 기초를 세운 것이 노리나가였다는 평가와 대조되는 것이었다.

  하지만 1970년대 이후, 중세에 전개된『니혼쇼키』의 주석학을 '중세'라고 하는 시대의 고유한 학문, 지적 영위로 평가해 가는 연구가 시작되었다. 중세의 신도가神道家, 승려, 귀족지식인들이 행한 '주석'은 본문의 의미를 바르게 이해하기 위한 보조적 작업이 아니라『니혼쇼키』를 주석하는 것에 의해 원전과는 다른 새로운 '본문'=신화텍스트를 창조해 가는 실천행위라고 평가하는 연구가 그것이다. '주석'의 개념 그 자체가 본문해석의 보조적 행위라고 하는 근대적 문헌학의 인식에서 완전히 해방되었다고 보아도 좋을 것이다. 그렇게 나타난 해석이나 새롭게 창조된 독자적인 텍스트를 '중세일본기'라 부른다.[3] 또한 '주석'이라고 하는 틀에서 독립해서 보다 자유롭게 '신화'를 만들어 온 이야기 책, 사사연기寺社縁起, 가구라제문神楽祭文 등을 포함하여 '중세신화'라고 칭하고 있다.[4]

  이러한 '중세신화' 연구를 통해서 우리는 '신화'가 고대에 점유된 것이 아니라 텍스트의 '주석'이라는 형태로 시대에 따라 다르게 바뀌어 읽혔고, 그 시대의 새로운 현실이 반영되었으며, 또 그것들을 초월해가는 지적 영위였다는 것을 확인할 수 있게 되었다. '신화'연구의 새로운 가능성을 열었다고 해도 좋을 것이다. 그런데 당연하게도 중세일본기나 중세신화를 둘러싼 연구는 '중세'라고 하는 시대에

---

3 伊藤正義, 「中世日本紀の輪郭」(『文学』1972년 10월호), 阿部泰郎, 「"日本紀"という運動」(『国文学·解釈と鑑賞』, 1993년 3월호).

4 山本ひろ子, 『中世神話』, 岩波新書, 1998.

75

한정되지 않으면 안 된다. 이는 곧 고대로부터 중세로, 그리고 근세로 전개해 가는 신화해석의 '역사'의 역동성을 찾아볼 수 없다는 약점을 지니고 있다고 할 수 있을 것이다.

따라서 본고에서는 중세신화의 연구 성과를 바탕으로 하면서도 나아가 역사의 흐름으로까지 시야를 확대하는 것을 시도해 보고자 한다. 이를 도출해 내는 것이 '신화해석사'라는 관점이다. 신화의 '해석사'는 단순한 수용의 역사가 아니라 새로운 신화를 창조해 가는 역사였다. 그 관점에서 본다면 근세의 노리나가나 아쓰타네의 주석학도 중세신화의 계보를 계승하는 '근세신화'의 창조적 행위로 재평가하는 것이 가능할 것이다.[5] '중세신화'로서 제시된 선행연구의 축적을 근세의 노리나가, 아쓰타네의 주석학에 확대해 전개해 가는 것이 여기서 제시하고자 하는 과제이다.

본고에서는 이상과 같은 신화해석사의 연구 관점에 의해 심포지엄에서 설정한 주제인 '동북아시아 신화에 나타난 죽음과 타계관' 가운데 '일본신화'의 타계他界, 죽음과 재생에 대해 고찰해 보고자 한다. 신화해석사라고 하는 관점에서 해당 주제를 다룬 연구는 지금까지 어디서도 찾아볼 수 없기 때문이다. 시대의 변화하는 속에서 변모해 가는 신화는 어떠한 '타계'나 '죽음'의 인식을 만들어 낼까?

---

5 斎藤英喜, 『読み替えられた日本神話』, 講談社新書. 2006; 『古事記はいかに読まれてきたか』, 吉川弘文館, 2012; 『異貌の古事記』, 青土社, 2014.

Ⅱ. '요미노쿠니黃泉国'와 '네노카타스쿠니根の堅州国'

『고지키』속에서 '명계冥界'(타계)라고 하면 이자나미가 죽어서 가는 '요미노쿠니黃泉国'가 유명하다. 그곳에서는 사체가 부패하여 두 번 다시 돌아올 수 없는 더럽혀진 사후의 세계가 그려져 간다. 더욱이 『고지키』에서는 이즈모出雲의 오호쿠니누시大国主神를 뒤에서 후원하는 신, 곧 스사노오가 지배하는 '네노카타스쿠니根の堅州国'라는 타계도 등장한다. 그곳은 요미노쿠니와 동일하게 '요모쓰히라사카黃泉つひら坂'를 출구로 하고 있다는 점에서 요미노쿠니와 네노카타스쿠니는 서로 어떻게 중복되고 또 어떠한 차이가 있는지에 대해 현재까지도 많은 논의가 전개되어 왔다.[6]

거듭해서 『고지키』의 신화 스토리를 새롭게 읽어보면 다음과 같은 의문이 든다. 스사노오가 이자나기에 의해 '추방'된 이유는 스사노오 자신이 '어머니의 나라 네노카타스쿠니에 가고자 한다'고 요구했기 때문이다. 이 때의 네노카타스쿠니를 '어머니의 나라', 곧 죽은 어머니인 이자나미의 나라라고 생각한다면 요미노쿠니와 서로 겹쳐진다. 따라서 더럽혀진 나라에 가고 싶다고 요구하는 스사노오에 대해 이자나기는 '그렇다면 너는 이 나라에서는 살 수 없다'고 하면서 추방하는 것이다. 스사노오의 발언 속에 나타난 네노카타스쿠니는 '이 나라'에서는 배제되고, 죽음의 더러움과 연결되는 요미노쿠니와는 서로 겹쳐지는 것이다.

---

6 예를 들면 西鄕信綱, 『古代人と夢』, 平凡社, 1972 등.

이에 대해 오호나무지オホナムヂ가 방문하여 스사노오로부터 시련을 당하고, 또 '오호쿠니누시大国主神'라고 하는 지상세계의 왕으로서의 자격이 주어지는 네노카타스쿠니는 결코 '이 세계'에서 배제되고 더럽혀진 세계이거나 요미노쿠니와 동질의 세계가 아니다. 스사노오가 지배하는 네노카타스쿠니는 그곳을 방문하였던 오호나무지가 자신의 조상인 스사노오로부터 지상의 왕인 오호쿠니누시로 재생하고 성장하는 타계로 그려지고 있다. 네노카타스쿠니는 요미노쿠니와는 다른 '지상세계에 풍요를 가져오는 근원적인 힘'[7]이 잠재하는 장소로 해석될 수 있는 것이다.

이와 같이 네노카타스쿠니는『고지키』신화의 전반부와 후반부에서 서로 다른 이미지로 그려지고 있다. 이러한 변화는 네노카타스쿠니를 지배하는 신, 스사노오의 변모와 깊이 연결되는 것이라고 생각한다.

스사노오는 난폭한 신으로서 이자나기에 의해 추방되고, 또 다카마노하라高天原에서도 난폭한 행위를 하여 다시 추방된다. 하지만 이 두 번째의 추방에서 그는 더러움을 정화淨化하는 '하라에祓'를 받게 되었고, 이즈모에 강림한 후에는 야마타노오로치ヤマタノオロチ를 퇴치하는 영웅적인 신으로 변모하였다. 또 스사노오의 6세손인 오호나무지를 후원하는 '늙은 스사노오'로 성장해 간다. 이러한 스사노오 자신의 성장에 상응하여 그 신이 사는 세계인 네노카타스쿠니도 변모해 가는 것이다.[8] 곧 네노카타스쿠니는 지상세계를 활성화시키는

---

7 위의 책, 157쪽.

근원적인 힘을 부여하는 타계로 되어 간다는 뜻이다. 이렇게 『고지키』 신화에는 사후의 타계로서 재생 불가능한 요미노쿠니와 재생이 가능한 네노카타스쿠니라고 하는 두 가지의 타계가 존재하고 있다는 것을 알 수 있다.

여기서 하나 더 주목할 것은 요미노쿠니·네노카타스쿠니와 이즈모국出雲国의 관계다. 『고지키』에서는 '요모쓰히라사카'에 대해 '현재 이즈모국의 이부야사카伊賦夜坂라고 부르는 곳이다'라고 기술되어 있다. 사후의 타계인 요미노쿠니와 네노카타스쿠니의 출구가 이즈모국에 있다는 것이다. 이 지역에 대해 『이즈모노쿠니노후도키出雲国風土記』에서는 시마네현島根県 야쓰카군八束郡 히가시이즈모초東出雲町의 '이야신사揖夜神社'에 해당한다거나, 시마네현 히라타시平田市에 있는 '이노메猪目동굴'인 '나즈키노이소脳の磯'에 해당한다고 하였다. 이즈모대사出雲大社의 동북쪽 방향으로 동해東海 쪽에 접한 해안에 있는 거대한 동굴은 확실히 요미노쿠니로 가는 입구를 연상시킨다. 실제 이 동굴은 야요이弥生·조몬繩文시대의 풍장風葬 흔적이 남아 있는 것으로도 알려진 곳이다.

이렇게 요미노쿠니, 네노카타스쿠니와 함께 사후의 명계(타계)가 '이즈모국'과 관련되어 있다는 것도 간과할 수 없다. 일본신화의 '죽음과 재생'이라고 하는 주제에서 '이즈모'가 중요한 위상을 지닌다

---

8 斎藤英喜, 『古事記 成長する神々』, ビイング·ネット·プレス, 2010. 또 『고지키』의 다카마노하라, 아시하라나카쓰쿠니(葦原中国), 요미노쿠니(黄泉国) 등이 신화의 전개에 입각하여 변모해 간다고 하는 점에 대해서는 アンダソヴァ·マラル, 『古事記 変貌する世界』, ミネルヴァ書房, 2014를 참조.

는 점은 틀림없는 것이다.

따라서 다시 한 번 '이즈모'를 무대로 한 신화와 '명계'의 관계에 대해 주목해 보자. 여기서 먼저 떠오르는 것은 이즈모신화의 클라이맥스인 오호쿠니누시의 '국토양도国讓り'와 이즈모대사 창건 유래에 관한 신화다.

Ⅲ. 국토양도 신화와 '야소쿠마데八十坰手' '유사幽事'

다카마노하라에서 파견된 다케미카즈치タケミカヅチ에게 오호쿠니누시는 국토양도의 조건을 다음과 같이 제시하였다.

> 나의 두 아들 신들이 말한 대로 나도 또한 거스르지 않겠습니다. 이 아시하라노나카쓰쿠니葦原中国는 분부하신 명에 따라 완전히 헌상하겠습니다. 다만 나의 거주할 곳으로 천신天神의 자손이 그 혈통을 이어가는 것을 나타내기 충분한 천상의 신전과 같이 큰 바위 위에 두꺼운 궁전 기둥을 세우고, 다카마노하라에까지 지기千木를 높여 우뚝 세워 제사지낸다면 나는 멀고 깊은 야소쿠마데八十坰手에 몸을 숨길 것입니다. 또 나의 자식들인 백팔십의 신들의 경우 야에고토시로누시노카미 八重事代主神가 모든 신들의 선두와 후미에 서서 받들 것이므로 이를 거역하는 신은 없을 것입니다.(『古事記』상권)[9]

---

9 新潮日本古典集成, 『古事記』, 新潮社, 1993, 86-87쪽.

천신의 자손인 천황의 궁전과 동일한 수준의 훌륭한 신전을 짓고 오호쿠니누시를 제시지내는 것이 국토양도의 조건이었다. 곧 오호쿠니누시를 제사지내는 이즈모대사는 국토양도의 교환조건으로서 세워진 것이라는 유래를 찾을 수 있는 것이다.

문제는 신사에 진좌鎭座되는 것을 '멀고 깊은 야소쿠마데에 몸을 숨길 것'이라고 말하고 있는 부분이다. '야소쿠마데'는 멀고 먼 타계의 의미로 '요미노쿠니'를 가리킨다는 것이 노리나가『고지키덴』의 해석인데, 사이고 노부쓰나西鄕信綱는 노리나가의 이 해석을 비판하면서 다카마노하라에서 봤을 때 이즈모 그 자체가 '길의 모든 곳을 지난 벽지의 땅'을 표현한 것이라고 하였다.[10] 세계의 중심인 '다카마노하라'에 대하여 '이즈모'는 주변에 위치한다고 하는 '신화의 구조'에서 비롯된 설명이다.

하지만 여기에서 주목할 것은 '이즈모(혹은 이즈모대사)' 그 자체가 '요미노쿠니'와 서로 겹쳐지는 이미지의 문맥을 지닌다는 점이다. 이즈모대사가 사후의 세계, 곧 명계와 관계를 불러일으킨다고 해도 좋을 것이다. 이는『니혼쇼키』'일서一書' 제2의 유명한 한 구절과도 호응하고 있다.

> 그대가 다스리는 현로顯露는 나의 자손이 다스려야 하며, 그대는 신의 일神事을 다스려야 한다.
>
> 내가 다스리는 현로顯露의 일은 황손께서 다스릴 것이며, 나는 물러

---

10 西鄕信綱,『古事記の世界』, 岩波新書, 1967, 31쪽.

나 유사幽事를 다스릴 것입니다.(『日本書紀』神代下·第九段·一書[第二].)[11]

　‘현로顯露의 일’은 황손(皇孫:천황)이 다스리고, ‘신의 일神事’과 ‘유사幽事’는 오호나무지가 다스린다고 하는 교환조건이다. 여기서 ‘현로顯露의 일’은 정치상의 일, ‘신의 일神事’과 ‘유사幽事’는 종교상의 일이라고 보면서 정치와 종교가 서로 분담되어 왔다는 해석이 통설이었다. 곧 국토양도는 정치와 종교의 분리를 의미하는 것으로, 정치의 일은 황손(천황)에 맡기고 오호나무지 자신은 종교의 일에 전념한다고 하는 해석이다.[12]

　그런데 이러한 해석의 바탕이 되고 있는 것이 바로 근세 노리나가의 언설言說이다. 곧 노리나가는 ‘현사顯事’는 ‘세상 사람들이 행하는 사업으로 이른바 사람의 일’, ‘황손께서 행하시는 현사는 곧 천하를 다스리시는 정치’라고 해석하고 있으며, 그에 대해 ‘유사’는 ‘천하의 다스리기 어려운 길흉, 사람의 화복 등 그 외에도 모든 것이 누가 행하는 것이라고 공공연히 알 수 없는 것은 명계의 신이 행하시는 소행’이라고 하여, 불가시적인 신들의 행위를 ‘유사’라고 일반화 해 간 것이다.[13]

　하지만 ‘신의 일神事’은 종교상의 일이라고 이해할 수도 있겠으나, ‘유사’를 그와 동일하게 표현하고 있는 부분은 재고의 여지가 있다. 왜냐하면 『고지키』의 ‘이즈모’는 ‘요미노쿠니’, ‘사후의 타계’와 서

11　新編日本古典文学全集, 『日本書紀 一』, 小学館, 1994, 135-136쪽.
12　西郷信綱, 『古事記注釈』, 第二巻, 平凡社, 1976, 215쪽.
13　本居宣長, 『玉くしげ』(『本居宣長全集』八巻, 筑摩書房, 1972), 320쪽.

로 겹쳐진다고 하는 문맥과 공명하기 때문이다.

Ⅳ. 히라타 아쓰타네와 '사후 영혼의 행방'

노리나가는 사후의 영혼에 관해 깊이 고찰한 것이 없는데, 그의 제자인 아쓰타네는 '사후 영혼의 행방'을 일생의 가장 중요한 주제로 삼았다. 이 문제와 깊은 관련을 맺는 것이 앞에서 제시한 『니혼쇼키』 '일서' 제2의 '현로顯露의 일', '신의 일神事', '유사幽事'의 해석이다. 아쓰타네의 해석을 살펴보자.

> 현명顯明의 일과 유명幽冥의 일의 차별에 대해 깊이 생각해 보니, 범인凡人이 이렇게 태어나서 현세에 있을 때는 현명의 일로 천황의 백성이 되고, 죽어서 그 영혼이 마침내 신神이 되면 유령幽靈이나 유혼幽魂이라고 부르는 것처럼 이미 이른바 유명에 돌아가게 된다. 그 명부冥府를 관장하는 대신大神은 오호쿠니누시大国主神로, 그 신께 신명을 다 바쳐야 하고 그 신의 다스리심을 받게 된다.(平田篤胤, 『霊の真柱』하권)[14]

> 그 명부라고 하는 것은 이 현국顯国을 두고 따로 어떠한 곳이 있는 것이 아니다. 곧 이 현국 안 어디에나 있는 것으로 유명幽冥은 현세와 떨어져 있는 것이 아니다. (중략) 그 명부에서는 인간의 행하는 바를

---

14 日本思想大系, 『平田篤胤·伴信友·大国隆正』, 岩波書店, 1973, 77쪽.

잘 볼 수 있는데 (이는 고금의 사실로 분명하게 알 수 있는 것이므로 지금 예를 들어 말하지 않아도 누구라도 알 수 있다) 현세에서는 그 유명을 볼 수 없다.(『靈の眞柱』하권)[15]

현계에서는 천황의 지배하에 있지만 사후의 영혼은 '신'이 되어 유명계로 간다. 그 명부를 지배하고 있는 것은 '오호쿠니누시大国主神'이므로 사후에는 그 신의 지배에 귀속된다고 하면서 '유사幽事'를 사후에 영혼이 가는 장소라고 해석하고 있는 것이다. 또 여기서 그는 사후의 영혼은 '유명'으로 향하고, 썩어가는 시체는 '요미노쿠니'에 속한다고 설한다. 이는 사후 영혼의 영원성을 강조하는 아쓰타네 '신학'으로 연결되는 것이다.

이렇게 사후에 영혼이 가는 '유사'를 지배하는 것이 오호쿠니누시이며, 오호쿠니누시가 진좌되어 있는 이즈모대사는 '유사를 밝혀내고 다스리는 곳'이라고 해석하고 있다. 더욱이 현세의 인간이 이즈모대사에 참예하더라도 '유명'을 볼 수 없지만, '유명' 쪽에서는 '현계'를 보는 것이 가능하다고 논하고 있다.(『고시덴』권23)[16] 유명계와 현계의 비대칭적인 관계라고 하는 문제다.

이상과 같은 아쓰타네의 해석은 『고지키』, 『니혼쇼키』원전에서 벗어난 '곡해曲解'라고 하여 현대의 『고지키』와 『니혼쇼키』연구에

---

15 위의 책, 109쪽.

16 『新修·平田篤胤全集』, 제3권, 名著出版, 1977, 178쪽. 또한 최근에 이케미 쵸류(池見隆澄)는 명계와 현계 사이를 '보이는/보이지 않는'다고 하는 시점의 비대칭성으로서 논하고 있다. 池見隆澄, 「「序」にかえて―冥·顯の地平」(池見隆澄編, 『冥顯論』, 法蔵館, 2012)

서는 부정되고 있다. 확실히 아쓰타네의 해석은 『니혼쇼키』의 원전
에서 현격하게 벗어난 세계를 창작하고 있다. 아쓰타네 '신학'이라
고 할 수 있는 까닭이다.

　하지만 신화해석사의 관점에서 볼 때, 아쓰타네의 신학세계는 '주
석注釈'의 작업을 통해서 창작해 가는 그 시대의 고유한 '신화' 창조
로서 재평가할 수 있다. 18세기의 현세주의적인 노리나가와 다르게,
사후 영혼의 구제를 중요한 주제로 하는 19세기에 요구된 '근세신
화'의 창조였다. 이와 같은 아쓰타네의 『니혼쇼키』 해석은 그 연원
을 중세에서 찾을 수 있다.

Ⅴ. 중세의 '유사幽事' 해석사

　아쓰타네는 자신의 '유사', '현로의 일'을 둘러싼 해석의 근거로
'가네라공兼良公의 찬소纂疏'를 들고 있다. 그것은 무로마치시대 중기
의 이치죠 가네라一条兼良에 의해 저술된 『니혼쇼키』 주석서 『니혼쇼
키산소日本書紀纂疏』이다.

> 　현로顯露의 일은 인도人道며, 유명幽冥의 일은 신도神道다. 두 가지 길
> 은 또한 주야晝夜, 음양陰陽과 같으니, 둘이면서 하나이다. 사람의 악을
> 현명의 땅에서 행하면 곧 제황帝皇이 이것을 벌주誅하고, 악을 유명의 속
> 에서 행하면 곧 귀신이 이를 벌한다. 선을 행하여 복을 얻는 사람도 또
> 한 이와 같다. 신의 일은 곧 명부의 일이니, 제사생폐祭祀牲幣의 예礼가

아니다. 제사생폐는 또한 현로의 일에 속한다.(『日本書紀纂疏』하권 제2)[17]

『니혼쇼키』'일서' 제2의 '유사'는 '명부의 일'로 해석되었다. 그리고 명부에서 사람의 '악한 일'을 벌하는 것은 귀신이었다. 그 '귀신'이 이즈모대사의 오호나무지(오호쿠니누시)와 서로 겹쳐가는 것이다. 아쓰타네의 '유명' 해석은 가네라의 설을 바탕으로 한 것임에 틀림없다.

더욱이 중세의 신화해석을 살펴보면 가마쿠라시대부터 남북조시대에 살았던 우라베 집안 출신의 천태승 지헨慈遍의 특이한 주석이 주목된다. 지헨이 직접 주석하는 것은『니혼쇼키』가 아니라『선대구사본기先代旧事本紀』이다. 중세에는『선대구사본기』가『고지키』이상으로 중시되고 있었기 때문이다. 지헨의 주석은 다음과 같다.

까닭에 네노쿠니根の国란 요미노쿠니黃泉를 가리키는 것이다. 곧 이 명도冥道를 이계異界라고 부른다. 느끼는 것과 보는 것이 떨어져 있더라도 어찌 다름이 있을 것인가? 그러나 미혹되어 생사를 두려워하면서 망녕되게 명과 현을 다르다고 하였다. 까닭에 스스로 신기神祇를 나누고 각자 중생衆識을 건너간다. 천신天神은 현계顯界를 다스리고, 황손은 세상을 다스리며, 지기地祇는 명계冥界를 거느린다. 스사노오의 후예들이 행여 생사를 논하면 명과 현이 서로 뒤집히고 음양이 변화한다. (중략) 저 스사노오는 따라서 요미노쿠니로 향하고, 어머니의 나라

---

17 神道大系,『古典註釈編・日本書紀註釈(中)』, 神道大系編纂会, 1985, 311쪽.

네노쿠니로 갔다고 말하는데, 그 가는 길의 중간에 이즈모국으로 가서 (중략). 마침내 그의 딸과 결혼해서 태어나는 신이 유국幽国의 주인으로서 명계를 거느린다.(慈遍, 『旧事本紀玄義』 제3권)[18]

중세불교의 교의에 의하면 명과 현이란 본래 '일여一如'의 관계였다. 하지만 인간이 '미혹'되어 생사를 두려워하였기 때문에 명과 현은 분리되었다. 그것을 나타내는 것이 '현'의 세계를 지배하는 천신과 황손이고, 명은 지기地祇가 지배한다고 하는 신화다.

스사노오가 '요미노쿠니', '네노쿠니'에 가고, 또한 이즈모국에 가서 야마타노오로치를 퇴치하고 구시이나다히메를 아내로 맞이해서 태어난 아이가 오호나무지다. 이 오호나무지가 '유국幽国'의 주인이므로 '명계'를 영유領有한다. 이와 같이 여기서는 중세불교의 지식을 매개로 고대신화를 주석하였으며, 또한 고대신화와는 다른 새로운 신화를 창조하는 것을 볼 수 있다. 이것이 명계의 신을 둘러싼 '중세신화'인 것이다.

스사노오를 둘러싼 명계신 신화는 한 걸음 더 나아가 스사노오를 염마법왕閻魔法王과 동체화 시키며, 또한 그 '본지本地'를 '지장보살'이라고 하는 등 기괴한 신화를 전개해 간다. 시마노쿠니志摩国에 거주하고 있던 진언종의 승려 슌유(春瑜, 1401~1459)가 서사書写한 『니혼쇼키시켄몬日本書紀私見聞』이 그것이다.

---

18 日本思想大系, 『中世神道論』, 岩波書店, 1977, 141-142쪽.

스사노오노미코토素戔烏尊라는 자는 곧 염마법왕琰魔法王이다. 이
신은 악신으로서 나라 안의 백성들을 괴롭게 하고, 푸른 산을 말라비
틀어지게 하며, 용맹하면서도 사나워서 무척 거칠고 잔인하게 울어대
는 행동을 했고, 혹은 망아지의 껍데기를 벗겨 농사짓고 있는 밭 가운
데에 던지는 악한 일을 으뜸으로 삼았다. 더욱이 자비가 없는 신으로
계셨다. 아마테라스는 자비심이 깊은 신으로서 스사노오의 악한 행동
에 슬퍼하여 하늘의 바위동굴天の岩戸에 들어가 숨으셨다. (중략) 스사
노오는 그것을 두려워하지 않으면서 '나는 이 나라에 머물지 않을 것
이며, 일본국은 적자인 오타타라노미야大タタラノ宮에 이를 건넬 것이며,
나는 지하에 있는 네노쿠니를 다스릴 것이다. 네노쿠니는 지옥의 이름
이니, 곧 염마왕이 스사노오다. 본지는 지장보살이다.(春瑜写, 『日本書紀
私見聞』)[19]

스사노오는 자비심이 단 한 조각도 없는 '악신'이었다. 그리고 아
마테라스와 대립하는 가운데 '일본국'을 떠나게 되었고, 그 통치를
자신의 자식인 '오타타라노미야(오호나무지라고 생각됨)'에 양보하고 자
신은 지하에 있는 '네노쿠니'를 지배하였다. 여기서 네노쿠니란 지
옥을 가리키는 것이며, 따라서 스사노오를 '염마법왕'이라고 부르는
것이다. 『니혼쇼키』 신화를 독자적으로 새롭게 해석해 간 불교판
'중세일본기'라 할 수 있겠다. 이와 같은 중세신화의 스사노오 이미
지는 결코 적지 않다.

---

19 神道資料叢刊, 『日本書紀私見聞』, 皇学館大学神道研究所.

그 후 스사노오노미코토索弉烏尊는 어머니의 자취를 따라 미혹의 땅
으로 내려가서 염마왕閻魔王이 되셨다.(『十王経注』)[20]

스사노오노미코토素盞烏尊라는 문장은 염마왕閻魔王을 말하는 것이
다. 자세한 내용은 하권下巻에 있다.
네노쿠니根国라는 문장은 염마왕의 궁전을 말한다. 혹은 요미노쿠
니黄泉国라고도 주석하고 있다. 어떤 주석에서는 무간지옥無間地獄이
라고도 한다.(良遍,『日本書紀巻第一聞書』)[21]

스사노오는 본래 '나라의 주인'이었는데 '악신'이었으므로 네노쿠
니로 보내졌으며, 그곳에서 염마왕이 되었다고 하거나, 혹은 스사노
오는 어머니를 그리워하여 '명토冥土'로 내려가서 염마왕으로 현현
하였다는 것이다. 또는 '네노쿠니'는 '요미노쿠니'라는 것으로 '무간
지옥(불교의 8대 지옥 가운데 가장 낮은 곳에 있다는 지옥)'이라고도 불리고 있
었다. 특히 돌아가신 어머니의 자취를 그리워했다고 하는 스토리는
『고지키』나『선대구사본기』의 신화를 바탕으로 하면서 불교적으로
다시 해석한 것이다.
　여기서 재차 주목하고자 하는 것은 순유가 서사한『니혼쇼키시켄
몬』에서 스사노오가 염마법왕과 동체화 하면서도 그 본지本地가 지
장보살이라고 되어 있는 부분이다. 본지수적설本地垂迹説의 변용이라

20　小峯和明, 「中世注釈の世界」(『説話の言説』, 森話社, 2002), 207쪽.
21　神道大系,『論説編·天台神道(上)』, 神道大系編纂会, 533쪽.

할 수 있다. 지장보살이란 지옥에 떨어진 중생의 고통을 대신해서 받는다고 하는 '대수고代受苦'의 부처님이다. 바야흐로 불교세계에서 사후의 재생, 곧 사후의 구제를 담당하는 존재가 바로 지장보살이었다. 따라서 지장보살과 일체화 된 스사노오는 지옥이라고 하는 명계에서 새로운 구제신으로 변모해 갔다는 것을 알 수 있다. 중세 신화의 스사노오인 것이다.[22] 또한 밀교수행법 가운데에도 '지장보살은 염마천焰魔天의 본래 몸本身이다'(守覚, 『沢抄』)라는 내용이 있는 등, 염마왕과 지장보살을 동체화하는 신앙은 많은 곳에서 찾아볼 수 있다.[23]

VI. '신화해석사'의 방법적 가능성

이상 살펴본 바와 같은 중세에 있어서의 신화해석 세계는 그동안 고대신화를 불교의 교의에 의해 개변改變시킨 이차적인 신화라고 폄훼되어 왔다. 중세의 승려나 신도가들의 신화해석은 현대 학문의 시각에서 본다면 가치가 없는 황당무계한 것으로서 외면과 무시를 당해 온 것이다. '그것들은 모두 자기 집안의 신도 교의에 입각한 공리공론에 함몰되어진 것들로, 오늘에 있어 니혼쇼키의 학문적 연구를

---

22 斎藤英喜, 『荒ぶるスサノヲ 七変化』, 吉川弘文館, 2012. 또 『記』『紀』『古語拾遺』『先代旧事本紀』 등의 고대신화에 있어서의 스사노오의 변모에 대해서는 権東祐, 『スサノヲの変貌』, 法蔵館, 2013을 참조.

23 速水侑, 『平安貴族社会と仏教』, 吉川弘文館, 1975, 234쪽.

위해 읽을 만한 가치를 가진 것은 단 하나도 없다', '니혼쇼키를 신전화神典化한 중세신도는 사상적으로도 일본민중의 살아있는 신앙에서 유리遊離되어 버린 것으로 현실적인 의의를 찾아보기 힘든 것이다. 일부 신사 쪽 집안사람들 또는 그와 관련된 공가公家나 귀족들에 의해 책상 위에서 만들어진 관념론이었다'[24]고 하는 이에나가 사부로家永三郎의 평가는 그 대표적인 것이라 할 수 있다.

하지만 이러한 비판은 근대적인 학문관, 주석관注釈観, 사상, 민중관을 그대로 중세에 적용시켜서 비판한 것에 지나지 않는다. 요컨대 '근대주의'의 관점에서 중세를 바라본 것에 불과하다는 것이다. 이와 같은 문제를 분명하게 밝힐 수 있게 된 것은 근대주의를 비판해 온 '포스트모던'이라는 시대적 동향의 영향이 크다. 중세일본기나 중세신화라고 하는 연구방법 역시 근대적인 것에 대한 비판, 곧 포스트모던의 상황과 연동해서 등장하게 된 것이다.

중세일본기, 중세신화의 연구방법을 바탕으로 한다면 다음과 같은 관점의 전회転回가 필요하게 될 것이다. 중세라고 하는 시대는 '불교'가 사회 깊숙이 침투하였고, 권력을 구축해 가는 시대였다. 특히 정토교로 대표된다고 할 수 있는 '죽음'의 문제는 불교가 큰 신앙적 힘을 가지고 있었던 것이 틀림없음을 보여준다.

한편, '신화'란 자신들이 살아가고 있는 지금의 현실에 일어나는 것들의 의미를 찾고, 또 그 기원을 말하는 것을 목적으로 한다. 고대에 있어서는 『고지키』나 『니혼쇼키』 신화에서 '죽음'이란 무엇인가,

---

24 家永三郎, 앞의 글, 56쪽.

'사후의 세계'란 무엇인가에 대해 그 유래와 기원을 찾고 해결하는 것이 가능했다. 이에 대해 불교가 널리 유행하였던 중세에는 이미 『고지키』나 『니혼쇼키』 신화만으로는 사람들의 '죽음'의 의미를 찾는 것이 불가능하게 되어버렸기 때문에 불교의 지식을 매개로 하여 신화를 해석하고 재창조하는 방향으로 나아간 것이다. 슌유가 서사한 『니혼쇼키시켄몬』 속에서 스사노오의 '네노쿠니'는 '지옥'이었고, 지옥의 '염마'는 스사노오였으며, 그러한 까닭에 염마와 스사노오 동체화의 본질은 지옥의 구원자인 지장보살이 된다고 하는 중세판 니혼쇼키인 중세일본기에 의해 중세 사람들은 자신들의 사후의 의미를 찾고 그 구제의 기원을 이야기 해 갔다. 불교의 가르침만으로는 모든 것들의 기원을 다 말할 수 없기 때문에 고대의 신화에 대한 해석을 통해 중세 사람들의 생활 방식, 세계관, 그리고 구제의 기원을 말하였고, 새로운 '중세신화'를 창조해 낸 것이다. 이상과 같은 것들을 '불교적 신화해석'의 '사상적 요인'이라고 생각해도 좋을 것이다.

이렇게 중세신화에서 시작된 명부신冥府神은 근세 후기라는 시대에 이르면, 그리스도교라고 하는 서양의 지식을 매개로 하여 새로운 신으로 변모해 간다. 그것이 곧 히라타 아쓰타네가 『고지키』와 『니혼쇼키』를 새롭게 읽어 가는 속에서 『유세幽世의 대신大神』이 곧 이즈모의 오쿠니누시라는 해석한 것이다. 이 해석이 이루어지는 배경에는 러시아의 함대가 통상을 요구해 왔다고 하는, 바야흐로 유럽과 새로운 관계를 맺는 시대적 상황이 작용하고 있었다. 곧 그때까지 누구도 체험하지 못했던 대외적인 '위기'의 시대 속에서 사후 영혼

의 행방을 묻는다고 하는 신앙적 요구에 응답해 간 것이 아쓰타네의
『다마노미하시라霊の真柱』와 『고시덴古史伝』이었다고 말할 수 있을
것이다.[25]

물론 아쓰타네의 신화해석학이 '천황제이데올로기'를 형성하였
고, 근대국가의 국민통합에 역할해 온 것 등은 잊어서는 안 될 문제
다. 특히 막말명치幕末明治의 변혁으로부터 명치 초년의 '신도국교화
神道国教化' 정책에 많은 히라타 문인들이 관여했다는 것은 주지의 사
실이다.[26] 또 아쓰타네의 일본중심주의, 일본우월주의가 소화기昭和
期 침략전쟁의 이데올로기적 역할을 담당했다는 것은 재차 지적할
필요도 없는 사실이다.

하지만 본고에서 제시하고자 하는 문제는 그러한 것들에 앞서서
설정된 것들에 대한 관심이다. 곧 '천황제이데올로기' 혹은 '국민국
가'라고 하는 개념은 근대가 만들어 낸 사상과 인식이다. 따라서 중
세나 근세에 형성된 '신화해석'의 세계를 '근대'가 만들어 낸 사상이
나 인식으로 재단해 버리는 것은 역사의 인식으로서는 불충분한 것
이 아닐까. 애초에 근대의 가치관으로는 파악이 불가능한 중세나 근
세의 '신화해석'의 세계를 잘라내 버린다면 '신화' 그 자체, 또는 '신
화연구'의 가능성을 봉인하는 것이 되어버린다. 신화는 항상 그 시
대적 현실의 기원을 밝혀주고 의미를 부여하면서도 그 현실의 한계

---

25 이 점에 대한 구체적 내용은 斎藤英喜 앞의 책, 『異貌の古事記』를 참조하면 된다.
26 히라타 문인과 막말유신 변혁의 관계에 대해서는 宮地正人, 『幕末維新変革史』上・
下, 岩波書店, 2012, 吉田麻子, 『知の共鳴―平田篤胤をめぐる書物の社会史』, ぺりか
ん社, 2012를 참조.

를 초월해 가고 변혁해 가는 '지知'를 제시해 주는 것이다.

　이렇게 21세기의 신화해석의 새로운 가능성이 '신화해석사'의 방법적 관점 속에 숨어 있음을 밝히는 것을 본고의 결론으로 하고자 한다.[27]

▌번역 : 권동우(원광디지털대학교 시간강사)

27　斎藤英喜, 「『中世日本紀』と神話研究の現在」(『国文学·解釈と鑑賞』, 2011년 5월호)

제4장

중국신화·서사문학에 나타난 죽음과 재생관념

빈 미 정

I. 머리말

죽음은 인간이 삶의 여정에서 겪을 수 밖에 없는 과정이다. 죽음은 일시에 한 인간에게서 삶의 모든 것이 달라지는 절대적인 과정이고, 시·공간적인 한계 속에 놓여 있는 인간으로서는 피할 수 없는 운명이기도 하다. 이는 결코 개인에게 국한된 문제가 아닌, 죽음은 인간 집단의 문제이며 지역이나 문화, 나아가 시간을 초월하여 역사 속에 살다간 모든 인간들이 공통적으로 직면한 수수께끼 같은 삶의 화두였다. 인간들은 생의 수수께끼가 던진 질문을 통해서 하나의 믿음을 발견했다.

우주만물은 시작과 끝이 있고, 인간의 생명 역시 시작과 끝이 있다. 그러나 그 생명의 시작과 끝은 '우주의 질서 안에 존재하는 하나의 순환적 과정'이라는 생각이다. 적어도 기독교적 세계관 속에서 제기하는 '불멸의 생명성'을 이해하기 전에는, '우주의 질서 안에 존재하는 순환'은 재생再生의 모티프로서 생명의 영속성을 암시하는 희망의 언어였다.

인간은 인간사의 가장 결정적인 고통인 죽음에 직면하여 그 허망한 죽음의 자화상 앞에서 절망하지 않았다. 그들은 '죽음이 끝이 아니다'는 위로와 희망으로 그 엄청난 고통을 이겨내고 다시 새로운 삶을 향해 나아가는 생명성을 갈구했던 것이다. 죽음을 이야기하는 신화는 모든 생명은 한 차례의 죽음으로 끝나지 않고, 또 다른 형태의 생명으로 전화(轉化, transforming)된다는 사실을 보여준다.

중국신화와 전설, 민간 전승인 민담, 지괴문학志怪文學 등 서사문학 전반에 걸쳐 이러한 '죽음과 재생'의 모티프는 찾아보기 어렵지 않다. 상당한 시간을 거치면서 구술로 전승되었을 신화의 이야기 구조 안에서 죽음이 새로운 생명의 시작이라는 언어적 표상을 갖게 된 것은 신화의 보편적인 양상인 듯하다. 중국신화에서 죽음의 문제는 만물의 시작에 관한 '한 처음'의 이야기를 말하는 기원신화에서부터 동시에 나타나고 있다. 본고는 중국의 기원신화起源神話와 지괴류志怪類의 서사문학敍事文學에서 죽음이 새로운 생명과 의미상으로 깊은 내적 연관성을 갖고 있고, 또한 이야기의 구조 안에 양자가 중요한 이야기의 요소話素로 엮어져 있음을 확인하는 작업이다.

Ⅱ. 중국의 기원신화와 죽음문제

1. 기원신화와 재생再生 모티프

중국신화가 여러 전승을 통해 내려오다가 문자로 정착된 것은 동
주(東周, 771-221 B.C.)를 기점으로 위진육조(魏晉六朝, 220-589 A.D.)에 이르러
서다. 장기간에 걸친 채록과정에서 소위 '착종錯綜과 연변演變'을 거
치면서 뒤섞인 것은 사실이지만 대체로 중국신화는 기원신화起源神
話의 형태로 정착되었다고 할 것이다.[1]

기원신화는 존재의 근원에 대한 신화사유를 담고 있다. 천지의 탄
생을 다룬 개벽신화를 비롯하여 우주만물의 시작을 다룬 우주기원
신화, 인간의 창조와 그 기원을 다룬 인간기원신화, 그리고 지상의
공간에 나타난 문화의 시원을 다룬 문화기원신화가 각기 기원론적
해명起源論的解明에 중점을 두고 있음이 이를 말해준다.

'기원론적 해명'이라는 관점에서 중국신화는 형태적 분화形態的分
化의 양상을 띤다. 우주기원신화를 보면, 우주거인형신화宇宙巨人型神
話와 우주난형신화宇宙卵型神話로 나타나는데 창조의 모티프가 거인
의 시체와 알의 형태적 변화를 수반한다. 예컨대, 반고신화盤古神話가
말해주듯이 반고의 탄생과 성장을 통해 우주의 거대한 공간이 구성
되고 천지가 분리·형성된다. 그리고 다시 반고의 죽음을 거쳐 천지

---

1 필자는 일찍부터 중국신화의 분류문제와 관련하여 주제별 분류법을 적용하여 기
  원신화의 갈래를 우주기원, 인간기원, 그리고 문화기원의 세 갈래로 정리했다(졸
  고 「중국 고대 기원신화의 분석적 연구」, 서울대박사학위논문, 1994).

의 만물이 생성되며, 창조 이전의 원초적 어둠은 본질적으로 원형적 혼돈을 아우르는 알(계란)과 같은 실체를 취한다. 그러므로 알은 혼돈을 감싸는 단순한 무질서의 존재라기보다 만물의 근원에 내재한 역동적 생명력의 합일체이다.[2]

시간은 혼돈을 극복하며 공간을 유도한다. 시공이 혼합된 혼돈混沌은 「장자」에서도 찾아볼 수 있거니와 「회남자」에서는 이를 태소太昭라고 불렀다. 알과 같이 모든 것을 아우르고 있는 혼돈은 시공간의 결합에 의한 일원적 우주관을 반영한다.[3] 이런 중국의 우주관은 순환적 시간관념에 의한 우주와 개별의 '재생적 모티프regeneration motif'를 형성한다. 이렇듯 중국의 기원신화는 기원문제를 둘러싸고 생명의 재생으로 연결되면서 궁극적으로 안으로 죽음과 재생의 관계성을 암시하고 있다고 할 것이다.

창조의 원초적 본질을 규정하는 혼돈은 반고와 같은 하나의 창조적 생명성의 매개를 통해 새로운 형상으로 현재화된다. 반고신화에서 새로운 형상의 창조는 반고의 죽음에 의한 결과이다. 반고의 죽음과 그의 재생은 매개체mediator로서 우주만물의 시작과 끝을 이루는 분화요소인 것이다. 그리고 우주의 질서 파괴와 관련되는 공공共工과 전욱顓頊의 제위 다툼을 다루는 신화에서도 마찬가지다. 두 신들의 싸움으로 우주가 파괴되고 질서가 무너졌을 때, 여왜女媧는 오색석五色石을 녹여 하늘을 보수하고 자라의 다리를 잘라서 사극四極을

---

2 拙稿 앞의 논문, 56-57쪽.
3 F. W. Mote, The Beginning of a World view, Intellectual Foundations of China, N. Y., A. Knopf, 1971, 24-25쪽.

세우며 갈대재로 홍수를 막았다. 우주파괴에 의한 홍수를 희생과 보수를 통해 원형을 회복하는 것도 일종의 재생적 모티프와 통한다. 희생과 죽음은 새로운 탄생과 연결된다.[4]

여기에서 신화가 문화의 원형적 형태로서 종교적 제의와 연계된다는 점을 고려한다면 죽음과 재생의 관념은 일종의 초월의식超越意識의 또 다른 형태이다. 중국신화가 James Frazer에 기원을 두고 Jane Harrison 등에 의해 이루어진 서구의 제의학파祭儀學派가 주장하는 것과 같이, 초자연적인 존재 체험과 순수한 종교경험을 내포하고 있는 것은 드물다는 지적이 지배적인 것은 사실이다.[5] 그럼에도 불구하고 중국신화에서 범신신앙泛神信仰의 요소를 간과할 수 없고,[6] 실제로 「예기禮記·제법祭法」에서는 범신적 신앙의 기술이 뚜렷하게 드러나 있다.[7]

특히 교제郊祭에서 동물로 가장하여 연기하는 장면은 분장자가 완전히 동물과 내외적 일치를 이루는 속신적 지향성俗信的指向性을 강하게 보여준다. 민간사회에서 자주 행해지는 고孤·리狸·원猿 등의 영靈을 취하고자 하는 신앙도 예외가 아니다. 동물신에 대한 숭배의식과도 다르지 않는 속신적 신앙은 신화에서 자주 찾아 볼 수 있는 이상탄생과도 무관하지 않다. 곰으로 변신한 우禹의 존재는 형태적인 변

---

4 拙稿,「중국신화와 신화사유의 성격」『중어중문학』제24집, 1999, 179쪽.

5 中鉢雅量『中國の祭儀と文學』, 東京, 創世社, 1989, 13-14쪽.

6 丁山「中國古代宗敎與神話考」『中國神話文學選萃』下, 北京, 中國廣播電視出版社, 1992, 64쪽.

7 「禮記·祭法」"有天下者祭百神, 諸侯在其地則祭之, 亡其地則不祭. 大凡生于天地之間者皆曰命, 其萬物死皆曰折, 人死曰鬼, 此五代之所不變也."

화라기보다 심리적인 일상의식에서의 이탈에 더 가까운 표현이다.[8]
인간과 동물의 교차관계를 통해서 이어지는 순환적 생명의 연속과
정은 결국 불사관념不死觀念의 또 다른 형태인 것이다.

중국에서 신비롭고 상서로운 물체의 하나로 숭배되는 돌에 관한
신화도 농경의례와 결합된 종교적 제의라고 할 수 있다. 고대 중국
에서 돌은 직접적인 생산도구일뿐더러 주술적 상징으로서 농작물
의 풍수를 조정한다고 믿어졌다.[9] 돌이 농경신앙으로서 자리하게 된
데는 돌과 기우신앙祈雨信仰과 깊이 연관된다. 신화적인 유전의 후대
형태를 담고 있는 이야기 모음집이라고 할 수 있는 「태평광기太平廣
記」에는 석상石像이 신통력을 발휘하여 신앙적 매개체가 되고 있음
을 보여주는 전형적인 경우이다. 풍성현豊城縣 남쪽에 있는 사람 모
양의 석상은 바로 우신雨神을 상징하는 것이었다.[10]

「산해경山海經」에서는 돌이 '석지미자石之美者'로서 신앙의 대상이
자 호신적 기능을 인정받고 있음이 보인다. 돌 가운데 아름다운 돌
은 옥玉이라고 하겠는데, 옥玉은 불사不死의 선약仙藥이자 천지귀신天
地鬼神의 식물로 여겨졌다. 이로써 고대 중국에서는 옥으로 제사를
지내면 천지가 감응하고 귀신이 움직일 수 있다는 믿음이 생겨났다.
여왜보천신화女媧補天神話에서 오색석五色石은 불사선약不死仙藥을 상
징하는 신화적 제물祭物로 보아도 틀리지 않을 듯하다.[11]

8　中鉢雅量「中國古代の動物崇拜について」『東方學』제62집, 1979, 4쪽.
9　王孝廉『中國的神話與傳說』, 臺北, 聯經出版事業公司, 1983, 48-49쪽.
10　「太平廣記」293, 石人神. "其石狀似人形, 先在羅山下水之中, 流潦不沒, 後有人於水邊
　　浣衣, 掛著左臂, 天忽大雨, 雷電霹靂, 石人臂折, 走入山畔, 時人異之."

2. 신화의식의 변형으로서 불사관념不死觀念

신화의 모티프가 문화의 진전에 따라 생활영역에서 점차 구체적인 관습과 생활관념과 종교형태로 전화된 것이 불사의식不死意識이라고 여겨진다. 죽음을 넘어선 인간의 욕망, 불로불사의 경지만큼 인간에게 더 이상의 바랄 바는 없을 것이다. 신선神仙은 그 실체적인 표현의 하나였다. 전국시대 중엽 이전에 이미 황제黃帝가 등선登仙했다는 전설이 있었고, 노자老子가 양생에 능해서 수백 년을 살았다는 이야기가 서한 초에 등장했다.[12] 연금술이나 장생술 역시 불사不死의 현실적 수단을 말해주는 한 예에 해당한다.

전국 중기부터 유전되었던 신선설화神仙說話는 인간의 죽음을 넘어선 영원한 생명에의 동경을 소망하는 문학적 실체다. 죽음 앞에선 인간, 그러나 신화에서 형태적 분화에 의한 재생을 넘어서 그가 추구하는 열망은 불사였다. 연금술이나 장생술의 실패에도 불구하고 신선神仙과 불사향不死鄕은 범상한 인간의 상상력으로 표출되고, 형상화할 수 있는 초월적 존재이자 공간이었다. 유선시遊仙詩, 신괴류神怪類 소설, 신선도화극神仙道化劇 등은 대표적인 신선설화의 갈래다.[13]

---

11 일본의 신화에서도 옥(玉, 다마)은 신성한 물질로 신격화 되고 있음을 찾아 볼 수 있다. 박민영, 「다마(玉)를 통해본 일본 신화-「고지키」「니혼쇼키」신대의 흐름을 따라」『일본학연구』제45집, 단국대학교 일본연구소, 2015, 127-129쪽. 신들의 생성과정에 작용하며, 생명을 탄생시키는 영적 신물(神物)이자, 세력 통합의 상징적 도구로 기능하고 있다.

12 「莊子·大宗師」"夫道…黃帝得之, 以登雲天."；「史記·老子傳」"蓋老子百有六十餘歲, 或言二百餘歲, 以其脩道而養壽也."

13 鄭在書『不死의 신화와 사상』, 민음사, 1994. 신선설화의 역사적 변천에 관한 자세

한편 연구자들 가운데 신선사상이나 불사관념이 전국시대 이전의 중국 동북방지역의 샤마니즘에서 비롯된 것으로 추정한 연구가 주목을 끈다. 신선사상이란 통상 '실제적·육체적으로 죽음을 초월하고자 소망하는 의식형태 및 그 달성에 수반되는 다양한 방법적·기술적 체계를 총칭하는 것"으로 정의하고 있다.[14] 신선설화는 불사라는 불가시적인 기의記意를 가시적인 기표記表로 드러낸 정신의 표현 공간이다. 신선사상이 유교의 이성주의에 압도되어가던 고대사회에서 샤만과 도가道家로 수용되며 유전되었을 것이다. 원시도가에서는 삶과 죽음을 자연질서의 일부로 받아들여 궁극적으로 이에 순응한 반면, 신선사상은 불로장생不老長生을 적극 동경한다. 도가에서는 「장자」와 「열자」에서 신선사상을 통해 신인神人을 묘사하듯이 신선가의 설화는 원시도가의 문학적 수사와 상상력을 풍성하게 하는 소재였음이 분명하다.[15]

서한西漢 중후기 이후, 신선사상은 황로도黃老道를 통하여 불사의 이념과 장생의 이념을 하나의 체계로 통합했다. 기원전 4세기경, 종래 유학 일변도의 시대라고 간주하던 것과 달리 경학經學이 지배한 한漢에서는 방술方術의 시대가 열렸다.[16] 도가의 장생과 양생 취향과 신선가의 영원한 생명에의 동경이 결합되기에 이른 것이다. 황로학

한 내용은 鄭在書, 「신선설화의 역사적 변천」, 「중국학연구」No.4, 숙대중국학연구소, 1986을 참조.

14 鄭在書, 위의 책을 참조.

15 김성환 「黃老道硏究」『道敎文化硏究』제27집, 2010, 42쪽.

16 김성환 「秦漢의 方士와 方術」『道敎文化硏究』제14집, 2000.

의 문헌이라고 할 수 있는 「회남자淮南子」「열선전列仙傳」「태평경太平經」「주역참동계周易參同契」 등이 한대漢代에 조성된 황로도의 문헌이었다. 원시도가가 장생을 긍정하되 불사를 추구하지 않았다면, 신선가는 장생은 물론 불사에 대한 갈망을 가졌다. 원시도가는 이야기의 소재를 신선가에서 빌려왔을 뿐 신선과 불사의 도를 추구하지는 않았다. 그러다가 신선사상으로서 존재한 불사관념은 황로도에 이르러 적극적인 불사에 대한 행동양식을 불러왔다. 황로도의 출현은 초월적 불멸을 추구하는 동방의 샤마니즘문화와 이상의 현실적 실현을 추구한 중국문화의 이종교배의 결과였다.[17] 전국시대의 신선방술을 이어받은 황로도는 노자 이래의 도가사상을 계승하면서 한대에와서 경학과 함께 특징적인 시대적 조류를 이루었던 것이다.

그런데 흥미롭게도 중국학자들은 황로도가 현세에서 이상적인 삶을 추구한 중국적 현실주의Chinese Realism의 산물이라는 점을 강조하면서 고대 중국에서 영생불멸의 관념이 발전하지 않은 이유가 종교적이고 철학적인 초월의식이 희박했기 때문이라는 종래의 견해를 지지하기도 한다. 이는 중국적 현실주의다운 해석을 보여주는데, 여영시余英時가 대표적이라고 할 수 있다. 그는 춘추시대 이후 사람들의 탐욕이 갈수록 강해지면서 장수에 대한 오래된 갈망이 불멸不滅

---

17 김성환은 기원전 4세기 후반에서 3세기 전반에 걸친 중국 연(燕)과 고조선(古朝鮮)의 역사적 관계에 주목하면서 동이족 계통의 神教의 영향이 황로도의 형성과 관련이 있다고 본다. 즉, 단군(檀君)의 호칭에서 보듯이 'Tenggeri'의 샤만적 문화와 不死國과 君子國의 이미지로 연결되는 東夷系의 문화적 소산과 무관하지 않다는 본다. 「산해경」·「회남자」 등에서 朝鮮을 언급하면서 불사국과 대인국, 나아가 봉래산(삼신산) 등이 있다는 중국인들의 믿음은 그 증거인데, 실제로 「산해경」과 「회남자」는 진한대 방사들이 참여하여 저술한 것이었다.

의 관념으로 발전했다고 주장한다.[18]

"전국 말기에 전통적인 불멸 관념과 아주 다른 새로운 불멸관념이
출현했다. 새로운 불멸에 이르기 위해서는 신선이 되어 현세를 떠나야
하며, 사람으로서 현세에서 영원히 살 수는 없었다. 문헌에서 '선仙'과
관련해 사용되는 '도세度世'와 '하세遐世' 같은 개념은, '선仙'이 되려면
반드시 인간 세상을 떠나야 한다고 우리에게 명확히 알려준다."

그러나 현실에서는 발해 연안의 방사들이 전파한 불멸관념이 기
원전 4세기부터 연나라와 제나라를 중심으로 폭발적인 관심사가 되
었다. 특히 군주들은 신선세계와 불사약에 관심을 쏟았고, 결코 불
멸의 세계로 모험을 떠날 만큼 구도자적이지도 않았고 모험적이지
도 않았다. 진시황조차도 삼신산三神山에 도달하지 못할까 우려하여
방사들이 모험을 대신하도록 했다. 중국에서는 현세적 군주와 샤면
의 성격을 지닌 방사들이 만나 처음부터 신선술의 세속화를 예고하
고 있었다.

발해연안의 동방 신교神敎의 세계관이나 집단무의식은 현세를 떠
나 하늘 또는 하늘과 통하는 우주산으로 돌아가는 것이 하늘의 자손
으로 지상에 강림한 샤마니즘적 군주Shaman King의 숙명과 같은 것이
었다. 단군이 1,500년을 다스리다가 아사달로 들어가 산신山神이 되
었고, 주몽朱蒙은 나라를 세우고 다스리다가 세속의 지위를 버리고

---

18 김성환 앞의 책, 61쪽; 余英時 『東漢生死觀』, 上海古籍出版社, 2005, 38-49쪽.

끝내 하늘에서 내려 보낸 황룡黃龍을 타고 승천했다. 그리하여 하늘로 귀환하여 군주의 불멸은 완성되고, 그의 나라는 신국神國으로 신성화되었던 것이다. 하지만 현세의 삶을 중시하는 중국적 현실주의에서 군주가 세간을 초월하는 일은 필요하지 않았고, 그들이 추구한 것은 현세를 초월한 불멸이 아닌 궁정에서 영생을 원하는 현세적 불멸이었다. 서한 초까지 신선은 단지 초월적 세계에 사는 신적인 존재였고, 현세의 인간이 불사에 이르는 유일하고도 효과적인 길은 삼신산의 신선을 찾아 불사의 비약을 얻는 것뿐이었다.[19]

Ⅲ. 기원신화와 지괴·서사문학에서 재생 모티프와 죽음의 의미 구조

1. 기원신화의 경우

중국기원신화에서 재생모티프와 죽음의 의미를 파악하기 위해서는 우주기원신화宇宙起源神話와 홍수신화와 관련을 갖는 보천신화補天神話를 살펴보는 것이 적절할 것이다. 중국 신화 가운데 반고와 여왜 보천신화는 우주의 기원신화 가운데 죽음과 재생 모티프를 뚜렷하게 드러내는 신화이다. 반고의 생성과 죽음, 이어지는 분화의 서사에는 간략한 내용 안에 주요 모티프가 함축되어 있다. 반고의 탄생

---

19 김성환 위의 책, 63-64쪽.

과 성장을 통해서 우주의 공간적 확장이 이루어진 후, 태초에 혼돈을 극복하게 이끈 선행자인 반고盤古는 이제 창조의 주체로서 만물의 형성에 기여한다. 그가 만물을 창조하는 작업에서 보여준 행동은 자신의 사지를 쪼개어 나누는 분화分化였다.

「역사繹史」에 실려 전하는 반고의 분화신화를 보자.

> 반고가 죽자 그 몸은 변화를 일으켰다. (그의) 숨은 바람과 구름이 되었고, 목소리는 우레가 되었다. 왼쪽 눈은 태양이 되었고, 오른쪽 눈은 달이 되었다. 팔다리와 전신은 (대지의) 사방과 오악이 되었다. 살과 살갗은 논밭이 되었다. 머리털과 수염은 (밤하늘의) 별이 되었고, 피부의 털은 풀과 나무가 되었다. 이빨은 돌로, 골수는 보석으로, 땀은 비로, (그리고) 몸의 벌레들은 바람에 감화하여 사람으로 변했다.[20]

반고는 죽자마자 변화를 일으킨다. 그의 죽음은 죽음이 아니다. 오히려 하나의 창조의 시작이었다. 그런 의미에서 반고의 분화신화라기보다 반고의 만물창조신화라고 부르는 것이 더 적합하다.

반고의 죽음에 의한 변화는 그 몸체의 각 기관이 하늘과 땅으로 바뀌는 과정을 밟는다. 그 신체의 부분과 분비물을 통해서 각각 하늘과 땅(대지)의 물상들이 만들어진다. 구조적으로는 천·지·인 삼재三才의 결합구도를 보여주며 그들의 합일적 실체로서의 창조관념을

---

20 『繹史』卷一, 引「五運歷年記」"盤古垂死化身, 氣成豊雲, 聲爲電霆, 左眼爲日, 右眼爲月, 四肢五體爲四極五嶽, 血液爲江河, 筋脈爲地理, 肌肉爲田土, 髮髭爲星辰, 皮毛爲草木, 齒骨爲金石, 精髓爲珠玉, 汗流爲雨澤, 身之諸蟲, 因風所感, 化爲黎甿."

형상화한다. 반고라는 단일체單一體의 죽음(분화)에서 다수의 구성체構成體가 발생하고 있는 죽음과 재생의 모티프는 구조적으로 바람/구름 및 사방四方/오악五嶽의 내외로 구성되는 수평축과, 태양/달 및 지리/논밭으로 구성되는 수직축이 교차한다. 수평축은 하늘의 배열(상)과 땅의 배열(하)로 구성되면서 병렬적 대립구조를 통하여 물리적 대칭을 이룬다.[21]

반고의 죽은 시신에서 새롭게 창조되는 천지의 질서는 신비롭기만 하다. 신체의 각 부분이 천지의 대상물로 변모하는 과정에서 대칭적인 관계성을 나타내는데, 여기에는 본체와 생성물간의 내외적인 이미지와 연계성이 반영되어 있다.

첫째, 반고의 신체구조물에 따른 천상의 생성물은 7가지다.

반고가 죽고 그의 신체 각 부위와 분비물이 분화되어 천상의 생성물을 만들었다. 이에 필요한 요소는 숨, 목소리, 왼쪽 눈, 오른쪽 눈, 머리털과 수염, 땀이다. 이들은 각각 바람과 구름, 우레, 태양, 달, 별, 그리고 비가 되었다. 신체의 속성과 기능적 유사성이 서로를 연결하는 공통점이라고 여겨진다. 각 지체들은 의인화와 인격화를 통하여 생명력과 감응력을 유지하는 풍물신화風物神話의 특성을 보여주는 듯하다.[22]

반고의 천상 생성물의 분화관계를 요소별로 살펴보면,[23] 반고의

---

21 이러한 병렬적 대립구조와 같은 이항대립(二項對立)에 의해 구축된 공간을 Bachelard는 대극공간(對極空間, léspace polaisé)이라고 불렀다. 이에 대해서는 G. Bachelard, *La Poétique de léspace*, Librairie José Corti, 1958을 참조.

22 吳一虹「風物傳說初探」『民族民間文學論文集』, 貴州, 人民出版社, 1984, 60-61쪽.

분화를 통한 천상의 창조가 이른바 화생적 생성化生的生成의 특징을 잘 드러내고 있음을 볼 수 있다. 먼저 바람과 구름이 반고의 기氣에 의한 변화로 설정되고 있는데, 어떤 본체로부터 배출되고 형체가 없는 상태이면서 공간적으로 이동한다는 속성이 서로 부합된다. 신화상에서 바람과 구름은 우주의 호흡에 비유할 수 있을 것이다.

다음으로 소리라는 속성에서 목소리가 우레가 되고 있다. 그리고 둥글다는 속성에서 두 눈 중 왼쪽은 태양으로, 오른 쪽은 달로 전환하고 있다. 서로는 피사체이자 복사체로서 빛을 매개로 상호작용을 하고 있는 물체들이다.

최종 생성물인 비는 반고의 땀이 변화된 것이다. 우주를 상징하는 반고의 전신에서 흘러나온 땀은 다름 아닌 우주의 비가 되었다.

둘째, 반고의 신체구조물에 따른 지상의 생성물은 10가지다.

반고가 죽고 그의 신체가 분화되면서 신체의 부위와 분비물을 통해 천상의 생성물과 함께 지상의 생성물이 만들어졌다. 반고의 팔다리와 전신, 피, 힘줄과 혈맥(살갗), 피부의 털, 이빨과 골수, 몸의 벌레가 그 요소이고, 이에 따라 사방과 오악, 강물, 지리와 논밭, 풀과 나무, 돌과 보석, 그리고 사람이 각각 생성되었다. 분화 요소와 생성물 간에는 형태적 유사성이나 속성의 동질성 측면에서 연관성이 있어 보인다.

팔다리는 사지로 네 개의 축을 이루며 네 방향을 이루었다. 몸통은 중앙을 뜻하니 반고의 신체는 오방을 이루어 오악이 되었다. 피

---

23 拙稿 앞의 논문, 84쪽.

는 몸의 활력, 신진대사를 통해 생명의 유지를 가능하게 하는 생명의 필수적인 요소다. 힘줄과 혈맥은 생명의 젖줄로 대지 위에 펼쳐지는 지리와 논밭으로, 신체에서 무성한 피부와 털은 풀과 나무로, 그리고 이빨과 골수는 강도나 결정성이란 속성에서 돌과 보석으로 전화되었을 것이다. 최종적으로는 몸의 벌레가 사람이 되었다.

중국기원신화 가운데 재생모티프와 죽음의 의미를 파악하기 위해서는 살펴보아야 할 두 번째 신화는 앞서 언급한 대로 홍수신화와 관련되는 보천신화補天神話다. 중국기원신화로서 홍수신화는 여러 종류가 전해진다. 홍수신화로는 우, 공공共工, 복희伏羲와 여왜女媧, 그리고 이윤伊尹 등이 등장하는 것이 있는데, 하남서부의 홍수지대에서 생겨난 신화들로 이해된다.[24] 이 가운데 보천補天, 즉 공공과 전욱顓頊이 제위帝位 다툼을 벌여 하늘의 기둥이 무너져 사방에 화염이 일고 홍수가 발생하자 이를 보수하는 이야기를 다루는 신화가 전형적인 죽음과 재생 모티프를 내재화한 신화이다. 죽음의 모티프와 관련지어 볼 때, 희생의 대상이 오색석이라는 물질이라는 점에서 인격적 주체의 죽음과는 질적으로 다른 것이 차이점이다.

「회남자」에는 다음과 같은 여왜女媧의 보천신화가 실려 있다.

옛날 네 개의 큰 기둥이 파괴되어 구주九州가 조각나고 하늘은 두루 덮지를 못하고 땅은 만물을 받치지를 못했다. 화염은 꺼지지 않고 맹

---

24 出石誠彦 「上代支那の洪水説話について」 『支那神話傳説の研究』, 東京, 中央空倫社, 1943.

위를 떨쳤으며 물은 큰 바다처럼 쉬지 않고 흘러내렸고, 맹수는 사람을 마구 잡아먹었으며 맹금은 노약자를 마구 낚아채었다. 이에 여왜는 오색五色의 돌을 녹여 창천蒼天의 구멍을 메꾸었고 자라의 발을 잘라 사극四極을 세웠고, 흑룡을 죽여 기주冀州를 구하였고, 갈대의 재를 모아 멋대로 흐르는 물이 마르게 되었고 기주가 평탄해졌으며, 맹수와 벌레들이 죽고 인간이 살 수 있게 되었다.[25]

여기에서는 우주의 네 기둥과 구주가 왜 파괴되고 조각났는지에 대한 설명은 보이지 않는다. 이에 대해서는 「회남자」의 또 다른 부분인 「천문天文」이나 「원도原道」에서 찾아볼 수 있다. 바로 앞서 언급한 공공과 전욱 혹은 공공과 고신高辛과의 제위 다툼이 그 원인이었다. 여하튼 보천신화는 우주의 파괴와 혼란이 여왜에 의해서 극복된다는 이야기를 일종의 재생적 모티프를 통해서 전개되고 있는 것이 중요한 스토리다. 보천은 인간의 구원과 세상의 복원을 위해서 여왜가 전개한 가장 특징적이고 독자적인 작업이었다. 여왜는 자연재해를 극복하고 천지의 파괴를 바로잡아 결국 인간세상의 안정을 가져왔다.

여왜가 하늘을 기우는 데 사용한 보천의 수단은 오색석五色石이다. 오색석이란 보천신화가 기본적으로 신령한 매개로 받아들여진 영석靈石을 숭배하는 신앙과 관련이 있는 물체이다. 오색의 돌을 녹여

---

25 「淮南子·覽明」 "往古之時, 四極廢, 九州裂, 天不兼覆, 地不周載. 火爁炎而不滅, 水浩洋而不息, 猛獸食顓民, 鷙鳥攫老弱. 於時女媧練五色石以補蒼天, 斷鼇足以立四極, 殺黑龍以濟冀州, 積盧灰以止淫水. 蒼天補四極正, 淫水涸冀州平, 狡蟲死顓民生."

구멍이 난 푸른 하늘을 메꾸고, 자라의 발을 잘라 사극四極을 세우며, 흑룡을 죽여 기주를 구하고 갈대의 재를 모아 물줄기를 다스려 인간이 살 수 있는 기주 땅으로 만들었다는 것이다. 결국 희생과 회복은 죽음과 재생의 또 다른 모티프의 형태라고 말할 수 있을 것이다.

2. 지괴志怪·서사문학敍事文學의 경우

신화 속의 재생 모티프는 한대漢代 이후 지괴志怪문학의 단계에 이르면 좀 더 풍성한 이야기 속에서 죽음과 재생의 신화적 유전을 보여준다. 그 형태도 성선成仙, 변형變形, 환생幻生, 불사不死 등으로 다양화된다. 이들은 신선설화와도 연계되며 육조六朝와 수隋·당대唐代를 거쳐 지괴문학志怪文學 등 세련된 형식의 필기체 산문으로 발전한다. 지괴志怪문학의 전통은 송宋·명明·청清에 이르기까지 그 영향이 지속되었다. 송대의 「태평광기太平廣記」를 비롯한 「이견지夷堅志」, 명대의 「전등신화剪燈神話」, 청대의 「요재지이聊齋志異」와 「홍루몽紅樓夢」 등이 대표적인 작품들이다. 불사관념의 신비감은 시대를 초월하여 문학의 다양한 장르를 통해서 시, 소설, 희곡 등 문학의 각 방면에서 지속적으로 재현되었던 것이다.[26]

여기에서는 신화의 직접적인 후대 문학이라고 할 수 있는 선진시대의 신선설화와 한대漢代의 신선전기류, 그리고 위진남북조를 거쳐

---

26 鄭宜景「『太平廣記』이후 神仙說話의 變貌樣相 考察」『中國語文學論集』제61호, 2010, 383-401쪽.

형성된 지괴문학에 국한하여 살펴본다. 먼저 현존하는 최고의 신선설화집이라고 할 수 있는 「열선전列仙傳」에는 신화전설적인 문학의 원형이 그대로 보존되고 있다고 할 수 있는데, 신선이 되어 불사의 세계로 함께 사라져버린 내용이 나온다.

> 적송자는 신농시대의 우사雨師였다. 수정水晶 가루를 먹고 그 복용법을 신농씨에게 가르쳤다. 불속에 들어가서 스스로 타오르기도 했고 때로는 곤륜산상의 서왕모의 석실 속에 있다가 바람을 따라 오르내리기도 했다. 신농씨神農氏의 딸이 그를 쫓아 또한 신선이 되어 함께 사라졌다. 고신高辛의 시대에 다시 우사가 되었는데 지금의 우사라는 것이 여기에서 나왔다.[27]

적송자赤松子가 죽지 않고 직접 신선이 되었다는 이야기다. 수정가루를 먹고서 신선이 되었으니 양생술에 의한 불로장생不老長生을 추구한 것과도 연관이 있다. 재생 모티프의 변모 형태로 보면 신선으로 변모한 것이니 신선으로 변모라는 유형을 취한 것이다. 그런가 하면, 「수신기」에서는 신화의 재생모티프가 죽은 후 다시 살아나는 형태는 불사초不死草나 불사약不死藥의 힘을 빌린 다시 살아나는 형태가 보인다.

---

27 『列仙傳』. "赤松子者, 神農時雨師也. 服水玉以敎神農, 能入火自燒. 往往至崑崙山上常止西王母石室中, 隨風雨上下, 炎帝少女追之, 亦得仙俱去. 至高辛時, 復爲雨師, 今之雨師本是焉."

옛날 고양씨 때에 쌍둥이를 낳은 일이 있는데 이들은 자라서 부부
가 되었으며 고양씨는 이들을 공동崆峒의 들로 쫓아 보냈는데 둘은 서
로 껴안은 채 죽었다. 신조가 불사초로 그들을 덮어주니 7년이 지난 후
남녀는 몸이 붙은 채로 살아났으며 머리가 둘에 손발이 넷이었는데 이
들을 몽쌍씨라 부른다."[28]

쌍둥이 오누이에 관한 이야기는 주인공이 사후 다시 생명을 갖게
되지만 그 형태는 본래의 사람의 모습과는 좀 다른 형태의 존재로
재현되었다. 이는 부활이라기보다 변형이라고 할 수 있는 재생의 방
식이다.

「산해경」의 다음 고사는 죽음 후 다른 동물로 변형된 재생 모티
프를 보여준다. 이야기는 구성적 전개가 미약한 형태이지만 두 개
의 고사가 결합되어 고사의 구성이 복합화 하는 발전적 양상을 보
여준다.

옛날 염제의 딸이 동해에 빠져죽어 정위精衛가 되었다. 스스로 소
리내어 우는 데서 그 이름이 붙어졌다. 언제나 서산의 목석木石을 물
어다가 동해를 메꾸었다. 해연海燕의 짝이 되어 새끼를 낳았다. 암컷
은 정위를 닮고 수컷은 해연을 닮았다. 지금 동해의 정위는 굳이 물가
에 사는데, 일찍이 이 물가에서 익사하여 다시는 그 물을 마시지 않고

---

28 『搜神記全譯』권14. "昔高陽氏有同産而爲夫婦, 帝放之於崆峒之野, 相抱而死, 神鳥以
不死草覆之, 七年男女同體而生, 二頭四手足, 是爲蒙雙氏."

자 했다.[29]

정위고사精衛故事로 잘 알려져 있는 내용이다. 이야기는 구성력이 약하여 사실의 전달 차원에서 머물러 있다. 그러나 단순 사실이 아닌 또 하나의 사실을 등장시켜 이야기의 복합화, 달리 말하면 복합고사複合故事의 양식을 보여준다. 내용적으로는 「山海經·北次山經」을 원형으로 한 고사에 새로운 고사를 추가한 형태로 구성되었다. 구성에 의한 스토리의 전개 방식은 아닐지라도 고사와 고사를 연결시켜 새로운 이야기를 구성하고 있다는 점에서 고사의 열거방식에 의하여 최소한의 이야기 구조가 만들어지고 있다고 할 만하다.

「搜神記」의 다음 고사는 소설적 구성력에 가까울 정도로 이야기의 전개가 복합적일뿐더러 신화적인 재생 모티프가 비교적 자연스럽게 이야기의 구조 속에서 삽입되었음을 엿보게 한다. 달리 말하자면, 죽음이 새로운 유적 존재로 재생되는 존재론적 변형이 극적인 이야기의 전개와 결합되는 양상을 잘 보여준다고 할 것이다.

옛날 한 어른이 먼 길을 떠났다. 집에는 아무도 없었고, 다만 딸 하나와 숫말 한 필뿐이었다. 그 딸은 말을 길렀다. (중략) 가축이지만 남다른 정이 있으니, 더욱 꼴을 많이 주려하자 말은 먹으려 하지 않았다. 여자가 왔다갔다 하는 것을 보면 갑자기 기뻐하거나 성을 내면서 날뛰

---

29 『山海經』 "昔炎帝女溺死東海中, 化爲精衛, 其名自號. 每衛西山木石塡東海, 偶海燕而生子. 生雌狀如精衛, 生雄如海燕. 今東海精衛誓水處, 曾溺於此川, 誓不飮其水"

었다. 이렇게 하기를 수차례, 아버지가 이를 이상히 여겨 살며시 딸에게 물었더니, 모든 것을 아버지에게 일러드리면서 반드시 그 때문이리라고 하였다.

아버지가 말하길, 아무에게도 말하지 말라. 가문의 수치가 될라. 너또한 출입하지 말거라. 그렇게 하고서 궁수弓手를 몰래 들어오게 하여 말을 쏘아 죽였다. 뜰에 가죽을 말려놓고, 아버지가 나간 후 딸과 이웃 여자가 그 앞에서 노닐었다. 발로 차며 말하길, 너는 가축으로서 사람을 아내로 맞이하려 했느냐. 이렇듯 껍질마저 벗겨졌으니 그 맛이 어떠한고.

말이 채 끝나기도 전에, 그 가죽이 벌떡 일어나 여자를 돌돌 말아서 사라졌다. 이웃 여자가 놀라서 감히 구하지도 못한 채, 그 아버지에게 알렸다. 아버지가 돌아와 찾아보았으나, 이미 찾을 길이 없었다. 며칠이 지난 후, 큰 나뭇가지 사이에서 딸과 말 가죽을 찾았지만 함께 누에가 되어 나뭇가지에 실을 토하고 있었다. 그 나무는 뽕이라 부르는데 뽕은 죽었다는 의미이다.[30]

인간과 동물과의 애욕을 다룬 금기적인 이야기다. 먼 길을 떠난 아버지가 돌아오지 않자, 딸이 무심코 아버지를 데려다준다면 시집

---

30 『搜神記』권14. 太古之時, 有大人遠征, 家無餘人, 唯有一女. 牧馬一匹, 女親養之. (中略) 爲畜生有非常之情, 故厚加芻養. 馬不肯食, 每見女出入, 輒喜怒奪擊, 如此非一. 父怪之, 密以問女. 女具以告父, 必爲是故. 父曰, 勿言, 恐辱家門, 且莫出入. 於是伏弓射殺之, 曝皮於庭. 父行, 女與隣女於皮所戱, 以足蹙之日, 汝是畜生, 而欲取人爲婦也. 招此屠剝, 如何自苦. 言未及竟, 馬皮蹶然而起, 卷女以行. 隣女忙怕, 不敢救之, 走告其父. 父還求索, 已出失之. 後經數日, 得於大樹枝間, 女及馬皮, 盡化爲蠶, 而續於樹上. 因名其樹曰桑, 桑者喪也.

가리라고 중얼거린 일을 발단으로, 말이 그 일을 성공적으로 수행하면서 사건이 벌어진다.

그 약속이 잊혀지자 말은 딸만 보면 울부짖었다. 그리하여 아버지의 의심을 사게 되고 마침내 대리인에 의하여 말이 살해당하게 된다. 그 후 어느 날 딸과 이웃여자가 죽은 말가죽을 희롱하던 중, 다시 살아난 말가죽에 싸여 딸이 실종되는 일이 일어났다. 아버지가 딸을 찾았을 때는 이미 딸과 말이 하나로 누에가 되어 실을 토하고 있었다.

이야기에는 두 개의 죽음이 등장한다. 말의 죽음과 딸의 죽음이다. 두 개의 죽음은 약속과 그 불이행이라는 내적 고리를 지닌 응보적 관계應報的關係다. 두 개의 죽음은 제3의 탄생인 누에가 되었다. 여인과 말의 죽음을 둘러싼 위의 이야기는 사건의 전후관계가 일정한 전개방식을 취하고 있고, 줄거리의 전개 역시 어느 정도 서사적 구성력을 보여주고 있어 문학적으로 서사문학의 좀 더 진전된 형태라고 할 수 있을 것이다.

Ⅳ. 맺음말

본고에서 살펴본 중국기원신화와 지괴·서사문학에서 내포된 '죽음과 재생관념'은 생명의 기원과 죽음, 그리고 재생이 하나의 연결고리를 형성하고 있음을 보여준다고 할 것이다. 죽음은 죽음 자체로 끝나지 않고 하나의 새로운 생명의 계기이며, 새로운 삶의 형태로 전환하는 과정으로 여겨진다. 다른 말로 표현하자면, 신화 안에서

'죽음과 재생'은 하나의 거대한 우주를 운행하는 천체처럼 '생명의 구조' 안에서 순환하는 생명체의 시간적 변형의 결과이며. 새 생명은 시간의 변화가 수반한 새로운 결과의 대상물인 셈이다.

반고신화에서는 천상의 생성물과 지상의 자연물이 반고의 분화, 즉 반고의 죽음을 통하여 천지만물과 인간으로 각각 나뉘어 탄생하는 죽음과 생명의 모티프를 재현한다. 반고의 죽음과 그에 따른 반고 몸의 각 부분이 우주와 땅, 만물과 인간에 이르는 우주만상의 시원을 이룬다. 반고의 분화가 곧 새로운 생명과 존재의 어머니인 셈이다.

여왜신화에서는 오색석을 녹여 하늘을 메우고, 자라의 다리를 잘라 자연재해를 극복하는 내용 속에 희생적 제의, 희생매개물을 통해 우주 파괴와 혼란을 극복하여 새로운 창조질서가 마련되는 양상을 보여준다. 희생은 모든 위험을 제거하고 삼라만상의 안전을 지켜줄 생명의 환경을 마련한다. 하나의 희생이 세계질서의 회복을 가져다 준다는 점에서 희생과 재생이 이야기 안에서 동일한 의미의 대칭구조를 이루고 있다고 할 수 있는 것이다.

「列仙傳」의 적송자赤松子 이야기는 죽음을 보지 않고 매개물(수정가루 복용)을 통해 신선이 되었다거나, 「搜神記」의 몽쌍씨蒙雙氏의 이야기는 죽음의 과정을 겪은 후, 매개물을 통하여 지상에서 염원을 이루는 형태로 재생하는 내용을 보여준다. 매개물의 등장은 다분히 불사와 불로장생을 기원하는 양생술의 단초라고 할 수 있겠는데, 이 역시 그 출발은 여왜신화의 '오색석'과 다르지 않다. 매개물은 대체로 제3의 존재, 별도의 대상물이라는 점에서 '죽음'의 대리자代理者로서 기능적 역할을 대신하고 있는 것이다.

「山海經」에 수록된 정위이야기精衛故事는 인간이 죽어 새가 된, 다른 생물체로의 변신이 나타나며, 「搜神記」의 잠마이야기蠶馬故事에서는 두 생명체의 죽음이 하나의 새로운 생명체로 생성되는 내용이 드러나 있다. 이로써 보건데 중국신화전설의 서사문학의 모티프에서 죽음은 '죽음' 단독으로 머물지 않고 늘 새로운 대상물의 시작의 원인자로 나타나고 있다고 하겠다. 재생의 양상은 다양하고 복합적으로 나타나며, 결과적으로는 존재의 염원을 성취하는 종결로 이끌어진다.

중국기원신화에서 죽음과 재생이 완전한 의미에서 '부활'의 형태를 취한 형태는 찾아보기 어렵다. 하지만 중국신화나 신선고사에서 부활의 관념이 '생명의 재생'으로 인간의 생명 연장과 불사 혹은 영생에 대한 동경을 반영하고 있는 '심리적 동인'에서 일치한다는 점은 공통적이라고 하겠다. 이러한 모티프가 후대에 가서 문학적인 소재로서 소설이나 시의 중요 구성요소를 이룬다는 점도 양자가 비슷한 점이다. 죽음이 인간의 근원적인 와해라는 점에서 동서가 다를 바 없듯이, 새로운 생명에의 동경과 염원 역시 동·서가 다르지 않는 공통된 신화심리일 수밖에 없었던 것이다. 인간은 불멸을 꿈꾸고, 신화는 그 불멸의 꿈을 실현하는 가능태의 한 형식이었다.

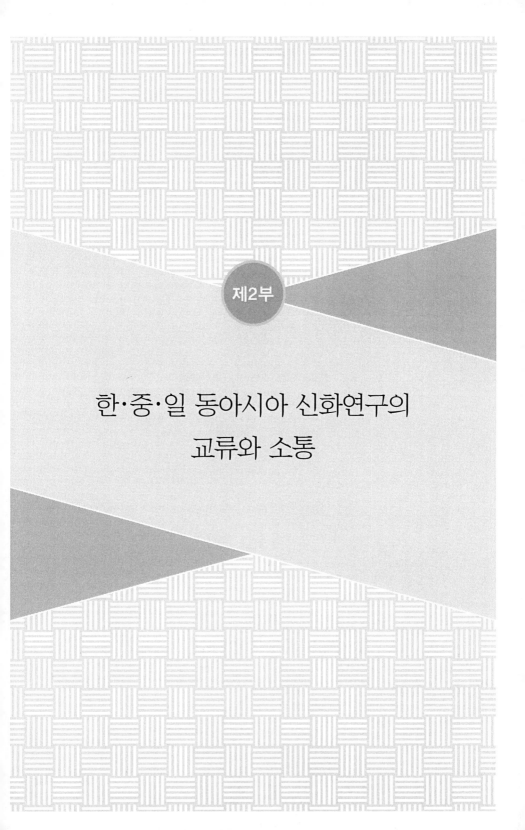

제2부

한·중·일 동아시아 신화연구의
교류와 소통

한·중·일 동아시아 신화의
문화적 교차

제5장

중국 신화 비극영웅의 유형과 형상적 특징[*]

선 정 규

I. 서론

신화는 민족의 원초적 집단의식의 산물이다. 때문에 그것이 구현하는 것은 바로 자연과 사회에 대한 해석이자 바람이다. 모든 문화의 시원으로서의 신화는 그 생성과 전승의 오랜 과정에서 민족의 지리환경, 사회경제적 조건, 역사배경, 종교의식, 문화전통 등의 차이, 그리고 민족의 심미관의 차이로 말미암아 그 표현형식이 다르다. 신화는 민족문화의 복합체이자, 민족이상의 구현체이다. 민족문화의 이상은 신화를 통해서 표현되고, 신화 속에는 민족문화의 이상이 축

---

[*] 본 논문은 고려대학교 인문대학 교내지원연구비에 의해 연구되었음.

소된 형태로 나타난다. 민족의 신화는 민족성과 민족정신을 기초로
한다. 민족에 따라서 신화적 특색이 서로 다른 것은 바로 이런 이유
에서이다.

"영웅신화는 영웅을 주인공으로 하여 영웅적 활약을 통하여 영웅
성을 부각시킨 신화이다."[1] 영웅신화의 생성은 인류가 자신의 존재
를 의식하여 자신과 객관 세계를 분리하는 것을 상징하는 것일 뿐
아니라, 관념적으로 인간이 신의 지위를 대신하여 세계의 중심이 되
었음을 상징하는 것이라고 말할 수 있다.[2] 때문에 영웅신화의 주인
공인 신화영웅의 행위와 행적은 단순히 한 인물이나 신의 전기가 아
니라, 그 민족의 이념과 인격적 이상을 구현한다. "진정한 영웅은 신
화 언어를 매개로 하여 전파되고, 이들 영웅들이 행하는 모험활동은
민족적이거나 종교적이며, 문화적이거나 이념적이다."[3] 때문에 동
일한 영웅신화라고 하더라도, 민족에 따라 그 유형과 형상이 전혀
다르게 나타난다.

영웅신화 중에서도 비극영웅의 영웅성은 민족 특유의 비극의식
과 비극정신을 통해서 강렬한 아름다움이 표출되고, 그 여운 역시
오랫동안 지속된다. 바꾸어 말하면 한 민족의 비극영웅 신화는 자연
과 세계에 대한 인식의 대표적 전형일 뿐만 아니라, 니체의 표현처
럼 민족이 겪는 삶의 공포 혹은 삶의 부조리에 대한 구원과 치료의

---

1 서대석 「동아시아 영웅신화의 비교연구」『구비문학연구』제11집(2000.12.30.),
107쪽.

2 趙沛霖 「中國神話的分類與山海經的文獻價値」『文藝硏究』1997年01期, 97쪽.

3 葉欣然 「淺議英雄神話的模式」『群文天地』2011年第5期, 124쪽.

작용을 한다.[4]

이런 관점에 근거하여 본고는 중국신화의 비극영웅의 유형과 형상적 특성을 고찰함으로써 중국의 전통적 세계관과 심미관의 일면을 고찰하는 것을 그 목적으로 하고 있다. 이를 위해 먼저 영웅과 비극영웅의 개념과 범주를 확정하고, 이를 바탕으로 예와 곤, 치우와 형천, 과보와 정위를 중심으로 중국신화의 비극영웅들이 가지고 있는 유형을 선공후사, 반항, 그리고 생명승화 영웅으로 분류하여 이들 신화들의 서사체계를 고찰함과 동시에 이들 비극영웅들의 형상적 특징을 살펴보기로 한다.

Ⅱ. 영웅과 비극영웅

1. 영웅과 신화영웅

영웅에 대한 개념은 민족이나 지역 그리고 시대에 따라서 서로 상이하다. 때문에 단순히 "오늘날의 행위 준칙과 가치관을 가지고 고대의 영웅을 재단하거나 영웅의 개념과 범주를 획정할 수는 없다."[5]

사실 고대 중국에는 영웅이란 개념 자체가 없었다. 이는 중국의 선진시대에는 성현은 숭상하였으나, 영웅에 대한 개념은 생성되지

---

4 프리드리히 니체 / 박찬국 옮김 『비극의 탄생』, 아카넷, 2012, 117-118쪽.

5 王以欣 『神話與歷史 – 古希臘英雄故事的歷史和文化內涵』, 商務印書館, 2006, 004-005쪽.

않았기 때문이다. 중국 고대, 선진시기의 '英'과 '雄'은 각기 한 글자單字로 사용되어서, '英'은 꽃이나 물건의 장식을, '雄'은 날짐승의 수컷을 가리키는 것[6]이었으며, 이에 인신하여 '英'은 지모가 뛰어난 사람, '雄'은 담력이 빼어난 사람을 가리켰다.[7]

중국에서 영웅이란 단어가 병용되어 최초로 출현한 문헌은 서한 초기의 한영韓嬰의 『한시외전韓詩外傳』으로, "무릇 새나 짐승 그리고 물고기들도 장점을 서로 빌릴 줄 아는 바, 하물며 만승萬乘의 주인임에야? 그럼에도 유독 천하의 영웅 준사俊士들과 함께 짝을 이룰 줄을 모르니, 어찌 병이 아니라고 할 수 있을까?"[8]라는 말에서 보듯이 그 의미는 단순히 재능이 빼어난 인물이란 의미였다. 서한西漢 병서兵書 『삼략三略』에, "무릇 주장主將의 일하는 법은 영웅의 마음을 사로잡을 수 있도록 힘쓰고, 공 있는 자는 상과 녹을 주고, 뭇 사람과 한마음으로 뜻을 통하는 데 있다"[9]고 하였고, 이를 청의 주용朱墉은 "문장이 빼어난 사람을 영이라고 하고, 무용이 출중한 사람을 웅이라고 하니, 모두가 사림에서 걸출한 사람이다"[10]라고 주석하고 있는 것을 보면 역시, 영웅은 문무에 출중한 인물이라는 의미였다.

동한 시기 반표班彪의 『왕명론王命論』에서는 영웅의 개념이 걸출한

6 英, 猶花也。(『毛傳』), 英, 草之榮而不實者。(『說文解字』),『雄, 鳥父也。(『說文解字』)
7 智過萬人者謂之英, 膽力過人謂之雄。(『文子·上禮』)
8 夫鳥獸魚猶知相假, 而況萬乘之主乎? 而獨不知假此天下英雄俊士與之爲伍, 則豈不病哉!(『韓詩外傳』卷五)
9 夫主將之法, 務攬英雄之心, 賞祿有功, 通志于衆。(『三略』)
10 文邁于人曰英, 武超庸衆曰雄, 皆士林中之傑出者也。(『武經講義全汇參卷之七黃石公三略』)

인물의 의미로 확대되었다. 그리고 동한 말 왕찬王粲의『영웅기英雄記』에서 비로소 영웅을 지혜와 용기를 겸비한 인물로, 그리고 역시 동한 말의 유소劉邵의『인물지』에서는 "사람들 가운데 문무가 모두 빼어나 세상에 그 이름이 널리 알려진 사람"이라고 정의하고 있다. 한마디로 중국의 전통적인 영웅의 개념은 재능과 무용이 빼어나며, 총명한 지혜와 초인적인 담력을 가진 인물이라고 할 수 있다.[11]

이에 비해 고대 그리스의 영웅에 대한 개념은 중국의 그것과는 매우 상이하다. 피치노Marsilio Ficino의 견해에 따르면, 고대 그리스의 영웅은 신들이 벌이는 '연회의 왕king of the revels'을 가리키는 것으로 거기에는 기예의 의미가 포함되어 있다. 영웅은 통상적으로 신령daemons과 인간 사이의 일종의 특수한 부류이다.[12] 사실 영웅의 그리스어 'Hσrα'의 원래 의미는 통치자, 주인을 가리키는 말이었다. 신화의 영웅은 조상과 영수, 용사들과 같은 뛰어난 인물의 영혼을 가리키는 것이었으며, 그들은 이미 죽었지만 생자에 대해서 여전히 영향을 미친다고 보았다.[13] 또한 그레고지 나지 역시 고대 그리스의 전통에서 영웅이란 오래전 살았던 인간으로, 남녀의 구분 없이 불멸의 존재인 신들의 후예로서 초인적인 능력을 겸비한 존재를 의미한다고 말하고 있다.[14]

---

11 劉志偉「中國古典英雄槪念的起源」『中洲學刊』2012年3月第2期(總第188期), 184-188쪽.

12 朱狄『原始文化硏究』, 三聯書店, 1988, 751쪽.

13 趙沛霖 前揭書, 99쪽.

14 대표적인 신화영웅이 바로 아킬레우스이다. 그는 인간 펠레우스와 여신 테티스 사이에서 태어났고, 어머니 테티스가 한 번 적시게 되면 불사신이 되는 스틱스 강

고대 그리스인들에게 있어서, 영웅heroes은 문학적 인물이자 역사적 인물이고 또한 민중에 의해 숭배되는 종교적 인물이었다. 영웅은 대부분 영웅서사시나 전설 속의 인물이지만, 역사적으로 실존했다고 믿어졌다. 그들은 헤시오도스가 말하는 '영웅시대'에 살았던 비범한 죽은 자들이다. 비록 인간이라고 할지라도 부분적으로는 신족의 혈통을 가지고 있었으며, 초인적인 자질과 힘, 그리고 용기를 가지고 있었다. 일찍이 비범한 공적을 세워서 후세 사람들의 존경과 숭배를 받았고, 이로 인해 헤시오도스에 의해서 반신(半神: demitheoi)으로 불리었으며, 제우스가 창조한 '제4대 인류'로 묘사되었던 고귀한 종족 즉 '영웅종족'이었다. 그들은 청동종족과 철의종족 사이에 있었으며 최후에는 잔혹한 테베Thebes 전쟁과 트로이 전쟁에서 모두 몰살되었다.[15]

민족과 시대에 따라 영웅의 개념이 서로 다르기 때문에 영웅의 활약상 내지 영웅의 공적도 역시 상당한 차이를 보인다. 예를 들어, 그리스 신화의 영웅들이 세운 비범한 공적이라는 것은 주로 무력에 의한 성취를 말할 뿐, 도덕적 배경과는 상관이 없다. 호머가 말하는 영웅의 세계에서는 타민족의 도시나 재산을 약탈하거나 전리품을 획득해서 분배하는 것은 책망할 수 없는 영웅행위로 인정되어서 어떠한 도덕적 견책을 받지 않았다. 성을 공격하여 함락시켜서 남자들은

물에 그를 집어넣었기 때문에 그는 불사신이라고 하는 초인적인 능력을 가졌다. 피에르 그리말(Pierre Grimal) 지음 / 최애리 외 번역『그리스 로마 신화사전』, 열린책들, 2009, 295쪽. 그레고리 나지(Gregory Nagy) 지음 / 우진하 옮김『고대 그리스의 영웅들』, 시그마 북스, 2015, 33쪽.

15 王以欣 前揭書, 005쪽.

모조리 살육해 버리고 여자와 아이들은 노예로 몰수하는 것 역시 비난할 수 없는 일반적인 관례였을 뿐이다. 잔혹한 살육은 용맹의 표현이었고, 교활과 사기는 지혜의 송가였다.[16]

더욱이 고대 그리스의 영웅의 개념은 자신들의 존재성이나 혈통적 우월성을 강조하기 위해서 그리스 신화의 신화 영웅을 자신의 조상으로 받드는 영웅숭배 의식에서 비롯된 것이나,[17] 고대 중국에서는 영웅의 개념은 물론 영웅을 지칭하는 어휘조차도 존재하지 않았다. 설사 후대에 영웅의 개념이 형성되고 영웅숭배 의식 역시 출현하였다고 해도, 그것은 어디까지나 현실세계의 인물들이 역사적으로 행했던 행적이나 성취를 두고서 평가를 내린 데서 비롯된 것일 뿐, 중국 고대신화의 신화영웅의 개념과는 서로 관련이 없다.

그럼에도 불구하고 중국 고대신화연구의 영역에서는 대체로 서양에서 인식하는 영웅의 개념을 그대로 받아들여 중국 신화영웅의 개념에 적용하였다고 할 수 있다. 대표적으로 1920년대 마오뚠矛盾은 그리스 역사가 에우헤메로스Euhemerus의 관점에 따라서 신화속의 신들이 민족 고대의 제왕이나 영웅이라고 인식하였다. 이러한 논리를 그대로 적용하면 무릇 문화의 창조나 문명을 선도한 제왕이나 인물, 즉 문화영웅까지 포함하여 신화 속에서 초인적인 능력을 갖추고 거대한 공헌을 한 신이나 반신반인이면 누구나 신화영웅이라고 할

---

16 王以欣 前揭書, 004쪽.

17 변정심「고대 그리스 폴리스(Polis)형성 과정에서의 영웅숭배의 역할」, 한국서양고대역사문화학회, 『서양고대사연구』(26, 2010.6), 145-186쪽, 江華「英雄崇拜的演變與人的神化」『求是學刊』1999年第4期, 109-111쪽.

수 있다.[18]

사실 문화영웅culture hero[19]은 신화영웅의 한 유형임과 동시에 기원 신화 내지 창세신화의 주인공이기도 하다. 왜냐하면 문화적 성과를 갖춘 발견이나 발명은 창조나 기원과 불가분의 관계를 가질 수밖에 없기 때문이다. 우주의 기원, 인류의 기원 그리고 문화의 기원 등에 관한 신화를 신화학에서 흔히 창세신화 내지 기원신화의 범주에 포함시키는 것은 바로 이 때문이다. 실제로 많은 민족의 신화에서 문화영웅의 형상은 늘 시조나 창세자(혹은 조물주)의 형상과 서로 혼합되어 있다. 때문에 메르친스키Meretunckŭ는 이런 유형의 인물을 '시조 - 조물주 - 문화영웅'으로 지칭하였다. 한 신화인물이 씨족이나 부족 집단의 시조나 영수이면서 동시에 인류의 조상으로 간주되고 또한 문화영웅으로 인식된다. 그리스 신화의 프로메테우스는 진흙을 빚어 사람을 만든 창세자이자 또 제우스로부터 불을 훔쳐 인류를 이롭게 한 문화영웅이다. 중국신화의 여와 역시 인류를 창조한 시조모이자 동시에 하늘을 보수하고 혼인 제도를 수립하였으며, 생황 등의

---

18 茅盾『揷圖本中國神話硏究初探』, 上海古籍出版社, 2006. 38-39쪽.

19 문화영웅은 좁은 의미에서는 단지 인류를 위해 유익하고 의미 있는 발명과 발견을 한 인물만을 지칭한다. 그러나 넓은 의미의 문화영웅은 불의 사용과 불씨의 보존 방법, 노동 도구의 창조, 농작물의 경작과 동물의 사육 등의 문화적 성과와 아울러 그 기능과 기술을 인류에게 전달한 인물이라고 할 수 있다. 넓은 의미의 문화영웅에는 혼인제도, 예속(禮俗)과 예의(禮儀), 재난 구제, 사회혼란의 제거, 인류를 위한 사회질서의 확립에 공적을 남긴 영웅도 포함된다. 때문에 여와보천의 여와, 십일병출의 후예, 홍수제거의 곤우 등도 모두 문화영웅의 성질을 구비하고 있다. 楊利慧『神話與神話學』, 北京師範大學出版集團, 2009, 104-105쪽. 그레고리 나지는 "최초로 상상할 수 있는 문화의 시대에 자신만의 기념비적인 공헌을 함으로써 역사에 기록되는 사람을 뜻하며, 이런 관점에 근거하면 최초의 입법자, 역사가, 그리고 문인 등도 모두 문화영웅이다"라고 정의하였다. 그레고리 나지, 앞의 책, 47쪽.

악기를 발명한 문화영웅이기도 하며, 또 화초와 수목, 각종 물고기와 날짐승과 들짐승을 창조한 창세자이기도 하다. 반고는 우주만물의 창세자임과 동시에 묘족들에게는 부족의 시조로 인식된다.[20] 이들이 이룩한 위대한 업적을 보면 이들은 모두 신화영웅이다.

그러나 문화영웅과 창세자는 기본적으로 서로 구별된다. 첫째, 창세자는 세계의 창세자이지만 문화영웅은 이미 존재한 것을 전제로 하며, 이러한 전제 아래서 그는 각종 새로운 문화발명과 발견을 인류에게 가져온다. 둘째, 문화영웅은 결코 만물의 창조자는 아니다. 그의 창조는 단지 불과 농경 등의 특정한 문화적 요소에 국한되는 것으로 창세자의 전면적 창조행위와는 서로 다르다.[21]

결국 다중직분을 보유한 신화인물을 어떤 종류의 신화로 분류할 것인가는 그 신격의 기초와 중심이 어디에 있는가를 기준으로 할 수밖에 없다. 여와와 반고의 다중직분 중에서도 가장 기본적이고 기초적인 중심은 역시 시조모로서의 신격이다. 예의 중심 신격은 역시 재난구제의 영웅이다. 황제는 수많은 문화적 업적을 가지고 있지만 그의 중심 신격은 중화민족의 시조신이다. 때문에 신화영웅과 신들을 구분하는 가장 중요한 척도는 특정한 신격의 신화적 공적이 어떤 부분에 더욱 치중되어 있는가를 헤아려보는 것이라고 할 수 있다.

---

20 메르친스키(Meretunckuй) 著 / 魏慶征 譯 『神話的詩學』, 商務印書館, 190-209쪽.
21 楊利慧 前揭書, 106쪽.

2. 비극의식, 비극정신, 비극영웅

미학적인 관점에서 보자면, 비극의식Tragedy Consciousness은 비극 혹은 비극성과 동일한 개념으로 인간이 심미적인 사유를 거쳐 느끼게 되는 자연과 인생 속의 비극정신Tragedy Spirit을 말한다.[22]

비극은 희극戱劇의 한 종류로 그것이 반영하는 것은 현실의 비극성이다. "인생에서 가장 가치 있는 것을 훼멸시키는 것을 보여주는 것이 비극이다."[23] 비극성은 비극의 가장 핵심적인 내용으로, 그것은 비극으로 하여금 사람의 마음을 격동시키고, 가장 지구적이며, 가장 심후한 문화적 의의의 역량을 갖추도록 한다. 비극성은 또한 비극을 초월하는 것이며, 그것은 예술의 형식 속에 표현된다.[24]

아리스토텔레스는 일찍이 "비극은 진지하고 엄숙하고, 완결되었으며 일정한 크기를 가진 행동을 모방하는 것이며, 연민과 공포를 환기시키는 사건에 의하여 바로 이러한 감정의 정화를 행한다"[25]고 정의한 바 있다. 장파張法는 '진지하고 엄숙함'은 곤경에 빠져 도전을 받는 상황을 뜻하며, '일정한 크기'는 이러한 곤경을 예술적으로 - 극적인dramative 혹은 공연performative의 양태 - 로 형식화하는 것으로,

---

22 朱志榮「論中國美學的悲劇意識」『文藝理論研究』2013年第5期, 169쪽.

23 魯迅「再論雷鋒塔的倒掉」『魯迅全集(第1卷)』, 人民文學出版社, 1981. 192쪽.

24 張法는 조각「라오쿤 군상」, 회화「호라티우스의 맹세」, 음악「운명교향곡」, 소설「카르멘」등의 예술은 모두가 현실의 비극성을 표현한다고 말한다. 또한 비극성을 현실적 비극성과 예술적 비극성으로 두 가지 형태로 분류하고 있으며, 이는 둘이면서 하나이며, 반영하고 반영되는 관계로 보았다. 張法, 『中國文化與悲劇意識』, 中國人民大學出版社, 1997, 2-3쪽.

25 아리스토텔레스 저 / 천병희 역『政治學·詩學』, 삼성출판사, 1983, 336쪽.

그 가장 좋은 예가 굴원이 정도를 걸으며 충성을 다하다가 간신의 이간질을 당해서 곤궁해진 것이라고 보았다. 또한 "공포와 연민의 감정을 불러일으켜 정화하는 것"이란, 바로 비극의식의 보완적 기능을 말한 것으로, 도전에 대한 응전을 뜻한다고 보았다. 이런 관점에 근거하여 그는 비극의식은 비극을 문화적 관념으로 비극성을 파악하는 것이라고 보며, 현실의 비극성을 정확히 인식하고, 도전이 비이성이고 응전이 초이성임을 정확히 감지하고 파악함으로써 형성된다고 하였다. 또한 비극의식이 형성되려면 이성이 전제되어야 하며, 이성이 있어야만 종교적 마취에서 풀려나 냉혹한 현실과 맞대면하고 현실의 비극성을 체험할 수 있으며, 이러한 비극의식은 문화의 성장을 돕는 기능을 가지고 있다고 보았다.[26]

비극의식은 현실의 비극성에 대한 의식으로, 현실의 비극성에 대한 일종의 문화적 파악이다. 그것은 이왕에 현실의 일면을 반영하지만, 또 주동적으로 현실을 인식하고, 현실을 구조화시키는 일면이 있다. 문화의식의 일부로서의 비극의식은 성숙되기만 하면 모두 자신의 형태, 구조 그리고 내용을 가지고 있으며, 그것의 체재가 바로 문학예술이다. 비극의식은 비극적 현실의 반영이자 또한 비극적 현실에 대한 파악이다. 그것은 비극적 예술로 구체적으로 표현된다.[27] 비극의식은 인류존재의 근본적 의식으로, 생존의 도전에 직면하거나, 비이성적인 위협에 직면하였을 때, 일종의 이성정신으로 잔혹한

---

26 장파(張法) 지음 / 유중하 외 번역 『동양과 서양, 그리고 미학』, 푸른숲, 1999, 162-166쪽.

27 張法 前揭書, 1-3쪽.

현실에 직면하였을 때, 비극의식은 생성된다. 비극의식은 생명과 함께 존재하는 것으로, 인간이 태어나면서부터 천부적으로 가지고 있는 현실에 대한 정시正視와 반성으로, 그것은 자신의 능력을 초월하는 충동에 응집되어 있다. 비극의식은 현실의 결함이나 불완전에서 근원한다.[28]

원시인류에게 닥치는 가장 거대한 도전은 자연이었다. 홍수와 지진, 그리고 한해 등의 자연재해는 거의 불가항력적인 도전이었다. 그러나 곤경에 처한 인류는 생존을 위한 집요한 투쟁을 전개하였다. 또한 원시의 사회체제가 형성되어 고정되어 가는 동안, 피아간에 끊임없이 모순과 갈등이 노정되어 압제와 제약으로 작용하게 되었으며, 그러한 모순과 갈등을 해소하기 위한 투쟁 역시 부단하게 진행되었다. 이러한 모든 종류의 압제에 대한 항쟁과 훼멸, 그리고 헌신적인 몸부림의 과정에서 인류는 자아와 외재한 객체에 세계에 대해 이성적 인식을 하게 되었다. 비극의식은 바로 이러한 이성적 인식에서 생성되기 시작한 것이다. 비극의식은 이성의 산물이자 자아의식의 산물이기 때문이다.

이에 비해 비극정신은 이상과 현실, 유한과 무한, 인간과 세계의 대립충돌 중에 인간의 그의 주체적 역량을 발휘하여 외재 세계의 자아에 대한 주재主宰에 반항하고 아울러 자신을 초월하는데서 탄생한다. 때문에 비극정신은 강렬한 생존자구의 욕망, 필연적 규율과 대

28 張黎明「中西方悲劇意識與悲劇精神之比較」『文山師範高等專科學報』第19卷第2期, 2006年6月, 75쪽.

담하게 목숨을 건 투쟁을 전개하는 정신을 표현하며, 또한 존재의 용기와 사망의식을 표현한다. 이러한 표현 가운데 인간의 가치는 제고되어 초월성과 숭고성이 현현된다.[29] 한 마디로 비극정신이란 "인간이 곤경에 직면하였을 때 발휘되는 굴복하지 않는 분투정신을 말한다."[30]

비극적 현실에 대한 반영과 파악, 그리고 분투정신에 따른 항쟁과 훼멸의 과정과 결과가 하나의 예술 작품으로 연역된 것이 바로 비극영웅의 신화라고 할 수 있다. 바꾸어 말하면 모든 종류의 제약과 질곡으로부터 벗어나고자 하는 원시 인류들의 꿈과 이상이 바로 이러한 비극영웅을 통해 구현되고 체현되었다고 할 수 있다.

결국 영웅이 영웅으로서 숭배되는 것은 비극의식과 비극정신을 가지고 있기 때문이며, 이러한 비극의식과 비극정신은 영웅을 가장 영웅답게 하는 가장 중요한 표지라고 할 수 있다. 이는 중국이나 그리스 신화의 영웅이 모두 공통적으로 가지고 있는 특징이다. 예를 들어 중국신화의 비극영웅인 예와 곤, 치우와 형천, 그리고 과보와 정위는 물론 그리스 신화의 아킬레우스를 비롯한 대부분의 비극영웅들은 모두 심각한 곤경에 직면하여 결코 굴복하지 않는 분투정신을 발휘하였고, 그리고 비극적인 최후를 맞이하였다.[31] 결국 신화 속

---

29 張黎明 上揭書, 76쪽.

30 尉天驄「中國古代神話的情神」『從比較神話到文學』, 東大圖書公司印行, 1977, 246쪽.

31 다만 비극의 원인이 다를 뿐이다. 중국 비극영웅의 비극적 결말은 주로 자연과 사회의 생활환경에 의한 것으로 개인의 성격이나 운명과는 아무런 상관이 없다. 그러나 그리스 비극영웅의 비극적 최후는 주로 선천적인 운명에 따른 것으로 그 누구도 거역할 수 없는 신탁에 의한 것이다. 緱廣飛「盡顯英雄本色-中西神話英雄形象

비극영웅은 비극적 현실에 대한 자아 인식인 비극의식을 가지고 거대하면서도 강력한 현실의 곤경을 해소하기 위해, 비극정신에 근거한 치열한 분투정신을 표출하며 자신을 헌신하는 과정에서 결국 비극적 종말을 맞이하는 영웅을 가리킨다.[32]

Ⅲ. 중국 비극영웅의 유형

중국신화의 비극영웅은 크게 세 가지로 그 유형을 나눌 수 있다. 첫째는 천하구제의 영웅으로 한해나 홍수 등에 직면하여 재난을 물리쳐서 백성들을 구제하는 과정에서 기존의 권위를 인정하지 않고 오로지 공익의 차원에서 사고하고 행동함으로써 자신은 오히려 희생을 당하고 마는 선공후사의 영웅으로 예와 곤을 들 수 있다. 둘째는 기존의 질서체계에 대항하거나 반항하다가 실패함으로써 반역자로 낙인 되나 오히려 그 반항정신이 숭배의 대상으로 전화되는 영

比較」『中州學刊』1999年1月第1期(總第109期), 99쪽.

32 이런 관점에 따르면 중국신화의 대표적인 반항신 중의 하나인 공공(共工)은 비극영웅이 될 수 없다. 공공과 전욱(顓頊)의 투쟁은 천제의 지위를 두고서 벌인 단순한 정쟁(政爭)에 불과한 것이기 때문이다. 또한 의약의 신으로써 염제(炎帝) 신농(神農)이 수많은 풀의 맛의 약효를 시험하기 위해 직접 그것을 맛보다가 하루에도 일흔 번이나 중독이 되었다(神農嘗百草之滋味, 一日而遇七十毒。)고 하는 『회남자·수무편(淮南子·修務篇)』의 기록에서 연역된 단장초(斷腸初)의 전설(신농이 독초를 먹고 해독할 방법을 찾지 못해 그만 사망하고 말았다는 풀)을 가지고 신농의 비극적 죽음과 희생정신을 말한다. 그러나 이는 민간전설일 따름으로 그가 비극적 종말을 맞이했다고 하는 신화적 기록은 없다. 때문에 신화 속의 비극영웅을 간주할 수 없다고 사료된다.

웅으로, 치우와 형천이 대표적이다. 셋째는 미세한 힘으로 거대한 힘에 대항하거나, 약자로써 강자에 도전하여 사망하거나 실패하지만, 그러한 실패와 사망이 모두 새로운 생명으로 승화됨으로써 강인한 인간정신을 보여주는 영웅으로, 과보와 정위를 들 수 있다.

1. 선공후사先公後私의 비극영웅

1) 예羿

예가 영웅으로 사랑받는 가장 주요한 이유는 한꺼번에 떠오른 열 개의 해 중에서 한 개만 남겨두고 아홉 개를 활로 쏘아 떨어트리고, 또 많은 괴수들을 물리쳐서 백성들의 재난을 구제했기 때문이다.[33] 문제는 문헌상의 예의 행적이나 형성이 매우 모순되고 혼란스럽다는 것이다. 예를 들어 한 사람의 작품인「이소」와「천문」에서마저도 그의 형상은 매우 상이하게 묘사되고 있다.[34] 때문에 이에 대한 많은 논란이 이어져 왔으나, 웬커袁珂에 의하면, 서로 다른 예라고 지칭되는 천신으로서의 예에 관한 신화와 인성으로서의 후예에 관한 전설이 혼합되어버린 결과라고 할 수 있다.[35]

---

33 帝俊賜羿彤弓素矰, 以扶下國, 羿是時去恤下地百艱。(『山海經·海內經』) 堯之時, 十日竝出, 焦禾稼, 殺草木, 而民無所食。猰貐、鑿齒、九嬰、大風、封豨、修蛇皆爲民害。堯乃使羿誅鑿齒於疇華之野, 殺九嬰於凶水之上, 繳大風於靑邱之澤, 上射十日而下殺猰貐, 斷修蛇於洞庭, 禽封豨於桑林。(『淮南子·本經訓』)

34 『초사·천문』에서 "예는 어찌하여 해를 쏘았나? 까마귀는 어디에 떨어졌는가?"라는 질문에 따르면, 예는 분명히 해를 쏘았고, 그 결과 까마귀가 예의 화살에 맞아서 지상으로 추락한 것으로 이해된다. 그러나 똑같은 굴원의 작품인『이소』에서는 "예는 방탕하여 사냥에 빠져, 큰 여우 쏘기만을 좋아하더라."라고 하고 있다.

천신이자 신화영웅으로서의 예에 관한 신화 내용을 정리하면 대
체적으로 다음과 같다. 천제의 아들인 열 개의 해[36]들이 당연히 지켜
야 할 운행의 규정[37]을 어기고 한꺼번에 떠오르자 백성들이 심각한
한해의 재난을 당하게 된다. 그러자 천제인 제준帝俊은 명사수인 예
를 지상으로 파견하여 이 문제를 해결하도록 한다. 그에 따라 예가
지상으로 내려와 아홉 개의 해를 쏘아 떨어트림과 아울러 재해를 틈
타서 날뛰며 백성을 괴롭히던 괴수들 역시 상림에서 퇴치하여 그 괴
물들로 육즙을 만들어 천제에게 헌상한다.[38] 그러나 천제는 이러한
예의 공훈을 아랑곳 하지 않고 오히려 분노한다. 그 이유는 예가 재
해를 구제하는 임무를 수행함에 있어서 철저하고 완고하게 자신의
사명을 수행한 나머지 천제의 아들인 아홉 개의 해를 쏘아서 떨어트
렸기 때문이다. 아버지로서의 천제는 예의 이러한 행위에 분노할 수
밖에 없었고, 그에 따라 예는 다시는 천국으로 되돌아가지 못하고
지상에 유배되어 버린다. 지상에 살게 된 예의 염원은 바로 천국으
로 돌아가는 것이었다. 그래서 서왕모西王母에게서 불사약을 얻어 온
다. 그러나 불행하게도 아내인 항아가 먼저 이 불사약을 먹고 달로
도망쳐 버림으로써 예의 소망은 수포가 되고 만다.

---

35 袁珂『古神話選釋』, 長安出版社, 1982, 266-286쪽.

36 東海之外, 甘水之間, 有羲和祂國。有女子名曰羲和, 方浴日於甘淵。羲和者, 帝俊之妻,
   是生十日。(『山海經·大荒南經』)

37 湯谷上有扶桑, 十日所浴, 在黑齒北, 居水中。有大木, 九日居下枝, 一日居上枝。(『山海
   經·海外東經』) 一日方至, 一日方出, 皆載於鳥。(『山海經·大荒東經』)

38 馮珧利決, 封豨是射, 何獻蒸肉之膏而後帝不若? (『楚辭·天問』)

2) 곤鯀

중국신화의 곤은 홍수를 막아 백성의 재난을 구제한 영웅이다. 그
러나 허락도 없이 천제의 보물인 저절로 불어나는 흙인 식양息壤을
훔쳐 사용한 죄로 오히려 죽임을 당했다.[39] 그래서 굴원은 묻는다.
"천제의 명령에 따라 사업을 성공시켰지만, 어찌하여 천제는 곤을
죽이고 말았는가?"[40]

이러한 비극적 종말로 인해서 곤은 흔히 그리스 신화의 프로메테
우스에 비견된다. 프로메테우스는 인간을 창조하고 또 인간에게 불
을 선물하였다. 프로메테우스가 선물한 불로 인해서 인간은 만물의
영장이 되었다. 불을 사용하여 무기를 만들어 다른 동물을 정복할
수 있었고 도구를 사용하여 토지를 경작할 수 있었기 때문이다. 그
러나 주신 제우스는 자신의 허락도 없이 인간에게 불을 선물한 프로
메테우스에게 무거운 형벌을 내린다. 코카서스의 바위에 쇠사슬로
묶어놓고, 매일 독수리가 와서 그의 간을 쪼아 먹도록 한다. 프로메
테우스는 신이었기에 죽지 않고, 하루가 지나면 다시 살아났다.

예는 한해 제거의 사명을 완수하기 위해 천제의 아들인 아홉 개의
해를 쏘아 죽였다. 곤은 또 치수의 사명을 완수하기 위해 천제의 보
물인 식양을 훔쳤다. 모두가 천제의 권위보다는 오히려 백성의 재난
을 구제하는 것을 우선하였다. 천제에 대한 충성보다 백성에 대한

---

39 洪水滔天, 鯀竊帝之息壤以堙洪水, 不待帝命。帝命祝融殺鯀於羽郊。鯀復生禹, 帝乃
    命禹卒布土以定九州。(『山海經·海內經』) 昔者鯀違帝命, 殛之於羽山, 化爲黃龍, 以入
    於羽淵。(『國語·晉語八』)
40 順欲成功, 帝何刑焉。(『楚辭·天問』)

충성이 먼저였다. 천제의 권위보다는 백성을 위한 재해 제거를 더
중요하게 생각하였다. 그래서 공을 세웠지만 유배와 죽음의 고통을
당하였다. 한 마디로 철저하게 선공후사의 정신을 구현하였기에 권
력에 의해 부당한 압제를 받았다.

2. 저항불굴의 비극 영웅

1) 치우蚩尤

치우는 중국신화의 병주兵主 즉 전신戰神이다. 그러나 치우는 황제
와의 전쟁에서 패배하여 목이 잘리는身體異處[41] 비참한 최후를 맞이
하였다. 이러한 치우가 중국신화의 전신으로 자리 잡은 이유는 바로
차라리 죽을지언정 결코 굽히지 않는 그의 반항 정신 때문이다.

치우는 풍백, 우사 등과 함께 황제의 속신屬神이었다.[42] 천도天道에
밝았을 뿐만 아니라,[43] 야금사업과 여러 가지 무기의 발명자로,[44] 빼
어난 재능과 기술을 가지고 있었다. 그러나 그 이유를 알 수 없는 원
인으로 인하여 치우는 황제의 통치에 반기를 들고 대항하였다. 그리

---

41 傳言黃帝與蚩尤戰於涿鹿之野, 黃帝殺之, 身體異處, 故別葬之。(孫馮翼輯『皇覽·冢墓
   記』)

42 『韓非子·十過』와『論衡·紀妖』에 똑같이 "昔者黃帝合鬼神於西大山之上, 駕象輿, 六玄
   龍, 畢方并轄, 蚩尤居前, 風伯進掃, 雨師灑道, 虎狼在前, 鬼神在後, 虫蛇伏地, 白雲覆上,
   大合鬼神, 乃作為清角。"이라고 하였다. 황제가 치우와 풍백, 우사 등을 모두 속신으
   로 거느렸음을 알 수 있다.

43 蚩尤明乎天道, 黃帝使爲當時。(『管子·五行』)

44 造冶者蚩尤也。(『尸子』), 葛盧之山, 發而出水, 金從之, 蚩尤受而制之, 以爲劍鎧矛戟,
   是歲相兼者諸侯九。雍狐之山, 發而出水, 金從之, 蚩尤受而製之, 以為雍狐之戟芮戈, 是
   歲相兼者諸侯二十"。(『管子·地數』)

고 이 전쟁은 마침내 치우와 풍백, 우사 등이 한편이 되고, 또 황제와 천녀발天女魃, 응룡應龍 등이 한편이 되는 신들의 전쟁으로 확대되었다.[45] 결국 치우는 황제에게 패배하여 죽음을 맞이하게 되었다.[46]

치우는 비록 전쟁에서는 패배하였지만, 결코 굴복하지는 않았다. 그는 강렬한 반항정신으로 대항하였을 따름이다. 많은 기록들이 치우와 황제와의 전쟁 상황을 "치우가 가장 포악하여 정벌할 수 없었다."(『史記·五帝本紀』)[47], "황제는 치우와 아홉 번 싸웠으나 승리하지 못하였다."(『太平御覽』卷十五引『黃帝玄女戰法』)[48], "황제는 치우를 공격하였지만 3년 동안이나 공략하지 못했다."(『太平御覽』卷三百二十八引『玄女兵法』)[49], "황제는 치우를 71번이나 정벌하였지만 극복하지 못했다."(『路史·黃帝紀』)[50] 등으로 묘사하고 있다.

이러한 기록들은 치우의 용맹성과 함께 그가 얼마나 황제에게 극렬하게 대항하였는지를 보여주는 단적인 예이다. 더할 나위 없이 강력한 황제의 통치 권력에 대항하여 치우의 저항 역시 끈질기게 진행되었다. 황제의 통치 권력이 강력하면 할수록 치우의 전투정신 내지 반항정신 역시 이에 비례하여 강렬했음을 말해주는 것이다. 이는 치우의 사후에 황제가 그의 형상을 그림으로 그려 오히려 세상을 제압

---

45 蚩尤作兵伐黃帝, 黃帝乃令應龍攻之冀州之也。應龍畜水。蚩尤請風伯雨師, 縱大風雨。黃帝乃下天女魃, 雨止, 遂殺蚩尤。魃不得復上, 所居不雨。(『山海經·大荒北經』)

46 袁珂 前揭書, 140-141쪽.

47 而蚩尤最为暴, 莫能伐。(『史记·五帝本纪』)

48 黃帝與蚩尤九戰九不勝。(『太平御覽』卷一五引『黃帝玄女戰法』)

49 黃帝攻蚩尤, 三年城不下。(『太平御览』卷三百二十八引『玄女兵法』)

50 帝征蚩尤七十一戰不克。(『路史·黃帝紀』)

하는 데 이용하는 것을 보면 더욱 분명해 진다. 황제로서는 가증스럽기 짝이 없는 치우였지만, 그러나 그의 용맹한 반항정신 만은 높이 샀던 것이다.[51]

반항신 치우에 대한 숭배는 결코 황제에게 국한되지 않았다. 진시황은 그를 병주兵主로 제사하였고,[52] 한 고조 유방 역시 봉기에 앞서 그에게 제사를 올림으로써 승리를 기원하였다.[53] 당시의 민간에선 하늘의 혜성을 치우지기蚩尤之旗라고 부르고, 치우지기가 출현하면 전쟁에서 유리하다고 생각하였다.[54]

신화영웅은 한 민족의 인격적 이상의 상징이다. 영웅숭배는 성공과 실패가 기준이 되지 않는다. 부여된 소명의 완성을 위해 그가 어떻게 최선을 다했는가에 의해서만 평가된다. 실패한 치우가 전신으로 숭배되고, 그를 제압하였던 질곡桎梏이 단풍나무숲으로 변했다[55]고 하는 것은 지칠 줄 모르는 저항정신이 그에게 새로운 생명을 부

---

51 蚩尤沒後, 天下復搖亂不寧, 黃帝遂畫蚩尤形象以威天下。天下咸謂蚩尤不死, 八方萬邦皆爲殄伏。(『太平御覽』卷七九引『龍魚河圖』)

52 於是始皇遂東遊海上, 行禮祠名山大川及八神, 求僊人羨門之屬。八神將自古而有之, 或曰太公以來作之。⋯⋯八神: 一曰天主, 祠天齊。天齊淵水, 居臨菑南郊山下者。二曰地主, 祠泰山梁父。蓋天好陰, 祠之必於高山之下, 小山之上, 命曰「畤」; 地貴陽, 祭之必於澤中圜丘云。三曰兵主, 祠蚩尤。蚩尤在東平陸監鄕, 齊之西境也。(『史記·封禪書』)

53 祠黃帝, 祭蚩尤于沛廷。(『史記·高祖本紀』) 蚩尤雖然在儒家典籍中形象負面, 但民間一直有崇拜蚩尤的傳統, 華北地區的河北、山西一帶有相關的崇拜活動。如南朝任昉的『述異志』記載冀州(今河北)有樂名『蚩尤戲』, 民人頭戴牛角而相抵; 在太原的村落中人們祭蚩尤神。秦始皇亲祭蚩尤, 爲八神之一的戰神, 後世帝王、武將出征之前常祭拜蚩尤以求庇佑。

54 蚩尤之旗, 類彗而後曲, 象旗。見則王者征伐四方。(『史記·天官書』)

55 大荒之中, 有宋山者, 有赤蛇, 名曰育蛇。有木生山上, 名曰楓木。楓木, 蚩尤所棄其桎梏, 是謂楓木。(『山海經·大荒南經』), 袁珂, 『山海經校注』, 上海古籍出版社, 1980, 359쪽.

여하였음을 말해주는 것이다.

2) 형천刑天

형천은 치우와 유사한 반항신 중의 하나다. 역시 그 반항의 대상
은 황제다. 『산해경·해외서경』은 "형천이 황제와 신계의 통치권을
두고 서로 다투었는데 황제가 그의 목을 잘라 상양지산에 묻었다.
그러나 형천은 여전히 젖꼭지를 눈으로 삼고 배꼽을 입으로 삼아 간
척을 흔들며 춤을 추었다."[56]고 적고 있다. 실패했지만 좌절하지 않
고 싸우면 싸울수록 더욱더 용맹해지는 형천의 투지가 여실하게 드
러나고 있다. 때문에 도연명은 "형천은 방패와 도끼 들고 춤추는데,
언제나 굳센 의지 지녔네刑天舞干戚, 猛志固常在."라고 열정적으로 읊고
있다.

형천과 치우의 형상은 매우 유사하다. 모두가 황제에게 대항하다
가 실패하고 목이 잘린 것이나, 형천이 묻힌 상양지산이 바로 염제
의 출생지이자 치우의 출생지이며, 모두가 강력한 저항정신과 왕성
한 투지를 보여주었다는 공통점을 가지고 있다. 이로 인해 왕왕 형
천과 치우를 동일한 신화인물로 간주하였다.[57]

형천과 치우가 동일인물인지 여부는 차치하고, 형천이 목이 잘렸
음에도 불구하고 간척을 들고 춤을 춘다는 데서 우리는 형천의 저항
적 형상이 치우에 비해 더욱 강화되었음을 알 수 있다. 죽음은 통상

---

56 刑天與黃帝爭神, 帝斷其首, 葬之常洋之山, 乃以乳爲目, 以臍爲口, 操干戚以舞。(『山海
經·海外西經』)

57 袁珂 前揭書, 144-146쪽.

생명의 종결을 의미한다. 생명을 가진 존재에게 있어 죽음보다 더 큰 공포는 없다. 이는 죽음을 생명과의 단절의 의미로 받아들이기 때문이다. 형천은 죽었다. 그러나 그 죽음은 종결이나 단절이 아니었다. 그것은 단지 일시적인 정지였을 따름이다. 그의 생명은 잠시 멈추었다 다시 살아났다. 왜냐하면 저항정신이 죽지 않았기 때문이다.

말하자면 죽은 자가 춤을 춘다는 것은 부활의 의미이다.[58] 또한 이는 고대의 무술의식이 신화적으로 연역된 것으로, 부족과 같은 특정 집단의 불멸과 영생을 상징하는 것으로 볼 수 있다.[59] 불멸과 영생에 대한 기원은 좌절하지 않는 저항정신의 다른 표현이다. 결국 형천의 신화적 형상 역시 패배했으나 결코 단념하지 않는 불굴의 저항정신을 나타내고 있다는 것은 부인할 수 없는 사실이다.

반항정신은 자유의 표현이다. 체제와 권력, 물질과 계급은 물론 운명과 죽음에 이르기까지 인간의 자유정신을 압제하는 모든 굴레로부터 벗어나고자 하는 인간의지가 바로 반항정신이다. 그것은 침묵하는 영혼을 일깨우는 웅변이자 외침이다. 치우가 전신으로 거듭나고, 형천이 죽음으로부터 소생할 수 있었던 것은 그들이 가진 반항과 자유의 정신 때문이었다.

---

58 劉正平 「山海經刑天神話再解釋」 『宗教学研究』 2005年 第2期, 111쪽.
59 王貴生 「刑天情神本源新探」 『甘肅教育學院學報(社會科學版)』 2003.19(1), 35-38쪽.

3. 생명승화의 비극영웅

1) 과보夸父

『산해경』은 과보에 대해 다음과 같이 적고 있다. "과보가 태양과 경주를 하였는데 해질 무렵이 되었다. 목이 말라 물을 마시고 싶어 황하와 위수의 물을 마셨다. 그러나 황하와 위수의 물로는 부족하여 북쪽으로 대택의 물을 마시러 갔다가 도착하기도 전에 목이 말라 죽었다. 그가 지팡이를 버렸는데 그것이 변하여 등림이 되었다."[60] "대황의 한가운데 성도재천이라는 산이 있다. 두 마리의 누런 뱀을 귀에 걸고 두 마리의 누런 뱀을 손에 쥔 사람이 있는데 이름을 과보라 한다. 후토가 신을 낳고 신이 과보를 낳았다. 과보가 힘을 헤아리지 않고 해를 쫓아가려고 하다가 우곡에 이르렀다. 황하를 마시려 했으나, 양에 안차 대택으로 가려했는데 도착하기도 전에 이곳에서 죽었다. 응룡이 치우를 죽이고 난 후에 또 과보를 죽이고 그리고 남방으로 가서 살았기 때문에 남방에는 비가 많다."[61]

이 두 조목의 과보신화에서 가장 핵심적인 모티프는 자신의 미약한 힘을 헤아리지 아니하고 해와 경주를 하고자 했고, 그 결과 그는 목이 말라 죽었으며, 그가 짚고 가던 지팡이가 복숭아밭으로 변했다는 것이다.

---

60 夸父與日逐走, 入日。渴欲得飮, 飮于河渭, 河渭不足, 北飮大澤。未至, 道渴而死。棄其杖。化爲鄧林。(『山海經·海外北經』)

61 大荒之中, 有山名曰成都載天。有人, 珥兩黃蛇, 把兩黃蛇, 名曰夸父。后土生信, 信生夸父。夸父不量力, 欲追日景, 逮之于禺谷。將飮河而不足也, 將走大澤, 未至, 死于此。應龍已殺蚩尤, 又殺夸父, 乃去南方處之, 故南方多雨。(『山海經·大荒北經』)

과보는 거인이지만 유한한 인간일 따름이다. 해는 무한한 존재이 자 거대한 힘의 상징이다. 유한하고 미약한 존재가 무한하고 거대한 존재와 서로 대결한다면 그 결과는 보지 않아도 명약관화하다. 그러 나 인간이 인간일 수 있는 이유 중의 하나는 불가능한 것에 도전하 는 것이라고 할 수 있다. 대자연 앞에 선 인간의 존재는 미약하기 그 지없다. 그러나 미약하지만 감히 도전하는 것이 바로 인간이다. 실 패할 수 있지만 도전할 수 있는 정신을 가졌기에 인간은 인간일 수 있다. 도전이란 어떤 의미에서 제약을 돌파하는 것이다.

조셉 캠벨은 "스스로의 힘으로 복종의 기술을 완성한 인간으로,[62] 과거 개인적, 지방의 역사적 제약과 싸워 이것을 보편적으로 타당하 고 정상의 인간적인 형태로 환원시킬 수 있었던 남자나 여자를 영웅 이라 일컫는다."[63]고 말한다. 과보는 갈증으로 죽었고, 도전은 실패 로 끝났다. 그러나 과보는 해라고 하는 한계와 제약을 뛰어넘기 위 해 자신의 작은 힘을 헤아리지 않고서 도전하였다. 때문에 그의 실 패는 성공보다 더 강력한 여운이 남는다.

더 큰 의미는 그가 버린 지팡이가 복숭아밭으로 변하였다고 하는 것이다. 죽음이 다시 새로운 생명으로 소생한 것을 의미하며, 과보 의 정신이 영원히 전승될 것임을 상징하는 것이다. 도전하였지만 실 패했으나 그 실패가 절망으로 종결된 것이 아니라 다시 새로운 희망 의 원천이 된 것이다. 이는 삶이 죽음으로 죽음이 다시 삶으로 순환

---

62 조셉 캠벨 / 이윤기 옮김 『천의 얼굴을 가진 영웅』 민음사, 2007, 29쪽.
63 조셉 캠벨 / 이윤기 옮김 같은 책, 33쪽.

되는 낙천적 사고의 전형을 우리는 과보로부터 볼 수 있다.

2) 정위精衛

염제의 딸인 정위가 동해의 바닷가에서 놀다가 불행히도 물에 빠져 죽고 만다. 그의 영혼은 정위라고 하는 작은 새로 변하였다. 그리고 서산에서 작은 돌이나 나뭇가지를 물어다 끊임없이 동해를 메운다.[64]

정위전해의 신화에는 강력한 대비의 미학이 존재한다. 거대한 동해와 미세한 작은 새 정위, 또 넓고 넓은 바다와 작은 돌과 작은 나뭇가지가 그것이다. 작고 미세한 것이 거대하고 강력한 것에 대항할 때, 약자가 강자에게 도전할 때 우리는 누구나 비장미를 느끼게 된다. 정위전해의 신화는 대비의 미학을 통해서 고귀한 인간정신을 웅변하는 신화이다.

더욱이 바다를 메우는 정위의 행위가 단순히 자신의 생명을 앗아간 데 대한 원망과 분노의 표현이라고 한다면 이는 결코 영웅적 행위가 아니다. 그것은 한낱 개인적인 복수에 불과하다. 실패나 사망의 분노가 개인을 넘어서 모두를 위한 헌신과 희생으로 승화되었을 때 영웅성은 확립된다. 정위가 바다를 메우고자 한 것은 그의 젊은 생명을 앗아갔을 뿐 아니라, 또한 계속해서 천년만년 이러한

---

64 發鳩之山, 其上多柘木。有鳥焉, 其狀如鳥, 文首、白喙、赤足, 名曰精衛, 其鳴自詨。是炎帝之少女名曰女娃, 女娃游于東海, 溺而不返, 故爲精衛。常衝西山之木石, 以堙于東海。(『山海經·北次三經』), 昔炎帝女溺死東海中, 化爲精衛。偶海燕而生子, 生雌狀如精衛, 生雄如海燕。今東海精衛誓水處, 曾溺於此川, 誓不飮其水。一名誓鳥, 一名怨禽, 又名志鳥, 俗號帝女雀。(『述異記』卷上)

생명을 앗아 갈 수 있는 대상을 향한 저항적 행동이었다. 자신의 생명을 잃어버린 데 대한 복수가 아니라, 용솟음치고 울부짖는 거대한 바다가 두 번 다시 무고하게 생명을 앗아가지 않게 하기 위해서 바다를 메우는 것이다. 도연명은 정위의 행위를 두고서 "똑같은 생령일진대 비애도 남지 않았고, 죽고 사는 것이 모두 하나일지니 결코 후회 없어라."[65]고 읊었다. 죽음을 뛰어넘어 초지일관한 정신, 오로지 더 이상의 불행이 반복되지 않도록 염원하는 정신을 찬양한 것이다.[66]

　해는 높고 과보는 낮다. 해는 빠르고 과보는 느리다. 동해는 크고 정위는 작다. 동해는 깊고 목석은 미미하다. 그러나 이들은 자신의 육체와 미약한 역량으로 자신과는 대비되는 커다란 자연의 힘에 항거하고 반항하였다.[67] 물론 모두 실패하였다. 그러나 결코 포기하지 않는 강인한 정신만은 잃지 않았다. 과보의 지팡이가 도원으로, 어린 소녀가 정위로 변형되는 데서 우리는 백번 쓰러져도 결코 포기하지 않는 정신적 승리의 쾌감을 맛볼 수 있으며, 아울러 죽음이 결코 단절이 아니라 끊임없이 새로운 생명으로 승화되는 지극히 낙관적인 모습 역시 엿볼 수 있다.

65　同物既無慮, 化去不復悔。(陶淵明, 「讀山海經」)

66　袁珂 前揭書, 90-91쪽.

67　張文杰 「力的抗爭, 悲的超越, 美的昇華 – 論中國古代神話的悲劇特性與民族審美精神」 『江淮論壇』2006年第3期, 150쪽.

Ⅳ. 중국 신화영웅의 형상적 특징

예와 곤, 치우와 형천, 과보와 정위 등의 신화영웅들은 몇 가지 공통적 특징을 가지고 있다. 첫째는 모두 하나같이 비참한 종말을 맞이하는 실패한 비극 영웅이라는 것이다. 실패의 원인은 각기 다르다. 예와 곤은 천제로 대변되는 지존의 권위에 도전했다가 실패하였고, 치우와 형천은 황제로 대변되는 절대 권력에 대항하다가 실패하였고, 과보와 정위는 거대한 자연력에 항거하다가 실패하였다.

둘째는 비록 실패한 비극 영웅이지만 반드시 영웅신으로 새롭게 숭배되거나 아니면 새로운 생명으로 전환된다는 것이다. 예는 비록 천제에게 버림받아 다시는 천국으로 되돌아 갈 수 없게 되었지만, 그러나 훗날 세상의 악귀들을 통괄하여 이들 귀신들이 사람을 해치지 못하게 하는 종포신宗布神으로 숭배되었다.[68] 곤은 비록 요에게 죽임을 당했지만 아들 우가 마침내 황하의 치수에 성공하게 되었다. 치우 역시 황제에게 목이 잘리는 비참한 최후를 당하였지만 결국 전신으로 숭배되었다. 형천 역시 황제에게 목이 잘리는 비참한 최후를 맞이하였지만, 창과 방패를 들고 춤을 추면서 부활하였다. 과보는 태양과 경주하다 갈증을 이기지 못하고 죽었지만, 그의 지팡이가 도원으로 거듭났다. 정위는 익사하였지만 새로운 정령으로 거듭나 동해 바다를 메우는 작업을 하였다.

이러한 중국신화의 비극영웅들의 형상에서 우리는 하나의 공통

---

68 羿除天下之害死而爲宗布。(『淮南子·氾論訓』) 今人室中所祀宗布也。(高誘注)

적 특성을 발견할 수 있다. 그것은 바로 반항과 도전의 정신이다. 반항정신은 주로 사회투쟁의 요소를 반영하고 있다. 때문에 도전의 대상은 기존의 체제나 기득 세력 등과 같은 인민의 통치자에 대한 투쟁이 중심이 된다. 도전정신은 주로 강력한 대자연에 대한 완강한 투쟁정신이 중심을 이루고 있다. 공통점은 모두가 실패하지만 결코 굴복하지 않는 건강한 의지로 표출되고 있다는 점이다.[69]

반항과 도전은 성공을 전제로 하지 않는다. 오히려 불가항력적인 것, 실현 가능해 보이지 않는 것에 대한 투쟁이요 저항이다. 때문에 강력한 자연력과의 투쟁에서 사망하기도 하고, 아름다운 세계를 창조하는 과정에서 희생당하기도 하며, 불가항력적인 자연의 힘에 의해서 멸절되기도 하고, 사악한 세력에 의해서 상해를 당하기도 한다. 그러나 반항과 도전은 비극영웅이 짊어진 숙명이요, 영웅성을 결정하는 중요한 요소이다. 비극 인물이 고난과 재앙에 직면해서 취하는 반항과 불굴의 태도야말로 고귀하고 존엄한 인류정신이요, 그것은 곧 비극미의 핵심이자 관건이다.[70] 인간은 그러한 고귀하고 존엄한 인류정신으로부터 숭고하고 비장한 아름다움을 느낀다.

숭고미와 비장미는 모두 미적 범주의 주요한 유형이다. 숭고미의 근원은 주체와 객체가 서로 대립하다가 마침내 통일로 전환되는 모순운동에 있다. 질적 양적으로 현격한 차이가 나는 대상 앞에 스스로 굴복하는 것이 아니라 자신을 대상의 수준까지 제고시켜 오히려

---

69 車栢靑「中國神話中的"統治神"和"反抗神" – 神話形象初探之二」『玉溪師專學報』1986年01期, 56쪽.

70 李文斌「悲劇和悲劇美」『忻州師範學院學報』第22卷第1期, 2006年2月, 12쪽.

대상을 부리거나 제어하는 것을 실현하는 자아 확증에서 숭고미는 생성된다. 이 때문에 숭고미는 주체와 객체의 상호 대립이 주체와 객체의 상호 통일로 전환되는 정신적 승화로 말미암아 거대한 기쁨을 느끼게 한다. 한 마디로 숭고는 인간이 주체로서의 실천능력과 정신적 힘을 표현하는 최고의 미학범주이다.[71]

비장미, 즉 비극미[72]란 "일정한 사회적·역사적 조건 하에서 상대적으로 약소하고 아름답고 착한 사회적 역량이 강대하고 추악한 세력과의 모순투쟁 중에서 당하게 되는 실패와 고난 및 희생을 두고 말한다."[73] 바꾸어 말하면, "환경에 대한 주인공의 저항이고 주인공은 그를 포위하고 있는 환경의 사리와 타협할 수 없는 것을 제일 요소로 한다. 비극은 단순한 비애와는 차원이 다르다. 비극의 주인공이 어떠한 방법으로든지 불굴의 정신을 가지고 투쟁할 수 있어야 한다. 주어진 운명을 극복하는 노력이 없다든지 성격이나 의지의 연약성으로 인하여 사건의 압력에 굴복해 버린다면 비애를 느낄 수는 있으나 비극적인 감명을 받을 수 없다."[74]

권위에 대한 도전으로 인해 비극적 종말을 맞이한 예와 곤, 절대권력에 대항하다 역시 비참한 죽음을 맞이한 치우와 형천, 거대한 자연력에 대항하다 죽음을 맞이한 과보와 정위의 형상으로부터 우

---

71 胡　劍「美學範疇簡論」『新疆師範大學學報(哲社版)』1988年第2期, 5쪽.

72 白琪洙『美의 思索』, 서울대학교출판부, 1984, 133쪽.

73 임법송·김해룡『미학개론』, 연변인민출판부, 1986, 190-205쪽, 原載, 박영준「시조와 하이쿠의 미의식 비교연구」『시조학논총』137쪽 재인용.

74 차호원「고전비극미의 재발견」『새가정』, 새가정사, 1970, 94-95쪽.

리는 "고난과 사망의 공포를 느끼기 보다는 오히려 삶의 영광과 죽음의 위대함을 깨달을 수 있다."[75] 이들 영웅들은 강력한 기득권 세력이나 거대한 자연의 면전에서 실패하였거나 혹은 잔인하게 살육당하였다. 그러나 그들의 의지는 견강하였고, 항쟁은 낙관적이었다. 이로 말미암아 그들의 비극은 사람들을 고무 격려하여 곤경을 물리치고 승리하는 거대한 정신적 힘을 갖추고 있다.[76]

비극미는 숭고미와 긴밀하게 연계되어 있다. 숭고는 일종의 비장미이다. 숭고미와 비장미는 모두 주관보다는 대상의 압도적 위대성 내지 절대성에 있다. 그러나 숭고미의 경우 위대성이 단순히 자연과 인간 모두에 있는 데 반하여, 비장미는 오직 인간에 있어서의 위대성, 즉 인간적 위대성에 있다는 것이 다르다. 본시 비극적 사태라고 하는 것이 오직 인간의 생에만 있을 수 있고, 인간의 생을 바탕으로 해서 시간과 공간을 통해 나타나는 것이기 때문이다.[77]

또한 숭고미를 느끼게 하는 것들 중에 그 어느 것도 사망만큼 숭고의 특징이 잘 드러나는 것은 없다. 아름다움은 사람에게 쾌감을 주지만 숭고는 통감을 준다. 생명은 환희를 의미하고 있기에 그것은 아름다운 것이요, 사망은 고통을 의미하기에 그것은 숭고한 것이다. 숭고는 사망의 공포에 대한 경험이자 초월이다.[78]

이런 관점에 따르면, 중국 신화의 비극적 영웅인물은 숭고하면서

---

75 胡　劍 前揭書, 5쪽.
76 張文杰 前揭書, 150쪽.
77 白琪洙 앞의 책, 139쪽.
78 陸　揚『死亡美學』, 北京大學出版社, 2006, 59쪽.

도 비장한 비극영웅이라고 할 수 있다. 각종 항쟁에 따른 고난과 비극적 종말은 공포와 두려움, 소극적이고 비관적이 아니라 오히려 끝내 승리하고야 말겠다는 낙관의 정신을 보여주고 있다. 그들이 보여주는 비장한 헌신 정신, 집요하게 이상을 추구하는 정신, 위대한 항쟁의 품격은 농후한 비극적 색채를 띠고 있음과 동시에 사람의 마음을 격동시키는 숭고미를 드러내고 있다고 말할 수 있다.

Ⅴ. 결론

비극의식은 현실의 비극성에 대한 의식으로, 현실의 비극성에 대한 일종의 문화적 파악이다. 바꾸어 말하면, 이성정신이 잔혹한 곤경에 직면했을 때 생성되는 것이 비극의식이라고 하면, 비극정신은 인간과 세계의 대립과 충돌 속에서 인간이 주체적 역량으로 외재한 세계가 자아를 주재하는 것에 반항하고 아울러 자신을 초월하는 데서 생성된다. 한 마디로 비극정신은 분투정신이다. 비극영웅은 비극의식을 가지고 거대하면서도 강력한 현실의 곤경을 해소하기 위해, 비극정신에 근거한 치열한 분투정신을 가지고 자신을 헌신하는 과정에서 결국 비극적 종말을 맞이하는 영웅을 가리킨다.

중국신화의 비극영웅은 대체로 세 가지로 크게 그 유형을 나눌 수 있다. 첫째는 천하구제의 영웅으로 한해나 홍수 등에 직면하여 재난을 물리쳐서 백성들을 구제하는 과정에서 기존의 권위를 인정하지 않고 오로지 공익의 차원에서 사고하고 행동함으로써 자신은 오히려 희생을 당하고 마는 선공후사의 영웅으로, 예와 곤을 들 수 있다. 둘째는 기존의 질서체계에 대항하거나 반항하다가 실패함으로써 반역자로 낙인 되나 오히려 그 반항정신이 숭배의 대상으로 전화되는 영웅으로, 치우와 형천이 대표적이다. 셋째는 미세한 힘으로 거대한 힘에 대항하거나, 약자로써 강자에 도전하여 사망하거나 실패하지만, 그러한 실패와 사망이 모두 새로운 생명으로 승화됨으로써 강인한 인간정신을 보여주는 영웅으로, 과보와 정위를 들 수 있다.

이들 중국신화의 비극영웅들이 가지고 있는 공통의 정신은 도전과 저항의 정신이다. 도전과 저항은 성공을 전제로 하지 않는다. 오히려 불가항력적인 것, 실현 가능해 보이지 않는 것에 대한 투쟁이다. 때문에 결과는 비록 하나같이 훼멸로 귀결되었다. 그러나 반항과 도전은 비극 영웅이 짊어진 숙명이요, 영웅성을 결정하는 중요한 요소이다. 비극 인물이 고난과 재앙에 직면해서 취하는 반항과 불굴의 태도야말로 고귀하고 존엄한 인류정신이요, 그것은 곧 비극미의 핵심이자 관건이다. 그것은 인간으로 하여금 숭고하고 비장한 아름다움을 느낄 수 있게 한다.

결론적으로 중국신화의 비극영웅들은 선공후사, 반항과 도전, 그리고 생명승화의 정신을 나타내고 있으며, 그들이 표출하는 형상적 특징은 숭고미와 비장미라고 할 수 있다.

제6장

한자 자원을 통한
중국신화 인물 이해

양 원 석

Ⅰ. 머리말

이 글의 목적은 中國神話에 등장하는 人物名의 漢字 字源 분석을
통해 그 인물의 특징을 이해하는 방법을 제시하는 것이다. 다시 말
해서, 신화 인물과 그와 관련된 내용을 이해하기 위해 한자 자원을
활용하는 방법을 제시하고자 하는 것이다.

中國神話에는 수많은 人物[1]들이 등장한다. 이러한 인물의 이름은
그의 능력, 외모, 행적, 신분, 역할 등의 특징적 면모와 관련 있는 경

---

[1] 중국신화에는 다양한 형상을 지닌 神, 사람, 괴물, 동물 등이 등장한다. 본고에서
언급하는 '人物'은 사람 뿐 아니라 이들을 모두 포함하는 개념으로 사용한 것이다.

우가 많이 있다. 즉 어떠한 인물이 특별한 능력을 가지고 있는 경우, 독특한 외모를 가지고 있는 경우, 기이한 행적을 보인 경우, 그것을 나타내는 漢字로 그 인물의 이름을 삼는 경우가 많다는 것이다. 그러므로 신화 인물의 이름이 가진 뜻을 정확하게 이해한다면 그의 능력, 외모, 행적 등의 특징을 쉽게 알거나 추정할 수 있을 것이며 또한 신화 텍스트에 대한 이해도 提高할 수 있을 것이다.

이는 신화 인물과 관련된 이야기가 먼저 있었고, 이러한 이야기의 내용에 근거하여 해당 인물의 이름이 붙여졌을 것이라는 전제하에 언급할 수 있는 주장이다. 신화 인물의 이름과 그 인물의 행적과 특징이 상호 연관성을 가지는 사례를 다수 찾을 수 있기 때문에,[2] 이러한 전제는 충분히 설득적이라고 할 수 있다.[3] 물론 신화 인물의 이름이 音借에 의해 만들어진 경우나 한자가 아닌 다른 문자에서 유래된 경우는 예외가 될 수 있다.

여기서 '人物名 한자가 가진 뜻에 대한 이해'라는 것은 風伯의 '바람 風'과 '우두머리 伯'처럼 현재 주로 쓰이는 한자의 뜻을 이해함을 가리키기도 하지만, 또한 漢字의 字源[4]을 파악하여 해당 한자의 本義[5]를 이해하는 것을 가리키기도 한다. 예를 들면, 현재 주로 쓰이는

2 예를 들면, '風伯'은 바람의 신, '河伯'은 강의 신, '雨師'는 비를 관장하는 신이라는 것을 그의 이름에 있는 한자의 뜻을 통해서 바로 알 수 있다.
3 정재서도 "신화에서 신의 이름은 그 신이 가지고 있는 능력이나 특징을 말해주는 경우가 많다."라고 하였다. (정재서 『이야기 동양신화 (중국편)』, 김영사, 2013, 123쪽)
4 字源이란 '한자의 가장 원시 형태에서 파악되는 造字 의도 및 구성 원리'라고 정의할 수 있다. (양원석 「중국에서의 字源을 활용한 한자교육 방법」, 『한자한문교육』 17, 한국한자한문교육학회, 2006, 56-59쪽)
5 本義는 한자의 원시 형태가 가지는 본래의 뜻을 말한다. 여기에서 파생되거나 가

能의 뜻은 '능력, 능하다'이지만, 能의 자원을 분석해 보면 能의 本義는 '곰'이다. 能은 곰의 모양을 상형한 것으로 본래 '곰'이라는 뜻을 가졌으며, 여기에서 가차되어 '능력, 능하다'의 뜻을 가지게 된 것이다.[6]

이상과 같이 중국신화 이해를 위해 한자 자원 분석이라는 한자학적 방법론을 시도하는 것은 지금까지 한국 신화 연구자들이 신화 텍스트 연구에서 자주 사용하지 않았던 것으로 알고 있지만, 經書를 비롯한 上古時代 문헌 해독과 이해를 위한 訓詁를 위해 자주 이용되는 방법이기도 하다.

예를 들면, 朋은 현재에는 '벗, 무리'의 의미로 주로 사용되지만, 甲骨文과 金文 등의 자형을 살펴보면 이 글자는 '귀한 조개를 실이나 끈으로 꿰어 놓은 모양'을 상형한 글자로 '화폐 단위, 재물'이라는 本義를 가지고 있다.[7] 『詩經』 「小雅·菁菁者莪」에 "菁菁者莪, 在彼中陵. 旣見君子, 錫我百朋.(무성하고 무성한 새발쑥이여, 저 구릉 가운데 있도

차된 의미를 지칭하는 '派生義', '假借義'와 상대되는 개념이다.

6 能의 金文 자형을 제시하면 아래와 같다. 여기에서 볼 수 있듯이 能은 '곰'을 상형한 것으로 '곰'을 本義로 하고 있다.

『國語』 卷14, 「晉語」의 "昔者, 鯀違帝命, 殛之於羽山. 化爲黃能, 以入于羽淵."을 우리 말로 옮기면 "옛날에 鯀이 天帝의 명을 어기자 그를 羽山에서 주살하였다. 그는 누런 곰으로 변하여 羽淵으로 들어갔다."이다. 여기서 '能'을 '곰'으로 번역하는 것은 能의 本義가 '곰'이기 때문이다.

7 曹先擢·蘇培成 『漢字形義分析字典』, 北京大學出版社, 1999, 403쪽 : 甲骨文朋字像兩串貝(或玉)連在一起. 朋原是一種貨幣單位.
谷衍奎 『漢字源流字典』, 華夏出版社, 2003, 378쪽 : 象形字. 甲骨文像兩串細貝連在一起之形. 是古代的貨幣單位.

다. 이미 군자를 만나보니, 나에게 百朋을 주신 듯 하도다.)"라는 구절이 있는데, 여기서 '百朋'은 '많은 친구'를 의미하는 것이 아니라 '많은 재물'[8]을 뜻하는 것으로 해석하는 것이 바람직하다.[9] 즉 '朋'의 자원 분석을 통해, '百朋'의 '朋'을 현재 주로 쓰이는 의미인 '친구'로 해석하는 것이 아니라 그 本義인 '재물'로 해석하는 것이 타당하다는 것이다.

요컨대 중국신화의 원형 자료를 담고 있는 古代 문헌의 경우, 자원 분석이라는 한자학적 방법론의 활용은 신화 텍스트를 정확하게 독해하고 또 신화 인물의 특징을 이해하는 데에 일조할 수 있을 것이다.

본론에서는 炎帝와 그의 신하인 祝融과 刑天, 羿와 그와 관련된 인물, 그리고 『山海經』에 등장하는 몇몇 인물을 대상으로 하여, 이상에서 언급한 한자 자원 분석을 통한 신화 인물 이해의 구체적인 방법을 제시하도록 하겠다. 이는 한자학의 방법론을 중국신화 텍스트 읽기에 활용하는 하나의 사례가 될 것이다.

甲骨文	金文	小篆
玤	玤	昜

---

8 『毛詩鄭箋』 鄭玄 箋 : 古者, 貨貝, 五貝爲朋. 錫我百朋, 得祿多, 言得意.
  朱熹 『詩集傳』 : 古者, 貨貝, 五貝爲朋. 錫我百朋者, 見之而喜, 如得重貨之多也.

9 양원석 「漢字文化學 연구 성과를 활용한 經書 해석 및 漢字 교육」, 『한문교육연구』 36, 한국한문교육학회, 2011, 341-344쪽.

II. 炎帝와 그의 신하

1. 炎帝

炎帝는 神農이라고도 칭한다. 염제는 黃帝와의 阪泉 전쟁에서 패해 남쪽으로 물러나 남방 상제가 되었던 인물이다. 그는 인간에게 농사짓는 법을 가르쳐주었고, 시장을 만들었으며, 인간들의 병을 다스릴 수 있는 약초를 연구하는 등의 역할을 했다.

이러한 염제의 면모를 가장 잘 보여주는 기록을 제시하면 아래와 같다.

> 炎帝神農氏는 성이 姜이며, 그의 어머니는 女登으로 有嬌氏의 딸이자 少典의 妃였다. 그녀는 神龍에 감응하여 炎帝를 낳았는데, 염제는 사람의 몸에 소의 머리를 하고 있었다. 姜水에서 성장하였으므로 이를 성으로 삼은 것이다. 火의 덕을 가진 왕이었기 때문에 炎帝라고 하는데, 이는 火로써 관직 이름을 삼은 것이다. 그는 나무를 깎아 보습을 만들었고 나무를 구부려 쟁기를 만들었으며, 이러한 농기구로 萬人을 가르쳤고 또 처음으로 농사를 가르쳐 주었으므로 神農氏라고도 칭하게 되었다. 이에 蠟祭를 만들었고, 붉은 채찍으로 초목을 치면서 여러 풀을 맛보았는데 이로써 醫藥이 생기게 되었다. 또한 다섯 줄의 瑟을 만들었고, 사람들로 하여금 낮에 시장을 만들어 물건을 사고 팔며 물러나서는 각각 그 마땅한 바를 얻게 하였다.[10]

炎帝라는 이름에 쓰인 炎은 아래의 갑골문과 금문에서 볼 수 있듯이 불꽃을 상형한 火가 위 아래로 놓여져 있는 모양으로, '불타다, 불꽃' 등의 뜻을 나타낸다.[11] 『說文解字』에서도 "炎은 불꽃이 위로 치솟는 모양이다. 거듭된 火에서 뜻을 취했다."[12]라고 설명하고 있다.

甲骨文	金文	小篆
𤇋	𤇋	炎

즉 '불'과 관련된 글자인 炎을 통해 염제는 '불'을 상징하는 태양의 신임을 쉽게 알 수 있다. 五行의 배속[13]에 따르면,[14] 火는 赤色, 南

---

10 司馬貞『史記索隱』卷30, 「三皇本紀 第二」: 炎帝神農氏, 姜姓, 母曰女登, 有媧氏之女, 爲少典妃, 感神龍而生炎帝, 人身牛首. 長於姜水, 因以爲姓. 火德王, 故曰炎帝, 以火名官. 斲木爲耜, 揉木爲耒, 耒耨之用, 以敎萬人, 始敎耕, 故號神農氏. 于是作蜡祭, 以赭鞭鞭草木, 始嘗百草, 始有醫藥, 又作五弦之瑟, 敎人日中爲市, 交易而退, 各得其所.

11 曹先擢·蘇培成, 前揭書, 610쪽: 會意字. 兩火相重.
谷衍奎, 前揭書, 391쪽: 會意字. 甲骨文和金文從重火, 會火焰猛烈沖騰之意.

12 『說文解字』卷10, 「炎部」: 炎, 火光上也. 从重火.

13

五行	木	火	土	金	水
五色	靑	赤	黃	白	黑
方位	東	南	中	西	北
四季	春	夏	間氣	秋	冬

14 五行의 배속과 각 지역의 帝에 대해『淮南子』卷3 「天文訓」에서는 다음과 같이 기록하고 있다. : 東方, 木也. 其帝太皥, 其佐句芒, 執規而治春, 其神爲歲星, 其獸蒼龍, 其音角, 其日甲乙. 南方, 火也. 其帝炎帝, 其佐朱明, 執衡而治夏, 其神爲熒惑, 其獸朱鳥, 其音徵, 其日丙丁. 中央, 土也. 其帝黃帝, 其佐后土, 執繩而制四方, 其神爲鎭星, 其獸黃龍, 其音宮, 其日戊己. 西方, 金也. 其帝少昊, 其佐蓐收, 執矩而治秋, 其神爲太白, 其獸白虎, 其音商, 其日庚辛. 北方, 水也. 其帝顓頊, 其佐玄冥, 執權而治冬, 其神爲辰星, 其獸玄武, 其

方, 夏季를 의미한다. 즉 黃帝[15]와의 전투에서 패해 남쪽의 상제 역
할을 했기 때문에, 炎帝라는 칭호를 가지게 되었다고도 볼 수 있다.
염제와 관련된 기록을 보면 불, 태양, 여름, 남쪽 등과 연관하여 언급
된 것이 있음을 볼 수 있는데, 이러한 행적과 배경으로 인해 그의 칭
호를 炎帝라고 하게 되었다고 이해할 수 있다.

한편 염제는 神農으로도 칭해지는데, 이는 農耕을 인간에게 가르
쳐 주었기 때문에 붙여진 명칭이라고 하겠다.

2. 祝融

祝融은 炎帝의 신하일 뿐 아니라 火神, 태양신, 雷神, 번개신 등의
다양한 신화 직분을 가지고 있는 인물이다.[16] 축융의 직분과 외모와
관련된 기록 몇 가지를 제시하면 다음과 같다.

仲夏 5월은 그 주재자가 炎帝이고, 祝融이 그 신관이다.[17]

黎는 高身氏의 火正이 되어 순후하고 빛나며 돈독하고 커다람으로

音羽, 其日壬癸.

15 黃帝의 '黃'은 五行 중에서 土에 해당한다. 또한 土는 중앙을 의미한다. 즉 황제는 염
제를 남쪽으로 몰아내고 중앙을 차지하였기 때문에 黃帝라는 칭호를 얻게 되었다
고 할 수 있다. 『說文解字』에서도 黃에 대해 "黃, 地之色也."(『說文解字』 卷13, 「黃部」)
라고 하였다.

16 선정규 『중국신화연구』, 고려원, 1996, 323쪽.

17 『呂氏春秋』 卷4, 「孟夏」 : 仲夏之月, 其帝炎帝, 其神祝融.

써 하였으니, 하늘이 밝아지고 땅이 덕스럽게 되어 사해를 훤히 비추
었다. 그래서 祝融이라고 이름하였는데 그 공로가 크다.[18]

남방의 극은 北戶孫 바깥으로부터 顓頊의 나라를 통과하고, 남쪽으
로 불타오르고 뜨거운 바람이 부는 들에까지 이른다. 이곳은 赤帝와
祝融이 다스리던 곳으로 일만이천리이다.[19]

이상을 통해 축융은 여름, 불, 남방과 관련이 있음을 알 수 있다.
그는 염제의 신하였기 때문에 五行의 火에 해당하는 夏季, 赤色, 南
方과 관련 있었던 것으로 이해할 수 있다. 그렇다면 그의 이름인 祝
融에서 이를 유추해볼 수 있을지 아래에서 살펴보도록 하겠다.[20]
'融'의 고문자 자형은 아래와 같다.

---

18 『國語』卷16,「鄭語」: 夫黎爲高身氏火正, 以淳耀惇大, 天明地德, 光昭四海, 故命曰祝融,
其功大矣.

19 『淮南子』卷5,「時則訓」: 南方之極, 自北戶孫之外, 貫顓頊之國, 南至委火炎風之野, 赤
帝祝融之所司者, 萬二千里.

20 선정규는 祝融이라는 이름의 뜻에 대한 관련 기록을 제시하면서 축융의 직분에 대
해 언급하였다. 이를 요약하여 제시하면 다음과 같다. : 祝融이라는 이름의 뜻은 火
혹은 태양과 밀접한 관계가 있다.『左傳』「昭公 二十九年」의 杜預 注에서는 "祝融은
'밝은 모습'을 뜻한다.(祝融, 明貌.)"라고 하였고, 賈逵 注에서는 "祝은 '심하다'는
뜻이고 融은 '밝다'는 뜻이다.(祝, 甚也, 融, 明也.)"라고 하였으며,『史記』「楚世家」
의 集解에서 인용한 虞翻의 注에서는 "祝은 '크다'는 뜻이고 融은 '밝다'는 뜻이다.
(祝, 大, 融, 明也.)"라고 하였고,『國語』「鄭語」의 韋昭 注에서는 "祝은 '처음'이란 뜻
이고 融은 '밝다'는 뜻이다.(祝, 始也, 融, 明也.)"라고 하였다. 이상의 내용을 보면,
祝融의 원의는 곧 불이나 태양이거나 최소한 이들과 밀접한 관계가 있다고 보이며
따라서 축융은 원초적 광명을 주재하는 화신이거나 태양신 내지는 太陽之火의 신
일 수 밖에 없다. (선정규『중국신화연구』, 고려원, 1996, 326-327쪽)

甲骨文	金文	小篆

『說文解字』의 풀이에 따르면, "融은 '불 때는 기운이 위로 올라간
다'는 뜻이다. 鬲에서 뜻을 취했고, 蟲의 생략형인 虫에서 소리를 취
했다."[21]라고 하였다. 즉 融은 鬲에서 뜻을 가져왔다는 것인데, 아래
에 제시한 갑골문과 금문 등을 살펴보면 鬲은 '鼎처럼 생긴 밥 짓는
그릇'을 상형한 것이다.[22] 『說文解字』에서도 鬲에 대해 '발이 세 개
있는 鼎의 부류이다.'[23]라고 하였다.

甲骨文	金文	小篆

요컨대, 鬲은 '밥 짓는 그릇'이라는 本義를 가지고 있으며 이는
'불', '열'과 관련이 있다. 그렇다면 鬲에서 뜻을 취한 融의 本義도 이
와 관련이 있다고 할 수 있다.

---

21 『說文解字』卷3, 「鬲部」: 融. 炊气上出也. 从鬲, 蟲省聲.

22 曹先擢·蘇培成, 前揭書, 320쪽: 古文字鬲像一種炊具. 從鬲的字多與炊器有關.
谷衍奎, 前揭書, 537쪽: 象形字. 甲骨文像古代鼎類蒸煮炊具形, 圓口, 三足分襠, 足內中
空, 以便增加受熱面積.

23 『說文解字』卷3, 「鬲部」: 鬲, 鼎屬. 實五觳. 斗二升曰觳. 象腹交文, 三足.

즉 '融'의 本義는 '불'이나 '열'과 관련되어 있으며, 이를 통해 축융의 특징인 '염제의 신하이면서 南方 지역과 관련 있고 또 火神이나 태양신의 신격을 가지고 있음'을 알 수 있다.[24]

3. 刑天

刑天은 炎帝의 신하로, 黃帝와 炎帝의 전투 중에 염제를 위해 혼자 힘으로 황제에게 대항했던 인물이다. 형천은 황제와의 전투에서 황제에 의해 머리가 잘려지게 되었지만, 그는 머리가 없어지자 자신의 젖꼭지를 눈으로 삼고 배꼽을 입으로 삼았으며 또 방패와 도끼를 들고 춤을 추면서 황제에게 대항했던 인물이다. 이와 관련된 기록을 제시하면 다음과 같다.

> 刑天이 黃帝와 여기에서 신의 자리를 다투었는데, 황제가 그의 머리를 베어 常羊山에 장사지냈다. 이에 刑天은 젖꼭지를 눈으로 삼고, 배꼽을 입으로 삼아, 방패와 도끼를 들고서 춤을 추었다.[25]

---

24 "祝融을 그린 후대의 圖本과 관련 기록(『山海經』 卷6, 「海外南經」: 南方祝融, 獸身人面, 乘兩龍) 등을 살펴보면, 祝融은 龍을 타고 있는 모습을 하고 있다. 이에 근거하면 최초에 '坐龍'으로 '祝融'을 지칭한 후 '坐龍'을 '祝融'으로 假借하여 적은 것으로도 볼 수 있을 듯하다. 왜냐하면 '祝'의 중국음은 'zhǔ'인데, '坐'의 중국음인 'zuò'의 음과 通轉 가능한 음으로 보이고, '融(róng)' 역시 '龍(lóng)'과 음이 매우 유사하기 때문이다."

25 『山海經』 卷7, 「海外西經」: 形天與帝至此爭神, 帝斷其首, 葬之常羊之山. 乃以乳爲目, 以臍爲口, 操干戚以舞.

한편『淮南子』에 '서방에 형체가 불완정한 시체가 있다.'[26]라는 기록이 있는데, 이에 대한 高誘의 注를 보면[27] 이는 刑天의 모습을 기록한 것이라고 할 수 있다.

이상을 통해 刑天의 모습을 짐작할 수 있는데, 刑天을 그린 圖本을 제시하면 다음과 같다.[28] 아래 그림을 통해, 머리가 잘려져서 가슴 부위를 얼굴로 삼고 있는 刑天의 모습을 분명하게 볼 수 있다.

【그림 1】 (明)蔣應鎬繪圖本[29]　【그림 2】 (淸)吳任臣近文堂圖本[30]

刑天은 직역하면 '天'에 '형벌을 가하다'는 뜻이다. 여기서 天은

---

26 『淮南子』卷4,「墜形訓」: 西方有形殘之尸.

27 『淮南子』卷4,「墜形訓」 '西方有形殘之尸, 寢居直夢, 人死為鬼'에 대한 高誘 注: 一説日, 形殘之尸, 於是, 以兩乳為目, 肥臍為口, 操干戚以舞, 以無夢, 天神斷其手後, 天帝斷其首也, 故日, 寢居直夢.

28 이하 본고에서 제시한 그림은 馬昌儀 지음, 조현주 역의『古本山海經圖說』(다른생각, 2013.)의 것을 재인용한 것임.

29 馬昌儀 지음, 조현주 역, 앞의 책, 898쪽.

30 馬昌儀 지음, 조현주 역, 앞의 책, 899쪽.

다음의 갑골문과 금문 등에서 볼 수 있듯이 '머리 큰 사람'을 뜻하며,[31] 이에 '사람의 머리'라는 뜻도 가지게 되었다. 『說文解字』에서도 天을 '정수리'라고 풀이하였다.[32] 天은 현재 '하늘'이라는 뜻으로 주로 쓰이는데, 이것은 本義인 '사람의 머리'에서 파생된 것이다.

甲骨文	金文	小篆
𗔵	𗔶	𗔷

요컨대, 天의 本義는 '사람의 머리'이며, '刑天'은 '머리가 잘렸다'는 뜻을 가진 것으로 정리할 수 있다.[33] 즉 황제와의 전투에서 패해 머리가 잘린 외모를 가진 인물의 이름을 刑天으로 정함으로써, 그의 특징적 면모를 그 이름에서 그대로 드러낸 것이라고 하겠다.[34]

---

31 曹先擢·蘇培成, 前揭書, 521쪽 : 象形字. 甲骨文金文天像正面站立的人, 突出上面的頭. 谷衍奎, 前揭書, 43쪽 : 象形字. 甲骨文像突出了頭部的正面人形, 意在表示人的頭頂.

32 『說文解字』 卷1, 「一部」 : 天, 顚也. 至高無上, 从一大.

33 袁珂도 '天'의 갑골문과 금문 등의 한자 자원을 제시하면서 刑天에 대해 이와 같은 방식으로 설명하였다. 刑天의 표기는 '形天', '邢天', '刑天', '刑天' 등이 있었는데, 뜻에 근거해 보면 '刑天'이 '形天'이나 '刑天'보다 적합하다고 하였다. 또한 刑天은 본래 이름이 없었는데, 머리가 잘린 이후부터 刑天이라는 이름을 가지게 되었다고 하였다. (刑天, 書各不同. 査影宋本太平御覽卷五七四·三七一作'形天', 卷五五五作'邢天', 卷八八七作'邢天', 鮑崇城校本卷五五五作'刑天', 今本陶靖節集讀山海經詩亦作'刑天', 依義'刑天'長于'形天'·'刑天'等. 天, 甲骨文作𗔵, 金文作𗔶, 均象人首, 義爲顚爲頂, 刑天蓋卽斷首之意. 查此刑天者, 初本無名天神, 斷首之後, 始名之爲'刑天'. 或作'形天', 義爲形體天殘, 亦通. 唯作'形天'刑天'則不可通.)" (袁珂 『山海經全譯』, 貴州人民出版社, 1992, 206쪽)

34 이상에서, 炎帝와 그의 신하인 祝融과 刑天에 대해 살펴보았다. 祝融과 刑天 외에도 炎帝의 대표적인 신하로 蚩尤가 있다. 하지만 蚩尤는 그 자원 분석을 통해 그의 행적 등의 특징을 찾아볼 수 없다. 한편 蚩尤가 苗族의 시조라고 일컬어지는 점, 蚩가 의성

Ⅲ. 羿와 그와 관련된 人物

1. 羿

羿는 활을 잘 쏘는 특별한 능력을 가진 인물이다. 특히 10개의 해가 세상에 나타나서 인간들을 괴롭힐 때에 9개의 해를 활로 쏘아 떨어뜨렸으며, 또한 괴물인 猰貐·鑿齒·九嬰·大風·封豨·修蛇 등을 퇴치하여 인간 세상을 평화롭게 하였다는 특징적인 행적을 보이고 있다.

羿의 행적에 대한 기록은 여러 곳에서 찾아볼 수 있는데, 가장 대표적인 내용을 제시하면 아래와 같다.

> 堯 시절에 열 개의 해가 한꺼번에 나와 곡식을 태우고 풀과 나무를 말라 죽게 하자 백성들이 먹을 것이 없게 되었다. 猰貐·鑿齒·九嬰·大風·封豨·修蛇와 같은 괴물들이 모두 백성들에게 해를 끼쳤다. 그러자 堯는 羿로 하여금 疇華의 들판에서 鑿齒를 주살하게 하였고, 凶水가에서 九嬰을 죽이게 하였고, 靑邱의 연못에서 大風을 주살로 쏘게 하였고, 위로는 열 개의 해를 화살로 쏘고 아래로는 猰貐를 죽이게 하였고, 洞庭에서 修蛇를 베게 하였고, 桑林에서 封豨를 사로잡게 하였다. 온 백성들이 기뻐하며 堯를 천자로 세웠다. 이리하여 천하의 넓고 좁은 곳, 험하

어/의태어로 쓰인다는 점(例:『詩經』「國風·氓」: 氓之蚩蚩.) 등을 고려해 보면, 이는 音借하여 붙여진 이름이 아닐까 추정된다. 이러한 경우는 人物名에 대한 字源 분석이라는 방법이 그 인물의 특징적 면모를 이해하는 데에 별다른 도움을 주지 못한다.

고 평탄한 곳, 멀고 가까운 곳에 비로소 길과 마을이 생겨나게 되었다.[35]

이상에서 볼 수 있듯이, 羿는 10개의 해가 한꺼번에 나온 문제를 해결하고 또 여러 괴물들을 처치하여 인간 세상을 살기 편하게 했던 인물이다. 특히 해를 활로 쏘아 떨어뜨렸다는 내용에서 볼 수 있듯이 그가 가진 특징적인 능력은 활쏘기였다. 羿와 관련된 기록은『山海經』,『淮南子』등 신화적 성격의 문헌 뿐 아니라『孟子』와 같은 非신화적 문헌에서도 두루 찾아볼 수 있는데, 그만큼 羿는 활을 잘 쏘는 능력을 가진 인물로 널리 회자되었다고 볼 수 있다.

羿의 고문자 자형은 다음과 같다.

甲骨文	金文	小篆
		羿

여기서 볼 수 있듯이 羿(羿)는 羽와 幵으로 이루어진 글자이다.[36]『說文解字』에서는 羿의 자형 구조를 '从羽幵聲'이라고 하였으며,[37] 현대 학자들도 이와 동일하게 설명하고 있다.[38] 이는 곧 羿는 羽에서

---

35 『淮南子』卷8,「本經訓」: 逮至堯之時, 十日并出, 焦禾稼, 殺草木, 而民無所食. 猰貐·鑿齒·九嬰·大風·封豨·修蛇皆爲民害. 堯乃使羿誅鑿齒于疇華之野, 殺九嬰于凶水之上, 繳大風于青邱之澤, 上射十日而下殺猰貐, 斷修蛇于洞庭, 擒封豨于桑林. 萬民皆喜, 置堯以爲天子. 于是天下廣狹險易遠近, 始有道里.

36 小篆은 羿이며, 隷書부터 羿의 자형으로 쓰임.

37 『說文解字』卷4,「羽部」: 羿, 羽之羿風. 亦古諸侯也. 一日射師. 从羽幵聲.

뜻을 취하고 幵에서는 소리를 취한 形聲字이며, 곧 羿의 뜻은 羽에
서 나온 것이라는 설명이다.

羽는 '새 깃'의 상형이다. 그러므로 羽를 義符로 삼은 글자인 羿는
'새 깃'과 관련된 뜻을 가지고 있다. 羽의 여러 가지 의미 가운데에는
'화살 위의 깃털' 및 '화살'이라는 뜻도 있는데,[39] 이는 '새 깃'에서 파
생된 것이다. 즉 羿에 대한 자원 분석을 통해, 羿라는 이름은 '화살'
과 관련되어 있음을 알 수 있는 것이다.

요컨대, 羿는 '화살'을 뜻하는 羽에서 뜻을 취한 글자이며, 羿는 그
의 활 잘 쏘는 능력을 그대로 나타낸 이름이라고 하겠다.

2. 羿와 관련된 인물

앞서 언급한 바와 같이, 羿는 태양 9개를 활로 쏘아 떨어뜨렸으며
또한 猰㺄·鑿齒·九嬰·大風·封豨·修蛇 등의 괴물들을 처치했다. 그
러나 천제의 버림을 받은 이후에는 불사약을 구하기 위해 西王母를
만나러 갔으며, 부인 嫦娥의 배신을 당하기도 하였고, 또 河伯의 부
인 宓妃와의 사랑으로 인해 하백과 전투를 벌였고, 결국에는 자신의
제자인 逢蒙에게 죽임을 당했다.

여기에 등장하는 예와 관련된 여러 인물들의 이름 몇 가지에 대해
살펴보기로 하겠다.

---

38 曹先擢·蘇培成, 前揭書, 630쪽. : 形聲字. 从羽幵聲. 隸書楷書作'羿'.
39 『漢語大詞典』: 羽, 箭杆上的羽毛. 亦指箭.

167

예가 처치한 괴물 중 鑿齒[40]는 이름 그대로 끌 모양의 날카로운 이빨을 가진 괴물이고, 九嬰[41]은 머리가 아홉 개 달린 괴물이며, 修蛇[42]는 巴蛇[43]라고도 하는데 코끼리를 삼킬 정도의 큰 뱀이다. 이들의 이름에서 괴물의 외모와 성질 등을 바로 찾아볼 수 있다.[44]

예와 전투를 벌였던 河伯[45]은 이름 그대로 강의 우두머리 신이며, 예가 불사약을 구하기 위해 찾아갔던 西王母는 서쪽에서 우두머리 역할을 하는 여신이었다.[46]

이상은 자원 분석을 통해 한자의 本義를 파악하지 않더라도 현재의 한자 뜻을 통해서도 그 인물의 외모나 특징을 파악할 수 있는 경우이다.

Ⅳ. 『山海經』 등장 人物

중국신화의 원형 자료를 간직하고 있는 『山海經』에는 수많은 기

---

40 『漢語大詞典』: 鑿, 鑿子. 打孔挖槽的工具. 古代黥刑刑具.

41 『漢語大詞典』: 嬰, 頸飾.

42 『漢語大詞典』: 修, 長, 高.

43 『漢語大詞典』: 巴, 古代傳說中的一種大蛇.

44 『淮南子』卷8, 「本經訓」 '猰貐·鑿齒·九嬰·大風·封豨·修蛇皆爲民害.'에 대한 高誘注 : 猰貐, 獸名, 狀若龍首, 或曰似貍, 善走而食人. **鑿齒**, 獸名, 齒長三尺, 其狀如鑿, 下徹頷下而持戈盾. **九嬰**, 水火之怪, 爲人害. 大風, 風伯也, 能壞人屋舍. 封豨, 大豕也, 楚人謂豕爲豨. **修蛇**, 大蛇也, 吞象三年而出其骨之類.

45 『漢語大詞典』: 伯, 長兄, 兄弟中年最長者.

46 西는 방위를 표시하고, 王은 신이라는 뜻이며, 母는 貘의 音轉이다. 西王母는 곧 '서방의 신인 貘'을 의미한다. (袁珂 지음, 김선자·이유진·홍윤희 역 『中國神話史 上』, 웅진지식하우스, 2010, 177쪽)

이한 신, 괴물, 동물들이 등장한다. 이들에게 붙여진 이름 또한 대부분 그의 외모와 특징을 담아내는 것이다. 또는 신, 괴물, 동물의 특징이 그것을 나타내는 한자의 뜻으로 정착하기도 하였다. 아래에 몇 가지 예를 들어보겠다.

1. 豪彘

豪彘에 대해 『山海經』에 다음과 같이 기록되어 있다.

> 어떤 짐승이 있는데, 그 생김새가 돼지와 비슷한데 털이 희고, 털의 크기는 비녀만하면서 끝이 검다. 이것을 豪彘라고 이름한다.[47]

이 짐승의 생김새는 위의 인용문에서 언급한 바와 같은데, 郭璞의 설명에 따르면 이 짐승의 털은 송곳을 모아놓은 것 같고 가운데에 화살 같은 것이 있다고 하였다.[48]

이러한 면모는 그의 이름 豪彘를 통해서도 알 수 있다. 豪는 현재에 '크다, 호걸'의 뜻으로 주로 쓰이지만, 이것은 豕를 義符로 삼고 있는 형성자로 그 本義는 돼지이다.[49] 또한 義符인 希(豕)와 聲符兼義符인 高로 이루어진 形聲兼會意字로 보기도 하는데 이 경우에도 그 本義는 돼지이다.[50] 참고로 豪의 고문자 자형을 제시하면 아래와

---

47 『山海經』卷2, 「西山經」: 有獸焉, 其狀如豚而白毛, 大如笄而黑端, 名曰豪彘.
48 郭璞 『山海經圖讚』: 剛鬣之族, 號曰豪彘, 毛如攢錐, 中有激矢.
49 曹先擢·蘇培成, 前揭書, 198쪽: 形聲字. 从豕高省聲.

같다.

甲骨文	金文	小篆
		豪

또 豨의 경우, 아래의 갑골문과 금문 등에서 볼 수 있듯이 화살이
돼지를 맞춘 모습으로 그 本義는 돼지이다.[51] 『說文解字』는 矢가 声
符이며, 이 외의 나머지 부분은 돼지의 모양으로 義符라고 하였다.[52]
곧 豨의 本義 또한 돼지이다.

甲骨文	金文	小篆

요컨대 '豪'와 '豨' 모두 돼지를 뜻하는 것이다. 즉 豪豨라는 이름
만 보아도 이 짐승은 돼지의 모양을 하고 있음을 알 수 있다. 참고로,
아래에 豪豨를 그린 圖本을 제시한다.

---

50 谷衍奎, 前揭書, 797쪽 : 形聲兼會意字. 古文從彖或從豕, 高聲. 高也兼表長義. 篆文從彖,
　　會長毛豪猪之意. 異體從豕, 隷變後楷書省作豪.

51 曹先擢·蘇培成, 前揭書, 697쪽 : 甲骨文豨字像是一支箭射中了豕.
　　谷衍奎, 前揭書, 735쪽 : 會意字. 甲骨文是箭射中一頭野猪形, 會猎獲一豕之意.

52 『說文解字』卷9,「互部」: 豨, 豕也. 後蹄發謂之豨. 从互, 矢聲, 从二匕.

【그림 3】(淸)汪紱圖本[53]   【그림 4】(明)胡文煥圖本[54]

2. 赤鱬

赤鱬에 대해『山海經』에 다음과 같이 기록되어 있다.

> 英水가 시작되어 남쪽으로 흘러 卽翼澤으로 들어간다. 그 중에는
> 赤鱬가 많은데, 생김새는 물고기 같고 사람의 얼굴을 하고 있으며, 그
> 소리는 마치 원앙과 같고, 그것을 먹으면 옴이 오르지 않는다.[55]

鱬에 대해『漢語大詞典』에서는 '옛 책에 기록되어 있는 일종의 사
람 얼굴과 물고기의 몸을 하고 있는 동물古書中記載的一種人面魚身的動物'
이라고 하였으며, 또 기타 사전에서도 그 뜻을 '인어'라고 하였다.

鱬의 자형 구조를 보면 魚가 뜻을 나타내고 需가 음을 나타내는

---

53 馬昌儀 지음, 조현주 역, 앞의 책, 199쪽.

54 馬昌儀 지음, 조현주 역, 앞의 책, 199쪽.

55 『山海經』卷1,「南山經」: 英水出焉, 南流注於卽翼之澤, 其中多**赤鱬**, 其狀如魚而人面, 其音如鴛鴦, 食之不疥.

형성자라고 볼 수 있으며, 그 뜻은 '물고기의 한 종류'라고 할 수 있다. 그렇다면 鱬의 뜻을 '인어'라고 풀이하게 된 것은 어떤 근거에 따른 것일까? 『한어대사전』에서는 '古書中記載的一種人面魚身的動物'이라고 설명하면서 그 용례로 앞에서 언급한 『산해경』의 '英水出焉, 南流注於卽翼之澤, 其中多赤鱬, 其狀如魚而人面, 其音如鴛鴦, 食之不疥.'를 제시하였다. 이는 이 용례에 근거하여 鱬의 뜻을 정했다는 것으로도 이해할 수 있다.

요컨대 鱬가 '인어'라는 뜻을 가지게 된 것은 위의 『산해경』의 기록에 근거한 것이다. 이처럼 『산해경』에 등장하는 신, 괴물, 동물의 특징이 그것을 나타내는 한자의 뜻으로 정착하기도 하였다. 이는 『산해경』이 오래된 문헌이기 때문이다.

한편 赤鱬의 '赤'도 이 人面魚身 동물의 특징을 나타낸다고 볼 수 있다. 赤의 자원을 살펴보면, 이 글자는 사람을 상형한 大와 불의 모양인 火가 합쳐진 회의자로 '불에 붉게 태워지고 있는 사람의 모습'을 뜻한다.[56] 또 현재 주로 쓰이는 赤의 뜻인 '붉다', '발가숭이' 등도 털이나 비늘이 없는 사람의 특징을 나타낸다. 요컨대 赤의 자원에 '사람'이라는 뜻이 담겨 있으므로, 이 赤을 통해 赤鱬가 사람과 관련 있는 '인어'라는 뜻을 가지고 있음을 유추할 수 있다.

---

56 曹先擢·蘇培成, 前揭書, 68쪽 : 會意字, 從大從火.
　　谷衍奎, 前揭書, 246쪽 : 會意字. 甲骨文從大從火, 會火映紅了人之意.

甲骨文	金文	小篆
☖	☖	☖

참고로 赤鱬의 모양에 대한 이해를 돕기 위해 圖本을 제시하면 아래와 같다.

【그림 5】上海錦章圖本[57]　　【그림 6】(明)蔣應鎬繪圖本[58]

3. 기타

앞에서 제시한 豪彘는 그 本義에 대한 검토를 통해 그 의미를 명확하게 알 수 있는 경우이며, 赤鱬의 鱬는『山海經』의 기록에 근거하여 鱬의 뜻이 정해진 경우라고 할 수 있다.

이 외에도『산해경』에는 기이한 인체를 가진 사람의 특징을 곧바로 그것의 명칭으로 정하거나, 이상한 외모를 가진 동물의 특징을 그 동물의 이름으로 칭하는 경우가 다수 있다. 이 경우는 그 사람이나 동물 이름의 한자 뜻에 대해 이해하는 것으로 그 모습을 충분히 짐작할 수 있다.

---

57 馬昌儀 지음, 조현주 역, 앞의 책, 102쪽.

58 馬昌儀 지음, 조현주 역, 앞의 책, 101쪽.

예를 들어, 튀어 나온 가슴을 가진 結匈國 사람들,[59] 몸에 날개가
달려 있는 羽民國 사람들,[60] 가슴에 구멍이 나 있는 貫胸國 사람들,[61]
정강이가 서로 엇갈려 있는 交脛國 사람들,[62] 하나의 몸에 머리 세 개
가 달려 있는 三首國 사람들,[63] 머리는 하나인데 몸통이 세 개인 三身
國 사람들,[64] 눈이 하나인 一目國 사람들,[65] 까만 이를 가진 黑齒國 사
람들[66] 등은 해당 사람의 특징을 바로 그 명칭으로 삼은 것이다.

또 동물의 경우도 그 외모의 특징으로 그 이름을 붙인 경우가 많
이 있다. 예를 들면, 쥐의 대가리를 하고 날아다니는 飛鼠,[67] 대가리
여섯 개를 가진 교룡인 六首蛟,[68] 눈을 뜨면 밝아져서 九陰의 땅을
밝게 비추는 燭龍,[69] 날아올라 한 고을을 덮어버리는 翳鳥[70] 등 다수

---

59 『山海經』 卷6, 「海外南經」: **結匈國**在其西南, 其爲人結匈.

60 『山海經』 卷6, 「海外南經」: **羽民國**在其東南, 其爲人長頭, 身生羽. 一曰在比翼鳥東南, 其爲人長頰.

61 『山海經』 卷6, 「海外南經」: **貫匈國**在其東, 其爲人匈有竅. 一曰在戴國東.

62 『山海經』 卷6, 「海外南經」: **交脛國**在其東, 其爲人交脛. 一曰在穿匈東.

63 『山海經』 卷6, 「海外南經」: **三首國**在其東, 其爲人一身三首.

64 『山海經』 卷7, 「海外西經」: **三身國**在夏后啓北, 一首而三身.

65 『山海經』 卷8, 「海外北經」: **一目國**在其東, 一目中其面而居.

66 『山海經』 卷9, 「海外東經」: **黑齒國**在其北, 爲人黑齒, 食稻啖蛇, 一赤一靑, 在其旁. 一曰在豎亥北, 爲人黑首, 食稻使蛇, 其一蛇赤.

67 『山海經』 卷3, 「北山經」: 又東北二百里, 曰天池之山, 其上無草木, 多文石. 有獸焉, 其狀如兔而鼠首, 以其背飛, 其名曰**飛鼠**.

68 『山海經』 卷11, 「海內西經」: 開明南有樹鳥·**六首蛟**·蝮·蛇·蜼·豹·鳥秩樹.

69 『山海經』 卷17, 「大荒北經」: 西北海之外, 赤水之北, 有章尾山. 有神, 人面蛇身而赤, 直目正乘, 其瞑乃晦, 其視乃明, 不食不寢不息, 風雨是謁. 是燭九陰, 是謂**燭龍**.

70 『山海經』 卷18, 「海內經」: 北海之內, 有蛇山者, 蛇水出焉, 東入于海. 有五采之鳥, 飛蔽一鄉, 名曰**翳鳥**.

가 있다.

한편 『산해경』을 읽다 보면, 텍스트의 내용 중에 있는 한자를 그 本義로 풀이해야 의미를 명확하게 파악할 수 있는 경우가 종종 있다. 예를 들면, '投物輒然'[71]의 '然'은 현재 자주 쓰이는 뜻인 '그러하다'가 아니라 本義인 '태우다'로 해석해야 한다.[72] 또 '豚止'[73]의 '止'는 현재 자주 쓰이는 뜻인 '그치다'가 아니라 本義인 '발'로 해석하는 것이 마땅하다.[74] 이 경우 '然'과 '止'를 현재에 주로 쓰이는 뜻으로만 해석할 경우 오류를 범할 수 있다. 이처럼 『산해경』과 같은 上古시대의 문헌을 읽고 이해하기 위해서는 그 텍스트에 쓰인 한자의 本義를 파악하는 것이 필요한 경우가 다수 있다.

---

71 『山海經』卷16, 「大荒西經」: 西海之南, 流沙之濱, 赤水之後, 黑水之前, 有大山, 名曰崑崙之丘. 有神, 人面虎身, 有文有尾, 皆白處之. 其下有弱水之淵環之, 其外有炎火之山, **投物輒然**. 有人戴勝虎齒有豹尾穴處, 名曰西王母. 此山萬物盡有.

72 曹先擢·蘇培成, 前揭書, 448쪽: 形聲字, 從灬狀聲.
谷衍奎, 前揭書, 717쪽: 會意兼形聲字. 金文從火, 從狀(狗肉), 用火燒狗肉會燃燒之意. 狀也兼表聲.

甲骨文	金文	小篆
	燃	燃

73 『山海經』卷18, 「海內經」: 流沙之東, 黑水之西, 有朝雲之國, 司彘之國. 黃帝妻雷祖, 生昌意, 昌意降處若水, 生韓流, 韓流擢首謹耳人面豕喙麟身渠股**豚止**, 取淖子曰阿女生帝顓頊.

74 曹先擢·蘇培成, 前揭書, 692쪽: 象形字. 甲骨文像人脚.
谷衍奎, 前揭書, 57쪽: 象形字. 甲骨文像一只脚的輪廓形.

甲骨文	金文	小篆
止	止	止

Ⅴ. 맺음말

본론에서는 중국신화 人物名에 대한 漢字學的 고찰을 진행하였다. 즉 신화 인물의 이름에 쓰인 한자의 자원 분석을 통해 그 本義를 파악하고, 이를 통해 해당 인물과 그 신화 텍스트의 내용을 이해하는 구체적인 방법과 사례를 제시하였다. 또한 人物名에 쓰인 한자의 字源에 대한 분석을 진행하지 않더라도 해당 한자의 현재 뜻에 대한 이해만으로도 그 인물의 특징을 파악할 수 있는 경우에 대해서도 아울러 살펴보았다.

이와 같이 한자학의 방법론을 활용하여 중국신화를 읽으면서 그 인물의 행적과 외모 등을 파악하는 것은 신화 텍스트를 이해하는 데에 일정한 도움을 줄 수 있다. 하지만 人物名이 音借로 이루어진 경우, 한자 외의 문자에서 그 명칭을 취한 경우, 또 本義가 그 人物名과 직접적인 관련이 없는 경우 등이 있으므로, 이에 대해서는 일정한 고려가 필요하겠다.

인류에게 있어서 '言語'와 '文字'는 의사소통의 도구일 뿐 아니라 문명의 발달과 전파를 수행하는 가장 중요한 수단이다. 이로 인해 인간의 가장 고유하고 중요한 특징으로 언어와 문자를 들기도 한다. 이러한 언어와 문자의 관계를 고려해 보면, 일반적으로 언어가 먼저 있고 그 이후에 문자가 등장하는 것으로 이해되고 있다. 예를 들면, 특정한 사물을 지칭하는 언어가 먼저 유통된 후에, 그 언어의 뜻을 문자에 담아 기록하는 것이다. 본고에서 신화 人物名에 쓰인 한자의 本義에 대한 이해를 통해 인물의 성격과 특징을 파악하고자 했던 것은 이러한 언어와 문자의 일반적인 관계를 고려한 것이었다.

또한 3,000여 년 전 혹은 그 이전부터 오랜 기간 사용되어 왔던 한 자는 原始 字形이 담아내는 本義가 있고 그 이후에 派生義나 假借 義가 생겨나게 되는데, 본고는 특히 중국신화 텍스트를 이해하기 위해서는 本義에 대해 주의를 기울여야 한다는 문헌 해석의 한 방법론을 채용한 것이기도 하다.

본고는 이러한 방법론에 해당하는 몇 가지 例를 제시한 것에 불과하였지만, 향후 『산해경』을 비롯한 중국신화 문헌에 등장하는 人物 名을 한자 자원의 측면에서 전면적으로 검토하는 작업을 진행해 보고자 한다.

한·중·일 동아시아 신화의
문화적 교차

제7장

한국 신화의 보편적 성격과 신화적 의미

― 〈삼승할망본풀이〉를 중심으로 ―

정 제 호

I. 머리말

우리 신화의 지평을 넓히기 위한 작업의 일환으로 세계 여러 신화와의 비교 연구가 활발하게 진행되고 있다. 가까운 동아시아를 넘어 세계 각국의 신화와 우리 신화의 비교를 통해 보다 풍부한 연구 성과를 배출할 수 있었다. 자신들의 신이나 영웅을 노래하는 구비전승의 형태는 어느 특정 국가나 민족만의 전유물이 아니었기 때문에 포괄적으로 논의할 수 있는 가능성이 충분하다. 물론 신화의 흐름이 어떤 하나의 줄기만을 형성하는 것은 아니다. 문화적, 지리적, 경제적 토대 아래서 다양한 줄기로 또 다른 흐름들을 만들어 냈기 때문이다. 그렇기에 다채로운 흐름 속에서도 하나로 모아질 수 있는 단서들을 모아 견줌으로써 보편적 성격을 확인하고, 다시 개별 신화의 이해에 활용할 수 있는 여지가 많다고 하겠다. 이런 이유로 신화 연구에 있어서 비교 작업은 당연시되고 있는 실정이다.

본고 역시 비교 연구의 방법으로 우리 신화 한 편을 다루고자 한다. 본고에서 논의하고자 하는 대상은 제주도에서 서사무가의 형태로 전승되는 〈삼승할망본풀이〉이다. 〈삼승할망본풀이〉는 제주도라는 특수한 환경에서 전승되는 신화이다. 민간신앙의 차원에서는 산육신에 대한 믿음이 구체적으로 나타나는 것에 비해 신화로서 존재하는 경우가 많지 않기 때문에 〈삼승할망본풀이〉의 존재는 매우 특별하다 할 수 있다. 이러한 중요성으로 인해 〈삼승할망본풀이〉는 다양한 연구 성과를 제출한 바 있다.[1]

---

1 〈삼승할망본풀이〉 연구는 크게 넷으로 구분하여 살필 수 있다. 첫째, 제의를 중심으로 〈삼승할망본풀이〉의 의미를 살핀 연구로 이수자와 김은희의 연구가 여기에 속한다. 이수자 「제주도 무속과 신화 연구」, 이화여자대학교 박사학위논문, 1988; 이수자 「무속신화 〈생불할망본풀이〉에 나타난 여신상, 여성상」, 『이화어문논집』 14, 이화어문학회, 1994; 이수자 「삼신신앙의 기원과 성격 - 불도맞이 및 생불할망본풀이와 관련하여-」, 현용준박사 화갑기념논총 간행위원회 편 『제주도언어민속논총』, 제주문화, 1992; 김은희 「제주도 〈불도맞이〉와 서울 〈천궁불사맞이〉 비교」, 『한국무속학』 30, 한국무속학회, 2015.
둘째, 〈삼승할망본풀이〉에 나타난 신들의 대립에 초점을 맞춘 연구가 있다. 김헌선, 권복순의 연구가 대표적이다. 김헌선 「〈삼승할망본풀이〉의 여신 투쟁이 지니는 신화적 의미」, 『민속학연구』 17, 국립민속박물관, 2005; 권복순 「〈천지왕본풀이〉와 〈삼승할망본풀이〉의 인물의 기능과 그 의미 - 신직차지하기 경쟁신화소를 중심으로-」, 『어문학』 116, 한국어문학회, 2012.
셋째, 〈삼승할망본풀이〉의 주요 소재인 '꽃'을 중심으로 여타 신화나 장르와 견주어 살핀 논의가 있다. 현승환 「생불꽃 연구」, 『백록어문』 13, 제주대학교 국어교육과 백록어문학회, 1997; 유효철 「서천꽃밭의 형상과 의미 연구 : 〈이공본풀이〉와 〈삼승할망본풀이〉를 중심으로」, 건국대학교 석사학위논문, 2003; 김창일 「무속신화에 나타난 꽃밭의 의미 연구」, 『한국무속학』 11, 한국무속학회, 2006.
마지막으로 〈삼승할망본풀이〉의 서사적 기원을 '당신(堂神)본풀이'에서 찾고자 필자 역시 〈삼승할망본풀이〉에 대한 연구[2]를 진행한 바 있다. 〈삼승할망본풀이〉 연구가 다양한 성과를 배태하였지만, 여전히 핵심적인 문제들이 남아 있었다. 이에 세 가지 방향의 의문점을 제시[3]하였고, 그 중 하나의 문제에 천착하여 논의를 진행하였다. 본고는 앞선 논의에서 제시한 의문점들을 풀어내고자 하는 연장선상에 있다. 필자는 앞선 논의를 통해 〈삼승할망본풀이〉에 나타난 신격의 특성과 신화적 의미를 논하였다. 본고에서는 여기에 더 해, 〈삼승할망본풀이〉 연구의 외현을 넓혀 여러 신화의 비교 작업을 수행하여 논의를 확장하고자 하는 것이다.

지금까지의 〈삼승할망본풀이〉 연구에서 비교의 대상은 '꽃 피우기 내기' 화소를 공유하는 창세신화들로 한정된 편이었다.[4] 하지만

한 연구도 있다. 강정식 「할망본풀이의 전승양상」, 경기대학교 인문과학연구소 발표논문, 2003; 이현정 「제주도 서사무가 〈할망본풀이〉의 형성원리 연구 -〈할망본풀이〉와 〈일뤳당본풀이〉의 영향관계를 중심으로-」, 제주대학교 석사학위논문, 2014.
선행 연구에 대한 자세한 정리는 필자의 앞 선 연구에서 제시한 바 있다. 본고에서는 논의의 중복을 피하고자 간략하게 언급하는 것으로 대신하고자 한다. 정제호 「〈삼승할망본풀이〉의 서사 구성과 신화적 의미」, 『한국무속학』 32, 한국무속학회, 2016, 194-196쪽.

2 정제호 「〈삼승할망본풀이〉의 서사 구성과 신화적 의미」, 『한국무속학』 32, 한국무속학회, 2016.

3 필자가 제시한 세 가지 의문은 다음과 같다. "첫째, 왜 〈삼승할망본풀이〉 서사에서 주신인 명진국따님애기가 아닌 동해용왕따님애기가 오히려 더 많은 부분을 차지할까? 둘째, 〈삼승할망본풀이〉가 마마신의 본풀이인 〈마누라본풀이〉와 서사적으로 연결되는 맥락을 갖는 것은 무슨 의미일까? 셋째, 〈삼승할망본풀이〉에서 선신과 악신이 대립하고, 그 결과로 산육신과 질병신으로 좌정하는 서사는 독자적인 것일까?" 본고에서는 세 번째 의문에 초점을 맞춰 비교 연구의 관점에서 〈삼승할망본풀이〉를 살피고자 한다.

4 김헌선, 앞의 논문; 권복순, 앞의 논문.

창세신화에 나타난 '꽃 피우기 내기' 화소와 〈삼승할망본풀이〉의 의미 지향에는 일정한 차이가 존재한다. 그리고 오히려 〈삼승할망본풀이〉에는 여러 신화들과 직접적으로 비교할 수 있는 다양한 요소들이 존재함에도 여기에 대한 논의가 진행되지 못한 점은 아쉬운 부분이라고 하겠다. 때문에 본고를 통해 다양한 신화들과 〈삼승할망본풀이〉를 비교 연구함으로써 보편적인 시각에서 무가의 의미를 풀어내고자 한다.

특히 〈삼승할망본풀이〉에서 주목할 부분은 산육신産育神인 '명진국따님애기'와 질병신疾病神인 '동해용왕따님애기'의 대립의 과정과 그 결과이다. 명진국따님애기와 동해용왕따님애기의 대립은 단순히 선신善神과 악신惡神의 대립으로만 작용하는 것이 아니라, 산육신과 질병신의 기원을 설명하는 부분이라는 점에서 매우 중요하다. 더욱이 이들의 성격이 단순하게 선과 악으로만 제시되는 것도 아니기 때문에 그 과정을 면밀히 살펴, 대립의 결과와 연결 짓는 작업이 필요하다. 〈삼승할망본풀이〉는 산육신의 내력을 푸는 신화임에도 질병신인 저승할망에 대한 서사가 길게 이어지는 등 특별한 전개 양상을 갖는다.[5] 신격 좌정에 있어서도 산육신의 좌정만을 중점적으로 다루

---

5 〈삼승할망본풀이〉의 서사를 간략하게 나타내면 다음과 같다.
  ① 동해용왕과 서해용왕 따님이 결혼 후 마흔이 되도록 자식이 없자, 관음사에 백일기도를 드리고 딸을 낳는다.
  ② 귀한 딸을 너무 극진히 길러, 딸은 불효하는 죄를 짓는다.
  ③ 죄를 지은 딸을 동해용왕이 죽이려 하자, 부인이 무쇠석함에 넣어 동해로 보내게 한다.
  ④ 동해용왕따님애기가 어머니에게 인간에 가서 무엇을 하냐고 묻자, 어머니는 생불왕이 되도록 알려준다.
  ⑤ 하지만 아버지의 호령에 해신시키는 방법은 듣지 못한다.

는 것이 아니라 산육신과 질병신이 대립의 결과로 각각 이승과 저승
으로 나누어 좌정하는 모습을 함께 그리고 있다. 이러한 특이성에
대한 논의를 앞서 진행한 바 있지만, 보다 넓은 영역으로 논의를 이
끌어 나감으로써 보다 분명한 근거들을 함께 살필 수 있으리라 생각
한다. 이에 비교 연구를 통해 〈삼승할망본풀이〉의 보편적 성격을 검
토하고, 더 나아가 이 신화가 갖는 의미를 도출하고자 한다.[6]

---

⑥ 석함은 떠다니다가 임박사에게 전해지는데, 임박사는 자식이 없어 동해용왕따
  님애기에게 생불을 부탁한다.
⑦ 동해용왕따님애기는 임박사 부인을 임신시키지만, 해산시키는 방법을 몰라 겨
  드랑이로 아이를 낳으려다 결국 산모와 아이를 모두 잃고 만다.
⑧ 겁이 난 동해용왕따님애기는 도망쳤고, 억울한 임박사는 옥황에 신원한다.
⑨ 옥황은 임박사의 사정을 듣고, 명진국 따님애기를 불러 생불왕이 되게 한다.
⑩ 명진국따님애기는 잉태시키는 방법과 출산시키는 방법을 모두 배우고 인간세
  상으로 내려온다.
⑪ 명진국따님애기가 인간 세상에 내려와 물가에 이르러 울고 있는 동해용왕따님
  애기를 만난다.
⑫ 명진국따님애기가 자신이 생불왕임을 밝히자, 동해용왕따님애기는 화를 내며
  마구 매질을 하였다.
⑬ 명진국따님애기는 옥황의 분부대로 하자고 하며 함께 옥황으로 오른다.
⑭ 판단하기 어려운 옥황은 꽃씨를 내어주며, 꽃이 번성하는 거승로 생불왕을 구
  별한다고 한다.
⑮ 동해용왕따님애기는 꽃뿌리도 하나, 가지도 하나, 순도 하나가 겨우 돋아 가는
  꽃이 되었는데, 명진국따님애기는 뿌리는 하나인데 가지는 4만5천6백 가지로
  번성하였다.
⑯ 옥황은 동해용왕따님애기는 저승할망으로 들어서고, 명진국따님애기가 삼승
  할망으로 들어서게 한다.
⑰ 그러자 동해용왕따님애기는 화를 내며 명진국따님애기의 꽃가지를 꺾고, 아기
  가 태어나면 온갖 병에 걸리게 한다고 말한다.
⑱ 명진국따님애기는 동해용왕 따님애기를 달래며, 그녀가 모셔질 수 있게 하여
  서로 화해한다.
⑲ 두 처녀는 작별잔을 나누고 헤어진다.
⑳ 명진국따님애기는 생불왕으로 좌정한다.
6 〈삼승할망본풀이〉의 각편 현황은 다음과 같다. 본고에서는 선본(善本)으로 평가
  받는 안사인본을 중심으로 논의를 진행하되, 필요에 따라 다른 각편들도 함께 참

Ⅱ. 여타 신화와 견주어 살핀 〈삼승할망본풀이〉의 신화적 출생

주지하다시피 그간 〈삼승할망본풀이〉의 비교 대상은 '창세신화'가 주를 이루었다. 그 이유는 〈삼승할망본풀이〉에 나타난 '꽃 피우기 내기' 화소 때문이다. 이 꽃 피우기 내기 화소는 주로 창세신화에 등장하는 화소로, 창세신들의 대립에서 활용되었다. 우리나라 창세신화 중 가장 대표적인 작품으로 〈창세가〉[7]를 들 수 있다. 석가와 미륵의 '인세차지 경쟁'에서 승부를 가르는 핵심적인 대립은 바로 '꽃 피우기 내기'이다. 이 내기에서 속임수를 통해 석가가 승리하면서 인간세상은 석가의 차지가 되고, 미륵은 자리를 잃게 된다.

그런데 창세신화에서의 꽃 피우기 내기 화소와 〈삼승할망본풀이〉에서의 꽃 피우기 내기는 중요한 차이점을 갖는다. 꽃 피우기 내기

고하도록 하겠다. 현용준『제주도무속자료사전』, 각, 2007.

	각편명	문헌	구연자	조사자	발행시기
1	〈할망본풀이〉	제주도무속자료사전	안사인	현용준	1980
2	〈구할망본〉	풍속무음 下	문정봉	문창헌	1994
3	〈삼싱할망본풀이〉	제주도무속신화	진부옥	문무병	1998
4	〈삼승할망본풀이〉	제주도 무속과 서사무가	이정자	장주근	1999
5	〈명진국할마님본풀이〉〈동이용궁할망본풀이〉	이용옥 심방 〈본풀이〉	이용옥	허남춘 외	2008
6	〈멩진국할마님본풀이〉	양창보 심방 본풀이	양창보	허남춘 외	2010
7	〈인간불도할마님본풀이〉〈동이용궁할마님본풀이〉	고순안 심방 본풀이	고순안	허남춘 외	2011
8	〈멩진국할마님본풀이〉〈동헤용궁할마님본풀이〉	서순실 심방 본풀이	서순실	허남춘 외	2015

7 손진태『조선신가유편』, 향토연구사, 1930, 10-23쪽.

화소에서 중요한 지점은 단순히 꽃을 피우는 것이 아니라 속임수로 인해 승패가 바뀐다는 것이다. 이 속임수가 창세신의 좌정에 중요한 영향을 끼치기 때문에 작품을 관통하는 중요 요건이 된다.

하지만 〈삼승할망본풀이〉에서는 어떠한 속임수도 등장하지 않는다. 산육신인 명진국따님애기가 많은 꽃을 피우고, 질병신으로 쫓겨나는 동해용왕따님애기는 단 한 가지만을 피우기 때문이다. 순리대로 승패가 나뉜다고 할 수 있다. 즉, 속임수가 중심이 되는 창세신화의 꽃 피우기 내기와는 차이가 있다는 것이다. 더욱이 〈삼승할망본풀이〉에 나타난 대립의 과정을 잘 살펴보면, 꽃 피우기 내기 이전에 이미 산육신과 질병신의 능력의 차이가 드러나는 지점을 발견할 수 있다.

동해용왕따님애기는 명진국따님애기에 앞서 산육신의 위치에 자리하는 인물이라 볼 수 있다. 집을 떠나며 어머니에게 출산 방식을 배우고, 출가 후 임박사의 집에서 출산을 시도하기 때문이다. 하지만 결과적으로 이 출산은 실패한다. 일반적인 출산 방식과 달리 동해용왕따님애기는 겨드랑이[8]로 출산을 시도하기 때문이다. 이후 명진국따님애기가 옥황으로부터 정상적인 출산 방식을 배워와 산육신에 좌정하는 것과 비교한다면, 동해용왕따님애기의 시도는 잘못된 방식이었다고 할 수 있다.

하지만 이 차이만으로 단순히 동해용왕따님애기가 산육신으로서

---

8 각편에 따라 겨드랑이나 옆구리로 제시된다. 겨드랑이와 옆구리는 모두 협(脇)으로 쓸 수 있기 때문에 혼용되는 경향이 있다. 본고에서는 통일성을 확보하기 위해 겨드랑이로 제시하고자 한다.

의 능력이 없다고 말하는 것은 적절한 해석이라고 하기 어렵다. 동
해용왕따님애기의 시도를 신화적인 문맥에 따라 다시 살펴볼 필요
가 있기 때문이다. 겨드랑이로의 출생은 여러 신화에서 '신의 출생'
을 규정짓는 특징적인 부분으로 제시되기 때문이다.[9] 즉, 〈삼승할망
본풀이〉에서 동해용왕따님애기의 행위가 단순히 출산 실패가 아닌
신의 출산 시도였음을 우리나라를 비롯하여 세계 여러 신화 속에서
유사한 사례를 통해 검증할 수 있다는 것이다.

　가까운 예로 '알영', '주몽'과 같은 건국신화 속에서 겨드랑이를
통한 신 혹은 영웅의 출생을 살펴볼 수 있다.

　　① 그날 사량리 알영정가에 계룡이 나타나 왼쪽 겨드랑이에서 여자
　　아이를 낳았다. 그녀의 얼굴과 용모는 매우 아름다웠으나, 입술이 닭
　　부리와 같았다. 월성 북천에서 목욕을 시키자 그 부리가 떨어져 나갔
　　으므로 그 시내의 이름을 발천이라 하였다.[10]

　　② 왕이 천제 아들의 비인 것을 알고 별궁에 두었더니, 그 여자의 품

9　앞선 논의에서 필자는 이 대립을 '신의 출산'과 '인간의 출산' 간의 대립으로 규정
　한 바 있다. 신성 탄생의 시대가 범인 출생이 시대로 이행되며, 동해용궁따님애기
　가 갖는 신의 출산 능력보다 명진국따님애기의 인간 출산 능력이 더욱 필요했고,
　이 흐름 속에서 자연스럽게 동해용궁따님애기의 능력과 권위가 명진국따님애기
　에게 이행되었다는 것이다. 다만 이 논의를 진행하며 알영, 〈초공본풀이〉, 석가모
　니 정도만 함께 살핀 바 있다. 이에 본고를 통해 보다 다양한 비교 대상을 제시함으
　로써 보다 논의를 분명히 하고, 이후 대립의 결과로 인한 신격 좌정의 양상을 함께
　살피도록 하겠다. 정제호, 앞의 논문, 212쪽.

10　是日 沙梁里 閼英井 邊有雞龍現 而左脇誕生童女 姿容殊麗 然而唇似雞觜 將浴於月城北
　川 其觜撥落 因名其川曰撥川〈新羅始祖 赫居世王〉,《三國遺事》

안에 해가 비치자 이어 임신하여 신작 4년 계해년 여름 4월에 주몽을 낳았는데, 우는 소리가 매우 크고 골상이 영특하고 기이하였다. 처음 낳을 때에 좌편 겨드랑이로 알 하나를 낳았는데 크기가 닷 되들이만 하였다.[11]

①은 《삼국유사三國遺事》에 기록된 알영의 출생에 대한 기록이다. 알영은 계룡의 겨드랑이에서 태어나 박혁거세와 혼인하고, 신라의 이성二聖이 된다. 새 왕조의 창업주와 그의 배우자에 대한 신성성을 부여하기 위한 방식으로 인간과 다른 출산 방식이 활용된 것이다. 이와 유사한 방식으로 주몽의 탄생 역시 기록되어 있어 주목할 만하다. ②는 이규보의 《동명왕편東明王篇》에 제시된 주몽의 탄생에 대한 기록이다. 《삼국유사》를 비롯한 여러 기록에서 주몽이 알에 태어났다는 것은 동일하게 다룬 바 있지만, 《동명왕편》에서는 여기에 더해 유화의 겨드랑이를 통해 이 알이 출산되었다고 말하고 있다.[12] 난생卵生 화소와 함께 겨드랑이 출산의 화소가 더해져 고구려의 창업주 주몽의 비범함이 두드러지게 나타나는 부분이다. 이처럼 건국신화에서 영웅들의 출생이 평범한 사람들과 다르게 그려지면서 그들의 신성성이 보다 확고해진다고 할 수 있다.

건국신화 이외에도 〈삼승할망본풀이〉와 같은 서사무가인 〈초공본

---

11 王知天帝子妃 以別宮置之 其女懷中日曜 因以有娠 神雀四年癸亥歲夏四月 生朱蒙 啼聲甚偉 骨表英奇 初生左腋生一卵 大如五升許 〈東明王篇〉,《東國李相國集》

12 《제왕운기(帝王韻紀)》 등의 자료에서도 겨드랑이에서 주몽이 태어났다고 기록하고 있다. 五升大卵左脇誕 陰雲之日生陽晶 〈高句麗紀〉,《帝王韻紀》

풀이)에서도 겨드랑이로의 출산이 등장한다. 특히 〈초공본풀이〉는 〈삼승할망본풀이〉와 같이 제주도에서 전승되는 서사무가라는 점에서 더욱 긴밀히 연결될 수 있다고 하겠다.

> ③ 큰아들 솟아나저 ᄒᆞ는디 어머님 알로 나저 ᄒᆞ뒈 아바님이 아니 보아난 ᄀᆞ뭇질이여. 어머님 ᄂᆞ단 ᄌᆞ드랭이 허우틀어 큰아들 솟아나고, 여레드레 큰당ᄒᆞ난 셋아들 솟아나저 알로 낳저 아바님이 못내본 ᄀᆞ뭇이라, 우리 성님도 아니 나와난 질이여 윈 ᄌᆞ드랭이 허우틀어 솟아나고, 수무ᄋᆞ드레 족은아들 솟아나저 ᄒᆞ니 알로 낳저 아바님이 못내본 ᄀᆞ뭇이라, 우리 삼성제 솟아나저 ᄒᆞ니 어머님 가심인덜 아니 답답하리야. 어머님 애슨 가심 허우틀어 솟아나, 초사흘 당ᄒᆞ니 모욕상잔 내여 놓고 몸 모욕을 시기니 어머님이 내여준 상잔이 뒈옵네다.[13]

③의 자료에서는 첫째 아들과 둘째 아들이 각각 오른쪽, 왼쪽 ᄌᆞ드랭이(겨드랑이)에서 태어난다. 〈초공본풀이〉 역시 인간과 다른 출산 방식을 통해 신의 출생을 그리고 있는 것이다. 이렇게 볼 때, 〈삼승할망본풀이〉에 나타난 동해용왕따님애기의 출산 시도를 단순히 능력 부족만으로 보는 것이 적절하지 않음을 알 수 있다.

게다가 겨드랑이를 통한 신의 출생 방식이 우리나라만의 특별한 예가 아니라는 점에서 더욱 의미가 있다. 세계 신화 속에서도 유사한 예를 쉽게 찾아볼 수 있기 때문이다. 가장 대표적인 예로는 고다

---

13 현용준, 앞의 책, 141쪽.

마 싯타르타Gautama Siddhārtha, 즉 석가모니釋迦牟尼의 탄생이다. 석가모니는 어머니인 마야부인의 오른쪽 겨드랑이를 통하여 출생한다. 당시 인도의 카스트Caste 제도 속에서 사람들은 사제司祭 계급인 브라만과 귀족인 크샤트리아, 평민인 바이샤와 노예인 수드라, 이 네 계층으로 나뉘었다. 그런데 이 계급에 따라 사람들의 출생 방식도 달라, 크샤트리아의 경우 오른쪽 겨드랑이에서 태어난다고 믿었던 것이다. 석가모니의 경우 아버지가 국왕이었기에 크샤트리아 계급에 속해 있었고, 따라서 오른쪽 겨드랑이를 통해 출생하게 된다.[14] 석가모니 역시 겨드랑이를 통해 출생됨으로써 일반적인 출산과는 다른 방식으로 태어나는 것이다.

이밖에 중국 신화에서도 유사한 예를 찾을 수 있다. 《세본世本》에 따르면, 육종陸終이 여섯 아들을 낳는데, 이 중 세 아들은 왼쪽 겨드랑이를 통해서 낳고, 나머지 세 아들은 오른쪽 겨드랑이를 통해서 낳게 된다.

④ 육종陸終은 귀방씨鬼方氏의 누이 여궤女嬇를 아내로 맞이하였는데, 여섯 아들을 낳았다. 3년 동안 잉태하였는데도 아기가 나오지 않아 그 왼쪽 옆구리를 가르니 세 아들이 나왔다. 그 오른쪽 옆구리를 가르니 또 세 아들이 나와 첫째를 번樊이라고 불렀고 곤오昆吾가 되었다. 둘째를 혜련惠連이라 불렀고 삼호參胡가 되었다. 셋째를 전갱籛鏗이라 불렀고 팽조彭祖가 되었다. 넷째를 구언求言이라 불렀고 회인鄶人이 되었

---

14 배진달 『세상은 연꽃 속에』, 프로네시스, 2006, 20쪽.

다. 다섯째를 안安이라 불렀고 조성曹姓이 되었다. 여섯째를 계련季連
이라 불렀고 천성羋姓이 되었다.[15]

이렇게 다양한 신화 속에서 겨드랑이를 통한 출생의 장면을 만날
수 있다. 우리나라나 동양의 예 이외에도 북유럽신화 《에다Edda》에
등장하는 '위미르Ymir'가 양쪽 겨드랑이를 통해 남녀 '요툰Jotunn'을
낳았다는 것은 잘 알려진 사실이다.[16] 즉, 세계 곳곳에서 여러 신들
이 인간과는 다른 출산 방식, 즉, 겨드랑이를 통한 탄생을 그리고 있
는 것이다. 이러한 비범한 탄생의 방식을 통해 신과 인간의 변별적
특성을 드러내고, 신이한 능력을 보다 강화할 수 있다. 그렇기에 〈삼
승할망본풀이〉에서의 동해용왕따님애기의 시도 역시 달리 평가해
야 하는 것이다.[17]

---

15 陸終娶于鬼方氏之妹 謂之女嬇 是生六子 孕三年而不育 剖其左脇 獲三人焉 剖其右脇 獲
三人焉 其一曰樊 是爲昆吾 其二曰惠連 是爲參胡 其三曰籛鏗 是爲彭祖 其四曰求言 是
爲鄶人 其五曰安 是爲曹姓 其六曰季連 是爲羋姓〈帝係〉,《世本》

16 우리는 그를 서리 거인이라고 부른다. 그가 생겨났을 때 땀을 흘리기 시작했다고
한다. 그때 그의 왼쪽 팔 아래서 남녀가 각각 하나씩 태어났다. 한쪽 발이 다른 쪽
발과 어울려 아들을 하나 낳았고, 그로부터 모든 씨족이 비롯되었다. 이들이 서리
거인들이다. 그 늙은 서리 거인을 우리는 위미르라고 부른다. Snorri Sturluson, 이
민용 역『에다 이야기』, 을유문화사, 2013, 30쪽.

17 신체 다른 부분도 아닌 왜 하필 겨드랑이를 통한 출산인가 하는 의문에 답하는 것
은 아직 어려운 상황이다. 다만 한 가지 가설을 제시하자면, 겨드랑이와 출산을 담
당하는 음부가 갖는 형태상의 유사성에 기초한 것이 아닐까 한다. 겨드랑이는 음
부와 같이 신체 깊이 자리하고 있으면서, 체모로 감싸여 있다. 이러한 형태상 유사
성으로 인해 유감주술(homeopathic magic)적 측면으로 활용되면서, 신들의 출산
처로 자리 잡게 된 것이라는 추측이다. 인간과 다른 특별한 출산처를 찾으면서도,
완전히 다른 부분이 아니라 그나마 유사한 지점에서 신의 출산 지점을 찾다보니
겨드랑이로 제시된 것이 아닐까 한다. 물론 이 부분에 대해서는 추후 연구를 통해
보다 분명한 근거들이 제시되어야 할 것이다. J.G. Frazer, 이용대 역『황금가지』,

결과적으로 보면, 〈삼승할망본풀이〉의 동해용왕따님애기는 단순히 대립에서 패배한 삼승할망의 적대자라고 말할 수 없다. 오히려 신의 출생에서 인간의 출생으로의 이행 과정[18]이 담겨 있는 〈삼승할망본풀이〉에서 신화적 출생을 담당하는 인물로 보아야 할 것이다. 다만 산육신의 직능이 점차 인간의 출생과 양육에 초점이 맞춰지며, 그 역할을 상실하고 산육신의 대척점에 서게 된 것이다. 〈삼승할망본풀이〉 서사의 표면에서는 패배자로 그려지는 동해용왕따님애기이지만, 여러 신화와 견주어 살핌으로써 그녀의 행위를 신화적 문맥으로 읽을 수 있다는 것을 알게 되었다. 제주도에서 전승되는 특수한 신화인 〈삼승할망본풀이〉에 나타난 신화소를 여러 신화와 견주어 살핌으로써 기존의 시각과는 다른 해석으로 동해용왕따님애기의 성격을 규명할 수 있었던 것이다.[19]

그런데 여기서 드는 한 가지 의문은 왜 패배한 전임자가 그대로 사라지는 것이 아니라, 기존 가치와 정반대의 위치에 서게 되냐는 것이다. 자신의 위치를 상실한 후 자연스레 사라지는 것이 아니라 존재 가치를 완전히 탈바꿈하여 악신으로까지 변모하는 것은 왜일까. 이렇게 동해용왕따님애기가 악신으로 좌정하는 행위는 신화 안

한겨레출판, 2003, 83-119쪽 참조.

18 정제호, 앞의 논문, 212-213쪽.

19 〈삼승할망본풀이〉는 여러 신화들과 '겨드랑이를 통한 출산'이라는 공통점을 갖지만, 독자적인 측면 역시 분명하다. 다른 신화들이 신의 '출생'을 그린다면, 〈삼승할망본풀이〉는 신의 출산을 돕는 방법을 그리고 있기 때문이다. 이는 〈삼승할망본풀이〉의 명진국따님애기와 동해용왕따님애기가 하나의 신이지만, 그 속성이 산육신으로서의 성격을 갖기 때문에 나타날 수 있는 차이라 하겠다.

에서 일정한 의미를 갖기 때문에 대립의 결과로 나누어지는 신격 좌정 역시 중요하게 다루어야 할 부분이다. 이런 이유로 신격 좌정 결과에 주목하여 〈삼승할망본풀이〉를 다시 한 번 살필 필요가 있다. 이는 다음 장을 통해서 서술하도록 하겠다.

Ⅲ. 산육신과 질병신 대립 구조의 보편적 성격

앞 장에서는 〈삼승할망본풀이〉에 나타난 대립의 과정을 통해 산육신과 질병신이 본래부터 대립되는 가치를 갖는 것이 아님을 논의하였다. 실상 동해용왕따님애기와 명진국따님애기는 동일한 성격을 지닌 존재였다고 하더라도 과언이 아니다. 다만 시간의 흐름 속에서 산육신의 기능이 인간의 출산과 양육을 담당하는 것으로 자리 잡게 되면서 신격의 위치 역시 변화하게 된 것이다. 그 과정에서 구삼승할망은 반대 가치를 갖는 질병신으로 좌정하였고, 새로운 산육신이 삼승할망의 지위를 확보할 수 있었던 것이다.

정리하자면, 동일한 혹은 유사한 가치와 기능을 갖는 두 신이 대립하게 되면서 이후 생산을 담당하는 산육신(생산신)과 죽음과 질병을 담당하는 질병신(죽음신)으로 나누어 좌정하는 구조를 갖는다는 것이다. 여기서 중요한 점은 산육신은 홀로 존재하는 것이 아니라 그 대척점에 서는 질병신과 함께 한다는 것이다. 더욱이 이 질병신의 존재가 본래부터 악으로서 탄생되고 악신으로서만 자리하는 것이 아니라, 오히려 산육신에 가까운 혹은 산육신 그 자체로서 자리하다 대립의 결과로 악신으로 변모했다는 것이다. 즉, 동일한 성격을 가진 신이 대립하게 되고, 이 대립의 결과로 산육신과 질병신, 더 나아가 생산신과 죽음신으로 나누어 좌정하는 구조를 갖는다고 하겠다. 자신의 역할을 빼앗긴 후 그대로 사라질 수 있음에도 불구하고 악신으로 변모하여 다시금 새롭게 자리하는 것은 특이한 지점이라 할 수 있다.

일반적으로 제주도에서 전승되는 서사무가의 악신들은 그저 악신으로만 존재한다. 물론 〈문전본풀이〉의 '노일제데귀일의 딸'처럼 하나의 신격으로서 좌정하는 경우[20]도 있지만, 대체로 주신主神에게 고난을 부여하는 악인으로서의 역할에 한정되는 경우가 대부분이다. 〈초공본풀이〉의 '삼천선비', 〈이공본풀이〉의 '장자', 〈차사본풀이〉의 '과양생의 처' 등 다양한 악인들이 등장하지만, 악인 이상의 역할을 하는 것은 아니다. 하지만 〈삼승할망본풀이〉의 경우 오히려 악인이라 할 수 있는 동해용왕따님애기가 주도적으로 서사에 등장하고, 신격 좌정에 있어서도 중요한 위치를 차지한다. 이것만으로도 동해용왕따님애기는 단순히 악인으로서 주신에게 고난을 부여하는 역할만을 담당하는 것이 아님을 알 수 있다. 악신에게 보다 명확한 직능이 부여될 수 있는 구조라는 것이다.

선신과 악신의 대립이라는 서사적 특성을 중심으로 〈삼승할망본

---

20 〈문전본풀이〉에서 노일제데귀일의 딸은 측신으로 좌정한다. 단, 이 측신으로의 좌정이 문전신의 상대자로서의 위치에 서는 것은 아니다. 다만 집 안에서 가장 더러운 부분을 악신에게 맡긴다는 의미를 갖는 것이다. 노일제데귀일의 딸의 좌정 공간에 대해서는 유보경의 논의를 참고할 만하다. 유보경 「가신신화에 나타난 인물 형상과 신격의 상관관계」, 고려대학교 석사학위논문, 2015.

풀이)를 살펴보면 유사한 성격의 자료들을 쉽게 찾을 수 있다.[21] 앞
에서 살핀 바와 같이 〈삼승할망본풀이〉와 꽃 피우기 내기 화소를 공
유하는 창세신화에서도 선신과 악신의 대립이 등장한다. 그런데 〈창
세가〉에서의 대립의 결과는 석가가 인간 세상을 차지하고, 미륵은
사라진다는 점에서 차이가 있다. 속임수를 쓴 석가에게 패배를 인정
하고 미륵이 떠나가는 것이다.[22] 자신이 세상을 창조했음에도 자기
의 위치를 잃자 홀연히 떠나고 마는 것이다.[23] 때문에 떠나지 않고
새로운 신격의 상대자로 자리하는 동해용왕따님애기와는 차이가
보인다. 결국 〈창세가〉에서의 대립의 결과는 〈삼승할망본풀이〉와는
차이가 있다고 할 수 있다.

　하지만 같은 창세신화이면서 〈창세가〉와 서사적 유사성을 보이는
〈천지왕본풀이〉[24]에서는 이 좌정 과정이 조금 다르게 나타난다. 〈창
세가〉와 〈천지왕본풀이〉는 꽃 피우기 내기에서 속임수를 쓴 신이 승

21　물론 이들 신화에 나타난 신들의 속성을 선과 악으로 분별하기는 어려운 측면이
　　있다. 선과 악의 획일적 구분으로 이들의 성격을 모두 설명할 수는 없기 때문이다.
　　다만 논의의 편의상 표면적 성격에 비추어 선악을 구분해서 쓸 뿐이다. 여기서는
　　선신으로서, 또 악신으로서의 성격이 중요한 것은 아니기 때문이다.

22　이러나서, 축축하고더럽은이釋迦야, 내무럽헤꼬치피엿슴을, 너무럽헤썩거꼬젓
　　서니, 꼬치피여열헐이못가고, 심어十年이못가리라. 미럭님이석가의너머성화를
　　밧기실허, 釋迦에게歲月을주기로마련하고, 축축하고더러운석가야, 너歲月이될
　　나치면, 썩이마다솟대서고, 너歲月이될나치면, 家門마다妓生나고, 家門마다寡婦
　　나고, 家門마다무당나고, 家門마다逆賊나고, 家門마다白丁나고, 너歲月이될나치
　　면, 합둘이치들이나고, 너歲月이될나치면, 三千중에一千居士나너니라. 歲月이그
　　런즉末世가된다. 그러든三日만에, 三千중에一千居士나와서, 彌勒님이그적에逃亡
　　하야. 손진태, 앞의 책, 19-20쪽.

23　물론 미륵의 귀환을 암시하기도 한다.

24　현용준, 앞의 책, 41-46쪽.

리한다는 공통점을 보인다. 또한 이 승리를 통해 인간세상을 차지한다는 점도 동일하다. 다만 〈천지왕본풀이〉에서는 대결에 패배한 대별왕이 사라지거나 실종되는 것이 아니라 저승을 차지한다. 즉, 대결에서 이긴 소별왕은 이승을 차지하고, 진 대별왕은 저승을 차지하는 것이다. 천지왕의 쌍둥이 아들로서 창세신적 면모를 보이는 대별왕과 소별왕은 대립의 결과로 저승과 이승, 즉, 죽음과 삶을 관장하는 세계를 나누어 차지하는 것이다.[25]

하나의 성격으로 비롯된 두 신이 대립을 통해 삶과 죽음의 영역을 나누어 관장하는 구조는 〈삼승할망본풀이〉에서 명진국따님애기와 동해용왕따님애기가 삼승할망과 저승할망으로 좌정하는 구조와 유사한 측면이 있다. 두 신화 모두 대립의 결과가 삶과 죽음을 나누어 관장하는 형태로 나타나기 때문이다. 물론 창세와 출산이라는 분명한 차이가 존재하는 것이 사실이지만, 신격 좌정의 구조적인 면에서 유사성을 보인다고 할 수 있다.

〈천지왕본풀이〉에서 대별왕은 천지왕의 적자로 이승을 담당해야 하는 신격이다. 하지만 욕심 많은 소별왕의 속임수로 인해 저승으로 물러나게 된 인물이기도 하다. 즉, 본래 자신의 역할을 잃고, 저승으로 나아간 것이다. 〈삼승할망본풀이〉의 동해용왕따님애기 역시 본래

---

25 설운 성님 대별왕이 말을 ᄒ뒈 "설운 아시 소별왕아 이승법이랑 ᄎ지헤여 들어사 라마는 인간의 살인 역적 만ᄒ리라. 고믄도독 만리라. 남ᄌᄌ식 열다섯 십오세가 뒈며는 이녁 가속 노아두고 놈의 가속 올르기 만ᄒ리라. 예ᄌ식도 열다섯 십오세가 넘어가민 이녁냄편 노아두고 놈의 냄편 올르기 만ᄒ리라." 법지법을 마련헤야 "나는 저승법을 마련ᄒ마. 저승법은 몱고 청낭ᄒ 법이로다." 저승법을 ᄎ지헤야 들어산다. 설운 아시 이승법 마련ᄒ던 천지왕 본이웨다. 현용준, 앞의 책, 45쪽.

의 성격은 신의 출산을 담당한 산육신이다. 하지만 그 역할을 새로운 산육신에게 빼앗기고 저승으로 나아가 저승할망이 되는 것이다. 이렇게 〈삼승할망본풀이〉에서 동해용왕따님애기의 역할을 〈천지왕본풀이〉의 대별왕에 견주어 살핌으로써 그 본래적 성격이 보다 부각된다고 볼 수 있다.[26]

그런데 이렇게 이승과 저승을 나누어 맡는 것에서 더 나아가 대립의 결과로 산육신과 질병신으로 나누어 좌정하는 자료들이 있어 주목된다. 유사성이 가장 두드러지는 자료는 《고지키古事記》의 '이자나기와 이자나미' 신화이다.[27] 부부였던 이자나기와 이자나미는 대립 이후 산육신과 질병신으로 나누어 자리한다.

⑤ 마지막으로 아내인 이자나미가 직접 뒤를 쫓아왔다. 이에 이자나기는 거대한 천인석으로 요모쓰히라사카를 가로막고, 그 바위를 사이로 서로 대치하며 이별의 말을 주고받았다. 그 때 이자나미가 말하기

---

26 물론 〈천지왕본풀이〉와 〈삼승할망본풀이〉는 분명한 차이가 존재한다. 〈삼승할망본풀이〉에는 〈천지왕본풀이〉처럼 꽃 피우기 내기가 등장하긴 하지만, 결과가 속임수에 의해 바뀌는 화소가 나타나지 않는다. 또한 〈천지왕본풀이〉의 대별왕과 소별왕이 산육신과 질병신으로 좌정하는 것도 아니다. 다만 〈천지왕본풀이〉 역시 두 신격이 대립 후 좌정처가 이승과 저승으로 나뉜다는 점에서 〈삼승할망본풀이〉와 구조적 유사성이 있음을 말하는 것이다.

27 노성환은 〈삼승할망본풀이〉와 〈이자나기 이자나미 신화〉를 비교하여 두 자료 모두 대립형 죽음기원신화라고 논의한 바 있다. 하지만 〈삼승할망본풀이〉를 죽음 '기원' 신화로 보기에는 무리가 있다. 우리 신화 중 죽음기원신화로 주로 논의되는 자료는 〈차사본풀이〉이다. 권태효 「인간 죽음의 기원, 그 신화적 전개양상」, 『한국민속학』 43, 한국민속학회, 2006. 또한 논자가 분류한 '대립형' 역시 후쿠시마(福島秋穗)의 분류를 참고하고 있는데, 여기에는 일정한 차이가 존재한다. 노성환 「한일 죽음기원신화의 비교연구」, 『일어일문학연구』 34, 한국일어일문학회, 1999, 333쪽.

를, "사랑하는 나의 남편께서 이와 같은 짓을 하신다면 당신 나라 사람들을 하루에 천 명 죽일 것입니다."라 하였다. 그러자 이자나기가 말하기를, "사랑하는 나의 아내여, 그대가 정녕 그리한다면, 나는 하루에 천오백 개의 산실을 지을 것이오."라고 하였다. 이로 말미암아 하루에 반드시 천 명이 죽는 대신, 하루에 반드시 천오백 명이 태어나게 된 것이다. 그리하여 이자나미를 요모쓰오호카미黃泉津大神라고도 한다. 그리고 이자나기를 뒤쫓아 왔다하여 지시키노오호카미道敷大神라고도 한다. 그리고 요모쓰사카를 가로막은 바위는 지가에시노오호카미道反大神라 하고, 가로막고 있는 요모쓰토노오호카미黃泉戸大神라고도 한다. 그리고 이 요모쓰히라사카는 지금의 이즈모노쿠니出雲國의 이후야사카伊賦夜坂이다.[28]

⑤는 《고지키》에 기록되어 있는 이자나기와 이자나미에 대한 서술의 일부이다. 이자나기와 이자나미는 부부였지만, 이자나기가 이자나미를 두려워 해 달아나면서 둘의 관계는 깨지게 된다. 이 과정에서 이자나미가 이자나기의 사람들을 죽이겠다고 하면서 질병신으로서의 면모를 드러낸다. 남편에게 버림받은 분노를 그의 나라 사람들[國人]들을 죽임으로써 해소하고자 한 것이다. 여기에 대응하여

---

28 最後其妹伊邪那美命 身自追來焉 爾千引石 引塞其黃泉比良坂 其石置中 各對立而 度事戸之時 伊邪那美命言 愛我那勢命 爲如此者 汝國之人草 一日絞殺千頭 爾 伊邪那岐命詔 愛我那邇妹命 汝爲然者 吾一日立千五百産屋 是以一日必千人死 一日必五百人生也 故號其伊邪那美神命 謂黃泉津大神 亦云 以其追斯伎斯而 號道敷大神 亦所塞其黃泉坂之石者 號道反大神 亦謂塞坐黃泉戸大神 故其所謂黃泉比良坂者 今謂出雲國之伊賦夜坂也《古事記》上

이자나기는 그보다 많은 산실[産屋]을 지어 사람이 새로 태어나게
한다. 이자나미에 반대에 서 더 많은 사람들이 탄생될 수 있게 하는
것이다. 즉, 두 신격이 대립 이후 산육신과 질병신으로 성격이 변모
했음을 알 수 있다.

　이자나미는 이자나기와 함께 일본의 국토를 창생創生시킨 창세신
적 성격을 갖는다. 하지만 대립 이후 그 성격이 변모하여 질병신으
로 탈바꿈되는 것이다. 산육신적 성격을 갖다가 질병신으로 변모하
는 동해용왕따님애기의 변화와 공통점이 있다고 하겠다. 특히 이 두
신격 모두 상대에 대한 반발과 분노로 인해 질병신으로서의 성격이
분명해진다는 점에서도 유사성을 갖는다. 동해용왕따님애기는 자신
이 아닌 명진국따님애기가 삼승할망이 되는 것에 분노하여, 그 분노
를 아이들에게 질병을 주는 것으로 대신하고자 한다.[29] 이자나미 역
시 자신의 추한 모습에 실망한 채 달아나는 남편에게 화가 나 질병
신이자 죽음의 신이 되는 것을 자처한다. 두 자료 모두 자신의 자리
를 잃은 신격의 분노가 질병신으로의 좌정에 이유가 되는 것이다.

29　해당 부분은 안사인본에서는 간략하게 제시되어 있기 때문에 진부옥본을 중심으
　로 살펴보고자 한다. 동의용궁 할망은 널랑 저승을 가랜 ᄒᆞᄂᆞ 부홰가 난, 할마님의
　상가지 꼿을 도르려들언 팍허게 거꺼 아집데다. 거끄난 할망은 어질어도 부홰가
　난 곧는말이, 어떨려고 나 상가지 꼿을 무지려 가느냐? 왜? 나는 저승 가면 부뜰 디
　가 어시니까, 죽으나 사나 저승을 가도 할망 뒤에만 ᄄᆞ라뎅기겠다. 할마님이 아무
　리 힘을 써가지고 어떤 집의 가그네 아덜을 낳던 ᄄᆞᆯ을 낳던 난 적극적으로 ᄄᆞ라뎅
　기명 포태를 주머는 석둘 전의도 물로도 알르게 ᄒᆞ고 귀로도 알르게ᄒᆞ고, 열둘 ᄀᆞ
　망 차기도 전의 유산도 시기곡, 난 아기 어멍 졋 내여도 ᄄᆞ라들엉 아기 어멍에 본벵
　게병도 불러주곡 아기엔 급경, 만경, 정풍, 정세 불러주곡, 그냥 갈 때ᄭᅵ지 욕을 때ᄭᅩ
　지 열다섯 전의 할망 아기에만 들엉 반시름을 허캔허연 영 둘이가 막 싸웁데다. 문
　무병『제주도 무속신화 열두본풀이 자료집』, 칠머리당굿보존회, 1998, 185-186쪽.

이렇게 분노로 인한 질병신으로의 좌정이 제시되면서, 오히려 그 반대에 서 있는 생산신의 성격이 확고하게 자리 잡힌다는 점에서도 두 신화의 유사성을 살펴볼 수 있다.

이와 유사한 예가 유대신화에도 전해진다. 일반적으로 아담의 짝은 이브(혹은 하와)로 알려져 있다. 하지만 유대교의 전승에 따르면 아담은 이브 이전에 '릴리트Lilith'와 결혼한 바 있다. 하지만 아담이 힘으로 릴리트를 쓰러뜨려 자신의 밑에 눕게 하면서 둘의 관계는 깨지고 만다. 릴리트는 아담의 성행위를 비웃으며 아담을 쫓아버리고 홍해 근처로 옮겨가 살게 된다.[30] 이 대립 이후 아담은 이브와 부부가 되면서 새로운 인간이 태어나고, 그 자식들이 번식으로 집단을 이루면서 인류가 번영을 하게 된다. 즉, 아담이 인류 탄생을 이끄는 생산신으로서 자리하는 것이다. 여기에 비해 릴리트는 악신으로 변모하여 낙원에서 추방된 인물로 그려진다. 이렇게 추방된 릴리트는 아담과의 사이에서 낳은 아이를 잡아먹는 등 죽음의 신으로서의 면모를 보이게 된다.

〈릴리트 신화〉를 살펴보면 〈삼승할망본풀이〉와 유사한 지점들을 찾아낼 수 있다. 아이를 잡아먹는 릴리트의 악신으로서의 면모가 본래적인 속성이 아니기 때문이다. 릴리트는 아담의 첫 번째 짝으로 이브에 앞서 인류 생산을 담당한 생산신이었다. 하지만 아담 아래에서 성행위를 갖는 것을 거부했기 때문에 악마의 이미지를 부여받은 채 추방되고 만다. 추방 이후의 릴리트의 행위나 행적은 이 과정에

---

30 高平鳴海, 이만옥 역 『여신』, 들녘, 2002, 286-289쪽.

서 부여받은 이미지에 의한 것일 가능성이 높다. 즉, 아담과 이브가 생산신으로서 새로운 신격으로 자리하면서 기존의 릴리트에서 불행이나 죄악을 떠맡게 함으로써 남아 있는 사람들을 행복하게 한다. 이것은 일종의 '재앙 옮기기'[31]로 릴리트에게 모든 재앙을 옮겨 악의 이미지를 강력하게 부여함으로써 그 대척점에 선 아담과 이브의 생산신으로서의 면모가 확고해질 수 있게 하는 것이다.

이러한 양상은 〈삼승할망본풀이〉에서도 확인되는 지점이다. 거듭 반복하지만, 동해용왕따님애기는 신화적 출산을 이끄는 생산신이었다. 하지만 인간의 출생을 담당하는 새로운 산육신에게 자리를 잃게 되는데, 단순히 자리를 잃는 것에 그치는 것이 아니라 아예 대척점에서 서게 하는 것이다. 즉, 자리를 내어주는 것에 그치지 않고, 오히려 동해용왕따님애기에게 질병신이라는 재앙을 옮김으로써 새로운 산육신의 지위가 공고히 되고, 직능이 분명하게 드러나는 것이다. 이는 동해용왕따님애기의 질병신으로서의 성격이 확고해 질수록 명진국따님애기의 산육신적 성격이 부각되기 때문이다. 게다가 새로운 산육신이 질병신을 관리·관장하는 모습을 보임으로써 신으로서의 지위와 위상은 더욱 높아지고, 이러한 산육신을 다루는 신화와 제의는 보다 확고한 기능과 위상을 확보할 수 있게 된다. 결국 신화를 구연하고 제의를 거행하는 본래적 목적과 맞닿게 되었다고 할 수 있다.

이렇듯 〈삼승할망본풀이〉만으로 풀어내기 어려운 문제들이 다른

---

31 J.G. Frazer, 이용대 역 『황금가지』, 한겨레출판, 2003, 642쪽.

신화들과 견주어 살핌으로써 해석의 실마리를 얻을 수 있었다. 〈삼승할망본풀이〉는 산육신의 신화이면서 질병신인 동해용왕따님애기가 주요하게 다루어진다는 점에서 특이성을 갖는다. 이러한 특이성은 〈삼승할망본풀이〉가 신의 출생에서 인간의 출생으로의 이행을 담고 있는 신화이기 때문에 나타나는 현상이라고 볼 수 있다. 이 이행의 과정에서 물러나는 신격에 재앙을 옮겨 그 속성을 완전히 탈바꿈시킴으로써 새롭게 자리하는 신격의 위상을 높이고, 직능을 분명하게 하였다. 〈삼승할망본풀이〉에 나타난 이러한 특성이 〈이자나기 이자나미 신화〉나 〈릴리트 신화〉와의 비교를 통해 보다 분명하게 드러났다고 하겠다.

Ⅳ. 맺음말

주지하다시피 〈삼승할망본풀이〉는 매우 특수한 신화이다. 제주도라는 특수한 환경에서만 전승되는 신화라는 점에서도 특별하지만, 산육신의 내력을 푸는 신화가 많지 않다는 점에서도 특수하다 할 수 있다. 내용적인 측면에서도, 또 해당 신의 성격에서도 여타 신화와 변별되는 특성을 갖는다.

하지만 이러한 〈삼승할망본풀이〉임에도 여러 신화와 공유하는 지점은 존재한다. 신화가 국가나 민족을 기준으로 전승되지만, 기본적으로 갖는 원형적 성격으로 인해 사고의 공유 지점을 찾아낼 수 있기 때문이다. 이런 이유로 〈삼승할망본풀이〉에 대한 이해를 넓히기 위해서 여러 신화와의 비교는 당연한 귀결이라 하겠다.

본고에서는 〈삼승할망본풀이〉와 여러 신화의 비교 작업을 수행하였다. 〈삼승할망본풀이〉가 한국 신화를 대표하는 작품이라고 말할 수는 없다. 아니 오히려 한국 신화 중에서도 특수성을 갖는 작품이라 하겠다. 하지만 오히려 이런 특수성 속에서도 보편적 성격을 찾아낼 수 있는 것이 비교 연구의 진정한 의미 지향이라 생각한다.

〈삼승할망본풀이〉를 관통하는 주요 지점은 산육신과 질병신의 대립에 있다. 이 대립의 과정과 결과에 의해 〈삼승할망본풀이〉의 가치 지향이 규정되기 때문이다. 여기서 질병신은 산육신과 출산 방식을 놓고 대립하게 되는데, 비정상적인 출산을 시도하면서 자신의 지위를 잃게 된다. 겨드랑이를 통한 출산을 시도했기 때문이다. 하지만 이러한 시도는 신화적 문맥으로 살펴보면 신의 출생으로 볼 수 있다. 알영, 주몽, 젯부기 삼형제, 석가모니, 육종의 여섯 아들, 위미르가 낳은 요툰 등 아주 많은 신적 존재가 겨드랑이를 통해 탄생하기 때문이다. 여러 신화와의 비교 작업을 통해 〈삼승할망본풀이〉가 신의 출생에서 인간의 출생으로 이행되는 서사이며, 이 과정에서 산육신이 교체되는 내용으로 구성되어 있음을 확인한 것이다.

그런데 대립에서 패배한 동해용왕따님애기는 자리를 잃고 사라지는 것이 아니라, 저승할망으로 좌정하면서 자신의 성격을 정반대로 변모시킨다. 구삼승할망이 질병을 내리는 질병신으로 탈바꿈한 것이다. 이러한 급작스런 변화는 새로운 산육신의 지위를 확보하기 위한 재앙 옮기기의 한 형태로 볼 수 있다. 떠나가는 신격에게 재앙을 모두 옮김으로써 새로 탄생한 산육신의 위상이 높아지는 것이다.

이러한 구조는 일본 《고지키》에 나타난 이자나기와 이자나미의 관계, 그리고 유대신화에서의 릴리트와 아담의 관계에서도 찾아볼 수 있다. 이들 신화는 질병과 죽음을 담당하는 신격의 대척점에 산육과 생산을 담당하는 신격을 내세움으로써 그 직능과 성격을 분명하게 가져가는 내용으로 구성되어 있다. 그렇기에 동해용왕따님애기는 급격한 변모 양상을 보일 수밖에 없었던 것이다. 〈삼승할망본풀이〉의 의문을 여러 신화와 견주어 살핌으로써 풀어냈다고 하겠다.

이렇게 여러 신화와 함께 논의를 진행함으로써 새로운 논점을 발굴하고, 기존의 논의를 보강하는데 활용할 수 있었다. 이런 작업이 보다 원활하게 자리하기 위해서는 보다 다양한 신화 자료에 대한 쉬운 접근이 필요하다. 동아시아 신화 자료에 대한 정리가 이루어지고 있는 상황이지만, 모든 신화를 아우르는 작업은 아니기에 보다 확장될 필요가 있다고 하겠다. 그래야만 진정한 의미의 신화 비교연구가 이루어질 수 있을 것이다. 이 과정에서 본고 역시 하나의 초석이 되길 바란다.

한·중·일 동아시아 신화의
문화적 교차

제8장

조선 후기 문인들의 『산해경』 인식과 수용

김 광 년

I. 머리말

중국 신화의 寶庫로 알려져 있는 『山海經』은 지금까지 중국을 비롯한 동아시아 사상, 문화에 많은 영향을 끼쳐 온 고전이다. 이 책은 한편으로는 중국 각지의 산과 강, 바다에 대한 다양한 정보가 수록되어 있는 地理志로서 활용되기도 하였고, 다른 한편으로는 인간뿐만 아니라 다양한 신과 짐승, 괴수들에 대한 정보와 그들의 이야기가 가득한 신이한 이야기 모음집으로서 동아시아인들의 상상력을 자극하는 神話集으로서 활용되기도 하였다. 그 저자와 저작 시기 등에 대해서는 지금까지 논란이 끊이지 않고 있으나[1] 이 책이 이른 시기부터 동아시아 전역에 걸쳐 커다란 의미를 지니고 있었음은 분명

205

한 사실이라고 볼 수 있을 것이다.

『산해경』은 우리나라에도 비교적 이른 시기에 전래되어 오랜 기간 상당한 독자를 확보하였고, 그만큼이나 우리나라 문학, 지리, 풍속 등에 다양한 양상으로 영향을 미쳤다. 儒家的 合理主義가 지배했던 조선 사회에서 신이한 괴물 등이 등장하는『산해경』에 대해 단순히 詭誕한 이야기에 지나지 않는다며 폄하하는 시각도 있기는 하였으나, 그보다는『산해경』의 존재 의의를 긍정적으로 인식하고서 이를 활용하기 위해 애썼던 흔적들이 조선 문인들의 문집 곳곳에 散在해 있다.

『산해경』에 대해서는 이미 국내에서도 상당한 수준으로 연구 성과가 축적되어 있고, 관련 단행본도 여럿이 나와 있다.[2] 그러나 기존 연구들은 대부분 신화의 근원 자료로서 이 책의 가치에 주목하여 개별 신화와 관련된 논의가 중심이 되었고『산해경』의 수용 및 인식에 관한 본격적 논의는 지금까지 거의 시도되지 않았다.[3] 이에 본 논문

---

1 이에 대한 개관은 서경호「山海經小考」,『중국문학』6호, 한국중국어문학회, 1979 참조.

2 최근의 성과 몇 가지를 예거하면 아래와 같다. 정재서「『산해경』내 고대 한국의 역사, 지리 관련 자료 검토」,『도교문화연구』45집, 한국도교문화학회, 2016; 홍윤희「신화를 생산하는 신화학자 : 교량으로서의 袁珂의『山海經』연구」,『중어중문학』51집, 한국중어중문학회, 2012; 신현대「『山海經』에 나타난 상상을 통한 이상세계 표현」, 박사학위논문, 홍익대학교 대학원, 2011 등. 산해경 관련 연구서로는 서경호『산해경 연구』, 서울대학교출판부, 1996이 유일하고,『산해경』의 번역서로는 임동석, 김영지·서경호, 정재서 등의 번역이 있다. 한편『산해경』과 관련된 그림과 그에 대한 해설을 모은『古本山海經圖說』도 최근에 번역되어『산해경』의 이해에 도움이 된다. 馬昌儀『古本山海經圖說』, 조현주 옮김, 다른생각, 2013.

3 김정숙「조선시대의 異物 및 怪物에 대한 상상력, 그 원천으로서의『山海經』과『太平廣記』」,『일본학연구』제48집, 단국대학교 일본학연구소, 2016의 2장에서『산해

에서는 특히 『산해경』이 다방면으로 활용되었던 것으로 생각되는 조선 후기에 초점을 맞추어 관련 자료를 폭넓게 수집하고, 이를 토대로 조선 후기 문인들이 『산해경』을 어떻게 인식하고 수용하였는가를 검토하고자 한다. 이는 단순히 『산해경』의 受容史的 연구가 아니라, 조선 후기 문인들이 『산해경』과 같이 유가의 정통성에서 비켜서 있는 小說家類[4] 저작을 적극적으로 열독하고 이를 수용했던 양상에 대한 실증적 검토를 통해 조선 후기 지성사의 한 단면을 포착하고자 한다는 점에서 의미 있는 시도라고 할 수 있다.

Ⅱ. 조선 문인들의 『산해경』 閱讀

『산해경』은 늦어도 3세기 이전에 우리나라에 유입되었음이 선행 연구를 통해 확인된 바 있다. 이 논의에 따르면 일본의 『和漢三才圖會』에 百濟가 阿直岐를 보내어 일본에 전해 준 문헌 가운데에 『산해경』이 포함되어 있음으로 인해 백제 古爾王 시대 혹은 그 이전에 『산해경』이 한반도에 전래되었을 것으로 추정된다.[5] 한편 해당 논의에서

경』의 유입 및 열독 양상에 대해 일부 논의가 이루어진 것을 제외하고는 관련 논의는 찾아볼 수 없다.

4 『산해경』을 소설가류 저작이라고 한 것은 淸代 四庫全書의 도서 분류를 따른 것이다. 『산해경』은 초기에 史部에 속해 다루어지기도 하다가 사고전서에 와서는 子部로 그 위치가 변경되었던 바, 이는 『산해경』에 대한 중국인의 인식 변화를 의미한다. 그 의미에 대한 논의로는 임현수 「중국 전통시기 『산해경』의 비교학적 맥락과 위상」, 『종교문화비평』 12호, 한국종교문화연구소, 2007이 있어서 참고할 수 있다.

는 崔致遠 등 삼국 및 고려 문인들의 저술에서『산해경』에 등장하는
인물이나 사건, 신, 괴수 등을 문학작품에서 다양하게 활용하였음을
그 근거로 언급하기도 하였다. 다만 이 시기 문인들의 저술에서 "산
해경"이라는 書名 자체는 보이지 않는다는 점을 감안한다면,『산해
경』소재 캐릭터에 대한 언급이 있다고 해서 곧 그 작가가『산해경』
을 직접 보았다고 속단할 수는 없다고 생각된다. 왜냐하면『산해경』
을 직접 보지 못했더라도 다른 작품을 통해『산해경』소재 캐릭터를
접하였을 가능성 역시 완전히 배제하기는 어렵기 때문이다.

고려시대에 특히『산해경』에 관심을 많이 가졌던 인물을 꼽자면
李奎報를 들 수 있다. 그는「山海經疑詰」이라는 논설문을 통해 산해
경의 작자 문제를 논증함으로써『산해경』에 대한 깊은 관심을 선보
인 바 있다. 이 글은「산해경」을 주제로 한 산문 작품으로는 최초의
것이다. 여기에서 그는『산해경』의 작자가 禹라고 되어 있는 데 대해
의문을 품고 각종 문헌 자료에 대한 검토를 통해 이 책의 작자는 우
가 아니라는 결론을 내린다. 이때 그의 논리를 뒷받침하는 것은 자
식은 부모의 잘못을 언급하지 않고 부모를 위해 그것을 숨겨준다는
儒家의 孝 논리이다.[6] 이 작품은『東文選』에도 수록되어 조선시대
문인들의『산해경』인식의 지평을 확장하는 데 기여하였던 것으로

---

5 김정숙, 앞의 논문, 38쪽.

6 이규보는『論語』「子路」의 "子爲父隱, 父爲子隱." 등을 인용하면서 자식이 아버지
  의 잘못을 숨겨주지 않는 것은 도리가 아니므로, 만약『산해경』이 우의 작품이라
  면 그 부친인 鯀이 죽임을 당한 사실을 直書하지 않았을 것이라는 논리를 구사하였
  다. 이규보「山海經疑詰」,『東國李相國集』권22, 韓國文集叢刊 1, 518쪽, "若山海經果
  是禹製, 當諱父之大恥."

생각된다. 이외에도 이규보는 시와 산문 등 갈래를 가리지 않고 『산
해경』에 등장하는 사물을 다양하게 활용하였다.[7]

　조선 시대, 특히 조선 후기에 접어들게 되면 『산해경』은 점차 더
많은 문인들의 독서 대상이 되면서 다양한 관심을 받게 된다. 일례
로 조선 중기 漢文四大家의 한 사람이었던 申欽(1566-1634)은 춘천
유배 시절에 陶潛의 「讀山海經」에 차운한 시를 남겼을 뿐만 아니
라,[8] 『산해경』을 읽으면서 유배의 괴로움을 달래곤 하였다.[9] 이러한
사실은 그가 학문적 목적에서만 『산해경』을 열람하였던 것이 아니
라 개인적 취미로 이 책을 즐겨 읽었음을 보여준다.

　李宜顯(1669-1745)은 1720년(숙종 46)에 冬至使로서 중국에 다녀오면
서 50여 종 1400여 권에 이르는 방대한 분량의 도서를 구매해 오고
서 그 목록을 기록해 두었는데, 이 목록 안에 『산해경』 4권이 포함되
어 있다.[10] 이의현이 구매한 4권본 『산해경』이 어떤 판본인지는 확인
되지 않으나 그가 이 책에 관심을 가지고 있었음은 구매 사실을 통

7　이를테면 古律詩인 「老巫篇」(『동국이상국집』 권2)에서 "朌彭眞禮抵謝羅, 靈山路復
　又難追."이라 하여 靈山에 살고 있는 일곱 무당(巫朌·巫彭·巫眞·巫禮·巫抵·巫謝·巫
　羅) 을 언급한 것이라든지, 「宗室河, 讓守司徒廣陵侯表」(『동국이상국집』 권29)의
　두 번째 작품에서 "淺器易盈, 懼過飮河之腹"라고 하여 河水를 마신 짐승 夸父의 고
　사를 언급한 것 등을 그 사례로 들 수 있다.

8　신흠 「讀山海經」, 『象村稿』 권56, 한국문집총간 72, 381쪽. 도잠의 「독산해경」은 후
　대에 널리 회자된 작품으로, 우리나라 문인들이 이에 次韻한 작품도 여럿 남아 있
　다. 신흠 외에도 金壽恒, 李玄錫, 趙龜命, 洪奭周 등 당대의 내로라하는 문인들이 차
　운시를 남긴 점은 주목할 만한 사실이다. 이에 대해서는 별도의 고찰이 필요해 보
　인다.

9　신흠 「口呼」, 『상촌고』 권6, 한국문집총간 71, 360쪽, "匡坐對淸景, 禽聲知幾變. 游觀
　山海經, 無人問閒燕."

10　李宜顯 「庚子燕行雜識(下)」, 『陶谷集』 권30, 한국문집총간 181, 502쪽, "山海經四卷."

해 알 수 있다. 한편 이 목록은 거칠게나마 도서의 성격을 기준으로 분류가 되어 있는 바, 『산해경』은 『西湖志』『盛京志』 등의 地理書와 함께 언급되고 있어서 이의현이 이 책의 성격을 지리서로 파악하고 있음이 간접적으로 확인된다.

조선 후기 문인들 중 『산해경』을 특별히 애독했던 인물로 손꼽을 만한 사람은 申維翰(1681~1752)과 趙龜命(1693~1737), 俞晚柱(1755~1788) 등이다. 먼저 신유한의 경우를 살펴 보면, 그는 어린 시절부터 『산해경』을 애독하였고 이를 자신의 문학적 자양분으로 삼았다. 이는 아래 자료를 통해 확인된다.

> 翁(申維翰)을 품평하는 세상 사람들은 모두 옹이 일찍이 『山海經』과 『穆天子傳』을 좋아하였고 『弇山稿』를 얻어 읽고 나서는 탄식하며 함께 나아갈 뜻을 지니게 되었다고 하였다.[11]

> 장성해서는 『山海經』과 『九騷』 등의 작품을 좋아하여 천 번 만 번이나 읽으니 종이가 여러 차례 찢어질 정도였고, 곁으로 『左傳』과 『史記』에 능통하여 그 정수를 얻었다.[12]

위의 두 인용문은 신유한의 문학적 배경에 대해 설명하면서 그가

---

11 李瀷 「青泉集序」, 『青泉集』 卷首, 한국문집총간 200, 215쪽, "世之品翁者, 皆以爲翁早悅山海經·穆天子傳, 及得弇山稿讀之, 喟然有並驅之意."
12 申在錫 「青泉集後識」, 위의 책, 580쪽, "及長, 喜山海經·九騷等篇, 讀之千萬遍, 紙數爲絶, 旁通左·馬, 得其骨髓."

젊은 시절에 『산해경』을 매우 애호하였음을 공통적으로 증언하였다. 신유한은 흔히 王世貞, 李攀龍 등 前後七子의 영향을 받아 古體의 문장을 추구한 작가로 알려져 있는데, 이들의 작품을 접하기 이전에 『산해경』 등을 통해 문장의 기반을 닦았던 것이다. 특히 두 번째 인용문에서는 신유한이 "종이가 여러 차례 찢어질" 정도로 『산해경』을 즐겨 읽었음을 특기하였다.

신유한은 젊은 시절뿐만 아니라 노년에 이르도록 『산해경』을 가까이 두고 애독하였던 것으로 보인다.

> 바야흐로 장차 먼저 관직에서 물러나 가야산 아래 늙어 죽은 장부가 되는 데 방해받지 않기를 힘써 도모하였습니다. 함께 가지고 간 것은 羲易과 佛書, 『山海經』 등 몇 권으로, 소나무를 씹고 샘물을 마시며 어떻게 굶주림을 채웠겠습니까. 이야기를 하며 한 번 웃습니다.[13]

위 인용문은 신유한이 70세 때인 1750년(영조 26)에 洪重一에게 보낸 편지로, 은퇴 이후 한적하게 시간을 보내는 자신의 모습을 묘사하였다. 여기에서 그는 은퇴 이후로 다른 책은 보지 않고 『周易』과 불경, 『산해경』만을 읽으며 지내고 있다고 하였던 바, 젊은 시절에 시작된 『산해경』에 대한 애호가 70세가 된 만년에까지 지속적으로 이어지고 있음을 잘 보여주고 있다.

---

13 신유한 「答東萊伯洪公書」, 위의 책, 권3, 288쪽, "方將先送衙累, 力圖解紱, 不妨作伽倻山下老死丈夫. 而所與俱者羲易·佛書·山海經數卷, 嚼松飲泉, 何以充飢? 言之一笑."

이외에도 신유한은 만년에 지은 한시 한 편을 통해서 만년의 여가를 『산해경』과 함께 하였음을 고백하기도 하였다.

산 남쪽 10무의 밭에
　　山南十畝田,
자그마하게 室을 짓고
　　築室如斗大.
손으로『산해경』펼쳐 보며
　　手展山海經,
정신은 머나먼 세상 바깥에 노니노라.
　　神遊八荒外.[14]

현실에서 벗어나 전원의 삶을 즐기고 있는 그의 곁에 있는 것은 다름 아닌『산해경』으로, 그는 이 책을 읽으면서 정신의 자유를 한껏 누리고 있다. 결국 그에게 있어『산해경』은 특정 목적이 있어 읽어야만 하는 책이 아니라, 가장 가까이에서 자신의 마음을 쉬게 해 주는 동반자와도 같은 존재였던 것이다.

신유한과 비슷한 시기를 살았던 趙龜命은『산해경』에 대한 애정을 숨기지 않았던 신유한과는 정반대로『산해경』에 대한 문헌학적 비판을 진행하고 조선 문인으로서는 유일하게『산해경』만을 대상으로 한 選集을 편찬하는 등 학술적이고 엄격한 태도로『산해경』에 접

---

14 신유한「寄洞陰任使君」二, 위의 책, 권2, 256쪽.

근하였다. 그는 특히 「海內東經」 편의 편차 문제에 관심을 가지고서 그 잘못된 부분을 지적하고 해법을 제시하였다.

이 책에는 참으로 잘못된 내용이 많은데 「海內東經」이 더욱 심하다. 내 생각에는 "國在流沙中" 이하부터 3장을 「海內西經」의 "流沙出鍾山" 장 아래로 옮겨 붙이고, 「海內北經」의 "蓋國在鉅燕南" 이하 9장을 本經의 "鉅燕在東北陬" 장 아래로 옮겨 붙인다면 문장이 부류를 따르게 되고 방위도 절로 부합하게 된다. 대체로 "蓋國"의 여러 장들은 「海內北經」 말미에 있어 아래로 「海內東經」과 이어지고 있으니 그 잘못은 괴이할 것이 없다. 그러나 "流沙" 장 아래는 빠진 부분이 있어 겨우 몇 구절만 남아 있는데 "燕滅之"의 말과 가까우니 「海內東經」과 서로 바뀐 것이 매우 분명하다. "大澤", "高柳" 2장 역시 마땅히 「海內東經」 안으로 옮겨야 한다. 「海內東經」의 "大江出岷山" 이하 22장은 단지 수로의 출입만을 기록하여 다른 경과 어울리지 않고 동서남북을 두루 거론하였으니 마땅히 별도로 한 편을 만들어 〈海內水經〉이라 제목을 달아야 한다. 일단 기록해 두었다가 알아줄 이를 기다린다.[15]

여기에서 조귀명은 『산해경』의 일반적인 서술 체례를 근거로 삼

15 趙龜命「讀山海經」, 『東谿集』 권7, 한국문집총간 215, 141쪽, "是書固多舛謬, 而海內東經尤甚. 愚意欲自國在流沙中以下三章, 移附西經流沙出鍾山章下, 北經蓋國在鉅燕南以下九章, 移附本經鉅燕在東北陬章下, 則文旣從類, 而方位自合矣. 蓋蓋國諸章, 在北經末, 下接東經, 其錯無怪, 而流沙章下, 有脫簡, 僅餘數句, 而有近於燕滅之之語, 其與東經互換也明甚. 大澤高柳二章, 亦當移入東經中耳. 東經大江出岷山以下二十二章, 但記水道出入, 與它經不倫, 而東西南北遍擧焉, 當別爲一篇, 目以海內水經. 姑錄之, 以俟知者."

213

아 「해내동경」에 錯簡이 많다고 지적하고, 어떻게 해야만 전반적인 서술 체제에 내용이 부합하게 되는가를 자세히 설명하였다. 그의 지적은 전반적으로 타당하여 근현대 연구자들의 견해와 부합하는 부분도 적지 않다. 이를테면『山海經地理今釋』[16]을 저술하여『산해경』의 원전 비평에 큰 공헌을 한 吳承志(1844~1917)는 「해내북경」의 "蓋國" 이하 9개 절은 「해내동경」의 "鉅燕在東北陬" 뒤로 옮겨야 하고, 「해내동경」의 "國在流沙" 이하 세 절을 「해내서경」의 "流沙出鍾山" 절의 뒤로 옮기는 것이 합당하다고 주장하였는데, 이는 조귀명이 위 인용문에서 주장한 것과 정확히 일치하고 있다.[17] 이뿐만 아니라 조귀명은 내용상의 특성을 감안하여 기존의 편차에서 한 걸음 나아가 "海內水經"이라고 하는 새로운 편을 별도로 독립시켜야 하는 필요성을 제기하는 등 매우 적극적인 태도로 문헌 비판을 가하였다.

조귀명은『산해경』에 대해 위와 같이 문헌학적 비판을 가하는 한편으로, 이 책의 문장을 인정하여『산해경』의 문장을 가려 뽑은 책을 별도로 만들기도 하였다.『산해경』만을 대상으로 한 선집의 편찬은 조귀명의 시도가 유일하다. 그 서문의 내용은 아래와 같다.

『山海經』은 허망하고 궤탄하여 경전이 아님은 대개 옛날부터 기록이 있었다. 다만 그 문사는 예스럽고 간결하여 법으로 삼을 만한 것이

---

16 上海古籍書店, 1963.

17 현대의『산해경』연구 대가인 袁珂(1916-2001)는 그의『山海經校注』에서 吳承志의 이 견해를 그대로 수용하였다.『山海經校注』(增補修訂本), 巴蜀書社, 1991, 333-334쪽 참조.

있다. 나는 단지 39장만을 선록하여 『山經節選』을 만들었다. 어쩌면
먼 옛날 책인데도 零陵, 長沙와 같은 지명이 있다고 하여 표절해 넣은
자의 졸렬함을 비웃기도 할 것이다. 아아, 지금은 그렇게 졸렬하고자
해도 그럴 수 없게 되었다. 孔子는 "나는 오히려 史官이 빼놓은 문장을
본 적이 있다"라고 하였는데, 무릇 사관의 문장에 빠진 것이 없고 표절
해 넣는 것은 공교로우니 천하의 풍속은 날로 가벼워지고 있다.[18]

조귀명은 『산해경』이 '經'이라는 제목을 가지고 있지만 경전이 아
니라는 점은 분명한 사실이라고 하면서도, 그 문장만큼은 古簡한 풍
격을 지니고 있어 문장을 지을 때 참고할 수 있을 것이라고 긍정적
으로 평가하였다. 결국 이 책은 문학적인 관점에서 『산해경』의 가치
를 인정하였던 조귀명의 관점을 잘 보여주는 증거라 하겠다.
『欽英』의 저자로 유명한 유만주는 어린 시절에 처음 『산해경』을
접하고서 밤낮없이 이 책을 읽고 베꼈다고 술회하였다.

나는 나이 열세 살 때 처음 『山海經』과 『穆天子傳』을 보고는 매우
좋아하여 입으로 외고 손으로 베끼느라 밤낮을 잊고 지내면서 이보다
더 기이한 古書는 없다고 여겼다.[19]

---

18 조귀명 「山經節選序」, 앞의 책, 권1, 7쪽, "山海經詭誕不經, 蓋自古記之矣. 顧其文辭古
簡有足法者, 余僅錄三十九章, 爲山經節選. 或以隆古之書, 而有零陵·長沙諸號, 笑剿入
者之拙. 嗟乎! 今欲其拙, 不可得也. 孔子曰: '吾猶及史之闕文', 夫史文無闕, 剿入者巧, 而
天下之風俗, 日以澆漓矣."
19 유만주 『欽英』, "余年十三, 始見山海經·穆天子傳, 酷好之, 口誦手謄, 忘日與夜, 以爲古
書之奇, 莫是若也."

유만주가 『산해경』에서 매력을 느낀 이유는 이 책이 "奇"의 풍격을 지니고 있기 때문이었다. 후술하겠지만 『산해경』의 문장은 문학적으로 奇의 美를 지니고 있는 것으로 평가받았던 바, 유만주는 이미 10대 때 이러한 사실을 간파하고 매력을 느껴 이 책을 반복적으로 읽었던 것이다. 유만주는 『산해경』을 읽는 데 머무르지 않고, 『산해경』과 『목천자전』, 그리고 『夏小正』까지 세 책을 모아 한 부의 서적을 편찬하고 이에 대해 서문을 써두기도 하였다. 여기에서는 특히 이 세 책의 문장이 옛 풍격을 간직하고 있음을 긍정적으로 평가하였다.[20]

그러나 다른 한편으로 유만주는 五經의 문장을 따르지 않고 『산해경』과 같이 기이한 문장만을 추숭하는 태도에 대해 비판적인 언급을 남기기도 하였다.

> 五經은 만세의 기이한 문자인데, 海內에서 기이함을 좋아하는 사람들은 도리어 이를 버리고 『山海經』, 『穆天子傳』을 찾으니 역시 비루하다.[21]

위 인용문에서 알 수 있듯, 유만주는 『산해경』의 문장 풍격을 한편으로는 인정하였지만 다른 한편으로는 전통 문장론의 관점에서 『산해경』, 『목천자전』과 같이 경전 이외의 작품을 추숭하는 태도에 대

---

20 위의 책, "其文簡而有法, 質而有章, 求古文于六經之外, 玆其首也."
21 위의 책, "五經是萬世之奇文字. 海內好奇之家, 却去尋 『山海經』·『穆天子傳』, 亦陋矣."

해 비판을 가하였다. 다만 이는『산해경』자체의 가치를 낮게 평가한
것이라기보다는 오경이라는 정통 고전을 도외시한 채『산해경』과
같은 책만을 읽고 모방하려 하는 맹목적 태도를 지닌 사람들에 대한
비판으로 읽어야 타당할 것이다.

추가적으로 한 가지 더 언급하자면, 조선 후기 실학자의 대표 인
물인 朴趾源(1737~1805)과 李德懋(1741~1793) 역시『산해경』의 애독자였
다. 이들은 특히「山海經補」라는 戱文을 지어『산해경』의 내용과 그
문체에 대한 깊은 이해를 보여주고 있다는 점에서 관심을 기울일 만
하다.[22]

한편, 조선 시대에는 개인뿐만 아니라 국가적 차원에서도『산
해경』이 주요 고전의 하나로 다루어진 정황들이 포착된다. 이를
테면 太宗 때 忠州 사고에 소장된 책을 바치도록 명하였는데[23] 여
기에『산해경』이 포함되어 있었고, 成宗 21년에는 각 도의 관찰사들
에게 명하여『산해경』등 다양한 고전을 구해 바치도록 명령한 일이
있었다.[24]

특히『산해경』은 經筵 자리에서 참고 도서로 종종 언급되고 있는

---

22 이와 관련해서는 심경호,「박지원과 이덕무의 戱文 교환에 대하여 : 박지원의『山
海經』東荒經 補經과 이덕무의 注에 나타난 지식론의 문제와 훈고학의 해학적 전용
방식, 그리고 척독 교환의 인간학적 의의」,『한국한문학연구』제31집, 한국한문학
회에서 그 내용과 의미에 대해 심도 있는 논의가 이루어져 있으므로 이 논문에서
는 구체적 논의를 생략한다.「산해경보」는 이덕무의『靑莊館全書』권62, 한국문집
총간 259, 114-115쪽에 수록되어 있다.

23 『朝鮮王朝實錄』태종 12년 8월 7일, "命史官金尙直, 取忠州史庫書册以進, ……山海
經……等書册也."

24 같은 책, 성종 21년 2월 15일, "下書諸道觀察使曰: ……山海經……等册, 廣求道內民
間, 上送."

점이 눈에 띈다. 몇 가지 사례를 들어 보면, 孝宗 1년의 경연에서는 『尙書』 「禹貢」 편을 강독하였는데, 이 과정에서 효종은 『산해경』이 어느 시대에 편찬된 것인지 물으며 관심을 드러낸다. 효종의 질문에 대해 당시 侍講官이었던 洪處尹은 郭璞의 저술이라는 견해를 제시하였고, 역시 시강관이었던 동생 홍처대는 이어서 비슷한 성격의 서적인 『水經』의 작자를 언급하며 보충 설명을 하였다.[25]

영조 14년 10월에는 『左傳』을 강독하다가 莊公 29년 조에 "가을에 蜚가 있었다(秋, 有蜚)"라는 구절에 대해 영조가 蜚가 어떤 곤충인지 궁금해 하면서 『산해경』을 참조하려 한 일이 있었다. 영조는 이 책이 『釋名』과 같은 특성을 지닌 책이라고 하면서 명물 고증을 위해 이 책을 활용하고자 하였던 것이다. 그는 玉堂에 이 책이 있는가 물어보지만 당시 옥당에서는 『산해경』을 소장하지 않았고, 이에 대해 영조는 옥당에 없는 책이 많은 것에 대해 아쉬움을 표시하면서 이야기를 마친다. 영조가 궁중에 『산해경』이 있을 것이라고 생각한 이 대목은 『산해경』이 참고서로서의 가치를 어느 정도 인정받고 있었음을 잘 보여주는 사례이다.[26]

영조 23년 11월에는 평안도 지역에서 괴이한 짐승의 가죽을 진상하자 『산해경』에서 어떤 짐승인지 찾아보라고 명한 일이 있었다. 그 장계에는 짐승의 모습이 상세히 묘사되어 있는데, 『산해경』에서 대

---

25 『承政院日記』효종 1년 11월 11일, "上曰: '山海經, 何時出耶?' 處尹曰: '或云郭璞所著云.' 處大曰: '觖卽樂史所著, 水經卽酈道元之書也.'"

26 같은 책, 영조 14년 10월 19일, "上又曰: '秋有蜚', 蜚是何蟲耶? 山海經似有釋名, 玉堂有山海經乎? 注書出去, 問有無於玉堂, 可也.' 聖運趨出, 持册置簿入達曰: '無之矣.' 上曰: '玉堂多所無之册, 殊可怪也.'"

상을 묘사한 수법과 상당히 닮아 있음을 볼 수 있다.[27]

III. 『조선 후기 문인들의 『산해경』 수용과 그 특징

1. 『산해경』의 존재 가치에 대한 논의

『산해경』이 많은 문인들의 애독서로 자리를 잡게 되면서, 『산해경』의 존재 가치에 대한 논의도 이루어졌다. 기실 정통 儒家의 입장에서 『산해경』은 허무맹랑한 이야기와 인물, 사물 등이 나열된 雜書라고도 볼 수 있었기 때문에 이를 읽는 데 대해서 나름의 변명이 필요했던 것이다. 이와 관련하여 桂德海(1708~1775)를 주목할 필요가 있다. 이 주제에 대해 이 두 사람이 본격적인 논설을 남겼기 때문이다.

桂德海는 수십 조목에 걸쳐 『산해경』의 작자와 구성, 존재 의의 등의 문제를 두루 해설한 「山海經本義」를 저술하였다. 이 저술은 우리나라 문인으로서는 유일하게 『산해경』에 대해 다방면으로 논의한 것으로 중요한 의미를 지니고 있다. 계덕해는 「산해경본의」에서 몇 조목에 걸쳐 이 책의 존재 가치를 다음과 같이 해설하였다.

---

27 같은 책, 영조 23년 11월 5일, "在魯曰: '平安兵使, 有怪獸皮上送者, 而觀其狀啓, 則此獸形詭怪, 前足虎爪, 後足熊蹄, 毛似山羊, 頭如馬鼻如豬, 能嚙人食馬牛, 故發砲殪之, 剝皮上送云矣.' 上曰: '入之.' 史官持入, 上曰: '此皮, 大乎?' 聖應曰: '大於中虎矣.' 上曰: '何獸也?' 諸臣或言駁或言獏. 上曰: '山海經入之.' 羽良曰: '此非吉祥善兆也.' 上曰: '出去之.'"

세상 사람들은 일정함常이 있다는 것만 알고 괴이함怪이 있다는 것
은 알지 못하다가 갑작스럽게 괴이함을 만나게 되면 기와 혼을 빼앗기
지 않음이 없으며, 바름正이 있다는 것만 알고 변화變가 있다는 것은
알지 못하다가 갑작스럽게 변화를 만나게 되면 마음과 담력이 흔들리
지 않음이 없게 된다. 이 책에 적힌 말이 괴이함과 변화를 극도로 다한
이유는 이것 때문이 아니겠는가.[28]

일정하면서 올바른 것은 세상의 안쪽이고 괴이하면서 변하는 것은
세상의 바깥쪽이다. 학자가 단지 일정하고 바른 것만을 익힌다면 일정
하고 바른 것이 일정하고 바르다는 것을 알지 못할 될 것이다. 일단 세
상 바깥쪽의 괴이하고 변하는 사물을 살펴본 후에야 비로소 일정하고
바름에 대해 알게 된다. 그렇다면 이 경전에 적힌 괴이하고 변하는 일
들은 그 의도가 괴이하고 변하는 일에 있는 것이 아니라 일정하고 바
른 것을 위하여 가설된 것일 따름이다. 이를 어찌 세속 선비들과 말할
수 있겠는가.[29]

이 두 조목에서 계덕해가 공히 강조하고 있는 것은 우리가 사는
세계의 일정함常과 올바름正을 깨우치기 위해서는 『산해경』과 같이

---

28 桂德海「山海經本義」,『鳳谷桂察訪遺集』권8, 한국문집총간 속78, 508쪽, "世人只知
有常而不知有怪, 猝然遇怪, 靡不失氣喪魄; 只知有正而不知有變, 猝然遇變, 靡不震心掉
膽. 此書之言, 所以窮怪極變者, 其以此歟!"

29 같은 글, "常而正者, 方之內也; 怪而變者, 方之外也. 學者只習於常正, 則不知常正之爲
常正也. 一窺乎方外怪變之事物, 然後始知其常正也. 然則此經所書之怪變, 意不在於怪
變, 乃爲常正而設焉耳, 豈可與俗士道哉!"

기이하거나 변화무쌍한 존재들에 대해 서술한 책을 읽는 것이 필요하다는 점이다. 다시 말해 올바른 세계 인식을 위해서는 보통의 경우라면 관심을 두지 않을, 세계 바깥의 사정에 대해서도 관심을 가져야 한다는 논리이다. 이 논리를 수용한다면 『산해경』을 읽는 것은 단순히 괴이한 것, 신기한 것에 대한 異常的 관심의 결과가 아니라, 正道에 따라 인간 세계의 올바름을 제대로 인식하기 위한 다양한 방법 중의 하나로서 긍정적 측면이 부각된다. 뿐만 아니라 첫 번째 인용문에서 볼 수 있는 바와 같이 세상의 변화에 올바로 대처하기 위해서라도 기이한 세계의 변화를 담아낸 『산해경』을 읽을 필요가 있게 된다.

결국 그는 『산해경』 열독의 가치를 일종의 반면교사의 역할에서 찾고 있는 셈이다. 다만 그는 이러한 논리가 그의 의도대로 수용되지 않을 가능성에 부담을 느꼈던 듯, 이러한 논의는 세속 선비들과 함께 이야기할 수 없는 것이라고 하면서 스스로를 변호하고자 하였다.

이와 더불어 계덕해는 이 책에 등장하는 다양한 신화적 존재들과 그들의 이야기들을 어떻게 인식해야 하는지에 대해서도 자신의 견해를 제시하였다.

전부 믿을 수 있냐고 말한다면 적혀 있는 말들이 대부분 우활하고 허탄하여 일리가 없고, 믿지 않아도 되냐고 말한다면 盜械나 畢方 등이 때로 증거가 있다. 그렇다면 어떻게 해야 하는가? 천지가 혼돈 상태에 있던 태초에는 음양의 기운이 뒤섞여 있었다는 관점에서 살필 따름

이다. 천지가 이미 바로잡히고 음양이 정해진 후에는 이러한 사물이나 이러한 일은 없게 되었다.[30]

『산해경』의 다양하고 기괴한 이야기들은 그것이 사실이라고 완전히 신뢰하기에도, 사실이 아니라고 완전히 부정하기에도 애매한 점이 있다. 이러한 인식상의 난점을 해결하기 위해 계덕해는 음양의 지위가 정해졌는가 여부를 기준으로 그 이전에는 기괴한 이야기나 사물이 충분히 있을 수 있었고, 그 이후로는 그러한 일들이 일어날 수 없다는 주장을 제시하였다. 앞서 『산해경』의 존재 의의를 논한 인용문과 결부시켜 생각해 본다면 전자는 變의 세계이고 후자는 正의 세계이다. 계덕해의 논리에 의해 독자들은 正과 變이 혼재되어 있는 『산해경』의 세계를 혼란 없이 인식할 수 있게 되는 것이다.

이처럼 비교적 소극적으로 『산해경』의 존재 가치를 인정하는 태도는, 유가적 합리주의가 지배적이었던 조선 사회에서 당연한 것이었다고 볼 수 있다. "子不語怪力亂神"으로 대표되는 유가적 세계관에서 『산해경』은 받아들여지기 곤란한 책이었기 때문이다. 그럼에도 불구하고 이처럼 『산해경』의 존재 의의를 변호하려는 시도가 있었다는 사실은 『산해경』이 생각 외로 많은 사람들의 관심과 열독, 수용이 있었다는 사실을 간접적으로 보여주고 있다고 생각된다.

---

30 같은 글, 510쪽, "謂可以盡信乎, 則所書之言, 率多迂誕無理; 謂可以勿信乎, 則盜械畢方, 時或有徵. 然則奈何? 以天地鴻蒙之初, 陰陽氣機之雜觀之而已矣. 天地旣正, 陰陽旣定之後, 則乃無是物與是事矣."

2. 名物 및 地理 고증을 위한 참고 자료

『산해경』은 그 제목에서도 알 수 있듯 산과 바다, 다시 말해 지리학적 내용을 담고 있는 책이었기 때문에 지리 고증을 위해 매우 빈번히 활용되었고, 다른 한편으로는 다양한 짐승에 대한 정보가 실려있기 때문에 명물 고증을 위한 참고 자료로서도 활용되었다.

앞서 잠깐 언급한 바 있는 李德懋는 다양한 지적 편력을 통해 다수의 筆記 散文을 저술하였는데, 이들 저술에서 『산해경』이 매우 빈번하게 물명 고증을 위해 인용된다. 그의 필기 산문 중 저명한 「耳目口心書」에 모두 4차례나 『산해경』이 인용되어 있는 것을 비롯하여 그의 문집인 『靑莊館全書』에는 11차례나 『산해경』의 제목을 직접 언급하면서 이 책의 내용이 인용되고 있음을 볼 수 있다.[31]

한편 洪良浩(1724~1802), 成海應(1760~1839), 丁若鏞(1762~1836) 등 조선 후기에 訓詁學과 考證學을 학문 방법으로 선택했던 지식인들은 『산해경』을 즐겨 활용하는 면모를 보인다.

홍양호는 조선 후기 고증학의 보급에 큰 역할을 한 인물 중 한 사람으로, 다양한 분야에 걸친 폭넓은 학적 관심을 소유한 학자였다. 그는 다양한 지식을 섭렵해 나아가면서 이를 자신의 관점에서 재정리하는 작업을 통해 방대한 학문 체계를 구축하였다. 이 과정에서 『산해경』은 참고 자료로 유용하게 활용되었다. 몇 가지 사례를 들어

---

31 이는 한국고전번역원에서 구축한 한국고전종합DB(http://db.itkc.or.kr/)를 검색하여 얻은 결과이다.

보면, 그는 경전의 난해구를 풀이한 「羣書發牌」에서 소를 농사에 이용하게 된 내력에 대해 정리하면서 『산해경』을 인용한 적이 있다.

> 小說家들은 漢나라 때 趙過가 처음 소로 밭을 갈았고 그 이전에는 대개 모두 사람이 밭을 갈았다고 한다. 『산해경』을 살펴 보면 "后稷의 손자 叔均이 처음 소로 밭을 갈았다."라고 하였다.[32]

위 인용문에서 『산해경』은 기존의 잘못된 지식을 바로잡는 유력한 근거 자료로서 기능하였다. 일반적 주장에 대해 반론을 제기하면서 자신의 견해를 직접 드러내지 않고 자료 제시에만 그치는 모습에서 그가 얼마나 고증적 태도에 철저하였는가를 알 수 있을 것이다.

홍양호는 또한 지리 고증에서도 『산해경』의 내용을 인용하고 있다. 즉 북쪽 국경 지역에 대한 정보를 정리한 「北塞記略」 중 「白頭山考」에서 백두산과 관련된 정보를 나열하면서 『산해경』의 不咸山 관련 서술을 직접 인용하고 있는 것이다. 백두산과 불함산이 직접적 관련이 없어 보임에도 불함산 관련 서술을 인용하는 이유는 백두산이 곧 옛날 불함산이라고 생각하는 사람들이 있었기 때문이다. 이에 홍양호는 『산해경』 외에도 『晉書』, 『東史』 등의 문헌에서 관련 자료를 인용한 뒤, 그러한 기존 견해에 의문을 제기하였다.[33]

---

32 洪良浩 「羣書發牌」, 『耳溪集』 외집 권8, 한국문집총간 242, 287쪽, "小說言: 漢趙過始爲牛畊, 前世蓋皆人畊也. 按山海經日: '后稷之孫叔均, 始作牛畊.'"

33 홍양호 「白頭山考」, 같은 책, 외집 권12, 364쪽, "按不咸山, 據東史, 北沃沮·鞨鞨, 皆云在不咸山北. 以此推之, 似在我國界內, 而不知何山爲古之不咸也. 今以白頭山稱之不咸者, 何所據歟?" 홍양호의 이러한 견해는 백두산이 『산해경』에는 불함산으로 되어

　이처럼 다양한 문헌 자료를 인용하고 그 안에서 자신의 주장을 정리해 나아가는 방식은 고증학적 학문 태도의 기본이라 할 수 있다. 홍양호는 이 과정에서 『산해경』을 적극 인용함으로써 조선 후기 『산해경』 수용의 한 특징을 잘 보여주고 있다.

　성해응은 홍양호와 마찬가지로 폭넓은 학문적 관심을 지니고 있었던 바, 특히 지리학, 그중에서도 국토에 대한 疆域意識에 큰 관심을 가지고 방대한 저술을 남겼다.[34] 그는 우리 국토의 경계를 다양한 지면을 통해 논하면서 그 근거로 『산해경』의 내용을 여러 차례 인용한 바 있다. 이는 그의 고증학적 학문 방법의 산물로, 다양한 문헌 자료를 토대로 사실 관계를 정리하는 것을 중요하게 여겼던 그의 태도를 살필 수 있다. 이를테면 그는 洌水에 대한 정보를 정리하면서 『산해경』 주석에서 열수가 帶方에 있다고 한 것을 인용한 뒤 대방은 長湍 등지라고 설명을 부기해 두어[35] 열수의 위치에 대한 자신의 견해를 드러내었다. 또 서북 지역의 지리를 고증하면서 『산해경』의 不咸山 관련 기록을 인용[36]하여 다른 문헌 근거들과 함께 참고하게끔 배열해 놓기도 하였다.

　　있다고 본 李萬敷의 견해와는 대비되는 것이다. 李萬敷「白頭」, 『息山集』 별집 권4, 한국문집총간 179, 96쪽, "山海經作不咸山."

34　일례로 우리나라의 강과 샘에 대한 사실을 정리한 「東水經」, 서북 지역의 강역에 대해 논한 「九城考」, 「西北疆域辨」, 「西北邊界考」, 「四郡考」 등이 있다. 성해응의 지리학적 관심 및 그 문학적 형상화에 관해서는 손혜리 『연경재 성해응 문학 연구』, 소명출판, 2011 제7장 참조.

35　成海應「洌水辨」, 『研經齋全集』 권15, 한국문집총간 273, 350쪽, "又按山海經注: '洌水今在帶方, 帶方有列口縣', 帶方今長湍等地, 列口卽通津府."

36　「西北疆域辨下」, 같은 책, 권48, 한국문집총간 273, 327쪽, "山海經: 太荒之中有山, 名曰不咸, 有肅愼氏之國."

　정약용은 매우 다양한 방면에서『산해경』을 효과적으로 활용했던
학자다. 우리는 그의『我邦疆域考』,『大東水經』과 같은 지리학 저술,
『詩經講義』나『尙書古訓』과 같은 경학 저술 등에서 폭넓게『산해경』
이 인용되고 있음을 어렵지 않게 확인할 수 있다.

　경학 저술의 사례를 보면,『시경』의 경우에는 다양한 동물과 식물
들이 등장하는데, 이에 대해 구체적으로 이해하기 위해서는『산해경』
은 더없이 좋은 참고 자료였다. 예를 들어「鄘風」에 등장하는 '干旄'
에 대한 설명을 위해『산해경』을 인용하였고,[37]「周南」에 등장하는
'樛木'을 설명하기 위한 보조 자료로『산해경』을 인용하기도 하였
다.[38] 그밖에도 그는『尙書』「禹貢」편의 水路에 대한 해설을 위해서
도『산해경』을 즐겨 인용하였다.

　정약용이『산해경』의 내용을 어디까지 신뢰하고 있었던가는 확인
할 수 없으나, 적어도 경학 논의에서 이 책을 적극적으로 활용하고
있다는 점을 통해 그가 이 책에 상당한 신뢰를 가지고 있었음이 확
인된다.

　이상에서 살핀 고증적 태도에서의『산해경』수용은 조선 후기 학
자들이 이 책의 내용을 어느 선까지는 사실로 받아들이고 있었음을
보여주고 있기도 하다. 특히『산해경』의 지리학적 내용들은 국토지
리에 대한 논술에서 빠짐없이 근거 자료로 활용되고 있는 점을 볼

37　丁若鏞「詩經講義」권1,『與猶堂全書』제2집 經集 권17, 한국문집총간 282, 401쪽,
　　"又按山海經: 潘侯山有獸, 狀如牛而四節生毛, 名曰旄牛, 一名犏牛."

38　정약용「詩經講義補遺」, 같은 책, 권20, 465쪽, "山海經曰: '南方有木, 其狀如穀; 西方
　　有木, 其實如棗.'"

때, 조선 후기 지식인들은 지리서로서의 『산해경』의 가치를 적극적
으로 인정하고 있었다. 따라서 『산해경』을 실용적 차원에서 활용하
는 것이 조선 후기 지식인들의 『산해경』 수용의 한 특징적 면모라 파
악해도 좋을 것이다.

3. 『산해경』의 문학적 가치에 대한 인식

『산해경』은 문학적의 측면에서도 많은 이들의 관심을 끈 고전이
었다.[39] 특히 많은 문인들은 『산해경』을 紀物文의 한 전범으로 이해
하는 한편으로, 그 문체의 "奇"와 "古(혹은 古簡)"의 측면에 주목하여
관련 논의를 펼쳤다.

『산해경』을 기사문의 전범으로 이해한 문인으로는 앞서 언급하였
던 申維翰과 함께 金相定(1722~1788)을 들 수 있다.

> 사물을 기록한 문장은 「禹貢」을 鼻祖로 하여 「考功記」, 『山海經』, 『汲
> 冢書』에 이르렀으니, 빛나기는 玉璧과 같고 소리는 琅璆와 어울린다.[40]

신유한은 文을 紀事文, 紀言文, 紀物文의 셋으로 분류하고, 이중

---

39 『산해경』의 문학적 가치를 분석한 연구 성과로 郭預衡 『中國散文史』, 上海古籍出版
社, 1986 ; 郭莲花 「柳宗元与《山海经》」, 『柳州师专学报』, 第23卷 第5期, 2008年 10月 ;
王玲 「《山海经》的山水游記文學特色與審美意蘊」, 碩士學位 論文, 寧夏大學, 2014 ; 刘
森 「山海经对后世文学创作的影响」, 『山海经』 2016年 2月 등을 참조할 수 있다.

40 신유한 「與任正言論文書」, 『青泉集』 권3, 한국문집총간 200, 285쪽, "紀物之文, 祖禹
貢, 以及考功記·山海經·汲冢書, 光如玉璧, 音中琅璆."

기물문의 경우『尚書』「禹貢」편이 시초가 되어 그 흐름이『산해경』과『周禮』의「考工記」,『汲冢書』에까지 이어져 내려왔다고 분석한다. 기사문을 서사문, 기언문을 논설문으로 본다면 기물문은 사물 내지는 사실에 대한 충실한 설명이 위주가 되기 때문에 설명문이라고 할 수 있을 것이다. 그러므로 신유한은『산해경』이 어떤 대상에 대해 충실히 설명 내지는 묘사한 것이 그 문체 특징이라고 생각하였던 것이다.

『산해경』이 산과 강, 바다 등의 자연물의 위치를 상호 관계 안에서 설명하고, 그 자연물에 서식하는 동식물을 세밀히 묘사하는 것이 주된 내용이라는 점을 고려한다면,『산해경』이 기사문의 모범 중 하나가 된다는 신유한의 생각은 타당성을 지닌다고 할 수 있다.

조금 뒷 시기에 생존했던 김상정 역시 신유한의 이러한 견해를 이어받아『산해경』은 記의 양식이라고 보았다.

> 『周易』「繫辭傳」,『禮記』「樂禮」 등의 편은 序의 체재이고,『尚書』「禹貢」,『산해경』의 부류는 記의 체재인데, 단지 서나 기라고 부르지 않았을 따름입니다.[41]

『상서』「우공」편과『산해경』을 記의 일종으로 본 데서 신유한과의 유사점이 발견된다. 주지하다시피 記는 특정 대상에 대한 기록이

---

41 金相定「答有道書」,『石堂遺稿』권1, 한국문집총간 속85, 21쪽, "如易繫·樂禮諸篇, 是序體, 禹貢·山海經之流, 是記體, 特未曰序曰記耳."

위주가 되는 문체이므로[42] 사실을 충분히 설명하는 것이 그 미적 가
치의 핵심이다. 이점에서 다양한 산수와 짐승, 초목 등에 대해 묘사
하고 있는 『산해경』은 記의 일종이라 볼 수 있다.

『산해경』은 문인들에게 기물문으로 인식되는 한편으로 기이하면
서古 예스러운古 문장의 전범으로도 이해되었다. 『산해경』의 기이한
문체에 주목한 논평을 몇 가지 들어 보면 다음과 같다.

> 내가 생각하기에 고금의 문장이 역시 많다. 그런데 천고 이래로『山
> 海經』,『穆天子傳』,『離騷』,「大招」를 가장 기이한 것으로 친다.[43]

> 나는 나이 열세 살 때 처음『山海經』과『穆天子傳』을 보고는 매우
> 좋아하여 입으로 외고 손으로 베끼느라 밤낮을 잊고 지내면서 이보다
> 더 기이한 古書는 없다고 여겼다.[44]

위 두 인용문에서는 『산해경』을 『목천자전』과 함께 기이한 문체
를 대표하는 작품으로 거론하고 있다. 그렇다면 『산해경』의 어떤 점
이 기이한 문체로 받아들여졌던 것일까?

이는 크게 두 방면에서 접근이 가능할 것으로 생각된다. 첫째는

---

[42] 전통적인 記는 대상에 대한 충실한 기록이 正格이었으나 조선 중기 이후로는 기록
보다는 議論의 비중이 대폭 확대되면서 變格이 위주가 된다. 이와 관련해서는 안세
현 「조선중기 누정기 연구」, 박사학위논문, 고려대학교 대학원, 2009 참조.

[43] 俞漢雋 「海嶽集序」, 『自著準本』1, 한국문집총간 249, 517쪽, "余惟古今文章亦衆矣,
然千古以來稱山海經·穆天子傳·離騷·大招爲最奇."

[44] 각주 18과 같은 곳.

그 주제와 소재 상의 기이함이다. 주지하다시피『산해경』에는 산과
강, 바다 등 자연물의 배치와 함께 여기에 살고 있는 괴수, 초목, 짐
승 등 다양한 형상이 설명되어 있다. 또한 실제로는 존재하지 않으
리라 생각되는 다양한 국가들과 거기에 사는 다양한 괴인, 괴수 등
에 대한 묘사가 가득하다.[45] 예를 들어「大荒南經」에는 몸에서 털과
깃털이 자라나는 사람들이 사는 羽民之國, 알을 낳는 사람들이 사는
卵生之國에 대한 설명이 있다.[46] 이는 당연히 실제로 존재하지 않은
신화적인 내용이다. 하지만 이렇게 실제로 존재할 수 없는 대상의
등장은 그 자체로 독자들에게 기이한 느낌을 주게 된다. 이것이『산
해경』의 주제 및 소재 상의 기이함이라고 할 수 있다.

두 번째는 글쓰기 상의 기이함이다.『산해경』의 문체는 사실 전달
이라는 측면에 충실하다 보니 주관성을 최대한 배제하고 객관적 시
각에서 대상을 설명하거나 묘사하는 것에 중점이 맞추어져 있다. 작
가의 주관이 배제된 문체는 독자들에게 낯설다는 느낌을 주게 되는
바, 이것이『산해경』의 문체적 특징의 하나이다.『산해경』이 많은 독
자를 확보할 수 있었던 원인 중의 하나는 이렇게 내용과 문체 양 측
면에서의 기이함이 후대 독자들의 흥미를 끌었기 때문으로 이해할
수 있으리라 생각된다.

다음으로『산해경』문체의 '예스러움古'에 대해 살펴 본다.『산해
경』에 대해 언급한 많은 논자들은 그것의 문체가 예스럽다는 데 대

---

45 특히「大荒經」에 그러한 내용들이 집중되어 있다.

46 『山海經校注』권10,「大荒南經」, 上海古籍出版社, 1985, 423-424쪽, "有羽民之國, 其
民皆生毛羽. 有卵生之國, 其民皆生卵."

부분 이의를 제기하지 않는다. 다시 유만주의 해설을 본다.

> 『山海經』, 『夏小正』, 『穆天子傳』 이 세 책은 지금과의 거리가 삼사
> 천 년을 헤아린다. 그 문장은 간결하면서도 법도가 있고 질박하면서도
> 아름다워 육경 밖에서 고문을 찾는다면 이것이 으뜸이 된다. …… 요
> 컨대 이 세 책은 모두 옛 문장이다. 살필 만한 것이 있는데 어찌 온전한
> 책이 아니라고 홀대하겠는가. 그러므로 나는 그를 존중하여 육경 다음
> 에 놓고 그 대략을 서술하여 欽古堂에 소장해 둔다. [47]

앞서 잠깐 언급하였듯 유만주는 『산해경』, 『하소정』, 『목천자전』
세 부의 도서를 모아 한 질의 책을 만들었다고 하였던 바, 위 인용문
은 바로 그 책에 붙인 서문이다. 그는 이들 책의 문체상의 특징으로
"간결하면서도 법도가 있고" "질박하면서도 아름다운" 것을 거론하
면서 육경 이외의 고문을 찾는다면 바로 이 책들에서 찾아야 한다고
역설하였다. 간결함과 질박함은 바로 선진 시대 고문의 특징으로 종
종 언급되는 것인 바, 유만주는 『산해경』을 비롯한 위 책들이 바로
이러한 풍격을 잘 지키고 있어 그야말로 古文이라고 인정할 수 있음
을 긍정적으로 평가하였다.[48] 나아가 그는 이들이 후대 사람들의 손

---

47 유만주 『흠영』, "山海經·夏小正·穆天子傳, 是三書去今歲以千計者, 四之或三之. 其文
簡而有法, 質而有章, 求古文于六經之外, 玆其首也. …… 要大三書者, 皆古之文也. 有可
以觀焉, 安可以非全書而忽之哉? 余故尊之, 副諸六經, 因叙其略, 藏之欽古."
48 그런데 유만주는 다른 지면에서는 『산해경』의 예스러움은 순정하지 못한 것이라
하면서 비판적으로 평가하는 모습을 보여주기도 한다. 다만 이는 『산해경』을 『상
서』와 비교한 데서 얻어진 결론으로, 정통 유가 경전인 『상서』에 비한다면 그것은

231

을 많이 타 순정한 고문이라고 할 수는 없으나 그럼에도 그중에 분명히 선진 시대의 고문인 것이 있기 때문에 그 가치를 폄훼할 수 없음을 강조하기도 하였다.

한편 李源祚는 「山海經辨」에서 『산해경』의 문체의 기이함을 지적한 바 있다.

> 그 文辭를 취한다면 예스럽고古 군건하여健 『莊子』, 『穆天子傳』의 남은 뜻이 있으니, 나 역시 일찍이 즐겨 읽었다.[49]

이원조는 『산해경』 문체의 특징을 "古健"이라고 파악하고, 이러한 문체적 특징은 『莊子』 등과 접점을 지니고 있다고 평가하였다. 결국 이원조의 이같은 평가는 앞서 유만주의 경우와 마찬가지로 『산해경』을 선진 시대의 예스러운 풍격을 보존하고 있는 古文으로 이해하고 있음을 잘 보여주는 사례이다.

『산해경』의 奇古한 문체적 특징은 특히 山水遊記 문학에 직접 계승되어 많은 영향을 미쳤다.[50] 유기 문학에 뛰어났던 저명 작가 柳宗元은 『산해경』의 문체를 잘 구사하였다는 평가를 받고 있다.[51] 이는

순정하지 못한 잡박한 글이라는 의미이다. 『산해경』 자체가 절대적으로 순정하지 않은 문체라는 의미로 보기는 어렵다. 같은 글, "神禹治水之文, 禹貢是也, 山海經不足信也. …… 山海·穆傳之文, 古而不出於聖人, 故鑿而甚勞. 此古文純駁之異也."

49 李源祚 「山海經辨」, 『凝窩集』 권16, 한국문집총간 속121, 322쪽, "取其文辭, 古健有漆書·竹簡遺意, 則余亦嘗愛讀之."

50 王玲, 앞의 논문 참조.

51 郭蓮花, 앞의 논문 참조.

중국에서의 평가일 뿐만 아니라, 조선후기의 문인들 역시 그러한 견
해를 보여준다.

> 子厚의 山水記는 고금에서 으뜸이다. 「遊黃谿記」와 「柳州山水記」
> 는 완전히 『산해경』을 모의하여 절로 기이하고奇 예스럽다古. 나머지
> 여러 작품들은 모두 정신과 의경이 모여 筆墨의 길 바깥에 있다. 보통
> 사람이 각고하여 노력한 곳에는 베어내고 평범한 사람이 몹시 애쓴 곳
> 에는 자르고 깎아낸 흔적이 있지만 자후는 각고할수록 자연스러우니,
> 일단의 정신에 어둡지 않은 것을 스스로 지니고 있기 때문이리라.[52]

조선의 마지막 文衡이었던 金允植의 평가다. 유종원의 산수유기
의 뛰어남을 언급하면서 그 문체 특징으로 "奇古"를 들고, 그 연원이
『산해경』에 있다고 하였다. 작품에 대한 구체적인 비교 분석은 별도
로 이루어져야 할 것이지만, 어쨌거나 유종원의 장기인 산수유기가
『산해경』을 학습한 결과라는 인식은 『산해경』이 문장 수련을 위한
교재로도 활용되었을 가능성이 충분하다는 점을 잘 보여준다.

이와 관련하여 申維翰은 『산해경』과 『장자』 읽기를 좋아하여 奇
의 문장을 추구하는 甥姪 張漢師에게 유종원의 문장 50편을 뽑은
『鵝山桂石』이라는 선집을 만들어 준 적이 있다.[53] 여기에서도 『산해

---

52 金允植 「八家涉筆上」, 『雲養集』 권14, 한국문집총간 328, 493쪽, "子厚山水記, 冠絶古
今. 遊黃谿記及柳州山水記, 全摹山海經而格自奇古. 其他諸作, 皆神與境會, 都在筆墨蹊
徑之外. 凡人刻苦處, 便有斧鑿之痕, 子厚愈刻愈天然, 蓋其一段精爽, 自有不昧者存."
53 신유한 「書鵝山桂石卷」, 『靑泉集』 권6, 한국문집총간 200, 363쪽, "…… 吾甥張君漢
師, 性孤潔, 聰明强記, 少喜讀山海經·靑牛書, 不肎事世間菽粟語. 余或呵之, 謂‘爾癖於

경』의 기이한 문체는 유종원의 그것과 직접 관련되는 바,『산해경』
이 유종원, 나아가 동아시아 산수유기 전반에 끼친 영향을 짐작할
수 있게 해준다.

Ⅳ. 맺음말

중국의 오래된 지리지이자 신화집인『山海經』은 오랜 기간 동아
시아 사상, 문학, 풍속 등에 많은 영향을 미친 고전 작품이다.『산해
경』은 비교적 이른 시기에 우리나라에 전래되어 1700여 년 가까이
우리 문인들에게 읽히고 해석되면서 다양한 양상으로 수용되어 왔
다. 본 논문은 특히『산해경』이 다방면으로 활용되었던 것으로 생각
되는 조선 후기에 초점을 맞추어, 조선 후기 문인들이『산해경』을 어
떻게 인식하고 수용하였는가를 검토하였다.

『산해경』은 이미 삼국시대에 우리나라에 전해져 영향력을 행사하
였던 것으로 생각된다. 삼국시대 인물들의 작품에서『산해경』에 등
장하는 인물이나 신, 괴수 등이 종종 등장하는 것을 그 증거로 들 수
있다. 조선 시대에 접어들게 되면 문인들은 이전 시대에 비해 더 적
극적으로『산해경』을 읽고 이에 대한 논의를 펼치며 관련 작품을 창
작하는 등 활발하게『산해경』을 수용하였다.

好奇, 勉自強, 毋甚高論, 以子厚爲師何如?' 卽笑而應曰: '可也簡.' 遂抄其文各體五十篇,
錄成一卷, 簡簡琅玕之言, 余手書其目曰鼇山桂石. ……"

조선 후기 문인들은 『산해경』의 존재 의의에 대한 다양한 논의를 통해 그 가치를 적극적으로 인식하는 한편으로, 이 책을 문헌 고증을 위한 참고 자료로 사용하는 경우가 많았다. 특히 성해응, 정약용, 홍양호 등 조선 후기에 훈고학과 고증학을 연구 방법으로 삼은 학자들에게서 『산해경』의 인용은 두드러지는 현상이었다. 한편, 문학적 측면에서 『산해경』은 '奇'와 '古'의 문체의 한 전범으로 인식되어 조선 후기 한문산문의 '기'와 '고' 취향에 일조한 측면이 인정된다.

한·중·일 동아시아 신화의
문화적 교차

제9장

일본 시코쿠지역의
고대한국계 신사(사원)와 전승

노 성 환

I. 서론

일본에는 한국과 관련된 유적이 없는 곳이 한군데도 없다고 해도 과언이 아니다. 그만큼 한국과 일본은 고대로부터 밀접한 관계에 있었음을 방증하는 것으로 볼 수 있다. 본고는 그 중에서 본토의 남쪽에 위치한 시코쿠四国지역에 분포되어있는 고대한국과 관련된 신사와 사원에 대해 조사보고서이다.

흔히 시코쿠라고 하면 혹자는 88개소의 영장을 차례로 도는 순례자들을 떠올리는가하면, 혹자는 임진과 정유의 왜란을 통해 끌려간 조선인 포로들을 연상할지도 모른다. 강항과 정희득과 같은 조선의 지식인들이 모두 당시 시코쿠에 억류되어 있었던 포로들이었다.

이러한 시코쿠에 고대 한국계 신사와 사원으로는 어떠한 것들이 있을까? 유감스럽게도 여기에 대한 우리 측의 연구는 거의 전무하다고 해도 과언이 아니다. 이 점은 일본 측에 있어서도 예외는 아니다. 우리들에게는 그곳이 본토가 아니며, 또 중앙으로부터 멀리 떨어져 있기 때문에, 그리고 일본인에게는 자신들과 직접적인 관련성을 가지는 것이 아니기 때문에 비교적 관심이 적었는지 모른다.

그러나 여기에 지대한 관심을 가지고 일련의 글을 쓰는 사람이 있다. 그는 다름 아닌 재일 작가 김달수金達壽이다. 그는『일본 속의 조선문화』라는 제목으로 일본 전역을 여행하면서 고대 한국과 관련된 유적들에 대해 글을 쓴 적이 있다. 그러한 작업의 일환으로 그는 시코쿠 지역에 대한 글을 쓰면서 한국과 관련된 신사들을 소개하고 있는 것이다.

그의 글은 현지답사를 통해 얻어진 자료를 바탕으로 주관적인 해석을 가미하여 소개하고 있기 때문에 일반인뿐만 아니라 연구자들에게도 크게 도움이 되는 것은 사실이다. 그러나 그의 글이 기행문의 형식을 취하고 있기 때문에 첫째, 답사하지 못한 유적들에 대해서는 쓸 수 없다는 점이다. 둘째, 특정 주제에 대해 학문적으로 깊은 논의보다도 일반인들의 이해를 돕기 위한 상식적인 수준을 글을 쓸 수밖에 없다는 점이다. 셋째, 시대 및 항목별로 구분될 수 없었다는 점이다. 넷째, 일본문화의 원류를 한국에서 찾으려는 경향이 강한 일본인 연구자의 해석을 여과 없이 소개하는 일도 많아 객관성이 결여된 경우도 적지 않다는 점이다. 다섯째, 범위를 확대하여 무리한 해석이 가해진 경향도 없지 않다는 점이다.

가령 그는 도쿠시마의 나루토에 있는 오아사히코신사大麻比古神社를 고구려 이주계 인베씨忌部氏의 선조신을 모신 곳이라 단정했다. 그 이유로 일본에서 모시를 심은 자가 고구려인이며, 인베씨와 관련이 있는 구레하토리吳織라는 지명 중 구레는 고구려의 구려를 나타내는 것이라는 점을 강조했다.¹ 그러나 과연 일본에서 최초로 모시를 심은 자들이 고구려인이며, 또 구레하토리의 '구레'는 고구려를 나타내는 것인지 구체적인 증거가 없다. 그러므로 이러한 해석은 어디까지나 개인적인 의견일 뿐 고구려의 것이라고 확증할 수 있는 것들이 아니다. 그리고 신라가야계로 보는 하타씨秦氏와 백제계 후손으로 알려져 있는 행기行基스님과 관련된 사찰도 포함시켰다. 그러나 여기에도 문제가 없는 것이 아니다. 하타씨는 고대한국계 이주인이라는 점은 거의 학계에서도 정설화되어 있긴 하나, 그들의 원향이 불분명하고, 그 집단마저 워낙 비대하여 그것에는 가야인, 신라인 이외에도 일본인 및 기타의 사람들도 들어있었을 가능성도 얼마든지 있다. 그리고 행기가 비록 그의 출자가 백제계라 할지라도 재일 2세도 아니고 몇 대를 거친 백제계의 후손이기 때문에 그를 포함시킬 경우 그 범위가 무한정으로 확대되어 객관성과 신뢰성을 잃어버릴 가능성도 높다.

그럼에도 불구하고 현장중심으로 한 그의 작업은 시코쿠의 한국계 신사와 사원을 찾는 데 있어서 선구자적인 위치에 있는 것은 누

---

1 金達寿「日本のなかの朝鮮文化(11) -阿波, 土佐(徳島県, 高知県)-(2)」『季刊 三千里』 40, 三千里社, 1984, 221쪽.

구도 부인할 수 없을 것이다. 그리하여 본고에서는 선행 작업인 김 달수의 작업을 재검토하는 것을 출발점으로 삼되, 그 대상은 가능한 한 애매한 것들은 배제하고, 확실한 것들을 중심으로 다루되, 한반 도에 존재했던 고대국가의 권역별로 나누어 살펴보고자 한다. 그리 고 그것들에는 고대한국계 이주인들이 세운 것은 물론 일본인들과 한국계 이주인과의 문화적(신앙적) 교류를 통해 생겨났을 가능성도 있다는 점도 인식하여 접근하고자 한다. 이렇게 함으로써 한국계 이 주인들이 어떠한 경로를 통해 시코쿠 지역에 정착한 것이며, 또 그 들의 어떤 신앙들이 시코쿠에 진출하였는지를 파악할 수 있기 때문 이다.

Ⅱ. 가야계로 추정되는 신사

도쿠시마현德島県에는 가야계로 추정되는 미마쓰히코신사御間都比 古神社와 야호코신사八桙神社가 있다. 전자는 헤이안 시대平安時代에 편 찬된 『연희식延喜式』의 「신명장神名帳」에도 등장하는 오래된 묘도군 名東郡 사나고佐那河 우치손内村에 위치한 신사이고, 이에 비해 후자는 해상과 육상의 교통 요충지인 아난시阿南市 나가이케초長生町 미야우 치宮内라는 곳에 위치해 있다. 특히 이 신사는 헤이안 시대 전기의 수 필인 『토좌일기土佐日記』의 저자 기노쓰라유키紀貫之가 해적을 피하 기 위해 기원했던 유서 깊은 신사로 알려져 있다.

이 신사들이 가야계로 추정되는 가장 큰 이유는 주신으로 모시고 있는 신의 이름 때문이다. 즉, 전자는 미마쓰히코이로도메御間都比古色止命 신을 주신으로 모시고 있고, 후자는 가라세스쿠네韓背宿祢 신을 주신으로 모시고 있는 것이다. 『국조본기国造本紀』에 의하면 「미마쓰히코이로도메의 9세손 가라세스쿠네가 조정으로부터 구니노미야쓰코国造로 임명되었다観松彦色止命九世孫韓背足尼定賜国造」고 한다.[2] 또 『아파지阿波誌』에도 「지금 중봉中峰 또는 산본마쓰三本松라는 곳에 가라세스쿠네가 선조인 미마쓰이로도메를 신으로 모셨다今称中峯又三本松即観松彦色止命蓋遠孫韓宿祢祀之也」는 기록[3]이 있다. 즉, 이들 기록들은 모두 나가노구니長国의 구니노미야쓰코国造인 가라세스쿠네를 미마쓰히코이로도메의 후손으로 보고 있는 것이다.

만일 그것이 사실이라면 이 신사들은 가야계 이주인들에 의해 세워졌을 가능성이 아주 높다. 왜냐하면 가라세스쿠네의 「가라韓」는 곧 가야를 뜻하기 때문이다. 더군다나 가라세스쿠네가 가야계임은 그들의 계보를 설명하는 「장공계보長公系譜」에서도 나타난다. 가라세스쿠네의 후손들은 나가長라는 성씨를 사용하였는데, 이들은 미와씨三輪氏와 동족으로 고토시로누시事代主命의 후예라고도 되어있다. 미와씨는 나라현奈良県의 미와산三輪山을 거점으로 번창한 호족세력이다. 특히 그들의 시조전승은 우리나라의 후백제 견훤의 탄생담과 같은 야래자설화夜来者説話의 형태를 취하고 있다. 이 설화는 가야에서 일본으로 건너간 것으로 알려져 있다.[4] 즉, 가라세스쿠네는 가

---

2 金達寿 앞의 글, 쪽.

3 金達寿 앞의 글, 쪽.

4 노성환 『한일신화의 비교연구』 민속원, 2010, 248-263쪽.

야계의 후손이었던 것이다.

이러한 관점에서 보면 미마쓰히코이로도메(御間都比古色止=観松彦色止)도 가야와 전혀 무관하지 않다. 그의 이름은 「미마御間의 남자(사나이) 이로도메色止」라는 뜻을 가지고 있기 때문에 그의 출신지는 「미마」라는 지역이다. 그렇다면 「미마」란 어느 지역을 말하는 것일까? 『일본서기日本書紀』에는 미마나任那의 기원설화가 기술되어있는데 그것에 의하면 숭신천황崇神天皇 때 대가야국의 왕자로 추정되는 쓰누가아라시토都怒我阿羅斯等가 일본으로 건너가서 살다가 고국으로 돌아갈 때 천황이 자신의 이름 미마키御間城를 사용하여 나라의 이름으로 하라는 권유가 있었고, 그에 따라 가야 지역의 일부를 「미마나」로 하였다는 설화가 서술되어 있다.

물론 이것을 역사적 사실로 보기 힘든 것은 사실이지만, 일본인들이 가야의 일부지역을 「미마나」로 불렀던 것은 사실이다. 그 말의 기원이 「미마키」에서 비롯되었다는 것이 『일본서기』의 설명인 것이다. '미마키'의 '키'는 성城을 말한다. 그러므로 「미마」가 순수한 의미로 지역명을 가리키는 말인 셈이다. 김달수는 임나의 「임」을 고대한국어 주인을 의미하는 「님」이라고 해석한 바가 있다.[5] 그러나 여기서는 이상에서 보듯이 그것보다는 지역명으로 보는 것이 자연스럽다. 다시 말하여 미마쓰히코이로도메는 한반도의 가야(임나)에서 건너간 이로도메라는 남자였던 것이다. 그러므로 그의 후손 중에서 가야를 나타내는 '가라'를 사용하여 지은 이름인 가라세스쿠네라는 자

---

5 金達寿 앞의 글, 226쪽.

가 출현하는 것도 어쩌면 당연하다 하겠다.

도쿠시마의 역사고고학계에서는 미마쓰히코이로도메는 사나현佐那県에 거주하며, 야요이弥生 후기의 동탁銅鐸을 보유한 세력으로 지역의 산야를 개간하고, 관개용수와 어업기술을 개발하여 산업발전에 공헌한 인물이며, 그에 반해 그의 후손 가라세스쿠네는 고분시대에 강력한 힘을 가진 호족세력으로 기억되고 있다.[6]

일설에 의하면 가라세스쿠네의 후손들은 나가長라는 성씨를 칭하며 구니쓰미야츠코国造라는 지위를 자손들에게 세습하여 세력을 유지하였으며, 그들 지류支流 중 오아마지미코토大海路命의 후예는 나가무네 스쿠네長宗禰라는 성씨 사용하였는데, 이들이 훗날 고치현高知지역을 지배했던 초소카베長宗我部씨가 되었다고도 한다. 그리고 『파마풍토기播磨風土記』에는 시카마飾磨라는 지명유래를 설명하는 설화가 실려져 있는데, 그것에 의하면 오미마쓰히코大三間津日子命라는 자가 집을 짓고 있었을 때 사슴이 울었다 하여 그곳을 시카마라 했다는 지명기원설화가 있다.[7] 여기서 등장하는 오미마쓰히코는 「위대한 미마쓰히코」이라는 의미의 이름이다. 즉, 위대하다는 뜻의 접두어 '오'를 생략하면 미마쓰히코이로도메의 미마쓰히코와 동일한 이름이 되는 것이다. 그러한 의미에서 이들은 가야세력을 대변하는 동족일 가능성도 높다. 이러한 것을 바탕으로 보았을 때 세도내해를 면한 지역에 '미마'라는 가야계 이주민들이 정착하였다는

---

6 谷川健一編 「御間都比古神社」『日本の神々―神社と聖地〈2〉山陽·四国』白水社, 2000, 99쪽.

7 秋本吉郎校注『風土記』岩波書店, 1982, 269쪽.

것을 미마쓰히코신사와 야호코신사가 증명하고 있는 것이라고 볼
수 있다.

Ⅲ. 백제에 뿌리를 둔 사원과 신사

시코쿠에는 백제인들에 의해 창건되었다는 전승을 가진 사찰이
두 군데나 있다. 하나는 고치현 고치시高知市의 종간사種間寺이고, 또
다른 하나는 에히메현 가미우케나군上浮穴郡 구마초久万町의 대보사
(大宝寺:시코쿠 영장 44번사찰)이다. 먼저 종간사는 그 이름이 홍법대사弘法
大師 공해空海가 당나라에서 오곡의 씨앗을 가지고 가서 뿌린 곳에 세
운 절이기 때문에 지어진 것이라는 전승을 가지고 있다. 또한 이 절
은 현재 진언종真言宗 풍산파豊山派에 속하는 절로서 산호山号는 본미
산本尾山, 원호院号는 주작원朱雀院이라 하는데, 이 절이 백제와 관련을
가지고 있는 것은 본존불로 모시고 있는 약사여래좌상(薬師如来坐像:
약 145cm)이다. 이 사찰의 전승에 의하면 다음과 같다.

6세기 말 용명천황用明天皇 때 사천왕사四天王寺를 건립하기 위해 일
본으로 간 백제의 장인仏師들이 일을 마치고 귀국할 때 풍랑을 만나 이
지역 부근 아키야마항秋山港에 표착했다. 이들은 항해안전을 위해 약
사여래상을 조각하여 본미산本尾山 정상에 안치했더니 파도가 가라앉
아 무사히 귀국할 수 있었다. 그 후 홍인연간(弘仁年間: 810~824) 공해스
님이 이곳을 들러서 당우를 건립하고 그 약사여래를 본존으로 안치하

고 창건했다고 한다.

이러한 전승에 대해 김달수는 이를 그대로 역사적 사실로 받아들이기 어렵지만 백제와 관련되어있다는 점은 매우 흥미롭다고 했다.[8] 아마도 이것은 백제인들이 일을 마치고 귀국한다면 바다가 조용하고 교통이 편리한 세도내해瀨戶內海가 아닌 굳이 파도가 험악하고 위험한 이곳의 해안 루트를 이용하였을 가능성이 낮기 때문일 것이다.

그렇다고 해서 사천왕사의 건립에 백제의 장인들이 관여하지 않았다는 것은 아니다. 『일본서기』의 577년 조에 의하면 "백제왕이 대별왕大別王에 의탁하여 경륜経綸, 율사律師, 선사禪師, 비구니比丘尼, 주술사呪術師, 조불공造仏工, 조사공造寺工을 보냈다"는 기록이 있고,[9] 또 사천왕사의 전승에도 578년 사천왕사 건립을 위해 성덕태자聖德太子에 의해 초대된 금강金剛, 조수早水, 영로永路라는 3명의 백제 장인이 있었는데, 이 중 금강이 일본에 남았다는 이야기가 있기 때문이다. 그러므로 사천왕사 건립을 위해 백제로부터 장인들이 파견된 것만은 사실인 것 같다. 그렇지만 이들이 일을 마치고 어떠한 루트를 이용하여 고국으로 돌아갔는지에 대해서는 일체 언급이 없기 때문에 위의 전승을 그대로 사실로 받아들이기에는 무리가 있다. 한편 대보사도 백제와의 관련성을 다음과 같은 창건연기설화를 통하여 말하고 있다.

---

8 金達寿 「日本のなかの朝鮮文化(13) -阿波, 土佐(德島県, 高知県)-(4)」『季刊 三千里』 41, 三千里社. 1984, 216쪽.

9 井上光貞監訳『日本書紀(下)』中央公論社, 1987, 99쪽.

용명천황(用明天皇:585~587) 때에 백제의 승려가 섬기고 있던 십일면 관음존상을 이곳에 안치했다. 그후 701년大宝元 사냥꾼 묘진우케이明神右京, 하야토隼人의 형제가 이를 발견하고 초암을 짓고 봉안했다. 이를 들은 문덕천황文德天皇의 칙명에 의해 사원이 건립되었고, 연호에 따라 절의 이름을 대보사大宝寺라 했고, 그 이후 822년(弘仁13)에 홍법대사가 이곳에 머물며 밀교수행을 했다.[10]

위의 전승에 의하면 대보사는 6세기 후반 백제의 승려가 11면관음상을 가지고 와서 이곳에 안치한 것에서 비롯되었다고 설명하고 있다. 그러나 이러한 설명이 타당성을 지니고 있는지에 대해서는 의문이다. 왜냐하면 백제로부터 일본에 불교가 공식적으로 전해진 것이 552년(欽明13)인데, 그로부터 불과 30여년 지난 585년경에 이곳까지 불교가 전파되었다고 보기 힘들다. 그리고 그것이 사실이라면 이곳에 왔다는 백제의 승려에 대한 구체적인 정보가 있어야 함에도 불구하고 그에 대한 기록이 전혀 보이지 않는다는 점이다. 그러므로 이는 역사보다는 전승에 가까운 사료로서 보는 것이 옳을 것 같다.

이와 같이 종간사와 대보사의 백제관련설화는 역사적 사실로 받아들이기 어렵다. 그러나 그 전승마저 부인될 수 없다. 사찰의 창건이 백제와 관련시킴으로써 그 역사 또한 유구하며, 중앙과의 직접적인 문화적인 관계를 가졌다는 것을 강조할 수 있기 때문이다. 즉, 여

---

10 이 이야기는 일본의 古今宗教研究所가 운영하는 古今御朱印研究室이 홈페이지를 통하여 공개한 明治38年(1905년) 四国八十八ケ所의 納経帳에 의한 것임.

기서 백제는 사찰의 정통성과 역사적 권위를 부여하는 중요한 역할을 하고 있는 셈이다.

한편 백제와 관련지어 설명하는 신사도 두 곳이 된다. 도쿠시마현의 도쿠시마시德島市에 있는 히로하마신사広浜神社와 에히메현의 이마바리시今治市에 있는 오야마즈미신사大山祇神社이다. 전자는 김달수의 소개에서도 빠져있는 것으로 보아 아마도 이곳을 답사하지 않았을 가능성이 있다. 이 신사는 현재 고쿠후초国府町 뉴타손入田村 야노矢野에 위치해 있으며, 제신祭神은 히로하마대명신広浜大明神으로 되어있다.

히로하마에 대한 기록은 『일본후기日本後紀』의 811년(弘仁2) 조에서 찾을 수 있다. 그것에 의하면 「아와인阿波人 구다라베 히로하마百済部広浜 등 100명에게 백제공百済公이라는 성씨를 하사했다阿波国人百済部広浜等一百人賜姓百済公」[11]고 한다. 즉, 히로하마신사의 제신인 히로하마대명신은 이곳에 정착한 백제인의 후손 구다라베 히로하마를 가리키는 말임을 알 수 있다. 또 신사의 부근에는 히로하마묘広浜名라는 논이 있는데, 이것에 대해서 지역민들은 「구다라베 히로하마가 개간한 논이 아니면 그 땅을 가지고 있던 자가 히로하마신사에 기증한 땅이라는 의미에서 생겨난 지명」일 것으로 추정하고 있다. 그리고 지역의 연구자들에 의하면 이 지역 호족들 가운데 백제계 사람들로서 구다라베 마키오(百済部牧夫:那賀郡原郷), 구다라베 마에모리(百済部前守:那賀郡原郷), 구다라베 미네코百済峯子의 딸板野郡라는 이름들이 보인

---

11 金達寿 앞의 글, 231쪽.

다고 한다. 즉, 이 일대는 구다라베로 대변되는 백제계 이주인들이 정착했던 마을이었던 것이다.

그런데 이들의 선조는 언제 일본으로 건너간 것일까? 여기에 대해서는 분명치 않다. 다만 한 가지 추정할 수 있는 것은 일본에 있어서 구다라百濟라는 성씨와 지명이 생겨나는 것은 백제의 멸망 이후라는 사실이다. 백제가 나당연합군에 멸망하고, 왕자인 선광善光을 비롯한 많은 백제인들이 일본으로 망명을 했고, 이들이 오늘날 오사카의 세쓰攝津지역에 정착하며 살면서 일본 조정으로부터 그곳을 백제이라 하였고, 또 선광에게는 백제왕씨百濟王氏라는 성씨를 하사했다.

이러한 점을 감안한다면 시코쿠의 아와지역에 정착한 구다라베씨도 앞의 예문에서 보았듯이 9세기 초에 일본조정으로부터 성씨를 하사받은 것으로 보아 백제멸망 이후 일본으로 망명한 백제인의 후예일 가능성이 높다. 야마구치현山口県 구마게군熊毛郡 히라오초平生町에 그들의 성씨와 같은 구다라베신사百済部神社가 있다. 더구나 이곳은 시코쿠를 마주보고 있는 세도내해瀬戸内海에 면해 있다. 따라서 이 두 지역의 구다라베씨들은 동족이며, 또 이들은 주로 활동했던 무대가 세도내해를 중심으로 하는 해상지역이었을 것으로 추정된다.

또한 신사의 인근에는 지역민들이 히로하마의 묘라고 생각하고 있는 6세기 후반에 조성된 것으로 추정되는 야노고분矢野古墳이 있다. 그것은 표고 24미터 지점에 만들어진 것으로 직경 약 17.5m, 높이 2.8m의 횡혈식 석실고분이다. 발굴조사 결과 스에키須恵器, 하지키土師器, 금환金環 등이 출토되었다. 이것 또한 백제문화와 관련이 있을지 모른다.

히로하마신사는 그야말로 시골 마을의 작은 사당에 불과하지만, 오야마쓰신사는 규모면에서 엄청나게 클 뿐만 아니라 시즈오카静岡의 미시마대사三嶋大社와 더불어 전국의 미시마신사三島神社와 야마쓰신사山祇神社의 총본사総本社이다. 그 신앙은 시코쿠를 중심으로 니이가타新潟県, 북해도北海道까지 뻗어있다. 다시 말해 전국에 걸친 광대한 신앙권을 가지고 있는 것이다.

이 신사의 제신인 오야마즈미는 『고사기古事記』에서는 일본의 창세신 이자나기 이자나미의 자식으로 바람 신(風神: 志那都比古神), 나무신(木神: 久久能智神), 들 신(野神: 野椎神)과 함께 태어나며, 그의 딸 고노하나노사쿠야木花開耶媛를 천손 니니기瓊々杵와 혼인을 시키는 존재로서 묘사되어있다. 이같이 순수한 일본의 토착신처럼 묘사되어있다. 다시 말하여 단순한 산신으로 되어있지만 『이예국풍토기伊予国風土記』에는 다음과 같이 그것과 성격을 전혀 달리하는 기록을 찾아볼 수 있다.

오치군乎知郡. 미시마御島에 진좌한 신의 이름은 오야마즈미신大山積神, 다른 이름은 와타시(和多志(渡海)대신大神)이다. 이 신은 나니와難波의 다카쓰미야高津宮에서 천하를 다스린 천황仁徳天皇 때에 나타났다顕現. 이 신은 백제국에서 건너와 정착하였으며, 세쓰摂津国의 미시마御島에도 진좌했다. 운운, 미시마란 쓰노구니津国의 미시마御島를 말한다.[12]

---

[12] 秋本吉郎校注『風土記』岩波書店, 1982, 497쪽.

이상의 기록에서 보듯이 미시마에 모셔져 있는 오야마즈미신사의 제신은 오야마즈미 신인데, 다른 이름으로는 와타시대신和多志大神이라고도 하는데 그 신은 인덕천황仁德天皇 때 백제에서 건너왔으며, 이 곳 이외에도 세쓰摂津의 미시마御島에도 모셔져 있다는 것이다. 이처럼 오야마즈미신사의 제신인 오야마즈미 신은 『고사기』의 산신과 전혀 다른 존재이다. 이러한 기록을 그대로 따르면 오야마즈미 신은 백제에서 유래된 산신山神이라고 볼 수 있다.

그렇다면 이 신사는 앞에서 본 히로하마신사와 같이 백제계 이주인에 의해 건립된 것일까? 여기에 대해 김달수는 백제계 이주인들이 이곳에 정착하였고, 이들의 일파가 오사카의 세쓰지역으로 진출했다고 보았다.[13]

그러나 이러한 그의 해석은 다시 생각할 필요가 있다. 즉, 이곳을 지배한 세력은 지명에서 보듯이 오치씨(小千=越智)였다. 이들은 신무동정의 선발대인 오치노미코토小千命가 시코쿠에 건너가 세도내해의 치안을 담당하면서 해로의 요충지인 미시마에 정착하게 되었다는 시조전승을 가지고 있다. 이것만으로 본다면 그들은 초대천황인 신무神武의 부하로서 규슈에서 이곳으로 이주한 것으로 된다. 그러므로 백제와는 직접적인 관련성을 가지고 있지 않다. 굳이 관련을 짓는다면 『이예성쇠기伊予盛衰記』에 의하면 오치 나오오키越智直興의 아들 다마오키玉興가 백제구원군으로서 백촌강白村江전투에 참가하

---

13 金達寿「日本のなかの朝鮮文化(17) -伊予, 讚岐(愛媛県, 香川県)-(4)」『季刊 三千里』 43, 三千里社, 1985, 245-250쪽.

여 돌아왔다는 것뿐이다. 이것만으로 이들이 백제계 후예이라고 보기 어렵다. 다시 말하여 이곳에 백제의 신이 모셔지게 된 것은 백제인의 이주 정착으로 인하여 생겨난 것이 아니라, 오치씨로 대변되는 지역의 호족들에 의해 백제의 신앙이 수용된 결과로 볼 수 있다.

당시 오야마즈미신을 모시는 씨족으로는 현재 오사카 세쓰 지역을 근거로 번성을 누렸던 미시마씨三島氏가 있었다. 이들은 세쓰 지역으로 진출하여 선주세력인 가모씨鴨氏와 공생하면서 자신들의 신앙을 기존의 가모신사鴨神社와 합사하여 미시마가모신사三島鴨神社로 했다. 그런데 이들은 모두 백제와 관련이 있는 전승을 가지고 있었다. 먼저 가모신사는 「인덕천황仁德天皇이 가와치河內의 마무다쓰쓰미茨田堤라는 제방을 만들 때 요도가와淀川의 진수신鎭守神으로서 백제에서 세쓰의 미시마御島에 오야마즈미신을 권청했다」는 전승을 가지고 있다.[14] 즉, 가모씨가 백제에서 건너온 신을 자신들의 수호신으로 삼았다는 것이다. 그에 비해 미시마씨는 백제의 25대왕인 무녕왕武寧王이 자신들의 선조라는 전승을 가지고 있다. 『일본서기日本書紀』의 웅략천황조雄略天皇 조에 의하면 현재 사가현佐賀県 가라쓰시唐津市의 북부 가가라시마(各羅嶋=加唐島)에서 태어난 것으로 되어있다. 이런 연유로 그를 시마왕(嶋=斯麻=御嶋王)이라고 했다. 여기서 '시마'란 섬을 의미한다. 이들의 성씨를 미시마(三嶋=御島)로 한 것도 바로 이

---

14 이 부분은 가모신사 측의 자신들이 백제와 관련 있다는 것을 강조하기 위해 자의적으로 만들어 낸 것 같다. 왜냐하면 『일본서기』에는 제방을 성공적으로 쌓기 위해 고와구비(強頸)와 고로모코(衫子)를 수신인 하백에게 제물로 삼는다는 이야기가 있을 뿐, 백제로부터 신을 권청했다는 요소는 없다.

때문이라고 한다. 무녕왕이 일본에서 태어난 것은 사실이나, 태어나자마자 바로 귀국하였기 때문에 일본에 그의 후손이 있을 리가 없다. 그러므로 이것은 역사적 사실이라기보다는 자신들이 고귀한 혈통의 자손이라는 것을 윤색하기 위해 만들어진 것으로 보아야 할 것이다. 그러나 이러한 전승을 가진 호족들이 세쓰지역에 자리잡고 있는 한 그곳은 백제와 관련성을 가질 수 밖에 없다. 그곳은 바로 백제왕씨들의 근거지 백제군이 설치되어있는 곳이기 때문이다. 이러한 미시마씨와 밀접한 관련을 가졌던 이요의 오치씨가 자신의 영지에 세쓰의 신앙을 받아들였던 것이다. 그 결과 이마바리시의 오야마즈미 신사에 백제에서 건너간 산신이 모셔지게 된 것이다.

Ⅳ. 사원과 지역을 수호하는 신라신사

시코쿠에는 신라라고 분명히 이름을 밝힌 신라신사新羅神社가 가가와현香川県과 도쿠시마현德島県을 중심으로 분포해 있다. 이러한 신사는 한 가지 계통의 것이 아니다. 여기에는 다음과 같이 몇 가지 계통으로 나누어 생각할 수 있다. 첫째는 불교를 수호하는 신라신사이다. 이것에는 가가와현에 집중되어 나타나는 현상으로 젠쓰지시善通寺市와 다카마쓰시高松市에 있는 신라신사의 예를 들 수 있을 것이다.

젠쓰시에는 두 개의 신라신사가 있다. 하나는 금창사金倉寺 바로 옆

에 위치한 신라신사이고, 또 다른 하나는 기도쿠木德에 있는 신라신사
이다. 전자에 대해 『향천현신사지香川県神社誌』에 「사찰전승에 따르면
1521년(貞観3) 승려 원진円珍이 창사를 하였는데, 그가 금창사의 조영
을 마치고, 신라新羅, 산왕山王을 모시는 두 개의 사당을 지었다. 처음
에는 금창사에서 2정町 남짓 떨어진 서남쪽에 있었으나 …중략… 경안
연간(慶安年間: 1648~1651)에 오늘날 위치로 옮겼다. 신사는 금창사의 남
쪽에 인접해 있으며, 금창사 마을의 수호신産土神[15]이다」라는 기록이
있다. 여기에서 보듯이 이곳의 신라신사는 금창사를 조영한 승려 원진
에 의해 모셔진 것으로 되어있다.

이러한 성격은 기도쿠의 신라신사에서도 보인다. 즉, 사찰의 전승
에 의하면 이 신사도 887년 원진이 약사여래를 본존으로 모시는 금
림사金林寺를 기도쿠의 미야이케宮池의 북쪽에 세웠는데, 이 절의 수
호신으로 신라신을 모신 것이 이곳의 신라신사인데, 명치정부明治政
府의 신불공존神仏混淆를 금하는 폐불훼석廃仏毀釈[16]의 정책에 의해 불
교사찰인 금림사는 없어지고, 신사인 신라신사만 남게 되었다고 한

---

15 이 신은 일반적으로는 신도(神道)에 있어서 출신지 토지의 수호신이라고 정의를
내리지만, 특이한 점은 이 신을 자신이 출생 전부터 사후까지 계속 수호해주며, 또
다른 곳에 가더라도 평생 자신을 지켜준다고 믿고 있다. 그러므로 이 신에 대한 신
앙은 지연에 의해 성립되어있다고 보아야 할 것이다. 때로는 출산과 안산을 관장
하는 역할도 맡고 있다.
16 이는 절을 파괴하고 석가의 가르침을 훼손한다는 뜻이다. 일본에서는 이를 명치
유신 이후 발생한 신불습합을 금지하고 신사에서 불교적인 요소를 제거하는 일련
의 운동을 가리키는 말로 사용된다. 이것으로 말미암아 다수의 불교승려들이 신
사의 사제자로 변신, 불상과 불구 등이 파괴되었다.

다. 다시 말하여 이곳의 신라신사도 원진에 의해 창사된 것이었다.

한편 다카마쓰에는 취봉사鷲峰寺라는 불교사찰 경내에 있는 신사이다. 이곳에 대해 김달수는 신사의 상징인 도리이鳥居도 고마이누狛犬도 없는 아주 작은 사당이라고 하면서 그곳에 어떠한 신라신이 모셔져 있는지에 대해 언급을 하고 있지 않다.[17]

그러나 취봉사의 성격으로 보아 그곳은 신라대명신을 모신 신라신사일 가능성이 높다. 왜냐하면 금창사, 금림사와 같이 860년 원진에 의해 건립된 17단림檀林 중의 하나이기 때문이다. 다시 말하여 원진이 개조인 천태종 사문파 삼정사三井寺계열에 속하는 절이다. 더구나 1616년寬文元에 다카마쓰의 영주 마쓰타이라 요리시게(松平頼重:1622~1695)가 **삼정사**(=원성사)의 승려 관경観慶을 중흥의 1세 주지로 맞이하여, 가람재건에 적극 지원을 했다. 그러므로 이 사찰에 원진이 모셨던 신라신을 모신 사당이 있는 것은 지극히 당연하다 하겠다.

취봉사 측은 경내에만 신라신사를 세운 것이 아니다. 절의 뒷산 와시노야마鷲ノ山에도 신라대명신新羅大明神의 비석을 세웠다. 그 비석에는 둥글 원円 자 아래 우측으로부터 "신라명신新羅明神, 산왕권현山王権現, 호법선신護法善神"이라는 비문이 새겨져 있어서 앞에서 언급한 금창사와 금림사의 예에서 보았듯이 이곳의 신라신도 산왕신과 더불어 불법을 지키는 신이었음을 알 수 있다.

---

17 金達寿「日本のなかの朝鮮文化(17) −伊予, 讃岐(愛媛県, 香川県)−(4)」『季刊 三千里』
     46, 三千里社, 1985, 242쪽.

이처럼 젠쓰지시와 다카마쓰의 신라신사는 금창사, 금림사, 취봉사를 지키는 수호신 신라대명신을 모시는 곳이었다. 그렇다면 원진이라는 승려는 무엇 때문에 신라대명신을 모시는 신라신사를 건립한 것일까?

원진은 814년(弘仁5) 사누키讚岐国 곤조향金倉郷에서 지역의 호족인 사에키佐伯 가문에서 태어난 인물로 15세 때 히에잔比叡山으로 출가하여 히에잔과 오미네산大峯山, 가쓰라기산葛城山, 구마노산잔熊野三山 등지에서 수행을 쌓은 후 845년(承和13)에 연력사延暦寺의 학두学頭가 되었다. 그리고 그는 853년(仁寿3)에 당나라 유학하여 돌아와 잠시 자신의 고향인 금창사에 머물렀다가 그 이후 히에잔의 산왕원山王院에 거주하였으며, 868년(貞観10)에는 연력사 제5대 좌주座主가 되었으며, 천황으로부터 삼정사(=園城寺)를 하사받아 불법관정伝法灌頂의 도량으로 만들고 천태종 사문파寺門派의 개조가 된 인물이다. 이러한 인물이 어찌하여 자신의 사찰을 지켜주는 수호신으로 신라신을 선택한 것일까?

여기에 대해서 어떤 이는 그 자신이 신라계 후손이기 때문이라고 해석하기도 한다. 그 예로 원진의 시조 사에키씨佐伯氏는 원래 신라인의 후손이며, 이들은 시라구니씨(新羅国氏=白国氏)라고 하였다고 하고, 또 사에키씨는 신라계 대표적인 이주세력인 하타씨秦氏이었다는 점을 들어 **금창사**의 사호가 계족산鶏足山은 신라의 다른 이름인 계림鶏林을 연상시키는 것으로 보기도 했다.[18]

---

18 金達寿 앞의 글, 244쪽.

그러나 이러한 해석에는 문제가 있다. 실제로 사에키씨가 신라계일지 몰라도 그것 때문에 사호를 계족산으로 한 것 같지가 않기 때문이다. 왜냐하면 계족산은 원래 위치는 중인도中印度 마갈타국摩揭陀國 가야伽耶의 동남쪽에 있는 산으로서 낭적산狼跡山, 존족산尊足山이라고도 불리는 산이다. 그리고 산의 세봉우리가 마치 닭의 발을 세운 것같이 생겼다고 해서 계족산이라는 이름이 붙여졌다. 이곳이 불교의 성산聖山이 된 것은 석가모니의 제자 가섭존자가 석가모니에게서 받은 가사를 가지고 미륵불 하생을 기다리겠다며 이곳으로 들어가 수행하여 입적한 곳이기 때문이다.

여기에 기인하여 불교전래와 함께 특히 미륵신앙이 강한 중국, 한국, 일본의 지명에도 탄생하게 된 것이다.[19] 특히 우리나라에는 강원도 영월, 충남 대전, 전남 구례 등 3곳이나 계족산이 있다. 따라서 이 계족산은 신라의 계림과 관계없는 불교에서 기인한 것으로 볼 수 있기 때문이다. 따라서 사에키씨가 신라계이기 때문에 신라신을 택하였다는 해석은 재고할 필요가 있다.

한편 원진이 당나라로의 유학과 귀국 시 신라인들의 협력으로 이루어졌기 때문이라고 해석하는 견해도 있다. 853년 원진이 신라상인 흠양휘欽良暉, 왕초王超의 배를 타고 입당했고, 그 이후 신라인 정웅만鄭雄滿의 협력으로 중국 고승의 제자가 되었고, 장안長安의 용흥사龍興寺 신라승려 운거雲居의 승방에서 기거하며 수행하였을 뿐만

---

19 계족산은 중국의 운남성 대리(大理)에도 있으며, 일본의 이바라키현에도 있다. 계족사라고 칭하는 절은 滋賀県 長浜市, 愛知県 名古屋市 등에도 있다. 三重県 亀山市의 野登寺는 금창사와 같이 산호를 鷄足山으로 하고 있다.

아니라 855년 귀국길에 낙양洛陽의 신라왕 저택에 들러 그곳에서 체재했다.[20] 이처럼 그의 당나라 유학은 당나라에 거주하는 신라인들의 도움이 없이는 불가능했으며, 귀국 또한 그들의 도움이 실로 컸다는 점을 강조하고 있는 것이다. 이같이 신라인들과 접촉 교류하면서 자연스럽게 신라인들이 섬기는 신라신을 자연스럽게 접할 수 있었다고 본 것이었다.[21]

이러한 지적들은 원진과 관련된 절에서 신라신사를 가지고 있는 것에 대해서 이해하는데 매우 중요하다. 그의 출생이 원래 신라계일 뿐만 아니라 당나라 유학과 귀국에 신라인들이 크게 도움을 주었기 때문에 신라인들에 대한 친근감과 애정이 깊어 신라신을 모셨을 수도 있기 때문이다. 그러나 이러한 설명은 그와 신라인과의 관계가 얼마나 돈독했는가를 설명하는 데는 유효할지 몰라도 그가 왜 신라신사를 세웠는지에 대한 근본적인 설명은 되지 않는다. 즉 신라신사가 건립되기까지는 그에 필요한 신화와 신앙이 필요하기 때문이다. 그렇다면 그는 어떻게 신라명신新羅明神을 만나게 되었을까?

신라명신이 기록상으로 처음으로 등장하는 것은 『원성사용화연기園城寺龍花緣起』이다. 그것에 의하면 원진을 개조開祖로 삼는 원성사(園城寺=三井寺)가 무엇 때문에 신라명신을 사찰의 수호신으로 삼았는지에 대해 자세히 설명하고 있다. 이러한 내용을 크게 나누면 다음과 같이 세 가지로 구분하여 볼 수 있다.

---

20 이병로 「일본에서의 신라신과 장보고 -적산명신과 신라명신을 중심으로-」 『동북아 문화연구』 10, 동북아시아문화학회. 2006, 330-332쪽.
21 이병로 앞의 논문, 332쪽.

첫째는 원진과 신라명신의 첫 만남이다. 이는 당나라에서 귀국하는 배에서 이루어지는 데, 돌연히 노인의 모습으로 배에 나타난 신라명신은 자신의 정체를 밝히면서, 원진을 위해 불법을 수호하고 자존(慈尊=미륵)의 출현을 기다리겠다고 하면서 모습을 감추었다는 내용이다.

둘째는 원진이 당에서 가지고 온 경전을 보관할 장소를 안내한다는 것이다. 858년(天安2)에 당에서 귀국한 원진이 당에서 가지고 온 경전류를 국가의 문서를 취급하는 중무성中務省에 보관하기로 하고 히에잔比叡山의 산왕원山王院으로 돌아왔을 때 한 노인이 나타나 「중무성은 중요한 경륜을 보관할 곳이 아니다. 내가 안내할 터이니 따라오라」고 했다. 그러자 산왕권현山王權現이 나타나 「경전은 산왕원에 두는 것이 좋다」고 주장했다. 이에 노인은 「안 된다. 이곳에 두면 장차 분쟁이 일어난다. 남쪽으로 수십 정丁에 떨어진 곳에 좋은 곳이 있다」라며 반론을 폈다. 이 말을 들은 원진은 노인이 말하는 곳으로 가보기로 하고 그의 안내를 받아 산을 내려가 도달한 곳이 바로 현재의 원성사였다는 것이다.

셋째는 원성사에서 노승 교대教待로부터 원성사를 인수받는다는 것이다. 신라명신과 원진이 원성사에 도착하자 162세 된 교대 자신을 찾아올 줄 미리 알고 기다리고 있었다. 그는 본래 원성사가 오토모씨大友村主氏가 세운 절이라는 사실을 알려주고 그 절을 원진에게 맡기고는 신라명신에게 예를 올린 다음 기뻐하면서 홀연히 모습을 감추었다는 것이다. 신라명신은 원진에게 교대는 불법을 수호하기 위해 이 절에서 살고 있었던 미륵여래彌勒如來라고 했다. 그리고 주위 사람들에게 교대의 일상생활에 대해서 묻자 그는 생선이 아니면 먹지 않았고, 술이 아니면 마시지 않았다고 했다. 그러나 그가 살았던 방을 보았더니 그가 평상시 먹고 있었던 생선은 모두 연꽃잎과 뿌리 그리고 줄기였다. 이를 보고 원진은 교대가 미륵의 화신임을 알았다. 그 후 원진은 860년(貞觀2) 삼정사의 기타노北野에 신라명신을 모시는 사당을 지으니 이것이 오늘날 신라선신당新羅善神堂이라는 것이다.

이러한 일련의 이야기를 종합해보면 신라명신은 원진이 당에서 무사히 귀국할 수 있도록 도와주는 항해안전의 신이고, 또 경전을 안전하게 보관할 장소를 안내하며, 또 원진을 원성사를 미륵화신으로부터 물려받게 도와주는 일종의 수호신이기도 했다. 다시 말하여 그가 당에 유학할 때 그를 도왔던 신라인을 통해 만났던 신이 아니라는 것이다.

더군다나 그와 신라신의 만남을 자세히 기록한 『원성사용화연기』는 원진의 생존 당시 만들어진 것이 아니었다. 그것은 1062년 후지와라노사네노리藤原実範에 의해 편찬된 것이기 때문에 과연 원진이 신라명신을 신앙했는지에 대해서는 의문이다. 실제로 신라명신은 원진의 입당기록인 『행력초行歷抄』와 전기인 『지증대사전智証大師伝』에는 일체 등장하지 않는다. 오히려 그것들에 의하면 지증대사인 원진은 최징最澄 이래 히에잔의 수호신인 산왕권현을 신앙하고 있었던 것을 되어있다. 또 원진에게 당나라 유학을 권유했던 것도 산왕권현이었다. 또한 『원성사전기園城寺伝記』에 의하면 신라명신은 원진의 사후에도 오랫동안 「신라국의 명신明神」이라고만 되어있을 뿐 신라 본국에 있어서 정식의 신명神名이 전해지지 않고 있었다. 그러므로

『원성사용화연기』에 있어서 신라명신의 이야기는 원진의 사후 그의
제자들에 의해 만들어진 신화일 가능성이 높다.

여기에 한 가지 단서가 원성사는 원래 오토모씨의 씨족사찰이었
다고 설명하는 교대의 말에 있다. 이 말은 신라신이 오토모씨에 의
해 모셔진 신이라는 의미이다. 매우 흥미로운 사실은 오토모씨가 신
라계 이주인으로 보는 해석이 있다는 점이다. 그 대표적인 사례로
한국의 하정용과 일본의 미야지 나오카즈(宮地直一:1886~1949) 그리고
재일사학자 김문경의 설을 들 수 있다. 먼저 하정용은 신라명신은
신라인 이주인 사회에서 모셔진 신이라고 애매모호한 태도를 취하
였다.[22] 반면에 미야지는 오토모씨가 본국에서 숭배하고 있었던 신
을 일본으로 건너갈 때 그대로 가져가 현재의 장소에 모신 것이 신
라명신이라고 해석[23]하였다. 한편 김문경은 오토모大友村主의 '촌주村
主'는 신라 지방통치기구 중의 하나이므로 이들은 신라에서 건너간
세력으로 보았다.[24] 만일 이것이 사실이라면 신라명신은 당나라에
서 초빙한 것이 아니라 원래 원성사 일대에 살던 신라인들의 수호신
을 버리지 않고 그대로 원성사의 수호신으로 모셨고, 이를 그의 제
자들이 신라명신과 원진과의 관계를 연결지어 『원성사용화연기』와
같은 신화를 만들었다는 것이 된다.

---

22 하정용 「일본 속의 신라신과 신라신사에 대하여」『한민족연구』7, 한국민족학회,
    2009, 125쪽.

23 菊地照夫 「赤山明神と新羅明神 -外来神の受容と変容-」『古代日本の異文化交流』〈鈴
    木靖民編〉勉誠出版, 2008, 51쪽.

24 김문경 「당일문화교류와 신라신 신앙-일본 天台僧 最澄, 円仁, 円珍을 중심으로-」
    『동방학지』54,55,56합집, 연세대학교 국학연구원, 1987, 161-162쪽.

이러한 과정을 거쳐 신라명신이 천태종 사문파 총본산인 원성사의 수호신이 되었다면 그 계통의 잇는 지방의 사원들이 그에 따라 신라신을 모시는 것은 지극히 자연스럽다. 더군다나 **금창사와 금림사**가 있는 젠쓰시는 원진의 고향이다. 취봉사 또한 **원성사**에서 파견된 승려가 주지를 맡은 절이다. 이러한 불교사원에서 신라명신을 모시는 신라신사가 있다는 것은 당연한 일이 아닐 수 없다.

한편 가가와현의 미토요시三豊市에도 두 곳이나 신라신사가 있다. 하나는 다카세초高瀬町에 있는 신라신사이며, 또 다른 하나는 시모다카세下高瀬에 있는 신라대명신을 모신 사당이다. 전자는 화동연간(和銅年間: 708~715)에 스사노오須佐之男를 모시는 신사로 건립되었다 하고, 후자는 신라사부로 요시미쓰新羅三郎義光를 제신으로 모시고 있는 신사로 현재 시모다카세 소학교下高瀬小学校 부근에 위치한 아주 조그마한 사당이다. 지역민들에 의하면 가이겐지甲斐源氏의 후손인 아키야마 미쓰스에秋山光季와 그 일족들이 이곳에 이주하여 정착하면서 세운 신사라고 전해진다. 아키야마 미쓰스에가 어찌하여 신라명신을 모시는 신사를 세운 이유에 대해서는 『향천현신사지香川県神社誌』에 「미쓰스에는 신라사부로新羅三郎의 6세손」이라고 설명하고 있다. 즉, 이들은 신라에서 건너온 신을 모신 것이 아니라 자신들의 시조인 신라사부로 요시미쓰를 신라명신으로 모셨던 것이다.

신라사부로라 불리는 아키야마씨의 시조는 본명이 미나모토 요시미쓰(源義光: 1045~1127)이다. 그는 신라계 후예도 아니며 순수한 일본인이다. 이러한 그가 신라라는 이름을 가지게 된 것은 그의 성인식元服을 원진의 절인 원성사의 신라선신당에서 올렸던 때문이다. 그러

261

므로 그의 자손들이 자신들의 수호신으로 시조를 모실 경우 흔히 신라신사라 했던 것이다.

다카세와 시모다카세 일대가 아키야마씨의 영지인 점을 감안하면 전자가 현재에는 스사노오를 모시는 신사로 설명하고 있지만, 실제는 후자와 같이 신라사부로를 모신 신사일 가능성이 높다. 왜냐하면 중세가 되면 신라의 소시모리에 거주했던 스사노오와 신라명신 그리고 신라사부로는 서로 혼합되어 구분하기 어렵게 된 사례를 얼마든지 찾아볼 수 있기 때문이다. 가령 1367년 인베노마사미치忌部正通에 의해 편찬된『신대권구결神代卷口訣』에 의하면 삼정사가 권청하여 모신 원진의 수호신 신라명신은 곧 스사노오라고 설명[25]하고 있는 것처럼 스사노오와 신라명신은 동일시되기 쉬운 것이다. 이처럼 신라신사의 제신으로 모셔지는 신라사부로 또한 그럴 가능성이 충분히 있다.

도쿠시마현의 나루토시鳴門에도 신라신사가 있다. 현재 제신으로는 스사노오와 이소다케루五十猛神로 되어있다. 이 신사에 대해『아파지阿波志』는「신라사新羅祠 도사도마리土佐泊에 있으며 그 지역의 신으로 불린다」고 기술하고 있고, 또『관보개신사장寬保改神社帳』에는「도사도마리 포구의 신라대명신의 별당은 오카자키촌岡崎村의 연화사蓮華寺이다」라고 한 기록이 보인다. 이러한 기록에서 보듯이 이곳 신라신사는 포구(항구)의 신임에는 틀림없다. 그리고 나루토는 아와

---

25 忌部正通,『神代卷口訣』(『神道大系』古典註釈編三·日本書紀註釈(中)、神道大系編纂会、1985, 81쪽. 원문을 소개하면 다음과 같다.「五十猛神者、南海竜女所生乎。素戔鳴尊始開新羅国。円珍入唐時、現船神以三井勧請新羅明神、素戔鳴尊也」

지시마淡路島로 들어가는 길목에 위치해 있는 해상의 요충지이라는 점을 고려하면 이 신사는 세도내해를 오고가는 배들의 항해안전을 지켜주는 역할을 하였음을 쉽게 짐작할 수 있다.

신사 측의 설명에 의하면 이 신사는 창건의 유래가 명확하지 않지만 도사도마리土佐泊의 영주인 모리 무라하루(森村春:?~1592)가 씨족의 수호신으로 모셨으며, 현재의 건물은 안영연간(安永年間: 1772~1780)에 소실된 것을 재건한 것이라 한다. 이 설명과 같이 이 신사가 언제 누구에 의해 창건된 것인지 알 수 없지만 그것을 어느 정도 알 수 있는 근거가 지명에 남아있다. 그것은 나루토와 바다를 마주보고 있는 아와지시마에 신라를 연상시키는 시라기다니新羅谷 시라기가오카新羅ヶ岡 그리고 시라히게신사白鬚神社가 있다. 그리고 나루토와 거리가 가까운 사누키시의 아카야마고분赤山古墳에서 시라기대명신白祇大明神이라고 새겨진 도기陶器로 만든 규모가 작은 사당이 발견되었다 한다.[26] 여기서 시라기白祇란 신라를 의미하는 말임은 두말할 나위가 없다. 이처럼 나루토 앞바다를 중심으로 사누키, 아와지시마 등지에 일찍이 신라계 이주인들이 집단을 이루며 살았음을 쉽게 짐작할 수 있다. 이러한 점에서 보았을 때 나루토의 신라신사는 삼정사계의 신라명신과 겐지계源氏系의 신라신사와는 달리 신라에서 이주한 사람들이 세운 신사일 가능성이 높다고 하지 않을 수 없다.

---

26 定森秀夫 「鳴門市土佐泊の新羅神社」『一山典還暦記念論集ー考古学と地域文化ー』〈一山典還暦記念論集刊行会〉六一書房, 2009, 806쪽.

V. 결론

지금까지 시코쿠에 있어서 고대한국과 관련된 신사와 사원을 살펴보았다. 그 결과 다음과 같은 몇 가지 특징을 추출해낼 수가 있었다. 첫째는 가야, 백제, 신라계의 신사들은 보이지만 고구려계통의 것은 전혀 보이지 않는다는 점이다. 이는 시코쿠에는 고구려계 이주인들의 정착이 다른 것에 비해 현저하게 적었다는 것을 나타내는 것이라 볼 수 있을 것이다.

둘째는 시코쿠에 있어서 고대한국계 이주인들의 정착지는 북동 도쿠시마의 해안지역을 중심으로 집중되어있다는 사실이다. 가야계는 아난시와 묘도군에, 백제계도 고쿠후에, 또 신라계는 나루토에 자리 잡았다. 이곳들은 모두 현재 도쿠시마에 속하는 지역들이다. 이 지역은 바다를 사이에 두고 관서지역과 마주보고 있는 지형적인 특징을 가지고 있다. 그러므로 이곳에 고대한국계 이주인들이 집중되어있다는 것은 이곳으로 직접 이주하여 정착한 것이 아니라 한반도에서 바다를 건너 일본 관서지역으로 간 사람들이 다시 시코쿠로 자리를 옮겼을 가능성이 높다는 것을 암시하는 것으로 볼 수 있다.

셋째는 백제를 표방하는 신사와 사원이 있다고 해도 그것들은 역사적 사실이라기보다는 백제와 관련을 시킴으로써 자신들의 권위를 윤색하기 위해 사용되었거나 관서지역에 들어온 백제의 신앙을 수용함으로써 생겨난 결과라 할 수 있다. 대보사의 본존불이 그곳에서 수행한 백제승려에 의해 만들어졌고, 또 종간사의 본존불을 사천왕사를 건립한 백제의 장인이 만들었다고 하는 것은 중앙(현재 관서)

의 신앙이 이곳에 직접 전래되었다는 것을 의미한다. 그리고 실제로 이마바리의 오야마즈미신사가 관서지역에서 유력한 호족 미시마씨의 신앙을 받아들임으로써 중앙권력과의 연결고리를 형성할 수 있었던 것이다. 그 결과 백제계 이주인과는 무관한 백제와 관련성을 가진 신사와 사원이 생겨날 수 있었던 것이다.

넷째는 신라신사 가운데는 다양한 계통의 신사가 있다는 점이다. 나루토의 신라신사와 같이 신라계 이주인들이 세운 것이 있는가 하면 젠쓰지시의 금창사와 금림사 그리고 다카마쓰의 취봉사와 같은 경우에는 그들의 본산인 원성사(園城寺=三井寺=円珍)의 수호신을 그대로 수용하여 모셔진 결과이며, 미토요시의 신라신사는 삼정사의 신라선신당에서 성인식을 올린 미나모토 요시미쓰의 후손들이 자신들의 시조를 신으로 모신 경우이다. 다시 말하여 이것은 신라와 무관한 일본인들에 의해 세워진 것이었다. 이처럼 비록 신라신사라는 동일한 이름이라 할지라도 실제로 그 속에는 다양한 계통이 있었던 것이다.

다섯째는 계통을 달리하는 신라신사에서 모셔지는 신이 일본의 신인 스사노오와 결합하는 경향이 강하다는 점이다. 가령 금창사와 금림사의 신라신사는 신라명신이어야 함에도 불구하고 현재의 제신이 일본신화에 등장하는 스사노오로 되어있다. 그리고 나루토의 신라신사도 신라인의 시조신이어야 함에도 불구하고 스사노오로 되어있는 것이다. 스사노오는 천황계 시조신인 아마테라스의 남동생으로 되어있다. 즉, 중앙과도 직결되는 신이었다. 이러한 신이 『일본서기』의 일서에 의하면 천상계에서 쫓겨나 지상으로 내려와 잠시

신라의 소시모리라는 곳에 머문 적이 있다고 서술되어있다. 그러한
관계로 그는 신라와 관계가 깊은 신으로 인식되어 그것이 신라명신
과 신라인의 시조신으로 혼돈되는 사례가 적지 않았다. 이러한 현
상이 시코쿠에서도 예외가 아님을 신라신사의 제신에서 엿볼 수 있
었다.

　본고가 고대국가별로 구분하여 논지를 전개하였기 때문에 고대
한국의 것임에도 불구하고 어느 것에 속하는 것인지 분명치 않아 제
외된 것도 있을 수도 있다. 가령 고치현 최어기사最御崎寺의 본존불인
여의륜관음반가상如意輪観音半跏像은 사찰 측의 설명에 의하면 후지와
라藤原시대에 일본에서 만들어진 것으로 설명하고 있지만 향토사가
히로타니 키쥬로広谷喜十郎는 일본에서 유일한 대리석으로 만들어진
것으로 그 양식이나 일본의 조각사에서는 그러한 불상이 없었다. 따
라서 이 불상은 한반도에서 건너간 것으로 보아야 한다는 논지를 펴
기도 했다.[27]

　이러한 견해는 상당한 설득력을 지니고 있다. 왜냐하면 일본에서
흔히 여의륜관음이라 하면 다수(보통 여섯 개)의 팔을 가진 관음보살상
을 가리키지만, 이 절의 관음상은 두 개의 팔을 가지고 있으며, 한쪽
팔을 치켜세운 한쪽 무릎 위에 살짝 올려놓은 자세를 취하고 있다.
다시 말하자면 우리나라에서도 흔히 볼 수 있는 관음보살좌상이기
때문이다. 그러나 그것이 반드시 한국의 것이라는 보장도 없다. 그
것을 뒷받침할 기록과 전승이 보이지 않기 때문이다. 만일 그것이

27　金達寿 앞의 글, 240쪽.

고대한국의 것이라면 언제 어디에서 누구에 의해 일본으로 건너간 것인지 면밀히 조사해 볼 필요가 있을 것이다.

한편 도쿠시마현에는 미마시美馬市의 시라기白木, 가이후군海部郡 무기초牟岐町의 시라기白木, 시라기야마白木山이 있으며, 에히메현에는 오즈시大洲市에 고시라기小白木, 추오시中央市에 시라기야마白木山라는 산이 있으며, 고치현 난코쿠시南国市에는 시라기다니白木谷라는 산계곡이 있다. 그리고 고치의 지배자였던 초소카베씨長宗我部氏가 신라계 하타씨족의 출신인 만큼 그곳에는 그들의 시조를 모신 시라기신사(新羅=白木神社)가 있을 수도 있다. 여기서 말하는 「시라기白木」는 한반도 고대국가인 신라를 나타내는 말인 「시라기新羅」일 가능성이 높다. 그러나 이것도 신라이라고 단정 지을 만한 근거자료 또한 발견되지 않는다. 어쩌면 그것은 우리의 추정과는 달리 단순히 그 말 그대로 흰 나무白木를 의미하는 것일 수도 있다. 너무나 오래되어 그 연원을 찾아내기가 여간 힘든 것이 아니다. 이러한 것에 대해서도 좀 더 시간을 두고 철저히 규명해보는 것이 우리의 눈앞에 놓여진 과제이자 한계가 아닐 수 없다.

한·중·일 동아시아 신화의
문화적 교차

제10장

일본 신공황후전승에 있어서의 물과 돌

이 경 화

I. 머리말

일본의 고대 전승 가운데 신공황후神功皇后[1] 이야기만큼이나 널리 인구에 회자되는 경우도 드물 것이다. 황자를 임신한 몸으로 삼한을 정벌했다고 하는 신공황후전승에는 고대 한일관계사의 첨예한 쟁

---

1 일본 신화 상 제14대 천황인 주아이(仲哀)의 황후로 아들은 오진(応神) 천황. 『고지키(古事記)』『니혼쇼키(日本書紀)』『후도키(風土記)』『만요슈(万葉集)』『센다이쿠지혼기(先代旧事本紀)』『스미요시타이샤진다이키(住吉大社神代記)』등 여러 문헌에 걸쳐 다양한 이야기가 전해오며 오키나가타라시히메노미코토(気長足姫尊), 오타라시히메노미코토(大帯比売命) 등 문헌에 따라 명칭에 차이가 있으므로, 본고에서는 편의상 시호인 신공황후로 통일한다. 또한 고유명사인 '神功'은 '진구'로 읽어야 하지만 한국의 연구자들에게 '신공황후'로 널리 정착된 용어이므로 예외적으로 사용하기로 한다.

점들이 집중되어 있는 만큼 그 역사적 실재성 유무를 둘러싸고 많은
논쟁과 연구 성과가 축적되어왔다.[2] 오늘날 신공황후전승을 역사적
사실로 인정하는 연구자는 한국은 물론 일본에서도 드물 것이다. 그
러나 이 전승의 성립과정과 신화적 의미에 관해서는 아직도 검토해
야 될 문제점들이 많이 남아있다고 볼 수 있다.

　이러한 가운데 한일 양국에서 가장 폭넓은 지지를 받고 있는 시각
은 신공황후전승을 한국계 도래인 집단에 의해 일본에 전파된 민간
신앙이 왕권신화에 편입된 것이라 보는 견해이다. 일찍이 미시나 아
키히데三品彰英는 신공황후와 그 아들 오진천황 전승이 원래는 북 규
슈九州 해변지역에 전승되어온 모자신母子神 신앙이 황실 신화에 편입
된 것이라 보았다. 또 계보적으로 연결되어 있는 신공황후의 원정담
과 아메노히보코의 편력담은 그 코스가 거의 일치하고 있고, 이는 대
륙계 문화의 전파 내지는 그것을 담당한 사람들의 이동이라고 해석
했다.[3] 마쓰마에 다케시松前健 역시 신공황후와 관련 있는 지역들이
아메노히보코, 쓰누가아라시토, 히메코소여신의 연고지와 중첩된다
는 점에서 이 전승들은 신라계 도래민 집단인 이즈시出石 일족이 전
파한 것으로 보았다. 아울러 이 전승들 속에 보이는 일광감정日光感精
이나 난생卵生적 요소는 한국의 옛 풍토전승에서 온 것으로 추정했
다.[4]

2　신공황후전승의 역사적 실재성 문제를 다룬 한일양국의 선행연구 및 여러 쟁점에
　대해서는 노성환의 「신공황후전승(神功皇后伝承)에 관한 연구」(『日語日文学研究』
　16, 1990, 190-201쪽)와 김후련의 「神功皇后伝承을 통해서 본 古代 日本人의 新羅
　観」(『일본연구』18, 2002)에 자세하므로 본고에서는 생략하고자 한다.
3　三品彰英『増補日朝神話伝説の研究』、平凡社、1972、53쪽.

이들 연구를 토대로 전개된 국내의 연구동향을 간단히 살펴보면, 노성환은 이른바 왕조교체설[5]에 입각해 신공황후전승을 해석했다. 새로운 왕조인 오진왕조를 윤색하기 위한 왕권신화라는 사실을 전제로, 황후의 신라정벌은 외부성을 획득하기 위해 이계를 방문해야 하는 왕권의 논리에 따른 것이라 보았다.[6] 또한 김후련은 민간전승 상의 '오타라시히메'를 원형으로 성립된 신공황후의 무녀적 속성에는 여왕 히미코卑弥呼가 투영되어 있으며, 신라정벌에 앞장선 지휘관으로서의 속성은 스이코推古·고교쿠(皇極=斉明) 여제를 모델로 했음을 자세히 논증했다. 아울러 신공황후전승은 역사적 문맥의 삼한정벌 기사를 통해 왜의 한반도 남부경영의 역사적 기원을 설명하고, 신화적 문맥의 복속의례를 통해 삼한정벌을 제의화 했음에도 불구하고, 개개의 신화소는 전승학적인 측면에서 볼 때 그 뿌리가 한반도에 있음을 지적했다.[7]

이렇듯 신공황후전승과 한반도의 관련성은 선행연구에서 끊임없

---

4 松前健『日本神話の謎』、大和書房、1985、250-261쪽.

5 미즈노 유(水野祐)는 오진천황을 규슈(九州) 출신의 호족이자『삼국지(三国志)』위지(魏志) 왜인전(倭人伝)에 전하는 '구노국(狗奴国)'의 주인이라 보고 닌토쿠(仁徳) 천황이 야마토(大和)로 진출한 사실을 토대로 아버지 오진의 전승이 탄생했으며 신공황후전승은 구 왕조와 새 왕조를 결부시키기 위해 만들어진 것이라 주장했다. 이에 대해 나오키 고지로(直木孝次郎) 등은 오진천황은 규슈 출신이 아니라, 나니와(難波)·가와치(河内)에서 흥기한 '가와치왕조'의 창시자였으며, 신공황후의 조형은 7세기 이후에 실제 신라를 경영했던 여제가 모델이 되었으리라 추론했다. 이 설들은 모두 신공황후 전승 안에서 왕조교체의 역사적 영향을 찾고자 했다는 점에서 공통적이다.

6 노성환, 앞의 책, 220쪽.

7 김후련, 앞의 책, 90쪽.

이 언급되어왔음에도 불구하고 정작 구체적인 텍스트분석을 통해 세부적인 논증을 시도한 연구는 많지 않다. 본고는 이러한 관점에서 '물'과 '돌'이라는 키워드를 중심으로 신공황후전승을 분석하고, 이와 관련된 한국의 전승까지도 시야에 넣어 그 상징적 의미를 파악하고자 한다.

해신의 비호를 받으며 바다를 건너 신라를 정벌했다고 하는 신공황후 전승에 있어서, 황후가 지닌 '물'의 영력靈力은 전승의 핵심을 이룬다. 또 신공황후가 거쳐 간 지역마다 산재한 신비한 '돌'에 관한 이야기 역시 황후의 신화적 정체성과 깊이 관련되어 있어 주목을 끄는데, 이 두 요소는 모두 한국과의 깊은 관련성으로 귀결되기 때문이다. 바다와 강을 무대로 항해, 어로漁撈, 물길의 조절 등, 넓은 범위에 걸쳐 확인되는 황후의 주술적 능력은 한일왕권신화에 있어서 왕후들이 지녔던 속성과 일맥상통하며, 이 물의 영력의 근원에는 한국과의 관련성이 존재한다. 또한 황후의 출산과 관련된 신비한 돌과 신라정벌을 전후해 언급된 강가의 바위도 한국 신화와의 접점에서 파악해야 그 본질에 다가갈 수 있다고 본다.

Ⅱ. 바다의 무녀

신공황후 전승에 있어 가장 신화적인 내용의 한 축을 이루는 것은 물, 특히 바다와 관련된 영험담이다. 이러한 영험은 황후가 신라정벌의 탁선을 받기 전부터 예조予兆를 보이며 신라정벌에 성공하고 귀환할 때까지 일관되게 이어지고 있어, 바다의 영력을 부여받은 무녀, 혹은 여신으로서의 황후의 면모를 확인할 수 있다.

『니혼쇼키』권제9 첫머리에는 황후에 관해 '어려서도 총명하고 예지가 있으며 용모가 장려하여 부왕이 이상하게 여겼다幼而聡明叡智 貌容壮麗 父王異焉.'[8]라고 묘사되어 있다. 총명함과 아름다움 뒤에 굳이 언급된 이 '이상함'은 황후가 어릴 때부터 지녔던 비범함을 짐작케 한다.

바다와 관련해 황후가 지닌 비범함을 본격적으로 엿볼 수 있는 첫 대목은 『니혼쇼키』에 실려 있는 다음 기사이다.

> 황후는 쓰누가에서 출발하였다. 누타노미나토에 이르러 배 위에서 식사를 하였다. 그때 도미가 배 곁에 많이 모였다. 황후가 술을 도미에게 부었더니, 도미들이 취하여 떠올랐다. 이에 어부들이 그 물고기를 많이 잡고 좋아하며 "성왕聖王이 내리신 물고기다."라고 말하였다. 이것이 그곳의 물고기가 6월이 되면 항상 취한 것처럼 떠오르는 연유이다. 가을 7월 신해삭 을묘(5일)에 황후가 도유라노쓰에 머물렀다. 이날 황후는 바다 속에서 여의주를 얻었다.
>
> 皇后従角鹿発 而行之到渟田門食於船上 時海鯽魚多聚船傍 皇后以酒灑鯽魚鯽魚 即酔而浮之時 海人多獲其魚 而歓曰 聖王所賞之魚

---

8 小島憲之 外 校注·訳 『日本書紀①』新編日本古典文学全集2、小学館、1994、416-417쪽.
  이하 『古事記』『日本書紀』『風土記』『日本霊異記』의 원문인용은 『新編日本古典文学全集』에 의거하며, 한자는 초출의 경우에만 병기한다.

焉　故其処之魚至于六月常傾浮如酔其是之縁也秋七月辛亥朔乙卯皇
后泊豊浦津是日皇后得如意珠於海中　　　　　（『日本書紀①』404-406쪽）

　　위의 기사를 보면 신라정벌의 신탁을 받기 전부터 신공황후의 신
이성은 남편 주아이 천황보다 부각되어 보인다. 황후가 바다에서 여
의주를 얻었다는 것은 바다를 다스리는 영력을 부여받았다는 의미
이다. 따라서 배 위에서 식사를 하고 있던 황후 주위에 많은 도미들
이 몰려든 것을 우연이 아니다. 황후는 바다, 즉 해신으로부터 영험
한 힘을 부여받은 특별한 존재인 까닭에 도미들이 몰려든 것이라고
봐야 할 것이다. 신공황후가 도미에게 술을 부은 행위는 일종의 예
축予祝적인 의례로 볼 수 있다. 황후의 행위를 계기로 6월이 되면 항
상 도미가 취한 것처럼 떠오르는 현상이 반복되기 때문이다. 어부들
이 물고기를 잡고 "성왕聖王이 내리신 물고기다."라며 칭송하는 것도
해마다 누리는 풍어를 신공황후의 은덕으로 받아들이고 있음이 잘
나타나 있다.

　　이처럼 바다와 관련된 신공황후의 신이함은 황후가 신라로 출정
하기 직전 다시 한 번 전쟁의 성공여부를 점치는 대목에서도 잘 드
러난다. 황후는 바닷물에 담근 자신의 머리카락을 통해 영험을 드러
낸다.

　　　황후는 가시히노우라橿日浦로 돌아가, 머리를 풀고 바다를 향해 말
하기를, "나는 천신지기의 가르침을 받고 황조의 영력에 의지해 창해
를 건너, 몸소 서쪽 나라를 정벌코자 한다. 이로써 바닷물에 머리를 감

으려 하니, 만일 영험이 있다면 머리카락이 스스로 두 갈래로 나뉘리라."라고 했다. 그리고 바다에 머리를 넣고 감자, 머리카락이 저절로 갈라졌다. 황후는 바로 머리를 양 갈래로 묶고 고리를 지었다.

皇后還詣橿日浦 解髮臨海曰 吾被神祇之教 賴皇祖之靈 浮渉滄海 躬欲西征 是以 令頭滌海水 若有驗者 髮自分為両 即入海洗之 髮自分也 皇后便結分髮而為髻　　　　　　　　　　　　(『日本書紀①』422-423쪽)

황후의 머리카락이 바닷물 속에서 저절로 양 갈래로 나뉜 것은 결국 전쟁을 감행하라는 신의 뜻으로 해석할 수 있다. 양 갈래로 나누어 묶은 머리를 각각 양쪽 귀 뒤로 둥글게 고리를 짓는 것을 미즈라라고 한다. 미즈라는 주로 고대 일본의 귀족 남성들이 했던 머리 모양인데, 이 머리를 여신인 아마테라스가 하는 장면이 있어 주목된다. 아마테라스[9]는 동생 스사노오가 자기 나라를 빼앗기 위해 다카마노하라高天原로 올라온다고 생각하자 무장을 하고 남자처럼 머리를 양 갈래로 묶음으로써 전의를 다진다.[10] 이 점에 비추어볼 때, 신공황후가 남자처럼 머리를 묶은 것은 결국 신의 뜻에 따라 신라정벌의 성공을 확신하며 전쟁을 결의하는 모습이라 볼 수 있다.

신라정벌의 신탁을 내린 신의 이름이 밝혀지는 다음 장면은 해신에게 영력을 부여받고 비호를 받는 황후의 모습이 더욱 뚜렷이 부각된다.

9　이하 신명(神名)은 존칭을 생략하고 한자표기도 필요한 경우에 한함.
10　『古事記』 54-57쪽.

그 황후 오키나가타라시히메노미코토에게 당시 신이 내렸다. (중략) "지금 이러한 가르침을 주시는 대신의 존함을 알고 싶습니다."라고 청하자 "이는 아마테라스오카미의 뜻이다. 또한 소코쓰쓰노오와 나카쓰쓰노오, 우와쓰쓰노오 세 신이다. [이 때 세 대신의 이름이 처음으로 밝혀졌다.] 지금 진정 서쪽나라를 얻고자 한다면 천신지기, 산신과 강의 신, 바다의 모든 신들에게 빠짐없이 공물을 바치게 하고 우리 세 신의 혼을 배 위에 진좌시켜, 노송나무를 태운 재를 표주박에 넣고 또 젓가락과 떡갈나무 잎으로 만든 그릇을 많이 만들어 모두 넓은 바다에 흩뿌려 띄어놓고 건너가면 될 것이다."라고 말했다.

其大后息長帶日売命者 当時帰神 (中略) 今如此言教之大神者 欲知其御名 即答詔是天照大神之御心者 亦底筒男中筒男上筒男三柱大神者也 此時其三柱大神之御名者顕也 今寔思求其国者 於天神地祇亦山神及河海之諸神 悉奉幣帛 我之御魂 坐于船上而 真木灰納瓠 亦箸及比羅伝多作 皆皆散浮大海以可度　　　　　　(『古事記』244-246쪽)

이른바 스미노에노오카미라 불리는 소코쓰쓰노오와 나카쓰쓰노오, 우와쓰쓰노오 세 신은 요미노쿠니黃泉国에서 돌아온 이자나기가 쓰쿠시의 히무카에서 정화의식禊祓을 치를 때 생겨난 신들이다. 신공황후에게 신탁을 내린 신들의 이름은 『고지키』와 『니혼쇼키』본문, 『니혼쇼키』일서에 각각 언급되어 있는데, 그 내용은 약간씩 차이가 있다. 그 중 황후와의 관계가 가장 실질적으로 나타나며, 세 군데

모두 빠지지 않고 공통으로 등장하는 이름은 이 스미노에 세 신뿐이
다. 항해를 관장하는 해신으로 알려진 이 신들[11]은 황후에게 서쪽나
라, 즉 신라를 얻을 수 있는 구체적 방법으로 항해에 필요한 여러 주
술을 알려준다. 이 주술들이 무엇을 의미하는지 명확히 알려진 바는
없지만[12], 신의 뜻에 따라 주술을 행하는 황후의 모습은 실로 바다의
영력을 드러내는 무녀 그 자체라 할 수 있다.

황후가 신들이 하나하나 가르쳐주고 타이른 대로 군을 정비하고 배
를 정렬해 바다를 건너갈 때, 해원의 물고기들이 대소를 불문하고 전
부 나와 배를 지고 건넜다. 그리고 순풍이 크게 일어 황후가 탄 배는 파
도를 따라 갔다. 배를 실은 파도는 신라로 밀고 들어가, 단숨에 나라 한
복판에 도달했다.

故備如教覚 整軍双船 度幸之時 海原之魚 不問大小 悉負御船而渡
爾順風大起 御船従浪 故其御船之波瀾 押騰新羅之国 既到半国

(『古事記』246-248쪽)

황후가 바다를 건널 때 동원된 물고기들, 순풍, 파도는 모두 해신
의 권속이라 할 수 있다. 결국 황후는 해신에게 부여받은 영험한 힘

---

11 大林太良・吉田敦彦 監修『日本神話事典』、大和書房、1997、182쪽.
12 미시나 아키히데는『삼국사기』신라본기에 실린「호공이란 사람은 그 집안과 성
씨가 자세히 알려져 있지 않다. 본래 왜인으로, 처음에 박을 허리에 차고 바다를 건
너 왔기 때문에 호공이라고 부른 것이다.(瓠公者 未詳其族姓 本倭人 初以瓠繋腰 渡
海而来 故称瓠公)」라는 기사와 관련해 표주박의 부력에 착안한 주술일 것이라고
짧게 언급하고 있을 뿐이다.(三品彰英、前掲書、270쪽)

으로 수월하게 항해를 마쳤을 뿐 아니라, 신라에 무혈 입성해 신라왕을 굴복시킨 셈이다. 이 해신들의 존재야말로 신공황후가 신라정벌에 성공할 수 있었던 가장 큰 요인이라 할 수 있다.

그렇다면 애초에 황후가 해신의 신탁을 받고 그 비호를 받으며 영력을 부여받는 존재로 그려지는 까닭은 무엇일까? 고구려의 건국시조인 주몽신화[13]에서도 물고기와 자라가 다리를 만들어 위기에 처한 주몽을 구한 이유는 바로 주몽이 수신인 하백河伯의 외손자이기 때문임을 상기해보면, 이는 황후 자신이 지닌 출자出自와 관련이 있다고 보아야 할 것이다. 모계의 혈통에 기인한 물의 주력呪力이 주몽에게 계승된 것처럼 신공 황후가 부여받은 물의 영력은 황후의 혈통에 기인한다고 볼 수 있다. 여기에서 주목해야 할 점은 바로 신공황후의 어머니인 가즈라키노타카누카히메노미코토가 일본에 귀화한 신라왕자 아메노히보코의 후손으로 전해지는 점이다.

　　옛날에, 신라국 국주의 아들이 있었다. 이름은 아메노히보코라고

_____

13　왕의 여러 아들들과 신하들이 주몽을 해치려고 모의하자, 주몽의 어머니는 이를 알고 아들에게 말하였다. "나라 사람들이 너를 해치려고 한다. 너의 재주와 지략이라면 어디를 간들 살지 못하겠느냐? 빨리 대책을 세우도록 해라!" 그리하여 주몽은 오이 등 세 사람을 벗으로 삼아 도망가다가 엄수[지금은 어디인지 알 수 없다.]에 이르자 물을 보고 이렇게 말하였다. "나는 바로 천제의 아들이며 하백의 손자다. 오늘 도망가는데 뒤쫓는 자들이 거의 따라왔으니 어찌해야 좋단 말이냐?" 그러자 물고기와 자라가 다리를 만들어 건너가게 한 다음, 흩어져 다리가 사라지자 쫓아오던 기병들은 건널 수 없었다.
王之諸子与諸臣 将謀害之 蒙母知之 告曰 国人将害汝 以汝才略 何往不可 宜速図之 於是蒙与烏伊等三人爲友 行至淹水[今未詳] 告水曰 我是天帝子 河伯孫 今日逃遁 追者垂及 奈何 於是魚鼈成橋 得渡而橋解 追騎不得渡(일연 저, 신태영 역『원문과 함께 읽는 삼국유사』, 한국인문고전연구소, 2012, 47-48쪽)

한다. 이 사람이 바다를 건너 왔는데, 그 이유는 다음과 같다. 신라국에 한 못沼이 있었는데 이름은 아구누마라고 한다. 이 못가에서 천한 여자가 낮잠을 자고 있었다. 그러자 햇빛이 무지개처럼 여자의 음부 위를 비추었다. (중략) 이 여자는 그렇게 낮잠을 잤을 때부터 임신을 해서 붉은 구슬을 낳았다. (중략) 곧 그 고장에 머무르며 다지마노마타오의 딸 사키쓰미를 아내로 얻어 낳은 자식이 다지마모로스쿠이다. (중략) 그리고 앞에서 말했던 다지마히타카가 조카인 유라도미를 아내로 맞아 낳은 자식이 가즈라키노타카누카히메노미코토이다. [이는 오키나가타라시히메노미코토의 어머니이다.] (중략) 아메노히보코가 가지고 건너온 물건은 다마쓰타카라라고 해서 구슬이 두 줄, 그리고 나미후루히레, 나미키루히레, 가제후루히레, 가제키루히레, 또한 오키쓰카가미, 헤쓰카가미, 모두 합쳐 여덟 가지이다. [이는 이즈시의 야마에노오카미이다.]

昔有新羅国主之子 名謂天之日矛 是人参渡来也 所以参渡来者 新羅国有一沼 名謂阿具奴摩 此沼之邊 一賎女昼寝 於是日耀如虹 指其陰上 (中略) 亦自其昼寝時妊身生赤玉 (中略) 即留其国而 娶多遅摩之俣尾之女 名前津見生子多遅摩母呂須玖 (中略) 故上云多遅摩比多訶娶其姪由良度美生子葛城之高額比売命[此者息長帯比売命之御祖] (中略) 故其天之日矛持渡来物者 玉津宝云而 珠二貫又振浪比礼切浪比礼振風比礼切風比礼 又奥津鏡邊津鏡 并八種也 [此者伊豆志之八前大神也]

(『古事記』274-278쪽)

못가에서 낮잠을 자던 여자는 자신의 음부를 비춘 해로 인해 회임

하여 붉은 구슬을 낳고, 그 구슬에서 태어난 처녀와 결혼한 아메노히보코는 우여곡절 끝에 바다를 건너 일본으로 건너온다. 여기에서 주목할 부분은 이 아메노히보코가 일본으로 건너올 때 가지고 온 신보神宝의 절반 이상이 파도와 바람 등을 다스리는 능력과 관계되어 있다는 점이다. 히레란 주술적 힘이 있다고 전해지는 가늘고 긴 천이다.[14] 따라서 나미후루히레振浪比礼란 파도를 불러일으키는 영력이 있는 천, 나미키루히레切浪比礼는 파도를 베어 잠재우는 천, 가제후루히레振風比礼는 바람을 일으키는 천, 가제키루히레切風比礼는 바람을 가라앉히는 천 등으로 해석할 수 있다. 아메노히보코가 가져온 여덟 가지 물건을 여덟 대신大神으로 신격화한 것은 이것들이 주술적이고 영적인 능력을 지녔다고 여겨졌기 때문일 것이다. 이렇듯 파도와 바람 등을 다스릴 수 있는 신보를 가지고 바다를 건너온 아메노히보코가 신공황후의 조상이라면 황후에게 조상의 영적능력이 이어져온다고 생각하는 것은 자연스럽다.

Ⅲ. 강가의 여신과 뇌신

앞 장에서는 신공황후가 바다를 무대로 항해와 풍어에 있어 주술

---

14 오아나무지가 네노카타스쿠니에서 스사노오로 인해 뱀과 지네, 벌이 있는 방에 갇혔을 때, 그를 위기에서 구해준 것이 바로 스세리비메가 준 히레였다. 스세리비메가 가르쳐준 대로 히레를 흔들자 뱀(지네, 벌)이 물러나 오아나무지는 목숨을 구하게 된다.(『古事記』 80-82쪽)

적 힘을 발휘한 내용을 살펴보았는데, 황후의 영험은 강에서도 마찬
가지로 드러난다. 신라정벌의 여정 중, 강가에 머무르게 된 황후가
은어를 낚는 이야기는 여러 문헌에 남아 있는데,[15] 민간의례나 습속
등과 결부된 황후의 전설적 면모가 엿보인다.

> 쓰쿠시 지방의 마쓰라노아가타에 있는 다마시마노사토라는 마을에
> 도착해 그 강변에서 식사를 했는데, 당시 4월 상순이었다. 황후가 강
> 한복판의 바위에서 치마의 실을 풀어내어 밥알을 낚시 밥으로 삼아,
> 그 개천의 은어를 잡았다. [그 강의 이름을 오가와라 한다. 또한 그 바
> 위의 이름을 가치토히메라 한다.] <u>이로 인해 4월 상순이 되면 여인네들
> 이 치마의 실을 뽑고 밥알을 낚싯밥으로 삼아 은어를 잡는 것이 오늘
> 날까지 계속 이어져 내려오는 것이다.</u>
>
> 到坐筑紫末羅県之玉嶋里而 御食其河邊之時 当四月之上旬 爾坐
> 其河中之礒 拔取御裳之糸 以飯粒為餌 釣其河之年魚 [其河名謂小河
> 亦其礒名謂勝門比売也] 故四月上旬之時 女人拔裳糸 以粒為餌 釣年
> 魚 至于今不絶也　　　　　　　　　　　　　　　　(『古事記』 248-249쪽)

매년 음력 4월이면 황후가 거쳐 간 고장의 여자들이 황후의 은어
낚시를 재현하고 그 습속이 오늘날까지 이어져온다는 것은, 앞의
'도미'이야기처럼 일종의 의례적 행위로 봐야할 것이다. 실제 은어

---

15 이 전승은 『고지키』『니혼쇼키』는 물론 지역 전승인 『히젠노쿠니후도키(肥前国風
土記)』일문에도 거의 비슷한 내용이 실려 있는데, Ⅳ장에서 다시 논할 예정이므로
여기에서는 『고지키』를 중심으로 살펴보고자 한다.

는 돌에 낀 이끼를 먹고 살기 때문에 밥알 같은 미끼로 잡을 수 없지만, 황후가 한 방식을 따라한 여자들이 은어를 잡을 수 있는 것은 황후의 영력 덕분이라 할 수 있다. 이와 거의 비슷한 내용이 실려 있는 『니혼쇼키』와 『후도키』 기사에는, '남자들은 낚시를 해도 고기를 잡을 수 없다'는 기술이 부가되어 있어 황후가 지닌 물의 영력이 황후의 행로를 따라 '여자들'을 매개로 이어지고 있음을 알 수 있다. 이는 계룡에게서 태어난 혁거세의 왕비 알영의 영력이 아들인 남해차차웅이 아니라, 며느리인 운제부인에게 이어지는 이야기와도 상통한다. 여하튼 황후가 지닌 물의 영력은 이렇게 바다와 강의 구분 없이 넓은 영역에 걸쳐 발휘되고 있는데, 특히 다음 기사는 황후가 농경과 관련해 물을 제어하는 능력까지도 지닌 존재임을 보여준다.

> 황후는 신의 가르침이 신험이 있음을 깨닫고, 천신지기에 제를 올리고 몸소 서쪽을 치고자 했다. 이에 신전神田를 정해 경작했다. 그때, 나노카와의 강물을 끌어와 논을 기름지게 하려고 도랑을 팠다. 도도로키노오카까지 파내려 가다가 큰 바위에 부딪혀 더 이상 도랑을 팔 수 없었다. 황후는 다케노우치노스쿠네를 불러, 검과 거울을 바치고 하늘과 땅의 신에게 도랑이 뚫리도록 기도하게 했다. 그러자 바로 천둥이 울리고 번개가 치며 그 바위를 발로 차 쪼개놓았다. 그리하여 물길을 통하게 했다. 그런 까닭에 당시 사람들은 그 도랑을 사쿠타노우나테裂田溝라고 불렀다.
>
> 既而皇后 則識神教有驗 更祭祀神祇 躬欲西征 爰定神田而佃之 時 引儺河水 欲潤神田而掘溝 及于迹驚岡 大磐塞之 不得穿溝 皇后 召武

内宿禰 捧劒鏡令祷祈神祇而求通溝 則当時 雷電霹靂 蹴裂其磐 令通
水 故時人号其溝曰裂田溝也　　　　　　　　　（『日本書紀①』422-423쪽)

　황후는 신라정벌에 앞서 신탁을 내린 신을 제사하기 위해 제물로
바칠 논을 정하여 경작한다. 논의 소출이 풍부해야 신에게 바칠 제
물이 넉넉해 질 것이며, 그에 비례해 신라에서 거둘 전리품도 풍성
해지리라 생각하는 것은 당연한 이치다. 때문에 신전에 끌어오는 물
길은 일개 관개용수가 아니라, 농경의 풍요와 더불어 국부国富로 이
어지는 중차대한 물길인 것이다. 이렇게 절박한 상황에 놓인 황후의
기도에 응답한 것이 '천둥번개'라는 것은 바로 황후의 영력이 해신
뿐 아니라 뇌신과도 관계가 있음을 말해준다.
　'발로 찬다蹴'는 표현은 일본의 신화와 설화 속에서 종종 분노하는
뇌신을 묘사할 때 공통적으로 쓰인다. 아메노와카히코의 장례식에
서 분노하며 칼을 뽑아 빈소를 부수고 '발로 차서 날려 버린以足蹶離
遣' 뇌신 아지시키타카히코네, 자신의 정체가 뱀인 것을 보고 놀란
야마토토토히모모소비메에게 분노하며 창공을 '밟고践' 떠나버린
뇌신 오모노누시, 지사코베스가루에 대한 원한으로 그 무덤의 비석
을 벼락으로 내리쳐 '걷어차고 밟아댄踊践' 뇌신의 모습들은 모두 이
와 상통한다.[16]
　뇌신이 물에 관한 통제력을 지니고 있고 뱀의 모습을 한 수신水神
이라는 관념은 여러 전승들을 통해 확인할 수 있는데, 『니혼료이키』

16　각각 『古事記』105-107쪽, 『日本書紀①』282-284쪽, 『日本靈異記』23-25쪽 참조.

상권 3연은 그 대표적인 예이다. 뇌신이 점지해주어 태어난 아이는 괴력을 발휘하며 신공황후와 마찬가지로 논으로 대는 물길을 제어한다.[17] 또『이즈모노쿠니후도키』에는 뇌신 아지스키타카히코의 아들 다키쓰히코의 정령이 깃든 석신石神이 '한발이 들어 기우를 하면 반드시 비를 내려주신다'라고 전한다.[18] 뇌신은 곧 농경에 필요한 물을 좌우하는 '수신'이며, 신공황후는 이 신의 영험으로 물길을 뚫은 것이다.

결국 신공황후는 해신의 비호로 '바다'라는 물에서 영력을 발휘할 뿐 아니라, 뇌신의 도움으로 지상의 물인 '강'에서도 영력을 발휘해 농경에 필요한 물을 제어하는 존재로 그려진다. 이런 측면에서 보면, 신공황후에게는 한국의 왕권신화 속에서 '수덕水德의 구현자'로 그려지는 고대 왕후'[19]의 자취가 엿보인다.

고대 농경사회에서 일광日光과 더불어 우수雨水는 농사의 풍흉을 결정하는 가장 중요한 요소였다. 왕이 천제의 후손으로 햇빛을 주관한다면 왕후는 용(또는 뱀으로 대표되는 수신)의 후예로 물을 관장하는 존재다. 농경의 풍요를 책임져야하는 국가의 수장으로서 제왕가에 요구되는 책임의 무게가 얼마나 컸는지는 '옛 부여의 풍속에 수한(水旱:

---

17 뇌우가 내리칠 때 한 농부 앞에 어린 아이의 모습으로 떨어진 뇌신은 농부의 도움으로 하늘로 돌아간다. 뇌신은 농부에 대한 보답으로 아이를 점지해주는데, 그렇게 태어난 아이의 머리에는 뱀이 감겨있어 뇌신의 영력을 부여받은 아이임을 알 수 있다. 이 아이는 신이한 힘으로 왕가(王家)의 논으로 향하는 물길을 자신이 동자승으로 있는 절의 논으로 돌려놓는다.(『日本靈異記』 29-34쪽)

18 『風土記』 201-203쪽.

19 松前健「古代韓族の竜蛇崇拝と王権」『朝鮮学報』57、朝鮮学会、1970、1쪽.

홍수와 가뭄)이 고르지 못하여 오곡이 익지 않으면, 왕에게 바로 허물을 돌려 마땅히 바꾸거나 죽여야 한다고 했다.'는 기록[20]을 통해서도 잘 알 수 있다. 왕가에 요구되는 이러한 '천부지모天父地母'의 도식은 한국 신화 안에 일관되게 흐르는 관념이다.

잘 알려진 바와 같이 고구려의 건국시조인 주몽의 아버지는 천제의 아들 해모수이며 그 어머니 유화는 수신 하백의 딸이다. 유화는 여러 문헌에 공통적으로 '압록강' '압록수' '웅심연' 등 물가에서 노닐다가 물가의 집에서 해모수와 사통했다고 기록되어 있다.[21] 한편 『동국이상국집』에는 하백과 유화의 거처를 '용어竜馭'를 타고 내려가는 '해궁海宮'[22]이라 묘사하고 있다. 고대의 관념으로는 바다와 강, 우물은 모두 이어져 있어 용이 왕래하는 것으로 여겨지곤 하는데[23], 유화 역시 강의 여신일 뿐 아니라 해신의 딸로도 인식되고 있음을 알 수 있다. 아울러 유화가 오곡의 종자를 보내주는 '신모神母'로 지칭되는 대목에는 수신이 지닌 물의 영력이 자연스레 농경과 연관 지어지는 관념이 드러나 있다.

---

20 水旱不調 五穀不熟 輒帰咎於王 或言当易 或言応殺『三国志』魏書 第三十烏丸鮮卑東夷伝 旧夫余俗] (김재선 외편『原文 東夷伝』, 서문문화사, 2000, 62쪽)

21 『三国史記』『三国遺事』『東国李相国集』『東国通鑑』『三国史節要』 모두 같은 표현이다.

22 진단학회 편『東国李相国集』, 일조각, 2000, 187쪽.

23 『고려사』「고려세계(高麗世系)」에는 고려 태조의 조부인 작제건이 서해 용왕의 딸을 아내로 맞이한 이야기가 전한다. 용왕으로부터 받은 신비한 일곱 가지 보물과 돼지, 우물을 통해 바다로 오고간 용녀, 보지 말라는 금기의 파기로 떠나버린 용녀, 신성혼에 의한 제왕의 탄생 등 여러 면에 도요타마히메와 중첩되는 요소가 있다. 또한『釈日本紀』에도 야사카(八坂) 신사의 보전 아래에 있는 우물이 용궁으로 통한다는 기록이 있다.

한 쌍의 비둘기가 보리를 물고 날아와 신모의 사자가 되어 왔다. [주몽이 이별할 때 차마 떠나지 못하니 어머니가 말하길, "너는 어미 때문에 걱정하지 말라." 하고, <u>오곡의 종자를 싸 주며</u> 전송하였다. 주몽은 스스로 살아서 이별하는 마음이 애절하여 보리 종자를 잊어버렸다. 주몽이 큰 나무 밑에서 쉬는데 비둘기 한 쌍이 날아왔다. 주몽이 말하기를 "아마도 <u>신모神母께서 보리 종자를 보내신 것이리라.</u>" 하였다.

双鳩含麦飛 来作神母使 [朱蒙臨別 不忍暌違 其母曰 汝勿以一母為念 乃裹五穀種以送之 朱蒙自切生別之心 忘其麦子 朱蒙息大樹之下 有双鳩来集 朱蒙曰 応是神母使送麦子][24]

결국 주몽은 태양신인 아버지와, 수신이자 곡신인 어머니의 혈통에 근거해 왕권의 정통성을 획득하게 된다. 이러한 천부지모의 패턴은 신라의 건국신화에서도 되풀이 된다. 신라의 건국시조 혁거세는 번갯빛이 비치고 흰 말이 절하는 형상으로 꿇어앉은 곳에서 자주색 알로 나타나 왕이 되었다. 『삼국유사』에서 혁거세란 이름을 '밝게 세상을 다스린다.'는 뜻으로 설명하는 부분만 보더라도 이 왕의 태양신적 성격을 충분히 짐작할 수 있다. 그런데 이 혁거세의 왕후는 계룡의 옆구리에서 태어났다고 되어있어 '태양신적 성격의 왕+수신적 성격의 왕후'라는 도식이 성립된다.

알영정閼英井 [아리영정이라고도 한다.] 가에서 계룡鷄竜이 나타나

---

24 진단학회 편, 위의 책, 194쪽.

왼쪽 옆구리에서 어린 여자아이를 낳았다[혹은 용이 나타났다가 죽었는데 그 배를 가르고 얻었다고 했다. 얼굴과 모습이 매우 고왔지만 입술이 마치 닭의 부리와 같았다. 이에 월성 북쪽에 있는 냇물에 목욕을 시켰더니 그 부리가 떨어졌다. 이 때문에 그 냇물을 발천撥川이라고 한다.

閼英井[一作娥利英井]邊 有雞竜現而左脇誕生童女[一云竜現死 而剖其腹得之] 姿容殊麗 然而唇似雞觜 將浴於月城北川 其觜撥落 因名其川曰撥川[25]

임금이 6부를 두루 돌아보는 길에, 왕비인 알영도 따랐다. 농사와 누에치기를 열심히 하도록 권장하고, 토지의 이로움을 다하도록 하였다.

王巡撫六部 妃閼英從焉 勸督農桑 以尽地利[26]

우물가에서 계룡에게 태어난 알영이 물의 정령水神임은 분명하지만, 알영이 물에 관해 영력을 드러내는 내용은 직접적으로 나타나 있지 않다. 다만 농사와 양잠에 힘써 땅을 이롭게 했다는 기사를 보면 알영이 농경과 결부되어 인식되고 있음은 분명하다. 여기에서 한 가지 유의할 사항은 앞에서도 언급했듯 혁거세와 알영 사이에 태어난 남해차차웅의 왕후 운제부인이 기우祈雨에 응답하는 운제산성모로 기술되고 있다는 점이다.

---

25 일연 저, 신태영 역, 앞의 책, 56-58쪽.
26 김부식 저, 박장렬 외『원문과 함께 읽는 삼국사기 I』, 한국인문고전연구소, 2012, 18쪽.

(남해거서간은) 아버지는 혁거세이고 어머니는 알영부인이며, 비는 운제부인雲帝夫人이다.[운제雲梯라고도 한다. 지금의 영일현迎日県 서쪽에 운제산 성모가 있는데, 가물 때 기도를 하면 감응이 있다.]

父赫居世 母閼英夫人 妃雲帝夫人[一作雲梯 今迎日県西 有雲梯山 聖母 祈旱有応][27]

운제부인이 가뭄으로 인해 물이 부족할 때 기우에 응답해 비를 내려주는 성모로 인식되는 바탕에는 용의 후예인 알영의 존재가 전제가 되어 있다고 봐야할 것이다. 비를 다스리는 용신으로서의 능력이 아들이 아니라, 그 왕후인 운제부인에게 이어진다는 발상은 전통적인 '왕후수덕'의 관념이 바탕에 깔려있는 것이다. 은어 낚시에 있어 신공황후의 물의 주력이 여자들을 통해 이어져간다는 발상도 이 연장선상에 있다고 볼 수 있다.

나아가 이러한 '천부지모'의 관념은 일본의 왕권신화에도 마찬가지로 적용된다.[28] 천상의 통치자인 아마테라스의 손자 호노니니기는 지상에 강림해 산신 오야마쓰미大山祇神의 딸 고노하나사쿠야히메와 결혼한다. 그 사이에서 태어난 아들 히코호호데미는 바다 속 해신의 궁으로 들어가 해신의 딸 도요타마히메와 결혼한다. 도요타마히메는 히코나기사타케우가야후키아에즈를 낳는데, 이 아이가 이모인 다마요리히메와 결혼해 낳은 아들이 일본 신화 상 초대 천황인

---

27 일연 저, 신태영 역, 앞의 책, 60-61쪽.
28 양국신화의 본격적인 영향관계에 관한 논의는 지면상 논외로 하고자 한다.

가무야마토이와레히코神日本磐余彦, 즉 진무神武천황이다. 요약하자면 일본 최초의 천황은 '(천상+지상)+바다'라고 하는, 당시 사람들이 생각한 모든 세계의 통치자들로부터 그 혈통을 물려받았다는 논리이다.

해신의 딸과 결혼해 해신궁에서 3년을 보낸 후 고향으로 돌아가는 천손에게 해신이 해준 말과 선물은, 이 결혼이 천손에게 있어 어떤 의미인지 명확히 보여준다.

해신이 말하기를, "이 바늘을 형에게 돌려 줄 때, '이 바늘은 바보로 만드는 바늘, 미치게 만드는 바늘, 가난하게 만드는 바늘, 쓸모없는 바늘'이라고 말하면서 손을 뒤로 돌려 건네주십시오. 그리고 만일 형이 높은 곳에다 논을 만들면, 당신은 낮은 곳에다 논을 만드십시오. 만일 형이 낮은 곳에다 논을 만들면, 당신은 높은 곳에다 논을 만드십시오. 그리 한다면 내가 물을 관장하는 신이니 3년 내에 반드시 형을 가난하게 만들 것입니다. 만일 그 일에 대해 원한을 품고 공격해 온다면, 이 시오미치노타마塩盈珠라는 구슬을 꺼낸 후 바닷물에 빠뜨리십시오. 만일 그 형이 괴로워하며 용서를 빌면, 이 시오히노타마塩乾珠라는 구슬을 꺼내 살려주십시오. 이렇게 형을 곤궁에 빠뜨리면 됩니다."라고 말했다. (중략) 형인 호데리노미코토는 머리를 조아리며 애원하기를, "나는 이제부터 밤낮으로 그대를 지키는 수호신이 되어 모시겠습니다."라고 말했다. 그래서 지금까지도 호데리노미코토의 자손인 하야토는 그 당시 호데리노미코토가 바다에 빠졌을 때의 여러 모습을 끊임없이 연출해오며 궁정에서 봉사하고 있는 것이다.

289

綿津見大神誨曰之 以此鉤給其兄時 言狀者 此鉤者 淤煩鉤 須須鉤
貧鉤 宇流鉤 云而 於後手賜 然而其兄 作高田者 汝命營下田 其兄作下
田者 汝命營高田 爲然者 吾掌水故 三年之間 必其兄貧窮 若恨怨其爲
然之事而攻戰者 出塩盈珠而溺 若其愁請者 出塩乾珠而活 如此令惚
苦 (中略) 稽首白 僕者自今以後 爲汝命之晝夜守護人而仕奉 故至今
其溺時之種種之態 不絶仕奉也   (『古事記』130-135쪽)

'물을 관장하는掌水' 해신은 논의 물을 장악해 가난과 풍요를 좌우
하고, 조수를 자유자재로 다루고, 또 주문을 외어 사람의 목숨과 마
음까지도 지배해 굴복시킨다는 발상이다. 이 모든 해신의 능력은 천
손과 도요타마히메의 결혼을 통해 천황가로 이양되었으니 왕권의
확립에 있어 '물을 관리하는' 영력을 지닌 왕후의 혈통이 얼마나 중
요한지 알 수 있다. 이 부분은 바람과 파도를 다스리는 신비한 보물
을 지녔던 아메노히보코의 후손 신공황후가 해신의 도움으로 물고
기와 바람과 파도를 아군으로 만들고 신라의 왕을 조복시키는 장면
과 여러모로 중첩된다.

한편 도요타마히메가 해신의 딸로 용녀[29]라면 진무의 황후 호토
타타라이스스키히메는 사신蛇神의 딸로 기술되어있다. 이 황후 역시
비범한 혈통으로 지상에서의 물의 영력을 천황가에 보장해주는 존
재라 할 수 있다.

---

29 도요타마히메의 실체는 천손을 출산하는 과정에서 드러나는데『니혼쇼키』정문
(正文)에서는 용,『니혼쇼키』일서와『고지키』에서는 거대한 악어나 상어(八尋和
迩)로 표현되어 있는데, 해신의 딸로서 바다의 여신인 것은 동일하다.

(천황이) 황후로 삼을 처녀를 찾고 있을 때, 오쿠메노미코토大久米命가 말하기를 "여기에 한 처녀가 있사온데, 이 분은 신의 자식이라고 합니다. 그렇게들 말하는 연유는, 미시마의 미조쿠이에게 딸이 있어 이름을 세야다타라히메라 하는데, 그 용모가 매우 아름다워 미와의 오모노누시노카미가 반하고 말았습니다. 그래서 그 처녀가 대변을 보려할 때 신이 붉게 칠한 화살로 변해, 대변을 보려 했던 개울을 따라 흘러내려가 그 처녀의 음부를 찔렀습니다. 그 아름다운 처녀는 놀라 허둥지둥 뛰어다니며 어쩔 줄 몰라 했습니다. 그러다 이내 그 화살을 가지고 와 잠자리 곁에 두었더니 홀연히 아름다운 장부로 변했습니다. 곧 그 아름다운 처녀를 취하여 낳은 자식의 이름은 호토타타라이스스키히메노미코토라고 합니다. 또 다른 이름은 히메타타라이스케요리히메입니다. [이 이름은 '호토(여성의 음부)'라는 말을 싫어해 나중에 바꾼 이름이다.] 이런 까닭에 그 처녀를 신의 자식이라 하는 것입니다."라고 하였다.

　然更求爲大后之美人時 大久米命曰 此間有媛女 是謂神御子 其所以謂神御子者 三嶋湟咋之女名勢夜陀多良比売 其容姿麗美 故美和之大物主神見感而 其美人爲大便之時 化丹塗矢 自其爲大便之溝流下突其美人之富登 爾其美人驚而 立走伊須須岐伎 乃将来其矢 置於床邊 忽成麗壮夫 即娶其美人生子 名謂富登多多良伊須須岐比売命 亦名謂比売多多良伊須気余理比売 [是者悪其富登云事 後改名者也] 故是以謂神御子也　　　　　　　　　　　　　　　(『古事記』156-158쪽)

여기에서 붉은 화살[30]로 변해 '물길'을 타고 '물가의 처녀'를 찾아가 혼인하는[31] 오모노누시는 여러 문헌을 통해 다양한 신격으로 나타난다. 뱀을 신체로 하는 미와야마의 산신이자 뇌신이며 오곡 풍양과 역병, 양조醸造를 다스리는 신 등, 그 성격은 실로 다양하지만 가장 핵심적인 신격은 역시 뱀으로 상징되는 수신이다. 따라서 이 신의 신체로 인식되는 뱀은 한국 신화에서 왕후의 신성한 혈통으로 표현되는 용龍이나 물고기 등과 같은 맥락에서 이해해야 할 것이다.

이상 Ⅱ장과 Ⅲ장에 걸쳐 신공황후는 바다와 강을 아우르는 물의 영력을 지진 존재로, 항해와 어로는 물론 농경과 관련해서도 물을 제어하는 모습으로 전승되고 있음을 살펴보았다. 고대 농경사회에서 왕후는 농사의 풍요를 담보할 물의 영력이 요구되는 존재이며, 여러 전승을 통해 확인된 신공황후의 모습은 이에 부합된다. 황후가 지닌 이러한 물의 영력의 바탕에는 아메노히보코의 후손이라고 하는 황후의 출자와 더불어, 천부지모라고 하는 한국 신화의 오랜 관념이 자리하고 있다고 볼 수 있다.

---

30 고대의 신화관념에 있어서 뱀·강·검·번개·화살 등은 그 형태상 상통하는 것이라 여겨졌음은 여러 문헌을 통해 확인할 수 있다.(山本節『神話の森』、大修館書店、1984、173쪽)

31 뇌신 계통의 신들이 물가의 여자와 신성혼을 치르는 이야기는 『야마시로노쿠니 후도키(山城国風土記)』의 호노이카즈치노미코토(火雷命), 『고지키』의 하루야마 노가스미오토코(春山霞壮夫), 『니혼쇼키』의 고토시로누시노카미(事代主神) 등 여러 문헌에 남아있다.

Ⅳ. 돌 위에 오른 여신들

신공황후 전승에 있어서 물의 영력과 아울러 또 하나 뚜렷한 특징을 이루는 것은 신이한 돌(바위)이다. 이 돌들은 다양한 양상을 보이는데 그 성격에 따라 두 가지로 대별해보면, 돌 자체가 신성성을 지니고 있는 경우와 돌 자체의 신성성보다는 신성한 영위가 이루어지는 '공간'으로 기능하는 경우로 나누어볼 수 있다.

우선 전자에 해당되는 예를 살펴보면, 소위 진회석鎭懷石이라 불리는 돌들이 이에 속한다. 신라정벌이라는 과업을 앞두고 해산이 임박해진 신공황후가 돌을 허리에 대고 감아서 출산시기를 늦췄다고 하는 전설은『고지키』『니혼쇼키』『후도키』는 물론『만요슈』에까지 실려 있어 이 전승에 대한 당시 사람들의 관심과 인지도를 짐작케 한다.

1) 신공황후는 신라 정벌의 임무가 끝나기도 전에 임신하고 있던 황자의 출산이 임박하게 되었다. 곧 배를 진정시키기 위해 황후는 돌을 가지고 치마 허리춤에 대어 감고 쓰쿠시노쿠니로 건너갔는데, 그 때 황자가 태어났다. 그래서 황자가 태어난 곳을 명명해 우미宇美라 한다. 그 옷에 감았던 돌은 쓰쿠시의 이도노무라伊斗村라는 곳에 있다.

故其政未竟之間 其懷妊臨産 即爲鎭御腹 取石以纒御裳之腰而 渡筑紫国 其御子者阿礼坐 故号其御子生地謂宇美也 亦所纒其御裳之石者 在筑紫国之伊斗村也 　　　　　　　　　　(『古事記』248-249쪽)

2) 황후는 마침 산달이었는데 돌을 들어 허리에 꽂고 기도하기를 "과업을 마치고 돌아오는 날, 이 곳에서 태어나도록 하소서."라고 빌었다. 그 돌은 지금도 이토노아카타의 길가에 있다.

適当皇后之開胎 皇后則取石挿腰而祈之曰 事竟還日 産於茲土 其石今在于伊都県道邊　　　　　　　　　　(『日本書紀①』 426-427쪽)

3) 쓰쿠시의 풍토기에 다음과 같이 전한다. 이토노아가타. 고우노하라. 돌이 두 개 있다. 하나는 길이가 1척 2치, 둘레가 1척 8치이다. 다른 하나는 길이가 1척 1치 둘레가 1척 8치이다. 색이 희고 단단하며 둥근 것이 마치 매끄럽게 갈아놓은 듯했다. 이 돌에 관해 사람들이 전하여 말하기를 오키나가타라시히메노미코토가 신라를 정벌하려고 군사를 열병閱兵했을 때 마침 임신을 하고 있어서 (뱃속의 아기가) 점차 움직이기 시작했다. 그 때 두 개의 돌을 들어 치마 허리끈 끼우고 마침내 신라를 쳤다. 개선하는 날 우미노芋湄野에 도착하자 태자가 탄생했다. 이런 연유로 우미노라 한다.[출산을 우미라고 하는 것은 현지의 말이다.] 민간에서 부인들이 갑자기 태아의 진동을 느끼면 치마 허리에 돌을 끼워 때를 늦추는 주술을 행하는 것은 아마 여기에서 유래된 것이리라.

筑紫風土記曰 逸都県 子饗野 有石両顆 一者片長一尺二寸 周一尺八寸 一者長一尺一寸 周一尺八寸 色白而硬 円如磨成 俗伝云 息長足比売命 欲伐新羅 閱軍之際 懐娠漸動 時取両石 挿著裙腰 遂襲新羅 凱旋之日 至芋湄野 太子誕生 有此因縁 曰芋湄野 俗間婦人 忽然娠動 裙腰挿石 厭令延時 蓋由此乎　　　　　　(『風土記』 518-519쪽)

4) 지쿠젠노쿠니 이토군 후카에노무라 고우노하라의 해안 언덕 위에 두 개의 돌이 있다. (중략) 두 개 다 타원형으로 모양이 계란 같다. 그 아름다움은 이루 말로 표현할 길이 없다. (중략) 공사를 막론하고 왕래하는 자는 말에서 내려 무릎을 꿇고 절을 한다. 옛날 오키나가타라시히메노미코토가 신라국을 정벌했을 때 이 두 돌을 소매 안에 끼우고 마음을 진정시켰다.[사실 이는 치마 속이다.] 그래서 행인들이 이 돌에 경배하는 것이다.

筑前国怡土郡深江村子負原 臨海丘上有二石 (中略) 並皆堕円 状如雞子 其美好者 不可勝論 (中略) 公私徃来 莫不下馬跪拝 古老相伝曰 徃者息長足日女命 征討新羅国之時 用茲両石 挿著御袖之中 以為鎮懷[実是御裳中矣]所以行人敬拝此石[32]

『고지키』와 『니혼쇼키』의 기사만으로는 이 돌들의 의미를 파악하기 힘들지만 『후도키』와 『만요슈』의 내용을 조합해보면, 우선 신공황후가 취한 돌의 모양은 둥글고 매끄러운 계란 같은 형태임을 알 수 있다. 또 민간에서도 신공황후처럼 돌로 출산을 늦추는 주술을 쓰고 있었고, 그 습속의 기원을 신공황후로 추정하는 당대의 인식도 보인다. 그런데 여기에 묘사된 '둥글고 계란 같은 모양의 돌'이 또 다른 전승에도 등장하고 있어 상호간의 관련성을 짐작케 한다.

5) 도사노쿠니후도키에 다음과 같이 전한다. 아카와군. 다마시마.

---

32 小島憲之 外 校注·訳 『万葉集 二』日本古典文学全集 3、小学館、1972、64-65쪽.

혹설에 말하기를 신공황후가 여러 고장을 순행할 때 타고 있던 배를 정박시키고 이 섬에 내려 바닷가 바위에서 휴식을 취할 때 흰 돌을 하나 얻었다. 둥글기가 마치 계란 같았다. 황후가 손바닥에 올려놓자 밝은 빛이 사방으로 퍼졌다. 황후는 크게 기뻐하며 좌우 측근들에게 고하기를 '이것은 해신이 선물해준 백진주로구나!'라고 말했다. 이로써 섬의 이름으로 삼았다.

[土左国風土記曰] 吾川郡 玉嶋 或説曰 神功皇后巡国之時 御船泊之 皇后下嶋休息磯際 得一白石 団如雞卵 皇后安于御掌 光明四出 皇后大喜 詔左右曰 是海神所賜白真珠也 故為嶋名　　　(『風土記』 516-517쪽)

6) 부젠노쿠니 풍토기에 다음과 같이 전한다. 다카와군. 가가미야마 鏡山. [군 관청 동쪽에 있다] 옛날 오키나가타라시히메노미코토가 이 산에 올라 아득히 먼 곳까지 국토를 바라보며 기원하기를 '하늘의 신과 땅의 신이여 저를 위해 도우시고 복을 내리소서!' 라고 말했다. 그리고 귀한 거울을 이곳에 안치했다. 그 거울은 곧 돌이 되어 지금도 산 속에 있다. 이로 인해 가가미야마라고 이름붙인 것이다.

豊前国風土記云 田河郡 鏡山 [在郡東] 昔者 気長足姫尊在此山 遥覧国形敕祈云 天神地祇 為我助福 便用御鏡 安置此処 其鏡即化為石 見在山中 因名曰鏡山　　　　　　　　　　　(『風土記』 542-543쪽)

5)에서 신공황후가 얻은 둥근 계란 같은 돌은 '해신이 선물해준 하얀 진주'라고 표현되어 있어 황후가 바다에서 얻은 여의주와 흡사한 표현으로 묘사되고 있다. 그렇다면 1)~4)의 전승에 나오는 진회석

과 5)의 돌이 같다고 단정할 수는 없지만, 그 모양이 흡사하고 주술적인 성격이 있다는 점에서는 공통성이 있다고 볼 수 있다. 또 5)와 6)의 돌은 '빛나는 돌'이라는 공통점이 있다. 6)에 '빛이 난다'는 직접적인 표현은 없지만 신공황후가 천신지기에 기원하며 사용한 귀한 거울은 태양신 아마테라스의 신체神体를 상징하는 거울과 같은 의미의 주구呪具로 볼 수 있기 때문에, 이 거울이 변한 돌을 5)처럼 빛나는 돌로 생각하는 것은 무리가 아닐 것이다. 그렇다면 1)~6)까지의 돌들은 계란처럼 둥글고 혹은 빛이 나기도 하는 주술적 돌이며, 사람들이 경배하며 귀하게 여기는 신성한 돌이라고 정리할 수 있다. 이 돌들은 각자 다른 전승 속에 등장하지만 모두 신공황후와 연관 지어져 사람들에게 비슷한 이미지로 받아들여졌을 가능성은 매우 높다.

신공황후가 이렇게 신성한 돌과 결부되는 배경에는 앞에서 살펴본 아메노히보코전승이나 쓰누가아라시토전승³³에 나오는 신비한 구슬과 돌이 있음을 부정할 수 없다. 아메노히보코와 유사한 전승을 가진 쓰누가아라시토는 그 신분이 신라가 아닌 의부가라국(가야국) 왕자라 되어 있고, 상대역으로 등장하는 여자도 붉은 구슬이 아닌 흰 돌이 변한 소녀라 되어있다. 그러나 두 전승이 같은 이야기의 이본異本적 성격임은 자명하다. 결국 신공황후전승 속의 돌들은 한국 신화의 큰 특징 중 하나인 '태양숭배'와 '난생卵生'이라는 측면에서 이해해야 할 것이다.

---

33 『日本書紀①』 300~305쪽.

한편, 돌이 그 자체의 신성성보다 일종의 통과의례의 장으로 기능하는 경우를 살펴보자면, 신공황후가 은어낚시를 했던 바위를 들 수 있다.

7) 황후가 강 속 바위에서 머무르며 치마의 실을 풀고 밥알을 미끼삼아, 그 개천의 은어를 잡았다. [그 강의 이름을 오가와라 한다. 또한 그 바위의 이름을 가치토히메라 한다.]

爾坐其河中之礒 拔取御裳之糸 以飯粒為餌 釣其河之年魚 [其河名謂小河 亦其礒名謂勝門比売也]　　　　　　　　　　　　(『古事記』248-249쪽)

8) 황후가 강 속 돌 위에 올라 낚싯줄을 던지며 기원하기를, '짐은 서쪽으로 보물이 많은 나라를 구하고자 한다. 만약 일이 성사될 것이면 물고기가 낚시 바늘을 물리라!'라고 했다.

登河中石上而 投鉤祈之曰 朕西欲求財国 若有成事者 河魚飲鉤

(『日本書紀①』420-422쪽)

9)황후가 강 속 돌 위에 올라 낚시 바늘을 바치며 기원하기를 '짐은 신라를 정벌해 그 재보를 구하고자 한다. 그 일이 성공해 개선할 수 있다면 은어여 내 낚시 바늘을 삼켜라!'라고 말했다. 이윽고 바늘을 던지자 잠시 후 과연 그 물고기가 잡혔다.

登河中之石 捧鉤祝曰 朕欲征伐新羅求彼財宝 其事成功凱旋者 細鱗之魚 呑朕鉤緡 既而投鉤 片時果得其魚　　　　(『風土記』328-329쪽)

7)에서는 황후가 신라정벌을 마치고 돌아와 황자를 출산한 직후 은어낚시를 하는 것으로 되어 있는데, 8)과 9)에서는 황후가 신라정 벌을 앞두고 그 성공을 점치며 은어를 낚는 것으로 기술되어 있다. 7)에 언급된 '가치토히메勝門比売'라는 바위의 이름을 풀이하면 '승리 의 문'이라는 뜻이므로 이것은 우선 신라정벌에서의 개선을 의미한 다고 볼 수 있다. 그런데 이 은어낚시 이후 황후가 자신이 낳은 황자 를 황위에 올리기 위해 본격적인 작전을 펼치는 내용이 전개되는 것 을 보면, 이는 또 다른 승리를 향한 문으로 해석할 수도 있다. 즉, 이 바위는 왕권의 쟁취라는 더 큰 투쟁을 앞두고 그 승리를 향해 결의 를 다지는 공간으로 볼 수도 있는 것이다.

한편, 8)과 9)에 나오는 강 속의 돌은 신라정벌의 승패를 점치는 신탁의 공간이자, 신라라는 적진을 향해 내딛는 출발점이기도 하다. 황후의 낚시 바늘을 문 은어는 신라정벌의 성공을 보장하는 신의 응 답이었기 때문에 이 돌을 출발점으로 황후의 행보는 새로운 국면에 접어든다. 본격적인 전쟁에 돌입하기 위해 선박을 모으고, 군사를 훈련하며, 출산을 늦추기 위해 허리에 돌까지 싸맨 황후는 더 이상 남편을 잃은 연약한 여자의 모습이 아니다. 이 바위 위에서 황후는 신라와의 전투를 총지휘하는 전사로 거듭난 것이다. 이렇게 볼 때 7), 8), 9)의 바위는 모두 생의 한 단계에서 다른 단계로 넘어가는 통 과의례의 공간, 입사식入社式이 이루어지는 제의의 장이라 보아야할 것이다.

시야를 넓혀 한국 쪽의 전승을 살펴보면 유화가 인간의 여성이 아 닌, 물짐승에 가까운 모습으로 올라앉아 있던 바위나, 연오랑과 세오녀가 스스로 해와 달의 정령임을 깨닫지 못한 채 필부필부로 지내다 일본으로 건너갈 때 올랐던 바위도 같은 의미로 해석할 수 있다.

10) 어부가 물속을 보니 기이한 짐승이 돌아다녔다. 이에 금와왕에게 고하고 쇠 그물을 깊숙이 던졌다. 돌에 앉은 여자를 끌어당겨 얻었는데, 얼굴 모양이 심히 두려웠다. 입술이 길어 말을 하지 못하므로 세 번 자른 뒤에야 입을 열었다. (중략) 왕이 그 여자가 해모수의 왕비인 것을 알고 이에 별궁에 두었다. 해를 품고 주몽을 낳았다.

漁師観波中 奇獣行駿 乃告王金蛙 鉄網投澡澡 引得坐石女 姿貌甚堪畏 唇長不能言 三截乃啓歯 王知慕漱妃 仍以別宮置 懐日生朱蒙[34]

11) 동해 바닷가에 연오랑과 세오녀 부부가 살고 있었다. 어느 날 연오가 바다에 나가 해초를 따고 있었는데, 갑자기 <u>어떤 바위[혹은 물고기라고도 한다.]가 나타나 연오를 싣고 일본으로 갔다.</u> 그러자 이를 본 그 나라 사람들이 말하였다. "이 사람은 매우 특별한 사람이다." 그리고는 연오를 세워 왕으로 삼았다. (중략) 남편이 돌아오지 않자 이를 이상하게 여긴 세오는 남편을 찾아 나섰다가 남편이 벗어놓은 신발을 발견하고 <u>역시 그 바위에 올라갔다. 그랬더니 그 바위도 예전처럼 세오를 태우고 갔다.</u> 그 나라 사람들이 이를 보고 놀라서 왕에게 아뢰었다. 이리하여 부부가 다시 만나게 되었고, 세오는 귀비가 되었다.

東海浜 有延烏郎 細烏女 夫婦而居 一日延烏帰海採藻 忽有一巌[一

---

34 진단학회 편, 앞의 책, 189-190쪽.

云一魚〕負帰日本 国人見之曰 此非常人也 乃立為王 (中略) 細烏怪
夫不来 帰尋之 見夫脱鞋 亦上其巖 巖亦負帰如前 其国人驚訝 奏献於
王 夫婦相会 立為貴妃[35]

물가의 돌은 물과 땅의 경계에 위치한다. 돌 위에 앉아 있던 유화
는 인간이면서 동시에 물짐승인 유화의 정체성을 잘 표현해주는 모
습이다. 얼굴 모양이 심히 두려울 만큼 이질적인 모습이었던 유화는
돌 위에서 끌어내려진 후 긴 입술을 자르고 나서야 입을 열게 된다.
말은 인간과 짐승을 구별하는 가장 큰 요건이다. 계룡에게서 난 알
영도 냇가에서 닭의 부리 같은 입술을 떼고 나서야 궁실에 들어 왕
비가 될 수 있었다. 돌 위를 떠나며 물짐승으로서의 모습을 버린 유
화는 주몽을 낳고, 어머니가 되고 국가의 신모가 된다.

연오랑 세오녀가 디뎠던 바위도 마찬가지이다. 어느 날 그 바위를
딛기 전까지 연오랑과 세오녀는 해초를 따던 평범한 백성이었다. 하
지만 홀연히 나타난 바위에 오른 이후 이 둘은 '매우 특별한 사람非常
人'이 되고 나아가 각자 왕과 귀비까지 된다. 10)과 11) 모두에서 바
위는 기존의 모습을 버리고 새로운 단계, 새로운 세계로 내딛는 출
발점이자 반드시 통과해야만 하는 관문이라 할 수 있다.

아울러 신공황후의 돌과 관련해 한 가지 더 살펴볼 사항은 신라의
탈해왕 신화에 등장하는 돌무덤石塚이다.

---

35 일연 저, 신태영 역, 앞의 책, 72-73쪽.

> 그 아이는 지팡이를 끌고 두 종을 데리고 토함산 위에 올라 <u>돌무덤</u>
> <u>을 지어 7일 동안을 머물렀다.</u>
> 其童子曳杖率二奴 登吐含山上 作石塚留七日[36]

어느 날 궤 안에 담긴 채 배에 실려 계림에 당도한 탈해는 7일 동안 잘 대접을 받고 나서야 비로소 입을 연다. 알로 태어난 까닭에 버려진 채 떠돌던 자신의 내력을 이야기하고 나서 탈해가 처음으로 한 행동은 바로 토함산에 올라 돌무덤을 짓고 7일간 머무른 일이다. 돌무덤 속에서 보낸 이 7일간이라는 시간을 경계로 탈해는 '상서롭지 못한非吉祥' 아이에서 '지혜가 있는智人' 사람으로 인정받으며 결국에는 공주를 아내로 얻고 왕위에까지 오른다. 결국 이 돌무덤은 탈해가 왕으로 거듭나는 입사의례를 치른 공간으로 볼 수 있다는 점에서 신공황후의 바위와 같은 의미로 해석할 수 있다. 아울러 탈해 신화에 계속적으로 등장하는 '7일'이라는 시간은 신공황후전승 속에도 눈에 띈다. 남편 주아이 천황의 죽음 후 재궁齋宮에 들어가 스스로 신주가 되어 7일7야七日七夜 동안 신탁을 기다리는 장면[37]은 탈해가 돌무덤에서 보낸 7일과 너무나 흡사하다. 또 이 7일7야는 뇌신관련 설화에서도 몇 가지 사례가 발견된다. 진무 천황의 황후처럼 붉은 화살이 처녀를 임신시켜 아들이 태어난다. 이 아들의 성년을 축하하는 7일7야 동안의 연회 후 아들은 아버지를 찾아 지붕을

---

36 일연 저, 신태영 역, 앞의 책, 67쪽.
37 『日本書紀①』 418-419쪽.

뚫고 하늘로 올라간다.[38] 여기에서도 7일7야는 아비를 모르는 아이가 신의 아들로서 자신의 정체성을 찾는 통과의례의 기간이다. '8'이라는 숫자가 보편적인 일본 고대전승의 세계에서 유독 신공황후와 관련해 '7'이 쓰이고 있는 점은 앞으로 논증이 더 필요하지만, 신공황전승과 한국 신화와의 깊은 관련성을 방증해주는 하나의 요소일 가능성이 높다.

Ⅴ. 맺음말

본고에서는 신공황후전승 안에 두드러진 특징을 보이는 두 요소인 '물'과 '돌'을 중심으로 그 양상이 의미하는 바를 고찰했다. 황후가 지닌 '물'의 영력과 해신의 비호는 신라정벌의 성공에 절대적인 요건이며, 신공황후가 거쳐 간 지역마다 산재한 신비한 '돌'에 관한 이야기 역시 황후의 신화적 정체성과 깊이 관련되어 있다고 보았기 때문이다.

Ⅱ장에서는 황후가 지닌 '물'과 관련된 영력은 황후가 신라정벌의 탁선을 받기 전부터 예조予兆를 보이며 신라정벌에 성공하고 귀환할 때까지 일관되게 이어지고 있음을 살펴보았다. 아울러 황후가 이처럼 여러 전승 속에서 바다의 영력을 지닌 무녀로 조형된 것은 아메노히보코의 후손이라고 하는 황후의 출자에 기인한 것으로 보았다.

---

38 『風土記』 437-439쪽.

Ⅲ장에서는 신공황후가 바다와 강을 아우르는 물의 영력을 지닌 존재로, 항해와 어로는 물론 농경과 관련해서도 물을 제어하는 모습으로 전승되고 있음을 살펴보았다. 고대 농경사회에서 왕후는 농사의 풍요를 담보할 물의 영력이 요구되는 존재이며, 여러 전승을 통해 확인된 신공황후의 모습은 이에 부합됨을 알 수 있었다. 아울러 황후가 이러한 물의 영력을 지닌 존재로 전승되는 바탕에는 Ⅱ장에서 살펴본 황후의 출자와 더불어, '왕후 수덕'이라고 하는 한국 신화의 오랜 관념이 자리하고 있음을 알 수 있었다.

Ⅳ장에서는 신공황후전승에서 두드러진 존재감을 보이는 돌에 관해 그 성격에 따라 두 가지로 나누어 고찰했다. 우선 돌 자체가 신성성을 지니고 있는 경우, 그 모양이 계란처럼 둥글거나 빛이 나는 등의 공통점이 있고 그 주술적 능력으로 인해 사람들에게 경배되거나 귀하게 여겨짐을 알 수 있었다. 또한 이 돌들이 신공황후와 결부되는 이유는 아메노히보코나 쓰누가아라시토전승에 나오는 신비한 구슬이나 돌과 관련이 있고, 나아가 한국 신화의 '태양숭배'나 '난생卵生'에 뿌리를 둔 신성한 돌의 관념과 관련이 있으리라 추측해보았다. 한편 신공황후가 은어낚시를 했던 바위에 이름이 붙여진 것을 계기로 그 의미를 고찰해본 결과, 이 바위는 생의 한 단계에서 다른 단계로 넘어가는 일종의 통과의례의 공간임을 알 수 있었다. 아울러 한국의 신화 속에 나오는 바위들 중에서도 신공황후전승의 바위와 같은 기능과 의미를 가진 예들을 고찰했다. 그 결과 유화나 세오녀가 올라섰던 바위와 탈해가 7일간 머물렀던 돌무덤도 기존의 모습을 버리고 새로운 단계로 나아가는 관문으로 해석할 수 있음을

밝혔다.

이상 신공황후전승에 있어서의 '물'과 '돌'이라는 두 요소를 중심으로 그 신화적 의미를 고찰해보았는데, 결국 신공황후가 지닌 '물'과 '돌'의 영력과 신이는 한국계 신화와의 깊은 관련성으로 귀결된다고 할 수 있다.

한·중·일 동아시아 신화의
문화적 교차

제11장

일본 기기에 나타난
질투 모티프

최 승 은

I. 머리말

"질투를 주의하소서! 나의 주인이여, 그것은 사람의 마음을 농락하고, 잡아먹는 초록 눈의 괴물입니다." 셰익스피어의 대표적 비극인『오셀로』에는 질투라는 감정에 대해 애정 관계나 확신을 한순간에 뒤집어 파멸로 이끄는 부정적 속성으로 표현된다. 문학적 소재로서의 질투는 이처럼 비극적 파국을 이끄는 중요한 요소이며, 등장인물의 성격을 보여주는 것은 물론, 작품 구성에 있어서 의외의 전환점을 가져다주는 특별한 소재이다. 일본 문학도 예외는 아니다.『가게로닛키蜻蛉日記』의 미치쓰나노하하道綱母,『겐지모노가타리源氏物語』의 로쿠조미야스도코로六条御息所 등 질투하면 떠오르는 대표적 인물이 있을 정도로, 질투 모티프[1]는 문학 텍스트의 중요한 소재로 사용되어 왔다. 이렇듯 질투와 문학은 말할 필요도 없이 긴밀하지만, 실제 질투 모티프만을 본격적으로 다룬 연구는 그 수가 많지 않다. 오히려 질투를 여성성의 일부로서 혼인제도, 정조, 여성의 욕망 등과 관련된 부수적인 요소로서 국한시켜 온 연구들이 많다.

본고는 일본 고전문학 속 질투 모티프가 문학적으로 어떻게 변화되어 가는지 통시적으로 살펴보는 연구의 일환으로 먼저『고지키古事記』와『니혼쇼키日本書紀』[2]에 나타난 질투담을 살펴보고자 한다.『고지키』와『니혼쇼키』의 질투담은 문헌기록 상 가장 오래된 질투 모티프이므로 후대의 질투 모티프보다 상대적으로 원초적인 질투 감정이 그려져 있다고 보기 때문이다. 구체적으로는『고지키』와『니혼쇼키』에 등장하는 세 황후의 질투담(스세리비메, 이와노히메, 오시사카노오호나카쓰히메)의 질투 모티프를 추출해 그 유형을 분류하고 그 의미를 고찰함으로써 통시적 연구의 출발로 삼고자 한다.

---

1 엘리자베스 프렌첼에 따르면 '모티프'는 하나의 작은 질료적 단위, 내용 요소로 정의한다. (이재선(1996)『문학 주제학이란 무엇인가』민음사, 191쪽.) 여기서 말하는 질투는 전체 플롯이 아닌 하나의 상황적 요소로서 보조적인 기능을 하거나 혹은 작품의 서사 진행에 영향을 미치기도 한다. 그러므로 본고에서는 질투를 모티프로 규정하고자 한다.

2 이하『고지키』,『니혼쇼키』로 표기하고 원문의 인용은 다음의 텍스트에 의거하며 인용문의 한국어역은 필자 졸역.
山口佳紀·神野志隆光 腿註·訳『古事記』新編日本古典文学全集 小学館, 1997.
小島憲之 校註·訳『日本書紀』①, ② 新編日本古典文学全集 小学館, 1994.

Ⅱ. 우와나리네타미嫉妬

『고지키』에는 질투 어휘가 2건 등장하는데, 오쿠니누시노미코토 大国主命의 황후인 스세리비메勢理毘売, 닌토쿠仁徳 천황의 황후인 이와노히메의 질투를 설명하는 부분이다. 이 두 인물에 대한 질투 묘사에는 모두 우와나리네타미嫉妬라고 표기되어 있다.[3]

① 須勢理毘売命 甚為嫉妬(うはなりねたみ)　　(『古事記』上巻 89쪽)

② 其大后石之日売命 甚多嫉妬(うはなりねたみ)

(『古事記』下巻 288쪽)

오리구치 시노부折口信夫에 따르면 '우와나리네타미うはなりねたみ'는 일반적인 시기, 질투와는 다르다. 나중에 들어온 처後妻를 '우와나리うはなり'라고 읽고, 먼저 들어온 처前妻를 '고나미こなみ'라고 읽는데, 여기서 말하는 질투 '우와나리네타미'는 제2, 제3의 부인인 '우와나리'에 대해 본처인 '고나미'가 갖는 감정이라고 설명한다.[4] 이와 관련해 마쓰다 치에코松田千恵子는 고대의 '우와나리네타미'에 대해, "이는 정처, 먼저 들어온 처가 가정의 질서를 지키고, 그녀와 그녀의 남편의 위대함을 알리기 위한 수단이며 무녀巫女로서 남편을 지탱하는

---

3 『니혼쇼키』의 경우 이와노히메 질투에 관해서는 '皇后之妬', 오시사카노오호나카 쓰히메의 질투에 관해서는 '皇后之嫉'로 표기되어 있다.

4 折口信夫『折口信夫全集(ノート編)』第七巻 中央公論社, 1971, 210-217쪽 참고.

주술력의 강력함을 나타내기 위한 것이기 때문에 정당하고 필요한
것이었다."⁵고 해석한다. 이 시대에서 질투는 일부다처제 제도 하에
정처만이 가질 수 있는 특권이었으며, 그 목적이 가정의 질서 유지
라는 점에서 그 당위성을 인정받을 수 있다는 이야기다. 이러한 점
은 경쟁자들의 반응에서도 살펴볼 수 있다.

① 야카미히메를 데리고 왔지만, 정처인 스세리비메를 두려워해 자
신이 낳은 자식을 나뭇가지 틈새에 끼워 놓고 돌아가 버렸다.
故 其八上比売者 如先期 美刀阿多波志都 故 其八上比売者 雖
率来 畏其嫡妻須世理毘売而   (『古事記』上巻 85쪽)

② 천황은 기비노아마베노아타이의 딸인 구로히메가 용모가 아름
답다는 소문을 듣고 궁으로 불러들였는데, 황후(이와노히메)의 질
투를 두려워한 나머지, 본국으로 돌아가 버렸다.
爾天皇 聞看吉備海部直之女名黒日売 其容姿端正 喚上而使也
然畏其大后之嫉 逃下本国   (『古事記』下巻 288쪽)

③ 오토히메는 황후(오시사카노오호나카쓰히메)의 마음을 두려워하며
나아가지 않았다. 천황은 거듭해서 일곱 번이나 불렀지만 굳게
사양하며 가지 않았다.

---

5 松田千恵子「嫉妬の系譜-発生と展開」常葉学園短期大学国文学会 (25), 2000,
  40-41쪽.

弟姫畏皇后之情而不参向 又重七喚 猶固辞以不至

(『日本書紀』② 114쪽)

위의 인용문에서 살펴본 바와 같이 질투의 대상이 되는 후처들은 정처의 질투에 대해 비난이 아닌 두려움을 표시하고 있다. 경쟁자들의 이러한 수동적인 모습 때문에 황후들의 질투심이 더욱 돋보일 수도 있겠지만, 적어도 정처의 질투에 대해서 시비를 가릴 수 없다는 당위성을 설명하는 부분이라 할 수 있겠다.[6] 『니혼쇼키』에는 이와노히메가 야마시로에서 환궁하지 않자 야타노히메미코가 황후의 자리를 차지한다. 이처럼 일부다처제의 제도 하에 언제든지 후처가 전처가 될 수 있는 상황에서 자신의 지위와 권위를 위협하는 존재에 대해 시기와 질투를 하는 것은 당연하기 때문이다. 후처에 대한 권위적 행위는, 정처만이 가질 수 있는 독보적인 권한임과 동시에, 정처의 자리는 언제라도 바뀔 수 있다는 불안정한 상황 속에서 이를 미연에 방지하고자 하는 필연적인 행위라 할 수 있다.

---

6 일본에는 당으로부터 7세기 초반부터 일부 율령적 제도를 받아들여 7세기 중반부터는 본격적, 체계적으로 지배체제를 정비했다. (脇田 晴子외 『日本女性史』 吉川弘文館, 1987, 25-28쪽) 일본 율령에 도입된 중국의 처첩제도는 비록 법령체제가 시작됐다고 하지만 실제 일본의 혼인실태와는 분리되어 있었음이 이미 지적된 바 있다(関口裕子·服藤早苗·長島淳子 『家族と結婚の歴史』 森話社, 39쪽) 脇田 晴子 역시 율령법을 지탱하는 사상적, 사회적 배경은 체제와 같이 순식간에 변화할 수 있는 것은 아니었다고 밝히고 있다. (脇田 晴子외 앞의 책, 25-28쪽) 당의 법률을 따라 남성 본의의 체제는 마련됐지만, 그 즉시 실제 일본 사회에 적용됐다고 보는 것 자체가 어쩌면 무리일 수 있다. 戸令에 따라 여성의 지위는 호주인 남성에게 종속되었지만 실태적으로는 가부장제가 가지는 질투를 금기하는 분위기는 엿볼 수 없었다.

Ⅲ. 상대 문헌 속 질투 모티프의 양상

앞에서 살펴봤듯이 당대의 질투는 '우와나리네타미'의 형태로 정처가 후처에 대한 존재감 과시 및 가정의 질서 확립을 위한 당위성을 확보하고 있다고 볼 수 있다. 앞 장에서 고찰한 질투의 기본적인 성격을 토대로 다음으로는 각 이야기 속 질투 모티프의 양상을 살펴보고 그 유형을 분류하고자 한다.

데이비드 버스David M. Buss는 남녀의 애정관계에 어떠한 위협 상황이 발생해 질투가 촉발되면 질투는 배우자, 연적, 나 자신을 향한 전술을 가동시킨다고 말한다.[7] 즉, 질투 행위자는 애정관계를 유지하기 위한 다양한 방법을 구사하게 된다는 것이다. 이 모든 전술은 방어적 개념으로 남녀 관계에서 항상 존재해 온 성적 탈선이나 정서적 배신에 맞서 애정 관계를 계속 잘 유지하기 위해 진화한 해결책[8]이라고 보는 것이 데이비드 버스의 진화심리학에서 말하는 질투 감정이다. 진화심리학[9]은 인간의 심리와 그로 인해 발현되는 행동에 대해 '왜'라는 질문을 던진다. 즉 한 인물의 심리가 '어떻게 작동'하는가를 설명하기보다 '왜 그러한 마음으로 설계'되었는지에 연구의 초점을 맞추고 있는 것이다[10]. 이처럼 진화심리학적 관점에서 문학 텍

---

7 Buss, David M(전중환 옮김) 『욕망의 진화』 사이언스북, 2007, 267쪽.

8 Buss, David M(이충호 옮김) 『진화심리학』 웅진 지식하우스, 2007, 517쪽.

9 진화심리학이 지향하는 목표는 진화론적 관점에서 사람의 마음과 뇌의 기제를 이해하는 것이다. (Buss, David M(이충호 옮김) 『진화심리학: 마음과 행동을 연구하는 새로운 과학』 웅진지식하우스, 2012, 29쪽)

10 Buss, David M(이충호 옮김) 앞의 책, 2007, 27-29쪽.

스트를 분석하는 연구[11]는 등장인물의 본연의 심리를 파악하는 데
유용하다. 앞서 서두에서 밝혔다시피 여성의 질투를 외부적 요인(혼
인제도)과 분리하여 고찰해 보고자 하는 필자의 연구 방향성에 부합
한다는 점에서 진화심리학적 텍스트 연구는 유용한 수단이 될 것이
라고 생각한다. 데이비드 버스David M. Buss는 질투 감정을 바라보는 그
방법을 다음의 세 가지로 분리하고 있다.

① 감정적 조작 구사[12]
② 경쟁자가 다가오지 못하게 하는 전술
③ 파괴적 전술[13]

이러한 개념에 의거하여 일본 고전문학 속 질투 모티프의 유형을
분리해 보고자 한다. 비록 질투 전술의 최종 목적이 애정관계의 유
지에 있다고는 하지만, ③의 파괴적 전술의 경우 관계 파괴의 가능성
을 내포하고 있다. 미래의 가능성은 물론 배우자를 고르고 유혹하고

---

11 진화심리학과 문학연구를 연결하는 시도는 영미 문학 분야를 중심으로 그 역사는
오래되지 않았다. 최재오 외 「진화심리학적 관점으로 본《느릅나무 밑의 욕망》의
애비와 에벤 인물분석」한국연극교육학회 〈연극교육연구〉 25권0호, 2014, 133-134
쪽. 김용현 「진화이론 기반의 문학연구에 관하여- 진화심리학을 중심으로」한국독
일언어문학회(구 독일언어문학연구회) 〈독일언어문학〉 58권0호, 2012, 393-395쪽.

12 감정적인 전술의 구체적 예시로는 울음을 터뜨리기, 다른 마음을 품은 배우자가
죄책감이 들게 만들기, 배우자 없이는 아무런 희망도 없다고 말하기 등이 있다.
Buss, David M(전중환 옮김) 앞의 책, 270-272쪽.

13 파괴적 전술에서 말하는 손실은 신체적일 수도 있고, 고함을 지르거나 언어적으
로 학대하여 자존심을 상하게 만드는 것과 같이 심리적인 것일 수도 있다. 아마도
가장 중요한 손실은 관계 자체를 끝내겠다고 위협하는 것이다. Buss, David M(전
중환 옮김) 앞의 책, 277-279쪽.

구애하느라 바쳤던 모든 노력들을 한꺼번에 잃어버릴 가능성을 내포하고 있다는 점에서 ①과 ②의 방법과는 차이가 있다. 본고에서는 ①과 ②의 전술은 질투의 목적을 애정 관계의 유지에 두는 '방어적 질투 모티프'로서 규정하고 ③의 전술은 어떠한 형태로든 배신의 주체들은 배우자 혹은 경쟁자에게 손실을 가하는 것이 그 목적인 '공격적 질투 모티프'로서 규정하여 두 유형으로 분류하고자 한다.[14]

1. 방어형 질투 모티프 – 스세리비메須勢理毘売

오호아나무지노카미(大穴牟遲神, 이하 오아나무지)의 정처인 스세리비메는 네노쿠니根国를 다스리는 스사노오노미코토(須佐之男命, 이하 스사노오)의 딸이다. 부친의 승낙 없이 결혼해 이후 이를 안 스사노오가 오쿠니누시에게 가혹한 시련을 내렸지만 갖은 지혜로 오아나무지를 위험에서 구하는 현명한 여인으로 그려진다. 결국 스사노오의 허락을 받아 오아나무지는 오쿠니누시노카미(大国主神, 이하 오쿠니누시)가 되고 스세리비메를 정처正妻로 맞이할 수 있게 된다.

이처럼 스세리비메는 남편의 위기에 적극적으로 지혜를 제공하는 현명한 여인으로 그려지는 반면, 오쿠니누시의 외도에 대해서는 질투심이 심한 황후로 묘사된다. 스세리비메의 질투를 연상할 수 장

---

14 ③의 공격형 질투 모티프와 일견 유사한 감정으로 보이는 시기심이 있다. 그러나 시기는 자신이 갖고 있지 못한 것을 소유한 사람에 대해 느끼는 불쾌감 혹은 악의가 포함된 감정으로 시기하는 사람과 시기의 대상이 되는 경쟁자로만 구성된다는 점에서 ③과는 구분지어 생각해야 할 것이다. 그러나 이 역시 남녀관계에서 언제든지 나타날 수 있는 감정으로서 또 다른 유형으로 검토할 과제이다.

면은 오쿠니누시가 야카미히메八上比売와 누나카와히메沼河比売와 결혼한 이후에 등장한다.

① 야카미히메를 데리고 왔지만, 정처인 스세리비메를 두려워해 자신이 낳은 자식을 나뭇가지 틈새에 끼워 놓고 돌아가 버렸다.

故 其八上比売者 如先期 美刀阿多波志都 故 其八上比売者 雖率来 畏其嫡妻須世理毘売而　　　　　　　　　(『古事記』上巻 85쪽)

② 본처인 스세리비메는 매우 질투심이 강한 신이었다.

又其神之嫡后 須勢理毘売命 甚為嫉妬　　　　　(『古事記』上巻 89쪽)

①에서는 경쟁자인 야카미히메가 자식까지 버리고 고국으로 돌아가 버리는 모습을 그림으로써 스세리비메의 질투가 얼마나 심한지를 간접적으로 드러내고 있다. ②는 오쿠니누시가 누나카와히메와 사랑의 노래를 주고받고 혼인을 했다는 내용[15] 뒤에 기술되어 있다. 스세리비메는 경쟁자인 야카미히메와 누나카와히메에 대해 직접적인 질투 행위를 하고 있지 않다. 유일하게 황후의 질투 행위를 설명하고 있는 부분은 누나카와히메와의 혼인을 알고 질투하는 스세리

---

15 야치호코노카미(八千矛神)는 고시노쿠니(高志国)의 누나카와히메(沼河比売)와 결혼하기 위해 행차해 누나카와히메의 집에 당도하여, 아름다운 여인이 있다는 소문을 듣고 먼 고시노쿠니까지 찾아왔다며 만남을 청하는 사랑의 노래를 부른다. 이에 누나카와히메는 다음 날 곧 만나 사랑을 할 것이니 너무 애태우지 말라는 답가를 보내고 야치호코노카미와 누나카와히메는 다음 날 밤에 혼인한다. 이처럼 서로의 사랑을 속삭이는 아름다운 노래 뒤에 정처인 스세리비메가 질투심이 매우 심하다고 기술되어 있는 것이다.

비메의 반응을 걱정하면서 오쿠니누시는 마음을 달래는 노래에 대
해 스세리비메가 보내는 답가가 ③이다. 그 내용은 다음과 같다.

③ 야치호코노카미여! 나의 오호쿠니누시여!

　당신은 남자이시기에

　가시는 섬, 해안 어디에서나

　어리고 어여쁜 아내를 얻을 수 있겠지만

　(a) 저는 여자이기에

　당신 이외의 남자는 없습니다.

　당신 이외의 남편은 없습니다.

　살랑살랑 흔들리는 비단 장막 아래에서

　부드러운 비단 금침 아래에서

　사락거리는 닥나무 이불 아래에서

　(b) 가랑눈처럼 희고 싱싱한 나의 가슴을

　닥나무 줄기처럼 희디 흰 나의 팔을

　꼭 껴안고 사랑하시어

　옥처럼 아름다운 손을 베개 삼아 베고

　두 다리를 쭉 펴고 편히 쉬시옵소서.

　자, 이 술 한잔 받으옵소서.

　夜知富許能　加微能美許登夜　阿賀淤富久迩奴斯　那許曾波

　遠迩伊麻世婆　宇知微流　斯麻能佐岐耶岐　加岐微流　伊蘇

　能佐岐淤知受　和加佐佐能　都麻母多勢良米　阿波母与　売

　迩斯阿礼婆　那遠岐弖　遠波那志　那遠岐弖　都麻波那斯

阿夜加岐能　布波夜賀斯多爾　牟斯夫須麻　爾古夜賀斯多爾

多久夫須麻　佐夜具賀斯多爾　阿和由岐能　和加夜流牟泥遠

多久豆怒能　斯路岐多陀牟岐　曾陀多岐　多多岐麻那賀理

麻多麻伝　多麻　伝佐斯麻岐　毛毛那賀迩　伊遠斯那世　登与

美岐　多弓麻都良世　　　　　　　　　　　　(『古事記』上卷 87쪽)

　스세리비메는 이해를 구하는 오쿠니누시의 노래에 대해 자신에게는 오직 남편뿐이며 자신 곁에 머물러 달라는 내용으로 답가를 보낸다. 즉 질투가 촉발되는 위협 상황에서 애정 관계를 계속 유지할 목적으로 감정적 조작을 구사하는 전술을 가동시켰다고 할 수 있다.

　(a)는 비록 당신은 나를 저버리고 다른 사람에게 마음을 주었지만, 그럼에도 불구하고 나에게는 당신밖에 없다고 강조함으로써 다른 마음을 품은 배우자로 하여금 죄책감이 들게 만든다.

　어떤 질투 행위를 할지 선택하는데 있어 가장 중요한 전술의 근간은 배우자가 무엇을 바라는가에 있다고 할 수 있다. 그런 점에서 (b) 역시 감정적 조작 전술 중 하나라고 볼 수 있다. 배우자의 선호를 채워 주고 배우자가 처음부터 원했던 바로 그 자원을 제공해 주는 행동이 관계를 유지하는 매우 효과적인 방법일 수 있기 때문이다. 더 나아가서 일종의 감정적 조작 전술인 순종이나 자기 비하도 조금은 엿볼 수 있다. 상대방을 기쁘게 하기 위해서 어떠한 행동들을 약속하는 모습과 상대방이 어리고 예쁜 아내를 충분히 얻을 수 있음을 인정하고 있는 모습이 그러하다.

　이상과 같이 스세리비메의 질투 전술은 관계를 회복하고 싶은 의

317

지에 근거한다. 경쟁자에게는 물론, 질투 대상자인 오쿠니누시에게 손실을 가하는 질투 행위는 하지 않고 있다. 여기서 주목해야 할 것은 특히 본인과 배우자의 가치를 비교했을 때 상대적으로 떨어진다고 믿는 사람들의 경우에 감정적인 전술을 구사할 확률이 높다는 점이다[16]. 이를 바탕으로 스세리비메가 오쿠니누시를 더 사랑했다고 단언할 수는 없겠지만 적어도 스세리비메가 구사한 질투 전술의 주 목적은 애정 관계를 계속 유지하려는 데 있었음은 분명하다고 볼 수 있다.

방어적 질투 모티프로서 스세리비메의 이야기는 애정 관계의 유지라는 목적과 일치하는 형태의 결말로 끝을 맺는다.[17]

2. 공격적 질투 모티프

1) 이와노히메

이와노히메[18]는 제16대 닌도쿠 천황(257~399년)의 황후이며, 리츄履中 천황, 한제反正 천황, 인교允恭 천황의 생모이기도 하다. 닌도쿠 천황의 일화를 살펴보면, 백성들의 빈곤을 구제하기 위해 과역을 3년간 금지하고 황제 스스로 검소한 생활을 한 성군으로서 그려져 있다. 그러한 천황의 황후가 문헌 속 질투심이 매우 심한 대표적인 여인으

---

16 Buss, David M(전중환 옮김) 앞의 책, 2007, 267~270쪽.

17 술잔을 주고받고 서로의 목덜미를 껴안고 지금에 이르기까지 함께 진좌한다.(即為宇伎由比而 宇那賀気理弖 至今鎮坐也)(『古事記』上巻 91쪽)

18 記에서는 「石之日売命」, 紀에서는 「磐之媛命」로 표기.

로 평가되고 있다는 점은 매우 흥미롭다. 먼저 『고지키』에는 이와노
히메의 질투 모습을 다음과 같이 기술하고 있다.

① 황후 이와노히메노미코토는 질투심이 매우 심했다. 그래서 천황
   을 모시는 후궁들은 궁 안에 들어갈 수 없었다. 후궁들이 특별한
   말이라도 건네면 황후는 발을 동동 구르며 질투했다.
   其大后石之日売命 甚多嫉妬 故 天皇所使之妾者 不得臨宮中 言
   立者 足母阿賀迦迩嫉妬   (『古事記』下巻 288쪽)

② 천황은 기비노아마베노아타이의 딸인 구로히메가 용모가 아름
   답다는 소문을 듣고 궁으로 불러들였는데, 황후의 질투를 두려
   워한 나머지, 본국으로 돌아가 버렸다. 천황이 누각에 올라, 구로
   히메가 탄 배가 바다에 떠 있는 것을 보고 시를 읊었다. (중략) 황
   후는 이 시를 듣고 매우 화를 내며, 사람을 보내 구로히메를 배에
   서 내리게 하여 걸어 돌아가도록 했다.
   爾天皇 聞看吉備海部直之女・名黒日売 其容姿端正 喚上而使也
   然 畏其大后之嫉逃下本国 天皇坐高台 望瞻其黒日売之船出浮
   海 以歌曰 (中略) 故 大后聞是之御歌大忿 遣人於大浦 追下而
   自歩追去   (『古事記』下巻 288쪽)

③ 황후가 도요노아카리 의식 때 바칠 떡갈나무 잎을 구하러 기노쿠
   니에 행차한 동안, 닌도쿠 천황은 야타노와키이라쓰메와 혼인을
   했다. (중략) 이 소식을 듣고 크게 노하여 배에 실은 떡갈나무 잎

319

을 모조리 바다에 던져버렸다. (중략) 그리고 궁으로 돌아가지 않고, 그 배를 끌고 나니와의 호리에를 지나 야마시로로 올라가셨다.

大后 為将豊楽而 於採御綱柏 幸行木国之間 天皇婚八田若郎女 於是大后 御綱柏積盈御船 還幸之時 所駈使於水取司吉備国児 嶋之仕丁 (中略) 於是大后大恨怒 載其御船之御綱柏者 悉投棄 於海 (中略) 即不入坐宮而 引避其御船 泝於堀江 随河而上幸山 代

(『古事記』下巻 290-292쪽)

앞서 스세리비메의 질투담과 비교할 때, 이와노히메의 질투담에는 이와노히메의 질투를 드러내는 행위들이 다양하게 등장한다. ① 은 이와노히메의 질투의 정도를 단편적으로 제시하고 있는 부분으로, ①에서는 다른 후궁에 대한 질투로 인해 그 질투를 이기지 못하고 발을 동동 구르는 신체적 반응을 보여주고 있다. 사실 ①의 내용만 보면 일반적으로 질투가 일어날 수 있는 외도 행위는 발생하지 않았음에도 질투의 심정을 나타내는 황후의 모습이 그려져 있다. 이러한 질투 전술은 앞서 밝힌 세 가지 중 감정적 조작을 통해 앞으로 일어날 수 있는 외도를 방지하는 방어적 반응이며 그 목적은 관계 유지에 있다고 할 수 있다. ③의 인용 역시 반대의 뜻을 표했음에도 자신의 부재를 틈타, 야타노와키이라쓰메와 혼인한 사실에 분노하여 배에 실은 떡갈나무 잎을 모조리 바다에 던져버리는 신경질적인 행위를 보여주고 있다. ①의 질투가 가능성이 있는 위협 요소에 대한 방어적 수단이라면 ③의 질투는 유지하고 싶은 관계에서 위협적인 상황이 발생했을 때의 반응이며, 배우자의 외도에 대해 분노라는 감정적 조작을 통해 질투 행위를 하고 있는 것이다. 떡갈나무 잎을 모조리 바다에 버리고 궁으로 돌아가지 않음으로써 둘의 애정관계에 제3자의 개입을 강력히 부인하고 있음을 어필하고 있다. 질투는 사랑과 상관관계가 높은 감정 중 하나이다. 내가 가진 소중한 대상을 경쟁자에게 빼앗길지도 모른다는 두려움을 나타내며, 일종의 방어 수단으로서의 질투를 이끌어 낸 것이라고 볼 수 있다. 즉 여기서의 질투는 황후의 천황에 대한 사랑과 이를 지키고자 하는 의지를 나타나고 있다고 할 수 있다.

이에 반해 ②에서의 질투는 ①과 ③과는 그 성질이 다른데, 대상이 경쟁자를 향하고 있으며 그 목적은 경쟁자의 제거라고 볼 수 있다. 애정을 근거로 하는 질투가 상대를 독점하려는 태도에서 시작한다고 했을 때 그 소유권을 나타내는 방법 중 하나는 경쟁자들의 접근을 철저히 제거하는 것이다. 더 나아가서는 구로히메를 배에서 내려 걸어가도록 하는 것은 파괴적인 전술[19]의 일종이라 볼 수 있을 것이다.

다음으로『니혼쇼키』에 그려진 이와노히메의 질투 모습을 살펴보고자 한다.

④ 천황은 황후에게 말하길, "야타노히메미코를 후궁으로 들여 비

---

19 데이비드 버스(David M. Buss)에 따르면 배우자를 지키기 위한 최종 수단은 비방이나 위협, 혹은 폭력을 써서 배우자나 그와 내연 관계에 있는 사람에게 손실을 가하는 것을 말한다. Buss, David M(이충호 옮김) 앞의 책, 2007, 277·279·283쪽.

로 삼고 싶소."라고 하자, 황후는 받아들이지 않았다.

天皇語皇后曰 納八田皇女 将為妃 時皇后不聽

(『日本書紀』② 42쪽)

⑤ 황후가 사람을 통해 말하길, "폐하께서는. 야타노히메히코를 후궁으로 들여 비로삼으셨습니다. 그 히메미코와 함께 황후로서 있고 싶지 않습니다."라며 결국 만나러 오지 않았다. 천황은 어가를 타고 궁으로 돌아갔다.

時皇后令奏言 陛下納八田皇女為妃 其不欲副皇女而為后 遂不奉見 乃車駕還宮 天皇於是

(『日本書紀』② 50쪽)

④는 야타노히메미코를 비로 삼고 싶은 천황의 거듭된 요구에도 불구하고, 끝까지 받아들이지 않는 이와노히메의 모습이다.『고지키』와 마찬가지로, 닌토쿠 천황은 황후의 부재를 틈타 야타노히메미코와 혼인을 하고, 이 소식을 들은 이와노히메는 환궁하지 않고 자신의 고향으로 향한다. ⑤는 다카치궁으로 환궁하지 않는 이와노히메를 찾아 천황이 친히 방문하지만, 야타노히메히코를 비로 맞이한 천황에 대해 자신의 의사를 밝히고 결국 천황은 돌려보낸다는 내용이다. ④의 내용에서 이와노히메는 후궁을 들이지 않겠다는 자신의 의지를 솔직히 표출하고, 이에 쩔쩔매며 거듭 후궁을 허락해달라는 천황의 모습이 그려진다. ⑤ 역시, 질투로 인해 자신을 외면하는 이와노히메를 향해 원망과 무시 대신 끊임없이 사자를 보내 환궁을 애원하고 그리워하는 내용이다. 천황은 후궁을 들이기(환궁하기)를 요청하

고, 황후는 이를 거절하는 내용이 반복적으로 등장한다.

이와노히메가 거듭된 천황의 노력을 거절하고 만나주지 않는 것은 관계 회복에 대한 의지가 없음을 간접적으로 드러내고 있는 것이라 볼 수 있다. 앞서 말한 파괴적 전술 중에서 상대방에게 가하는 가장 중요한 손실은 관계 자체를 끝내겠다고 위협하는 것이다. 이러한 전술의 경우 잠재적인 미래의 가능성과 배우자를 고르고 유혹하고 구애하느라 바쳤던 그간의 노력들을 한꺼번에 잃어버릴 위험의 가능성이 있다. 물론 이와 같은 파괴적 전술 역시 애정 관계를 유지하고자 하는 마음을 내포하고 있다. 이 전술은 잘 구사만 되면 배우자 혹은 경쟁자에게 손실을 가함으로써 심리적 공포가 구축되고, 한번 구축된 이러한 심리는 장차 배우자의 분노를 살 일을 알아서 저지르지 않게 해 주는 효용을 가질 수도 있다. 그렇지만 한편으로는 다시는 되돌릴 수 없는 파국으로 이끌 수도 있다는 위험성이 잠재한다. 이러한 점만으로도 남녀의 애정 관계에 있어 가장 공격적인 질투 전술이라고 할 수 있다. 종종 이러한 공격적인 질투 전술은 남녀 관계를 새로운 국면으로 이끌게 된다.

여기에 스세리비메 질투담과의 상이함이 있다. 방어적 질투 모티프로서 스세리비메의 이야기는 화해를 하며 스세리비메가 의도했던 질투 전술의 목적은 달성된다. 반면 이와노히메의 질투담에는 화해의 이야기가 기술되어 있지 않다.[20] 이처럼 질투 행위의 궁극적인

---

20 『고지키』, 『니혼쇼키』모두 이와노히메와 천황의 화해 장면은 그려지지 않았다는 공통점은 있지만 『고지키』의 경우 이후 연회 장면에서 오다테노무라지를 벌하는 황후의 모습이 등장하므로 화해 후 환궁한 것으로 볼 수 있다. 반면에 『니혼쇼키』

목적인 화해라는 결말이 그려지지 않았다는 점은 공격적 질투 전술이 가지는 관계 파괴의 위험성이 실재화됐다고 볼 수 있는 부분이라 할 수 있다.[21]

공격형 질투 모티프가 가지는 문학적 비극성은 바로 여기에 있다고 볼 수 있다. 질투의 가장 선명한 이미지는 파괴적인 질투 행위로 인해 극의 전환점을 가져다주고, 등장인물들을 파국으로 몰고 간다는 것이다. 일본 고전문학에 그려진 질투 모티프의 원형으로서『고지키』,『니혼쇼키』의 질투담을 살펴봤는데, 후대 작품들에서 공격형 질투 모티프가 어떠한 비극적 요소로 활용되는지는 차후의 연구에 있어 중요한 포인트가 될 것이다.

2) 오시사카노오호나카쓰히메忍坂大中津比売

다음으로 인교 천황의 황후인 오시사카키노오호나카쓰히메의 질투담을 살펴보고자 한다. 오시사카키노오호나카쓰히메는 인교 천황이 황자 시절, 재위에 오르는 것을 사양하자 음력 12월의 매섭고 추운 날씨 속에서도 황자의 마음을 돌리려 애를 썼고 황자로 하여금 그

에는 이와노히메가 환궁하지 않은 이후 이야기의 중심은 새로운 황후인 야타노히메미코로 이동하고 후반부에 야마시로에서 죽음을 맞이해 나랴야마(那羅山)에서 묻힌다고 기술한다.

21 후지사와 도모요시(藤沢友祥) 역시 스세리비메와 이와노히메 질투담은 두 황후가 추구하는 질투의 목적에 차이가 있으며 그 차이는 이야기의 전개 양상에 영향을 주었다고 설명한다. 그 차이점에 대해 스세리비메의 질투담에는 화합을 위한 질투가 강조된 데 반해, 이와노히메의 질투담에는 질투가 가지는 거절, 배제의 힘이 중시됐다고 해석한다. 藤沢友祥「石之日売命の嫉妬-「嫉妬」による排除」〈国文学研究〉 161, 2010, 3쪽.

청을 받아들여 제위에 오르도록 만든 황후이다. 그런 위대한 황후 역시 질투심이 심한 황후로 그려지고 있는데 그 구체적인 묘사는 다음과 같다.

① (인교천황 재위) 7년 겨울 12월 1일 신실新室 축하 연회를 열었다. 천황이 친히 거문고를 연주했고 황후는 일어나서 춤을 추었다. 그런데 춤을 다 추고 나서 예사禮事에 관해 말하지 않았다. 당시 풍속에는 연회에서 춤추던 사람이 춤을 끝내자마자 스스로 좌장에게 "낭자를 바치옵니다."라고 말하게 되어 있었다. 그래서 천황이 황후에게 "어찌 언제나 하는 예사를 말하지 않소?"라고 물었다. 황후가 송구해하며 다시 일어나 춤을 췄다. 그리고 춤을 끝내고는 "낭자를 바치옵니다."라고 말했다. 천황은 즉시 황후에게 "바치는 낭자가 누구인지 이름을 알고 싶소."라고 말했다. 황후는 어쩔 수 없이 "첩의 아우이며 이름은 오토히메입니다."라고 답했다. 오토히메는 용모가 뛰어나 비할 데가 없었으며 아리따운 자태가 옷을 뚫고 빛이 났다. 당시 사람들은 소토호시노이라쓰메衣通郎姬라고 했다. 천황의 마음은 소토호시노이라쓰메에게 있었다. 그래서 황후에게 진상할 것을 강요한 것이었다. 황후는 미리 알고 쉽게 예사를 말하지 않은 것이다. 천황은 기뻐하며 다음날 사자를 보내 오토히메를 불러들였다.

七年冬十二月壬戌朔 讌于新室 天皇親之撫琴 皇后起儛 儛既終 而不言礼事 当時風俗 於宴会者儛者儛終則自対座長曰奉娘子 也 時天皇謂皇后曰何失常礼也 皇后惶之 復起儛 儛竟言 奉娘子

天皇即問皇后曰所奉娘子者誰也　欲知姓字　皇后不獲已而奏言
妾弟名弟姬焉 弟姬容姿絶妙無比其艶色徹衣而晃之是以時人号
曰衣通郎姬也 天皇之志存于衣通郎姬 故強皇后而令進 皇后知
之 不輒言礼事 爰天皇歡喜則明日遣使者喚弟姬

(『日本書紀』② 112-114쪽)

② 황후가 오호하쓰세노스메라미코토를 출산하는 날, 저녁에 처음
으로 후지하라노미야 궁에 행차했다. 황후가 이를 듣고 "첩이 처
음으로 머리를 올려 후궁에서 모신지 이미 여러 해가 지났사온
데 너무하십니다. 천황이시여. 지금 저는 출산하여 생사의 갈림
길에 있습니다. 어찌 하필 오늘 저녁에 후지하라에 가신단 말입
니까."라고 원망하며 스스로 나와 산실을 불사르고 죽으려 했다.

適産大泊瀬天皇之夕　天皇始幸藤原宮　皇后聞之恨曰 妾初自結
髪 陪於後宮 既経多年 甚哉天皇也 今妾産之死生相半 何故 当
今夕必幸藤原 乃自出之焼産殿而将死　　(『日本書紀』② 116-118쪽)

①에서 오시사키노오호나카쓰히메는 천황이 자신의 동생인 오토
히메에게 마음이 있는 것을 알고는 동생을 바치지 않으려 하는 장면
이다. 배우자를 경쟁자로부터 숨기는 전술과 마찬가지로 애초에 위
협이 될 만한 원인을 만들지 않으려는 감정적 조작 전술의 일종이라
할 수 있다. 이와노히메와 마찬가지로 오시사키노오호나카쓰히메
역시 감정적 조작 전술을 사용하다가 종국에는 파괴적인 전술을 구
사한다. ②의 인용문과 같이, 황후의 출산 날 천황은 오토히메가 머

무는 후지하라노미야를 방문한다. 이 얘기를 전해들은 황후는 그 동안의 분노가 폭발하듯 천황을 원망하며 산실에 불을 질러 자살을 시도한다. 자기 자신에게 손실을 가함으로써 배우자의 잘못으로 말미암아 애정관계가 파괴될 것이라는 위협을 하고 있는 것이다. 이처럼 파괴적 전술은 관계의 끝을 암시한다는 점에서 그 결론이 화해로 이어지기 어려운 서사 구조를 제공한다. 오시사키노오호나카쓰히메의 경우도 이후 수차례 오토히메와 천황의 관계에 대해 황후가 질투하는 장면이 그려진다. 황후의 자살을 저지하기 위해서 일시적인 화해의 제스처가 그려지기는 하지만 완전한 화해에 대한 기술은 등장하지 않는다.

이상과 같이 이와노히메와 오시사키노오호나카쓰히메의 질투담은 방어적, 공격적 질투 모티프가 혼재하고 있으나 최종의 질투 전술을 공격형 질투 모티프였다. 이는 관계유지를 목적으로 하기 보다는 잘못을 저지른 상대방 혹은 경쟁자에게 손실을 끼치겠다는 분노심이 존재하며, 그 정도의 차이에 따라 화해의 가능성이 전혀 없다고는 할 수 없지만, 대체적으로 관계가 회복되지 않은 채 끝을 맺고 있다.

Ⅳ. 맺음말

본고에서는 먼저 유형 분류에 앞서 해당 텍스트의 질투가 함의하고 있는 성격에 대해서 살펴봤다. 세 황후의 질투에 대해 가부장제의 제도 체제 하에 질투 행위자에 대한 부負의 이미지를 엿볼 수 없었다는 점, 후처인 질투 경쟁자들이 질투 행위에 대해 순응하고 두려움을 표시했다는 점에서 당대의 질투는 '우와나리네타미'의 형태로 정처의 존재감을 과시하는 당위성을 확보하고 있었음을 확인할 수 있었다.

데카르트의 정념론에 따르면 질투는 어떤 좋은 것을 계속해서 소유하려고 하는 욕망과 연관된 두려움의 일종으로 사소한 것보다는 아주 커다란 좋은 것을 유지하는 데 더 신경을 써야하기 때문에 질투라는 감정은 어떤 경우에는 정당하고 타당하다[22]. 사랑하는 남녀 사이에서 그 관계를 유지하려는 것은 전혀 사소하다고 할 수 없는 욕망일 것이다. 이러한 점에서 현재의 관계가 위태로워질 수 있는 모든 요소들을 경계할 권리, 즉 질투 행위자 입장에서는 반갑지 않은 경쟁자를 향한 질투는 정당한 감정이며, 스세리비메와 이와노히메가 보여주는 질투 감정은 갈등의 예방 차원임과 동시에 관계를 유지하려는 애정 전술의 일환으로 이해할 수 있다. 그럼에도 불구하고 세 황후의 질투담에 드러난 질투의 양상에는 차이가 있었다. 스세리비메는 감정적 조작을 통한 관계 유지를 위한 질투, 즉 방어적 질투였던 것에 반해 이와노히메와 오시사카노오호나카쓰히메의 질투는 관계 회복이 불가능할 수 있는 위험성이 있음에도 불구하고 경쟁자 혹은 배우자게 손실을 입히는 공격적 질투였다. 이와 같이 질투 모티프가 가지는 상이한 성질은 한 쪽은 화해의 결말을, 다른 한 쪽은

22　르네 데카르트(김선영 역)『정념론』문예출판사, 2013, 151쪽.

화해하지 않는(혹은 직접적인 화해 과정이 생략된[23]) 결말을 이끌었다. 오시
사카노오호나카쓰히메의 경우도 그 즉시 천황이 사죄하고 일견 화
해한 듯 보이지만 이후에도 갈등은 극복되지 않은 채 질투 상황이
반복적으로 나오고 있다. 이처럼 질투 모티프의 유형은 방어적 모티
프와 공격적 모티프로 크게 분류할 수 있으며, 특히 공격적 질투 모
티프는 인물 간 갈등 상황을 만들어 내어 이야기의 전개를 전환하는
역할을 하고 있음을 확인할 수 있었다.

　가족제도와 별개로 심리학적 관점에서 일본 고전문학에 나타난
여성의 질투 모티프 양상을 살펴보았지만, 질투 역시, 일부다처제의
사회적 제약에서 발생한 파생적 현상이라는 점 역시 간과할 수 없는
부분이다. 또한 서양의 심리학에 따른 분류법을 시공간을 달리하는
일본 고전문학에 그대로 적용할 수 있는지에 대한 의문도 존재한다.
그러나 문학이나 예술작품이 인간 정신활동의 결과[24]라는 점에서
심리적 모티브에서 일어나게 된 인간의 활동이 심리학의 대상이 되
듯이 이런 시각에서 보면 문학도 심리학의 대상임에는 분명하다. 문

---

23 『고지키』의 경우 이후 연회 장면에서 오다테노무라지를 벌하는 황후의 모습이 등
　장하므로 화해 후 환궁한 것으로 볼 수 있다. 그럼에도 직접적인 화해과정에 대한
　기술은 찾아볼 수 없었다. 중간에 천황과 이와노히메가 주고받은 6수의 노래가 등
　장하는데, 황후가 궁으로 돌아가지 않고 야마시로를 지나 황후의 본가인 가즈라
　키로 가는 도중에 부른 노래 2수, 즉 황후가 궁으로 돌아가지 않겠다는 노래이며
　이를 듣고 황후에게 그간의 정을 떠올려 돌아와 달라는 천황의 노래 4수이다. 이것
　을 화해의 과정이라고 볼 수 있는지에 관해서는 필자는 노래 내용만을 봤을 때는
　오히려 화해의 과정이 아니라 화해하지 않는 과정이라고 할 수 있으며, 독자의 입
　장에서는 끝까지 황후가 돌아오지 않았을 것이라고 추측할 가능성이 높은 대목이
　라고 판단했다. 이후 황후의 재등장은 오히려 맥락에서 벗어난 인상을 주었기 때
　문에 화해 과정이 생략됐다고 표현할 수 있을 것이다.
24 칼 구스타브 융외(설영환 역) 『C.G. 융 심리학 해설』 선영사, 2014, 87쪽.

학의 일정 부분은 인간 심리구조의 보편적인 특질에서 산출되었음을 전제로 두고, 본 연구는 심리학을 통한 인간 보편의 정신 활동이 가진 의미를 읽어내는 작업이며 그 한계에 대해서는 차후 과제로 삼고자 한다.

제12장

일본 근세문학의 신화 수용과 변용

─ 근세전기 시민작가 사이카쿠의 내러티브를 중심으로 ─

정 형

I. 들어가며

본 고찰은 일본고전문학의 고대신화의 수용과 변용의 과정 중, 특히 근세기의 대표적 우키요조시 작가 이하라 사이카쿠(井原西鶴, 이하 사이카쿠로 표기)의 소설작품에 나타난 신화인식의 내실 규명을 주안으로 삼고자 한다. 주지하고 있는 바와 같이 일본의 고대왕권신화는 최초의 역사서 『고사기古事記』와 『일본서기日本書紀』에서 그 기본 틀이 이루어진 후, 헤이안 시대와 중, 근세기에 이르기까지 간행된 수많은 역사서와 문학작품 안에서 다양한 형태로 수용과 변용의 과정을 반복해 왔는데 그중 두드러지는 현상은 왕권신화[1]가 형성되는 과정에서 의도적으로 형성된 야마토 정신의 배타적 구현이라고 할 수

있다. 대체적으로 헤이안 말기 이후 중세기에 이르러 신화를 바라보
는 일본인들의 내재적 인식은 야마토 지역의 왕권신화를 중심으로
타 지역을, 국제적으로는 이른바 삼국인식[2]을 통해 특히 한반도를
타자화[3]하는 경향을 띄기 시작한다. 즉 전 계층에 걸쳐 신화의 역사

---

1 왕권신화의 구축은 헤이안 시대에서부터 중세시대에 이르기까지 각 시대의 정권
  주변부 지식인들을 중심으로 신화의 역사화의 방향으로 이루어졌다는 것이 정설
  이다. 만민(万民) 위에 군림하는 천황가 사람들의 당위성을 신화적 근원으로써 자
  리 잡게 하기 위한 작업이었다고 볼 수 있다. 즉 '고대 신화'나 '일본 신화'가 아니라
  '천황신화'·'왕권신화'로 일본 신화를 신전화 하는 작업을 의미하는 것이다..

2 삼국인식은 삼국사관이라는 용어로 바꾸어 말할 수 있다. 신라와 당의 연합군에
  의해 백제가 멸망한 후, 왜는 7세기 후반 덴무천황기(天武天皇期) 이후 신라를 가
  상 적국으로 간주하고 타자화함으로써 이를 통해 일본적 내셔널리즘을 고양시키
  게 되었다. 『일본서기』에서 기술되는 진구황후의 신라정벌의 허구적 내용 등이 그
  대표적인 사례인데, 애초에 보이지 않았던 신도의 내셔널리즘적 요소도 이 시기
  이후에 배태되었다. 이러한 경향은 중세기 여몽연합군의 일본정벌 시도를 즈음해
  본격화된 것으로 보인다. 이러한 흐름과 궤를 같이 하는 것이 불교전파의 문제이
  다. 사토 히로오(佐藤弘夫)는 일본의 불교전래는 주로 백제에 의해 전파되었지만
  고대기 신도의 형성과정, 즉 신국(神国) 일본의 불교 수용 이후의 전개과정에서 불
  교의 전파는 인도-중국-일본이라는 삼국사관(三国史観)에 따른 추상적 관념성을
  내세운 채 신라 즉 한반도의 역할과 존재가 결락, 사상(捨象)되기 시작했음을 지적
  하고 있다. 佐藤弘夫 「中世的神国思想の関連性」『神国日本』5, ちくま新書, 2006, 159
  쪽 참조.

3 다수의 도래계 호족들이 고대 일본지배층에 포함되어 있었기에 왜의 한반도 인식
  을 포함한 타자인식의 양상에는 동아시아 고대사의 실상이 복잡한 형태로 내재되
  어 있다. 중세기와 근세기에 걸쳐 그 흐름이 간사이 지역으로부터 간토, 도호쿠 지
  역의 무사계층까지 확대되고 고착되었음은 다양한 선행연구에 의해 밝혀지고 있
  다. 근세 이전의 중세 일본인의 국제인식은 불교전파의 경우에서도 드러나듯이
  조선을 사상(捨象)한 천축(天竺)-진단(震旦)-일본의 세 축으로 세계를 파악해 문
  화적으로 서열화하는 일본적 소중화주의였다. 인도와 중국이라는 타자는 일본의
  고대국가 형성기 전후부터 당대에 이르기까지 선진문물의 발신지역 이었지만 일
  본이라는 국가시스템 형성에 물리력을 갖춘 세력으로서 왕래 내지는 관여되거나
  위협으로 다가온 적 없었기에 이러한 삼국사관의 프레임은 근세기에 이르러 변
  화를 보이기 시작한다. 즉 중세말기 이후 포르투갈이나 스페인 등의 유럽과 동남
  아시아 문물의 도래가 활발해지면서 남만(南蛮)이 천축을 대신해 출현하게 되면
  서 새로운 근세적인 삼국세계관이 형성되기에 이른다. 荒野泰典『近世日本と東ア

화가 서서히 진행되었는데, 이러한 흐름은 주로 문학과 역사서를 창출해 왔던 지식인층의 신화인식에 영향을 주었고, 근세기에 이르러 산문문학의 다양한 장르에서 그 모습의 일단을 드러내게 되었다. 그 대표적인 예로서 근세초기의 가나조시의 대표적 작가 아사이 료이(浅井了意 이하 료이로 표기), 임진왜란(조선침략전쟁) 이후에 다양한 형태로 간행된 조선정벌기류의 작품들, 그리고 국학의 형성과정[4]에서 만들어지는 다양한 신화관련 저술들과 모토오리 노리나가의 일련의 저작물 등을 들 수 있다.

그런데 이러한 일련의 흐름에 비해 같은 근세기의 대표적 작가의 위치에 있는 사이카쿠의 소설에서의 신화관련 묘사들에는 왕권신화에서 나타나는 이른바 야마토 정신의 추수나 야마토 외의 타 지역 사회를 타자화 하는 인식은 드러나고 있지 않다는 것이 필자의 관점이다. 이 같은 문제제기에 입각해 사이카쿠 소설의 내러티브에 나타나는 신화인식의 문예적 의미를 살펴보고자 하는 것이 본 고찰의 과제인데, 이와 관련된 선행연구는 필자가 그간 수행해 왔던 연구[5]외

ジア』, 東京大学出版会, 1988 참조.

4 일본내셔널리즘의 작위적 왜곡의 본격적 출발에 관해 고야스 노부쿠니(子安宣邦)는 모토오리 노부나가의 일련의 국학연구에서 찾고 있다. 노부나가는『고사기』등의 신화와 고대사료에서 '가라(韓)'의 흔적을 지우는 데 그치지 않고 '가라'의 흔적을 '야마토(倭)' 그 자체로 바꾸어가는 작업을 행하면서 새롭게 이른바 야마토고토바(やまとことば)를 창출해 냄으로써 광기의 왜곡된 민족주의의 토양을 구축했음을 지적하고 있다. 子安宣邦『日本ナショナリズムの解読』, 白沢社, 2007 참조.

5 정형「일본근세전기 겐로쿠문학(元禄文学)에 나타난 자타인식의 문예적 의미 고찰 시론」-사이카쿠(西鶴)의『日本永代蔵』을 중심으로-『日本思想』제22号,「일본근세기 우키요조시 문학장르에 나타난 자타인식과 세계관」『日本思想』제23号 참조. 정형「일본의 전쟁영웅 내러티브 연구」『日本学研究』제39輯 정형「근세전기 일본의 전쟁영웅상의 창출과 변용의 사상적 배경연구-시민작가 사이카쿠의 내러티브

에는 현재까지 찾아볼 수 없다.

이상과 같은 사이카쿠 소설에 드러나는 신화인식의 내실 파악을 위해 본 고찰에서는 우선 일본신화와 민족주의의 연원의 흐름을 검토하고, 각 론으로서 사이카쿠가 첫 우키요조시『호색일대남』의 창작에서 가장 크게 의식하고 영향을 받았던 것으로 평가되는 료이의 가나조시『우키요모노가타리浮世物語』에서 드러나는 신화인식의 내용분석, 사이카쿠의 호색물好色物 제1작인『호색일대남』과 조닌물町人物 제 1작인『일본영대장日本永代蔵』등에 나타난 신화인식의 분석을 중점적으로 다루고자 한다.

Ⅱ. 일본근세문학의 신화 수용과 변용

1. 일본신화와 일본고전문학

일반적으로 세계 각 나라의 신화[6]는 진리와 지식의 보고로, 우주를 지배하고 인간의 활동을 유효하게 만드는 데 도움을 주는 것으로 인식되고, 이는 고대인들의 지구관 나아가 세계관과 직결되는 상상력의 산물 그 이상의 것이라고 간주된다. 애초에 그들의 세계관은 지역사회를 뛰어넘어 타 지역의 공동체 구성원을 타자화 하고 적대

를 중심으로-『日本学研究』제43輯 등에서 주로 사이카쿠 텍스트를 중심으로 문예에 나타나고 있는 자타인식의 문제를 고찰했다.

6 『世界神話事典』角川選書, 2005, 『日本神話事典』大和書房, 1997 참조.

화 하는 배타적 서사를 내포하는 성격을 지니는 것은 아니었다. 그런데 중세기 이후 각 지역의 주민들이 민족화의 경향을 지니기 시작하고 근세기 이후 국민국가를 형성하게 되면서 지역에 따라서는 배타적이고 타 지역 주민들을 타자화 하는 민족주의적 사고가 발흥하게 되면서 각 지역의 신화들은 변화하고 역사화 하는 경향을 보이게 된다.

일본신화가 그러한 경우라고 볼 수 있다. 일본의 신화연구는 일찍이 헤이안 시대에 궁정내의 정책적 차원에서 시작되었고, 이는 천황 일족들의 천손적 당위성을 신화에서 찾기 위한 것이었다. 앞 주1)에서도 지적한 바와 같이 이 시기의 신화 연구는 만민 위에 군림하는 천황가의 당위성을 신화적 근원으로써 확신하기 위한 것이었다. 이에 따라 일본 신화는 점차 그 체계의 기본이 천황국가의 기원을 설명하고 천황 통치권의 신성성을 입증하는 것으로 이루어졌다고 인지되었으며, 신화를 역사로 보고 해명하는 것이 하나의 흐름으로 일반화되기 시작했다. 지배층을 중심으로 하는 고대 일본인들의 이와 같은 신화인식의 흐름은 중세를 거쳐 근세기의 국학연구에 이르기까지 면면히 이어져 왔고[7] 근대기의 군국주의시대에는 이러한 흐름이 더욱 증폭되어 근대 국민국가라는 이름하에 국민 개개인을 통합할 수 있는 공통된 역사와 이념의 근간으로서 '천황신화'·'왕권신화'가 국민 통합의 기재로 이용되었음은 주지의 사실이다[8].

---

7 佐藤弘夫 전게서, 159쪽, 참조.

8 민족주의에 바탕을 둔 신화의 구축과 연구를 통해 민족의 동일성과 우수성을 확립하고자 할 때 이루어지게 되는 작업은 자신들의 신화 체계를 통해 만들어지는 세

또한 이러한 고대일본인들의 신화인식[9]은 고대국가의 성립과정에서 『고사기』·『일본서기』 등의 역사서와 각 지역의 지방지, 전설, 가요, 노리토祝詞나 칙찬 와카집 같은 문학작품[10]등에서 다양하게 수용되고 변용되어 갔다. 『고사기』에 담긴 신화가 왕권통합이라는 명목 하에 문자로 기술된 최초의 작품이었던 바, 왕권신화의 바탕이 되었던 주요 신화 소재들은 이자나기ィザナギ·이자나미ィザナミ 신화·아마테라스노오미카미天照大神 신화· 니니기ニニギ 강림 신화·진무천황神武天皇 건국신화·진구황후神功皇后 신라정벌 신화·야마토 다케루倭建命 신화·스사노오須佐之男의 이즈모出雲 계 신화 등이었고, 한반도 지역을 타자화 하는 신화의 대표적인 예가 진구황후의 신라정벌 신화였음은 잘 알려져 있다. 헤이안 시대와 중세시대에는 주로 『일본

───────────

계와 대립되는 외부의 신화에 대한 부정이다. 자신들의 신화가 지닌 특징과 그 신화를 공유하는 민족의 우수성을 강조하기 위해서는 외부의 신화를 어떤 형식으로든 부정할 수밖에 없기 때문이었다. 이런 태도는 근대 일본 신화의 연구가 전 시대의 국학이라는 정신사적 배경을 갖고 출발했음을 시사하는 것이다.

9 필자는 이와 관련하여, 「탈민족주의적 관계정립을 위한 한중일동아시아 삼국신화 자료집성 Data-Base구축가 문화지도작성」한국연구재단 토대기초연구사업(2014.9-2017.8) 과제의 연구책임을 수행 중에 있고, 한중일 신화 중, 일본신화의 창성과 변용과정에 관한 주제별 내용의 Data-Base 구축도 현재 작업 중이다. 이 연구 작업을 통해 시대별 일본고전문학에 일본신화의 수용과 변용과정의 다양한 자료들이 정리될 것이다.

10 『다카하시우지부미(高橋氏文)』·『고어습유(古語拾遺)』·『선대구사본기(先代旧事本紀)』·『일본서기』의 강서 자료, 『일본후기(日本後紀)』·『속일본후기(続日本後紀)』·『삼대실록(三代実録)』·『일본기략(日本紀略)』·『일본서기사기(日本書紀私紀)』·『석일본기(釈日本紀)』·『일본기초(日本紀鈔)』·『일본서기』의 경연(競宴) 자료, 『일본기경연가(日本紀竟宴和歌)』·『삼대실록』 경연의 와카 기록, 『준뢰수뇌(俊頼髄脳)』·『오의초(奥義抄)』·『와카동몽초(和歌童蒙抄)』·『수중초(袖中抄)』 등이고, 헤이안 시대에는 칙찬와카집인 『고금집(古今集)』 등의 자료 등에서 수용과 변용과정을 살펴볼 수 있다.

서기』를 바탕으로 한 새로운 신화 만들기 작업이 진행되었고, 특히
가마쿠라 바쿠후鎌倉幕府에서부터 에도 바쿠후江戸幕府의 성립 전까지
는 천재지변이나 고려(몽골) 등 외적의 침입을 극복하기 위해 신사나
사찰에서 국체 민안을 기원하는 정책을 대대적으로 펼쳤는데, 민중
에게까지도 신의 역할이 널리 강조되면서 신에 대한 다양한 이야기
가 보이기 시작한다. 특히 고려(몽골)침입은 신사와 사원의 역할을 강
화시켰는데, 불교의 세계관도 본지수적本地垂迹의 발상이 대두해 신
도에 흡수되는 양상을 보인다. 이 때 외적을 물리치는 기도의 대상
으로 중심에 있었던 것이 천황의 시조신인 아마테라스를 모시고 있
는 이세신궁伊勢神宮과 신라를 정벌을 했다고 하는 진구황후를 모시
는 하치만신사八幡神社[11]이다. 이후 가마쿠라 막부의 성립을 계기로
신사, 사원과 신화를 둘러싼 언설이 결정적으로 변화하면서 왕권신
화의 핵심내용으로 자리 잡기 시작했다. 이같은 변화의 내용은 다양
한 역사서와 문학작품[12] 속에서 확인할 수 있다. 이어지는 에도 바쿠
후 시대에는 천황에 대한 일본인의 의식이 바쿠후(쇼군)와의 관계를
전제로 다양하게 전개되는 시기이다. 즉, 정치적 실권자인 장군이

---

11 본 고찰 본론의 료이와 사이카쿠의 텍스트에 등장하는 신화관련 묘사에 자주 등장
   하는 대표적 신사들이다.
12 『일본서기(日本書紀)』의 주석서로 『신황정통기(神皇正統記)』・『일본서기찬소(日
   本書紀纂疏)』・『일본서기신대권초(日本書紀神代巻抄)』・『일본서기초(日本書紀
   抄)』・『일본서기사견문(日本書紀私見聞)』등, 『고금집(古今集)』 서문의 비평서로
   『고금와카집서문서(古今和歌集序聞書)』・『고금집주(古今集註)』・『고금집서주(古今
   集序註)』・『고금서주(古今序註)』・『고금화가집양도문서(古今和歌集両度聞書)』등,
   불교・신도 관계서로 『사석집(沙石集)』・『신도집(神道集)』・『대화갈목보산기(大和葛
   木宝山記)』, 역사서로서 『원형석서(元亨釈書)』 등을 들 수 있다.

곧 일본의 국왕이라는 인식이 있었는가 하면, 유교의 영향으로 대다
수의 유학자들이 유교의 정치관을 신도사상과 적절히 조화시켜 현
실을 합리화하는 방향에서 생각하는 흐름도 있었다. 이른바 '유덕위
군有德爲君'의 천자天子를 반드시 장군으로 지목하지 않았으며, '유덕
有德'을 '아마테라스노오미카미의 법도'를 지키는 것으로 간주하여
신유일치神儒一致의 관점에서 파악함으로써 고대국가 이래 천황의
전통적 권위를 부정하지 않았다. 대표적인 국학자 모토오리 노리나
가本居宣長에 의해 기기신화에 근거를 둔 '대정위임론大政委任論'이 주
장되었던 바, 아마테라스노오미카미를 일본의 국조신이라고 하고,
이 대표 신이 영구히 세상을 비치는 것과 같이 천황 또한 무궁하다
고 하는 시각이 왕권신화 형성과정에서 야마토고코로大和心의 핵심
사항으로 자리 잡고 있음을 알 수 있다. 즉, 국학을 통한 신화의 해
석, 특히 천손으로서 천황이 지니는 정통성과 일본이라는 영토의 고
결성에 대한 해석이 신화 해석의 주류를 이루어 민족주의적인 신화
해석의 결정적 기틀이 마련된 시기가 에도시대이며, 이러한 왕권신
화의 해석은 일부 무사계급과 유학자, 승려와 신주神主, 한학자, 하이
카이시俳諧師, 소설가(가나조시, 우키요조시, 요미혼, 게사쿠) 등 고전문헌을
다루는 이른바 지식인층[13]들에게 여러 방식으로 수용되어, 다양한

---

13 전근대기에 해당하는 근세일본의 문화공간에서 일정의 한 시대를 관통하는 주류
  사상들이라는 것을 실증적으로 특정한다는 것은 쉽지 않은 일이다. 근세기의 사
  상적 흐름을 논할 경우 유학자나 국학자 등 사상가적 지식인들을 중심으로 논의가
  이루어질 수밖에 없는데 과연 이들의 어록과 구체적 행위가 한 시대의 사상의 흐
  름을 대변한다고 할 수 있는 지는 여러 관점에서 논의의 여지가 있다. 그렇기에 고
  대 왕권신화에의 인식과 관련해 이런 관점의 논의를 찾아보기 어려운 근세전기의
  경우에는 사상가적 어록이 아닌 문학텍스트에서의 내러티브가 큰 비중을 차지할

역사서와 문학장르[14] 특히 소설 안에서 다양한 묘사의 형태로 등장하게 된다.

료이와 사이카쿠의 소설 또한 이러한 왕권신화가 일반화되는 시기에 만들어진 작품이라고 볼 수 있는데, 본 고찰의 각론으로서 근세 전기 에도와 오사카 등 도시지역에서 가장 많이 읽혀졌던 시민작가[15] 사이카쿠의 우키요조시浮世草子의 내용 중에서 고대기 왕권신화와 관련을 맺는 묘사를 추출해 그 인식양상[16]의 일단을 살펴보고자

수밖에 없다. 이 점이 근세후기와 크게 대조를 보이고 있다고 할 수 있다. 하야시 라잔(林羅山), 아라이 하쿠세키(新井白石), 이토 진사이(伊藤仁斎), 모토오리 노리나가(本居宣長) 등의 유학자, 신도학자 등의 인물 군들이 사상가적 범주에 해당됨은 물론이다.

14 『일본서기』 주석서로 다니카와 고토스가(谷川士清)의 『일본서기통근(日本書紀通證)』, 가와무라 히데네(河村秀根)의 『서기집해(書記集解)』, 『고사기』의 주석서로 최초의 간본 『관영판고사기(寛永版古事記)』, 와타라이 노부요시(渡会延佳)의 『별두고사기(鼇頭古事記)』, 아라이 하쿠세키(新井白石)의 『고사통(古史通)』·『고사통혹문(古史通或問)』『고사기고사통(古事記古史通)』, 가모노 마붙이(加茂真淵)의 『고사기두서(古事記頭書)』·『가자서고사기(仮字書古事記)』, 모토오리 노리나가(本居宣長)의 『고사기전(古事記伝)』, 우에다 아키나리(上田秋成)의 『안안언(安安言)』, 다치바나 모리베(橘守部)의 『난고사기전(難古事記伝)』 등, 게이추(契沖)의 『만엽집(万葉集)』 주석서로는 『만엽대장기(万葉代匠記)』 등을 들 수 있고, 이같은 일련의 저술들은 가나조시와 우키요조시 작품 및 요미혼 및 게사쿠(戯作) 등 근세기 문학작품에 다양한 형태로 왕권신화로서의 영향을 주었다고 볼 수 있다.

15 근대 서구사회의 관점에서 보면 부를 축적한 부르주아 계급으로 시민 혁명을 주도한 계층을, 현대 사회에서는 대다수의 사회 구성원 전체를 의미한다. 일본의 경우, 근세봉건주의 체제 하에서 에도와 오사카 등의 대도시 구성원의 과반 이상은 상인층들이었고, 이들이 주요 시민이었지만 시민혁명을 성취한 서구식 시민과는 그 성격을 달리 하고 있다. 그렇지만 자생적 전기상업자본주의의 기반이 형성된 근세기 일본에서 상인들은 대도시의 생산과 소비의 핵심계층이었으며 문예대중화의 소비적 저변이 되었다는 점에서 일본형 시민이라고 할 수 있으며 이들을 독자로 상정해 문학을 창출한 최초의 작가 사이카쿠를 필자는 시민작가로 칭하고자 한다.

16 이와 관련해 필자는 주5)에서 제시한 앞서의 일련의 선행논문 등에서 사이카쿠문예에 나타나고 있는 자타인식과 근세후기 일본민중들의 자타인식에 관해 기술한 바 있다. 또한 관련 연구로서 이케우치 사토시(池内敏)는 가부키(歌舞伎)-기다유

한다. 즉 사이카쿠의 고대신화 인식의 양상이 중, 근세기 이후 타자를 배제하고자 하는 당시 지배층의 국체인식에 맞물려 왜곡되고 변용되어 갔던 왕권신화 의식과 어떻게 다른 것인지를 비교해 보고자 하는 것이다.

2. 『우키요모노가타리浮世物語』의 신화인식

사이카쿠가 첫 우키요조시 작품인『호색일대남』의 창작에서 크게 의식하고 영향을 받았던 선행 작품이『겐지모노가타리源氏物語』[17]와 료이의『우키요모노가타리』[18]이었음은 잘 알려져 있다. 승려 출신의

(義太夫)의 내용구성에서 나타나는 이국관에 관해 그들의 방관자적인 자세를 지적하면서 17세기-18세기에 걸친 일본과 조선의 소중화의식의 변화양상의 추이에서 일본의 근세민중들의 타자인식 즉 조선인식의 실체적 양상은 모순되고 상반되는 의식의 혼재와 전통의 망각과 발견의 반복으로 파악해야 한다고 지적하고 있다.(『唐人殺しの世界 近世民衆の朝鮮認識』臨川書店, 1999) 또한 구라치 가쓰나오(倉地克直)는 근세일본인의 타자인식과 관련해 '조선상(朝鮮像)의 전회(転回)'라는 표현을 제시한다. 오카야마(岡山) 번정사료(藩政史料) 중에서 조선출력의 기록인「고려진(高麗陳)」을 검토하면서「고려진」의 기억과정과 조선인포로의 행방, 전국시대에서 에도시대 초기에 걸쳐 작성된「낙중낙외도(洛中洛外図)」에 나타나는 이인(異人)과 제례에 보이는 당인(唐人), 조선통신사와 일본민중의 접점, 일본인 표류민의 조선체험, 진구황후전설(神功皇后伝説)과 전승 등의 분석을 통해 조선상의 전회가 다양한 스펙트럼으로 변형되고 왜곡되어 왔음을 지적한 바 있다. 倉地克直『近世日本人は朝鮮をどうみていたか』, 角川選書, 2001 참조.

17 『겐지모노가타리』54장의 구성과 히카루 겐지(光源氏)의 풍류적 호색의 삶을 빗대 사이카쿠가『호색일대남』에서 주인공 요노스케의 호색적 삶의 형태로 패러디했다는 점에서 두 작품은 불가분의 관계이지만,『우키요모노가타리』가 고전의 비속화에 의한 흥미유발의 창작의도, 풍속소설적 취향과 각 지방의 여러 에피소드의 소개, 유녀평판기의 성격을 지닌다는 점을 감안해 보면 오히려 사이카쿠는 같은 근세기의 선행 장르인 가나조시『우키요모노가타리』를 더욱 의식하고 이를 뛰어넘는 작품을 쓰려고 했음을 알 수 있다.

18 원문인용은『新編日本古典文学全集 仮名草子集』(小学館, 1999)에 의함.

료이는 근세 전기의 대표적 가나조시 작가로서『고사기』와『일본서기』만이 아니라 앞 주10), 주12)의 왕권신화를 전승해 온 문헌들을 숙지하고 있었고, 이와 더불어 일생 중국의 고전과 불교서적에 관한 수많은 훈고주석의 집필 작업을 행한 가미가타 문화권[19]의 지식인층의 전형이었다. 왕권신화에 관한 료이의 인식은 그의 저술 안에서『고사기』와『일본서기』의 주석서 형태로는 발견할 수 없고, 가나조시 작품 안에서 왕권신화와 관련된 묘사를 찾아 볼 수 있다. 앞 절에서 언급한 바와 같이 일본의 왕권신화는 이자나기·이자나미 신화·아마테라스노오미카미 신화·진구황후 신라정벌 신화·스사노오의 이즈모계 신화 등이 핵심을 이루고 있고, 이와 관련된 기술들은 대체적으로 신화 속의 신들이 활동했던 지역 특히 신사와 사찰 등의 묘사와 더불어 등장하게 된다.『우키요모노가타리』[20]에서 주인공

19 왕권의식의 문제와 관련해 가미가타 문화권이라는 용어는 필자가 처음 사용하는 것이다. 교토와 오사카 등 당시의 가미가타 지역은 무사정권의 근거지인 관동 지역과는 달리 고대기 이래 고대국가를 창출하고 전통적 일본문화를 지켜 왔다는 이른바 왕권의식과 선진지역으로서의 자부심을 유지해 왔다고 볼 수 있다. 본고에서 다루고자 하는 왕권신화의 문제와도 불가분의 관계에 있으며, 료이와 사이카쿠도 전형적인 가미가타 문화권의 지식인들이라고 볼 수 있다. 아미노 요시히코(網野善彦)는 열도사회로서의 일본국의 형성에서 크게 야마토지역(가미가타 및 시코쿠, 주고쿠, 규슈의 일부지역)과 간토지역의 형성기반이 상이함을 지적하고 있으며, 야마토지역의 세력들이 왕권화 세력의 중심이 되어가면서 타 지역, 타 국가를 타자화하는 주체가 되었음을 지적하고 있다.『日本とは何か』日本の歴史00 講談社学術文庫, 2008 참조.

20 1661년에 간행된 이 작품에서 특히 우키요(浮世)인식에 관해 전시대인 중세기의 불교적 현식인식에서 한발 더 나아가 어차피 염세(厭世)인 이 세상을 살아갈 것이라면 적극적으로 향유하면서 즐겁게 보내야 한다는 작가의 현세긍정적인 우키요관의 표출을 발견할 수 있다. 주인공은 소성을 알 수 없는 몰락 무사의 자식으로 태어나 부친과 마찬가지로 무사세계에서 일탈해 여러 지방을 방랑하는 인물로 묘사된다.『겐지모노가타리』의 주인공에 대한 역설정적 발상이라고 볼 수 있는데,『호

우키요보浮世坊는 여러 지역을 무대로 도박과 호색 등에 탐닉하는 방탕생활을 계속하는데, 각 지역에서 견문하는 곳이 대개 유명 신사나 사찰이었던 바, 료이의 왕권신화에 관한 인식은 특히 연기緣起와 관련이 있는 신사에 관한 묘사에서 드러난다. 이 작품에서 료이의 왕권신화에 관한 인식의 일단을 파악할 수 있는 것은 다음의 3 용례이다.

> 배를 타고 강을 따라 내려가면서 오른쪽을 바라보니 야마자키의 다카라데라 절, 왼쪽에는 하토노미네 봉우리가 있는 하치만야마 산, 이와시미즈 신사가 나타났다. 이 신사는 겐지의 조상신 쇼하치만 대보살을 모시고 있고, 오진천황의 묘가 있는데, 아미타여래가 이곳에서 출현하셨다고 한다. 『센자이와카슈千載和歌集』에 실린 노렌법사의 노래에,(권 2-3, 오사카에 내려가면서 목수의 의견을 듣다, 이하 필자졸역)
>
> なを行く舟にまかせつつ妻手の方を見れば、山崎宝寺、弓手の方は鳩の峯、石清水、これは源氏の氏神、正八幡大菩薩、応神天皇の御廟、本地弥陀如来にておはします。千載集に能蓮法師が哥に、(巻2-3、大坂下り付大工の意見話の事)

앞 권2-3의 용례는 우키요보의 방랑적 편력, 즉 명소안내기적 전개와 상투적인 교훈이 중심을 이루고 있는 내용 가운데 드러나는 왕

색일대남』의 작품세계 또한 이러한 료이의 창작의도와 우키요 관의 범주에 있다고 볼 수 있다.

권신화 관련의 묘사이다. 우키요보가 이와시미즈 신사를 바라보면서 그 자리에서 바로 이 신사의 연원을 밝히고 장면인데, 겐지의 조상신 쇼하치만대보살과 오진천황의 묘가 있고, 바로 그 자리에서 아미타여래의 출현이 있었다고 함으로써 천황가의 조상신이 대보살이고 오진천황과 아미타여래도 이 연장선에 있다는 이른바 본지수적本地垂迹[21]관에 입각한 고대 신화 인식이 표명되고 있다. 이러한 왕권신화에의 인식은 이어지는 다음 묘사에서 더욱 심화되고 있음을 확인할 수 있다. 즉『우키요모노가타리』에서 명소안내의 묘사는 대체적으로 사찰과 신사의 유래를 간단히 소개하는 정도인데 비해, 이 신사를 둘러싼 왕권 신화적 유래에 관한 소개는 주인공을 둘러싼 작품전개의 흐름으로 볼 때 지나치게 구체적인 양상을 보이고 있는데, 타 용례에서도 이러한 왕권신화에의 인식은 그대로 이어지고 있다.

　　어느 날, 우키요보는 괜찮은 사람을 알게 되었다. 시노다에 가서 탁발이라도 할까하고 스미요시 쪽으로 갔다. 이곳은 옛날 쓰모리노쿠니가즈가 "다치바나의 오도의 조류와 같이 출현하셔서 여기에 내려오신 신이 바로 이 신이도다"라고 와카로 남겼다는 스미요시의 묘진이 모셔져 있다. 최근 신사가 만들어져 화려하고 아름다운 데다, 붉게 칠한 울타리도 눈부시게 빛나고 곡선 다리 기둥꼭대기의 금색장식도 반짝이고 신사건물 기둥에 칠해진 붉은 색도 더욱 반짝거려 참으로 화려하

21　본지(本地)인 부처와 보살이 중생구제를 위해 일본의 신으로 모습과 자리(迹)를 바꾸어 출현한 것이라는 신불동체설인바, 이 설은 헤이안 시대에 제기되기 시작해 천황가의 신이 부처와 동격이라는 왕권신화 창성에 큰 역할을 했다.

다. 그런데 6월 그믐에는 이 신사의 액땜제사가 행해진다. 황송하게도 이 신은 이자나기노미코토 신이 휴가 지방 다치바나의 오도 아오키가 하라 벌판에서 부정을 몰아내는 의식을 하셨을 때, 해상의 파도 사이로부터 출현하신 소코쓰쓰, 나카쓰스, 우와쓰쓰라는 세 기둥의 신이었는데, 후일 진구황후가 삼한정벌을 하셨을 때 이 묘진이 선봉에 서서 이국을 복속시켰다고 해서, 그 세 신과 진구황후의 신사를 같이 해서 스미요시 네 군데의 묘진이라고 하는 것이다.(권2-6, 스미요시 참배 와 사카이포구 파도의 건)

今はむかし、浮世房、「よき知人をまうけたり。篠田に行きて囃寺べらん」と思ひつつ、それより住吉の方にいたりぬ。津守国量が哥に、橘の小戸の汐瀬にあらはれてむかしふりにし神ぞこの神と詠じけん住吉の明神、ちかきころに造宮ありてきらびやかに、朱の玉垣も光さしそひ、そり橋の銀宝珠も金物ぎらめき、社の柱も丹塗りの色赤く照りかかやきて、花やかにぞおぼゆる。六月晦日は当社の御祓ひなり。かけまくも此御神は、いざなぎの尊、日向の国橘の小戸檍が原にて御禊し給ひしに、海上の波間より底筒・中筒・表筒とて、三社の神あらはれ給ふ。後に神功皇后、三韓を攻め給ひし時に、此明神、荒御前となりて異国をしたがへ給ふ。されば神功皇后の御社を合せて、住吉四所の明神と申す。(住吉詣での事付堺浦潮干の事)

권2-6에서는 '괜찮은' 사람을 알게 되어 스미요시로 가게 되었다는 편력자 우키요보의 편력행위로 시작되는데, 실제로 본화本話에서는 우키요보와 '괜찮은' 인물에 관한 묘사는 거의 찾아볼 수 없고, 대부분의 묘사는 스미요시 신사의 연기緣起와 천황 신들에 관한 전문적 내용들로 채워져 있다. 이는 작가 료이의 왕권신화에 관한 이데올로거로서의 인식을 작품 세계 안에서 직접적으로 드러내고 있는 것으로서 '우키요'의 실상에 관한 이야기 즉 우키요모노가타리를 쓰고자 하는 창작의도를 크게 벗어나고 있다. 스미요시 신사의 화려한 외관과 액땜제사에 관한 묘사가 이어진 후, 이자나기노미코토의 휴가 지방에서의 부정 액풀이 의식에 관한 설명과 소코쓰쓰, 나카쓰쓰, 우와쓰스라는 세 기둥의 신의 출현담, 진구황후가 행했다는 삼한정벌에 관한 세세한 묘사는『고사기』나『일본서기』그리고 그 후에 간행된 일련의 왕권신화 해석서에 관해 이데올로거로서의 전문적인 식견이 없이는 나올 수 없는 기술들이다. 이 편력담에서 우키요보의 등장인물로서의 행위와 의미는 가나조시라는 문예창작의 내러티브로서 제시되지 못하고 오직 스미요시 신사 연기의 왕권신화로서의 중요성이 교훈적이고 의도적으로 나열되고 있는 것이다. 같은 권 2-6의 후반부에도 왕권신화를 강조하는 묘사가 다음과 같이 계속된다.

이즈미지방 경계 쪽에 다가가 뎃포마치를 통과했다. 그 이름 높은 헤노마쓰, 구소의 작은 골목은 옛날 진구황후가 삼한을 정벌하고 개선했을 때 배 앞머리가 먼저 도착한 곳이기에 헤노마쓰라고 한다.(권2-6, 스미요시 참배와 사카이포구 파도의 건)

和泉の境にさしかかり、鉄炮町をうち過ぐる。名に聞えたる舳の町、九艘の小路は、むかし神功皇后の三韓を攻めしたがへて帰陣ありし御

345

座舟の、舳の着きたる跡なれば、舳の町といふ。(住吉詣での事付堺浦潮
干の事)

스미요시 신사 다음의 편력지로서 등장하는 이즈미 지역의 뎃포
마치. 헤노마치 구소라는 지명의 연원을 설명하면서 앞 대목 스미요
시 신사에서 등장했던 진구황후의 신화담을 재등장시키고 있는 것
이다. 권 2-6의 전체 묘사내용 대부분이 작가 료이의 신화담에 관한
지식의 나열로서 본화의 핵심은『우키요모노가타리』의 작품세계와
는 무관한, 진구황후의 신라정벌이라는 허구적 신화세계를 실제의
역사담으로 변용시키는 창작의도의 형태로 드러나고 있다. 이는 헤
이안 시대 이후 신라와 한반도에 관한 타자화의 시각이 근세 전기
일본지식인인 료의의 의식 속에 확고한 흐름으로 자리 잡고 있음을
의미하는 것이다.

Ⅲ. 사이카쿠 소설의 신화인식

1.『호색일대남好色一代男』의 신화인식

사이카쿠 우키요조시의 제1작인『호색일대남』[22]은 앞에서도 언급
한 바와 같이 근세전기의 가나조시 중에서 특히『우키요모노가타리』

22　원문인용은『新編日本古典文学全集　井原西鶴集1·2·3·4』(小学館, 1996)에 의함.

를 우키요浮世의 묘사와 주인공의 편력기라는 핵심 모티브에 있어서
이를 가장 의식하고 뛰어넘으려는 창작의식을 발휘했던 작품이었
다. 두 작품의 이러한 차이는 전국 신사나 사찰 등을 편력하며 등장
하는 고대신화에 관한 묘사에서도 드러난다. 왕권신화에 관한 사이
카쿠의 인식은 그가 별도의 저술 없이 작품만을 남긴 작가였기에 그
의 우키요조시의 작품 내 묘사에서만 찾아볼 수 있다. 이 묘사의 내
실파악을 위해 일본 주요지역의 신사와 사찰을 편력하는 주인공 요
노스케에 관한 묘사 중에서 왕권신화와 관련성을 지니는 각 작품 4
용례를 살펴보고 마지막으로 사이카쿠와 그 주변의 문인들의 일본
창출 신화에의 인식과 관심이 드러나고 있는 것으로 보이는『호색일
대남』발문을 살펴보기로 한다.
　먼저 이 작품의 시작인 권1-1에서의 묘사.

　　"하늘나라의 다리 위에서 처음에는 제대로 교합을 못했던 남녀 신
　　들처럼 도련님이 아직 몸은 영글지 않았는데 그 마음만은 간절한 것
　　같네요"라고 주인마님께 있는 그대로 말씀 드렸다. 마님도 그 녀석
　　어린 나이지만 신통한 아들이라고 내심 크게 기뻐하셨을 것이리
　　라.(1-1, 7세)
　　　是をたとへて、あまの浮橋のもと、まだ本の事もさだまらずして、は
　　や御こゝろざしは通ひ侍ると、つゝまず奥さまに申て御よろこびのはじめ
　　成べし。(1-1)

　고전소설 구조의 기본요소인 자연미에 관한 묘사보다도 인간적

인 애욕의 세계를 주목하겠다는 도입부의 묘사[23]로 유명한 권1-1은 주인공 요노스케가 7세의 어린 나이임에도 몸종 유녀를 유혹하려는 조숙한 성적 관심과 행동거지에 주안이 놓여져 있다. 이 에피소드에서 등장하는 '하늘나라의 다리あまの浮橋'에 관한 작가의 묘사방식과 신화인식에 주목할 필요가 있다. 주인공 요노스케가 태어나 자라고 있는 곳은 고대기 이래의 일본의 왕성王城이 자리잡고 있는 교토. '하늘나라의 다리'는 바로 왕권신화로 이어지는 키워드라고 할 수 있다. 일본신화의 창성신들이 다카마가하라高天が原에서 지상으로 내려올 때 천지 사이에 놓여졌던 다리를 말하는 것으로 이는 신대기(神代記 上)에 등장하는 내용이다. 작가가 어느 정도 신대기의 내용을 숙지하고 있었는지 단정할 수 없지만 'あまの浮橋'의 연상聯想 사항으로 이자나기イザナギ와 이자나미イザナミ의 창성신화를 빗댄 묘사임은 확연하다. 즉 일본의 천상세계 창성이라는 국조신화 내실에의 인식은 남녀관계의 성적 측면으로만 국한되어 있고, 7세의 어린나이인 요노스케가 하녀에게 성적 연심을 품게 되는 희화적戱画的 작품세계로 전환되고 있는 것이다. 이른바 1차 성징 시기를 벗어나지 못한 유아가 성인 하녀에게 성적 구애를 한다는 구조는 이자나기·이자나미

---

23 "그토록 화사했던 벚꽃도 덧없이 순간에 져버리고 산머리에 모습을 드러낸 달도 어느새 자취를 감추고 마는 이루사야마산, 이렇듯 무상한 풍광이 펼쳐지는 다지마 지방의 은 광산 근처에서 태어나 가업은 뒷전으로 한 채 교토로 올라와, 자나 깨나 여색과 남색(男色)에 빠져 지내는 남자가 있었다.(桜もちるに歎き、月はかぎりありて入佐山。爰に但馬の国かねほる里の邊に、浮世の事を外になして、色道ふたつに寐ても覚ても)"의 도입부의 묘사에서 등장하는 "우키요를 뒷전으로 한다(浮世の事を外になして)"는 남자의 성격규정은 『우키요모노가타리』의 주인공 우키요보의 계몽적 작품세계를 뛰어넘으려고 하는 사이카쿠의 파격적인 창작의도라고 볼 수 있다.

의 천상세계 창성에서의 성적 미숙함을 빗댐으로써 창성신화에의
인식은 남녀 상열지사의 레벨로 치환되고 있는 것이다. 즉 '하늘나
라의 다리'- 이자나기 남신과 이자나미 여신 – 다카마가하라 - 라
는 일련의 창성신화에의 인식에서 일본창성이라는 국체인식은 전
혀 나타나고 있지 않다.

　다음은 2번째 용례.

　　요노스케는 그때가 마침 27세의 10월이기에 "이번 달은 신이 안 계
　시는 간나즈키神無月 달이라 신은 어디에도 안 계실 터이니 아무도 무
　녀를 찾지 않을 것이요"라고 둘러대고 그럴싸하게 꼬드겨 히다치常陸
　의 가시마鹿島까지 동행한 뒤 자신도 갑자기 신주가 되어 여러 지역을
　돌아다니며 신의 말씀을 들려주게 되었다.(3-7, 27세)
　　世之介二十七の十月「神のお留守きく人もなきぞ」とさまさまくどき
　て、それより常陸の国鹿嶋に伴ひ行て、其身も神職となつて国所に廻
　る。(3-7)

　권 3-7에서도 왕권신화와 관련성을 지니는 용어들이 등장하는 바,
'히다치의 가시마'²⁴ 신사가 그것이다. 27세가 되어 전국을 편력하는
호색한 요노스케가 가시마신사의 신주가 되어 여러 지역을 돌아다

24　가시마신궁(鹿島神宮)은 일본신화에서 오쿠니누시미코토(大国主命)의 천하세계
　　(出雲国)를 넘겨줄 때 활약했던 다케미카즈치노미코토를 제신으로 하고 있는 신
　　궁이다. 고대이래 천황조정으로부터 에조(蝦夷)의 평정신으로서, 또한 후지와라
　　(藤原)씨의 우지가미로서 숭앙을 받았고, 역대 무가정권으로부터도 무신(武神)으
　　로서 신앙의 대상이 되었다.

니며 호색의 추악한 면모를 보인다는 작품이다. 시오가마塩釜 신사의 유부녀를 강간하려 실패한 요노스케의 후과는 한쪽 구렛나루를 삭발당하는 몰골이 되어 자취를 감추는 것이었는데, 여기서 주목할 것은 작가의 고대신화에 관한 인식이라고 할 수 있다. 주인공 요노스케를 일본창성신화의 주요 배경이 된 가시마신궁의 신주로 설정하고 시오가마 신사의 여인을 탐하려다 실패하는 호색담의 묘사에는 고대신화에 대한 존엄심이나 외경감을 전혀 찾아볼 수 없고, 이는 신화의 역사화와는 거리가 먼 것이었다. 시오가마의 신사는 후지와라씨 이래, 가마쿠라 무가정권과 근세기에 이르기까지 크게 숭앙을 받았던 곳이었기에 작가의 신화인식은 필경 신화 그 자체의 상상력의 영역에 머물러 있다고 볼 수 있을 것이다.

"네가 쓰고 싶은 대로 돈을 써도 좋다"면서 모친은 2만 5천관의 거금을 유산으로 넘겨주었다. 정확히 그 금액이었다. 언제라도 필요하면 이 돈을 다유 유녀님들에게 진상하고 싶다. 평상시의 염원이 지금 이루어진 거다. 좋아하는 여자를 부르고 유명한 유녀를 남기지 않고 모두 사버릴 것이라고 유미야하치만弓矢八幡의 신들과 120의 말사末寺신들인 술집 바람잡이들을 모이게 해 결단코 맹세하니 이들은 '크나큰 나리님'이시라고 요노스케를 떠받치는 것이었다. (4-7, 34세)

こゝろのまゝ此銀つかへと母親気を通して、弐万五千貫目たしかに渡しける明白実正也。何時成とも御用次第に太夫さまへ進じ申べし。日来の願ひ今也。おもふ者を請出し、又は名だかき女郎のこらず此時買ひではと、弓矢八幡百二十末社共を集て大大大じんとぞ申ける。(4-7)

19세가 되던 해, 방탕한 호색생활 끝에 부친으로부터 의절을 당한 요노스케는 여전히 방탕과 호색으로 편력하며 지내다 34세가 되던 해에 갑작스러운 부친의 죽음으로 엄청난 유산을 물려받게 된다. 2만 5천관이라는 천문학적인 유산을 상속받은 뒤, 요노스케의 일성은 이 재산을 유녀들에게 진상進上하고 싶다御用次第に太夫さまへ進じ申べし는 것과 유미야하치만의 신들과 120의 말사 신들의 수발을 받게 하겠다는 것이었다. 자신과 유녀들을 천황신인 아마테라스노오미카미에 빗대고 이를 따르는 술집 바람잡이들을 이세신궁의 120 말사로 비유함으로써 신화의 희화화가 여실히 드러나는 묘사가 행해지고 있는 것이다. 희작적 묘사를 통해 작가의 신화인식이 적나라하게 제시되고 있음을 확인할 수 있다.

요노스케도 더는 참을 수가 없어 바깥으로 나오니 "교토에서 오는 근사한 이세신궁 참배 행렬이 지나간다"면서 모두들 왁자지껄 지켜보고 있었다. (중략) 여자 아이들은 요노스케를 보자 "여보세요 거기 계시는 분"하더니 마부가 안아 내려주니 세 명 모두 달려들면서 "저희들은 이세참배를 하러 왔는데요, 나리님은 어떻게 여기에 계신 건가요"라고 말을 붙이는 것이었다. (5-2, 36세)

世之介も今は堪忍ならず表に出れば、京より結構成いせ参があるはと門立さはぎ、踞物をみるごとくぞかし。世之介を見るより申　と抱おろされて、三人ながらしなだれて、お伊勢様へまいります。かたさまは何として爰に御ざります 勘六が女郎狂ひの太鞁を持きたが、あたまがいたひ。うてとあれば独かしらひとりはあし、独は御腰をひねる。(5-2)

세 번째 용례의 경우도 앞의 용례와 같은 양상이다. 36세가 된 요노스케가 이세신궁 참배 와중에 겪는 경험담을 그리고 있는 묘사인데, 이세신궁 참배를 둘러싸고 일어나는 유녀들과의 에피소드를 그리고 있으나 어떤 묘사에도 이세신궁이 상징하는 국체신화에의 인식과 경외의 의식은 나타나고 있지 않다.

> 두 기둥 남녀 신의 시작은 아직 옻칠을 하지 않은 경대의 거울걸이 기둥인 걸로 생각하는 것 같기도 하고, 고금전수古今伝受에서 말하는 이나오세도리稲負鳥라는 것은 날개 없는 소로 알고 있는 듯 해, 그에 관해 내가 살고 있는 세쓰사쿠라즈카摂津桜塚사람들에게 물어 보았다. 그런데 물어보아도 들어도 못 들은 척하면서 그저 하늘을 가리키거나 땅을 바라만 볼뿐 흙냄새가 풀풀 나는 농민들에게는 아무 것도 통하지 않는다. (발문 이하 생략)
>
> 二柱のはじめは鏡台の塗下地とおぼえ、稲負鳥は羽のなひ牛の事かと、吾すむ里は津国桜塚の人にたづねても、空耳潰して天に指さし地に土け放れず、臂をまげて枯樟の水より外をしらず(跋文)

마지막 용례. 제자 사이긴西吟의 발문에서 제시되고 있는 이자나기와 이자나미 남녀 두신의 국토 창조담에 관한 비유도 앞 4용례의 같은 차원의 묘사라고 할 수 있다. 두 남녀신의 일본국체 생성담이 지니는 신화적 메타포는 신화를 왕권신화의 이데올로기와는 무관한 것으로서, 오로지 주인공 요노스케의 호색적 행위를 인간적 차원에서 희화화하는 창작방법의 일환임을 확인할 수 있다. 일생 하이카이시를 자처했던 사이카쿠의 소설언어에서의 레트릭은 연상어에 의한 무의식의 작법이었고, 그렇기에『호색일대남』에서 표출되고 있는 왕권신화에의 인식은 료이의 그것과는 이질의 것[25]임이 작품세계 안에서 명확히 드러나고 있다. 용어사용과 관련하여 사이카쿠 우키요조시의 수많은 작품들 안에서 조선이라는 용어가 사용된 것은 필자의 조사로는 1개소[26]밖에 없으며 그것도 왕권신화에서 타자화되고 있는 한반도의 인식과는 무관한 가치중립적인 일상어에 그치고 있음은 앞 주5)의 필자의 선행연구 에서 밝힌 바 있다. 사이카쿠는 발문에서 제시한 '두 기둥의 시작'인 남녀신의 이야기 외에는 일본신화에 관한 언급이나 소재를 활용하고 있지 않다. 남녀 신과 관련해 무한한 소재가 담긴 일본신화의 내용을 다루는 이야기꾼 사이카쿠로서는 이례적이라 할 정도로 천황가나 일본의 국체를 찬미하거나 타자의식을 동반한 표현을 사용하고 있지 않다는 점이 그의 내

---

25 일본국 창성에서의 두 남녀 신의 행위와 의미에 관한 사이카쿠와 그 주변 문인들의 신화인식이 료이의 그것과 이질적임은 발문을 일독하면 바로 드러난다. 사이긴은 '두 기둥 남녀 신의 시작'에 관해 당시 주변인들의 인식은 "아직 옻칠을 하지 않은 경대의 거울걸이 기둥 혹은 날개 없는 소로 알고" 있을 정도로 이를 제대로 알고 있는 자들이 없다고 언설한다. 일본 국체의 근간이 된 왕권신화의 핵심내용을 알고 있지 않거나 관심이 없었음을 표명하고 있는 셈이다. 이 발문 언설의 핵심내용은 결국 당시 민중들이 왕권신화의 내용에 관심이 없었을 뿐만 아니라 남녀신의 교합의 행위에 관한 실존적 의미를 모른다는 점에 있다. 이는 당시 민중에게는 남녀 신의 교합의 의미가 국체적이고 왕권신화적인 발상에서 받아들여지지 않고 인간 본연의 실존적 문제로 인식되고 있었음을 말해 주는 것이다.

26 주5)에서 제시한 앞서의 일련의 선행논문 중, 「일본근세전기 겐로쿠문학(元禄文学)에 나타난 자타인식의 문예적 의미 고찰 시론-사이카쿠(西鶴)의『日本永代蔵』을 중심으로-」,『日本思想』제22号에서 사이카쿠의 일련의 작품 중에서 사용된 이국지칭의 용어에 '朝鮮'이라는 단독어 어휘는 전혀 나타나지 않으며, 복합어로서 '조선산 능사(朝鮮さや)'라는 가치중립적인 표상만 존재함을 지적한 바 있다.

러티브의 특질이라고 할 수 있다.

2. 『일본영대장日本永代蔵』에서의 신화인식

사이카쿠 조닌물町人物 제 1작인『일본영대장』은 치부의 성공과 실패를 둘러싼 상인들의 실존적 삶의 다양한 모습들을 그린 소설로서 교토, 오사카, 에도, 하카타 등 일본 각 지역의 상인들이 등장하고 있다. 금전을 둘러싼 인간 본성의 적나라한 물욕과 악심 등이 해학적으로 그려져 있고, 금전의 한계와 허망함 등도 현세와 내세의 문제로서 함께 제시되면서 자연스럽게 다양한 신들에 관한 묘사가 등장하고 있다. 이하에서는 근세기 일본상인들이 인지하고 있었던 일본국체 신화에 관련된 신들과 이들이 타자화하고자 했던 외국인식이 드러나고 있는 5용례의 분석을 통해 그 내실이 무엇인지를 살펴보기로 한다.

후지이치는 객실로 나와 이들에게 세상 먹고 살아가는 비결을 들려주기 시작했다. 그중 한 명이 "오늘은 나나쿠사의 날이라고 하는데 그 유래는 어떻게 된 것인가요?"라고 물어보니 "그것은 신대로부터 시작된 검약생활인데 조스이라는 절약음식을 우리들에게 가르쳐주신 것이다"라고 답해 주었고, 또 한명이 "마른 도미를 6월까지 고진님 앞에 놓아두는 이유는 무엇입니까?"라고 물어보니 "그것은 조석 식사 시에 생선을 먹지 않고 바라본 것만으로 먹은 마음이 되어야 한다는 의미이다"라고 답하는 것이었다. 그 다음으로는 정월에 나무젓가락인 후토바시를 사용하는 유래를 물었다. "오래되어 색이 지저분해진 것을 하얗게 깎아내서 다시 쓸 수 있으니 젓가락 한 벌로 1년 내내 사용할 수 있는 것이다. 그리고 이것은 신대의 두 신을 뜻하는 것이기도 하다. 그러니 만사를 잘 생각해 낭비를 하지 않도록 하는 것이 중요하다.

　　藤市出て、三人に、世渡りの大事を、物がたりして聞せける。一人申せしは、「今日の七草といふ謂は、いかなる事ぞ」と尋ねける。「あれは、神代の始末はじめ、増水と云事を知せ給ふ」。又壱人、「掛鯛を六月迄、荒神前に置けるは」と尋ぬ。「あれは、朝夕に肴を喰ずに、是をみて、喰た心と云事也」。又、太箸をとる由来を問ける。「あれは、穢し時白げて、一膳にて一年中あるやうに、是も神代の二柱を表すなり。よくよく、万事に気を付給へ。(巻2-1)

　구두쇠라고 불릴 정도로 도에 넘친 금욕적 절약생활로 부호의 반열에 올랐던 실존인물 후지이치의 치부담의 말미 장면이다. 이 묘사에서 등장하는 '신대', '고진님', '신대의 두신'이라는 국체신화의 용어들을 사용하는 수사법에서 『호색일대남』의 경우와 마찬가지로 신화 그 자체에 대한 존엄심이나 외경감을 찾아볼 수 없다. 또한 고대 신들에 관한 정확한 신화적 유래를 제시하려는 자세도 발견되지 않음은 물론이다. 후지이치에게 치부의 가르침을 받으러 온 어린아이들이 야식시간이 되자 요리가 나올 것을 기대하고 있자 이 기대를 저버리고 오로지 절약의 정신만을 강조하는 해학적 표현 안에서 고대 신화의 신들에 관한 인식이 희작적으로 용해되고 있는 것이다.

이곳 에도는 일본의 수도이므로 무슨 일이 됐든 장사 거리는 있을 것이다. 무언가 색 다른 일거리를 찾아보자고 니혼바시 남쪽 구석에서 아침 일찍부터 하루 종일 서서 그것을 지켜보았다. 소문대로 이곳은 여러 지방 사람들이 모여 드는 곳으로, 엄청나게 많은 사람들이 오가는 모습은 마치 산이 움직이는 듯해 교토의 기온마쓰리나 오사카의 덴마마쓰리의 인파와 다를 바가 없다. 매일 에도가 이렇게 번창하고 있는 것은 장군의 세상인 기미가요의 정도가 넓고 평화롭기 때문인데, 바로 그 넓은 에도의 니혼바시 12칸의 넓고 큰 길은 왕래하는 사람들로 가득 차 있고, 니혼바시 다리 위에서는 말을 탄 무사나 출가 승, 야리모치 무사들이 끊임없이 지나가는 모습을 아침부터 밤까지 종일 볼 수 있다.

所は御江戸なれば、何をしたればとて商の相手はあり。珎敷見立もがなと、日本橋の南詰に曙より一日立つくしけるに、流石諸国の人の集り、山も、更にうごくがごとく、京の祇園会・大坂の天満祭にかはらず。毎日の繁昌此御時、君が代の道広く、通り町十二間の大道所せきなく、此橋の上に馬乗一人・出家壱人・鑓壱筋、朝から晩迄絶る事なく。

(巻3-1)

일반적으로 기미가요君が代라고 하면 군주(천황)의 수명 내지는 시대가 영원히 번창할 것을 뜻하는 것인데, 이 묘사에서의 기미가요의 주인은 천황이 아닌 쇼군을 의미한다. 이 치부담의 장소는 에도 바쿠후의 중심지 에도이고 그것도 가장 번화한 거리인 니혼바시이다. 교토와 오사카의 번화가를 비교하면서 '江戸'가 아닌 '御江戸'라고

지칭하고, 니혼바시 다리 위를 지나가는 사람들이 쇼군의 정치행위와 밀접한 관련을 갖는 무사들이라고 묘사하고 있음은 주목할만 하다. 근세상인에게 있어서 특히 에도의 관점에서 보면 이것은 바로 쇼군의 기미가요이며, 고대 이래의 왕권에 대치하는 절대권력의 통치자로서 표상되고 있는 바, 이러한 표상의 기저에 왕권신화에 관한 인식은 찾아볼 수 없다.

　　일생 좁은 천칭 접시 안에서만 맴돌기만 하고 넓은 세상을 모르는 사람은 그저 딱할 노릇이다. 일본은 그렇다손 치고, 중국인 상대의 투자는 앞일에 보장이 없다는 점에서 배짱이 두둑하지 않으면 못할 일이겠지만 중국인은 소탈하고 구두로 한번 약속하면 어기지 않는다. 견직물로 감싼 속 내용을 속인다거나 약재료에 불량품을 섞는 일이 없고 나무면 나무, 은이면 은, 모든 일을 명확히 처리하고, 몇 년 거래해도 달라지는 일이 없다. 그에 비해 탐욕스럽고 약아빠진 것은 일본의 상인이다. 조금씩 바늘길이나 직물 폭을 줄이고 우산에 기름을 입히지 않는 등 무엇이든 싸구려 물건을 납품하는 데만 골몰하고 한번 팔고나면 그 뒤에는 어떻게 되던 알 바가 아니다. 자기만 젖지 않는다면 부모가 맨발로 장대비 속을 걸어간다고 해도 개의치 않듯이 돈 되는 일에는 전혀 관심도 없다. 언제가 쓰시마 섬을 거쳐 (조선)으로 수출하는 담배 중에 작은 상자에 담은 상품이 아주 잘 팔린 적이 있었다. 오사카에서 기술자들이 담배 살을 만들어 넣었는데, 당분간은 들통이 나지 않을 거라고 보고 짐바닥에 깔리는 담배상자에는 엉터리 물건으로 채웠고 더구나 양을 부풀리려고 담배에 물을 적셔 보냈다. 그러자 운송

357

중에 딱딱하게 굳어져버려 상품으로 쓸 수 없게 되었다. 조선인(당인)들은 속임수에 분노했지만

一生秤の皿の中をまはり、広き世界をしらぬ人こそ、口惜けれ。和国は扨置て、唐へなげがねの大気、先は見えぬ事ながら、唐土人は律義に、云約束のたがはず、絹物に奥口せず、薬種にまぎれ物せず、木は木、銀は銀に、幾年かかはる事なし。只ひすらこきは日本、次第に針をみぢかく摺、織布の幅をちぢめ、傘にも油をひかず、銭安きを本として、売渡すと跡をかまはず。身にかゝらぬ大雨に、親でもはだしになし、只は通さず。△むかし、対馬行の莨とて、ちいさき箱入にしてかぎりもなく時花、大坂にて其職人に刻ませけるに、当分しれぬ事とて、下づみ手ぬきして、然も水にしたし遣はしけるに、舟わたりのうちにかたまり、煙の種とはならざりき。唐人是をふかく恨み、(巻4-2)

『일본영대장』이 창작된 시기는 1688년, 이 작품이 널리 읽혀진 시기는 17세기 후반이라고 할 수 있다. 조선침략 전쟁인 임진왜란이 일어난 시기가 1592년, 이 전쟁을 고대 왕권신화에 등장하는 진구황후의 신라정벌의 재현으로 삼는 조선침략의 정당화 논리가 에도 바쿠후 일부 지배층에서 제기되었고, 17세기를 전후해『조선모노가타리朝鮮物語』와 같은 다양한 형태의 조선정벌기가 창작되기에 이르렀음은 잘 알려진 사실이다. 즉 17세기 후반에는 이미 정벌의 대상이었던 이웃나라 조선을 타자화 하고 차별화 하는 인식이 왕권신화의 형성과 더불어 자리 잡은 시대라고 할 수 있다. 사이카쿠는 바로 이러한 시대조류의 한복판에 있었던 작가였다. 그런데 그의 소설용어

에서 특히 이 작품의 묘사에서는 이러한 조선의 타자화에 관한 인식을 전혀 찾아볼 수 없다. 규슈지역의 나가사키 상인들의 치부담을 다루면서 등장하는 일본, 중국, 조선의 상인에 관한 묘사는 특히 주목할 만하다. 당시에는 조선과 중국을 모두 당인唐人으로 표기하는 것이 일반적이었고, 이 묘사에 등장하는 상인들은 쓰시마 무역과 관련되어 있기에 당인은 바로 조선 상인들을 가르킨다. 이러한 조선 상인들에 대해 작가는 소탈하고 약속을 잘 지키는 사람들이라고 평하는 한편, 일본상인들에 대해서는 탐욕스럽고 약아빠졌다고 지적하면서, 핵심묘사에서는 조선 상인들이 일본상인들에게 사기당하는 상거래를 소개하고 있는 것이다. 조선정벌 이후에 일본지배층에서 형성되었던 조선멸시나 타자화의 시선을 전혀 발견할 수 없음은 확연하다.

셋쓰와 이즈미에 접해 있는 사카이의 오쇼지 부근에 히노구치야라는 사람이 살고 있었는데, 매사에 빈틈이 없고 일생 허튼 낭비를 한 적이 없었다. 그렇기에 "봉래를 장식하는 것은 신대 이래의 풍습이기는 하지만 비싼 것을 사들여 장식해 봐도 아무런 도움이 될 수 없다. 아마테라스오미카미께서도 나무라시지는 않을 거야"라면서 이세 왕새우 대신 보리새우, 등자나무 대신 향귤나무를 장식하니, 색깔도 같고 정월 기분을 내는 데 다를 바가 없었기에 "이 남자 생각이 기발하다"면서 이 고장 사카이 사람들은 이세 왕새우와 등자나무를 아무도 사지 않고 정월을 보냈다.

爰に、摂泉境大小路の辺りに、樋口屋といふ人、世わたりに油断な

く、一生

　物の費になる事せざり。されば蓬莱は、神代此かたのならはしなれ
ばとて、高直なる物を買調て、是をかざる事何の益なし。天照太神もと
がめさせ給ふまじと、伊勢ゑびの代に車ゑび、代代の替に九年母をつ
みて、同じ心の春の色、才覚男の仕出しと、其年は境中に、伊勢ゑ
び・代代ひとつ買ずに済しぬ。(巻4-5)

　사카이 지역 상인 히노구치야의 검약생활에 관한 묘사 중의 한 대
목이다. 신년축하 용품으로 애용되는 고가의 왕새우(이세에비)와 등자
나무 대신 보리새우와 향귤나무를 사용해 절약하면서 정월기분을
내고 있는 풍습에 관한 묘사라고 할 수 있다. 신년축하의 유래는 신
대 이래의 풍습이라고 하더라도 당대의 현실에 맞는 합리적 축하행
위가 중요하다면서 아마테라스오미카미를 희화화하는 묘사에서 작
가와 당대 상인들의 고대 신화와 풍습에 대해 왕권신화를 의식하지
않고 오히려 이를 세속적으로 상대화하려는 인식을 읽을 수 있다.

　"자, 이 집에 실례하겠습니다. 가시마다이묘진님의 신탁 중, '사람
의 살림살이는 흔들리지만 설마 뽑히기야 하겠나요, 가나메이시 장사
의 신이 계셔주시기만 한다면' 이라는 말씀이 와카에서도 읊어지고 있
는데, 이것은 장사의 신이 지켜주신다면 사람의 살림살이는 흔들리는
일이 없을 것이라는 뜻으로, 결국 생업의 길에서 열심히 돈을 벌고 있
으면 쫓아올 가난은 없다는 것이다"라고 가시마 지방의 걸인들이 말
하고 돌아다니는 데 이것을 순순히 귀담아 듣고 한 푼의 돈이라도 헛

되이 써서는 안된다. (중략) 구게는 와카의 도, 무사는 궁마의 도에 전념하고 조닌은 계산을 정확하게 하고 천칭저울의 눈금을 틀리지 않으면서 꼼꼼히 거래 장부를 기록해야 하는 것이라고 황금이 있는 고가네마을의 부자는 많은 어린이들에게 들려주는 것이었다.

> 是やこなたへ、御免なりましよ。鹿嶋大明神さまの御詫宣に、人の身袋は、動ともよもやぬけじの要石、商神のあらんかぎりはとの御詠哥の心は、惣じて産業の道、かせぐに追付貧乏なし」と、言触がいふてまはりしに、正直の耳にはさみて、壱文の銭をもあだにする事なかれ。(中略) 公家は敷嶋の道、武士は弓馬。町人は算用こまかに、針口の違はぬやうに、手まめに、当座張付べし」と、金の有徳人の、あまたの子どもに申わたされける。(巻5-4)

앞 『호색일대남』의 용례에서도 등장했던 가시마다이묘진의 묘사로 시작되는 작품이다. 가시마다이묘진은 오로지 생업이라는 현실 세계에서 절약과 치부의 관점에서 파악되고 숭앙되는 신으로 묘사되고 있음을 알 수 있다. 이는 사농공상 중 작가가 속한 상인계급의 시각이며 에도나 오사카의 과반이 넘는 이른바 도시시민층의 신화 인식이라고 할 수 있다. 이러한 인식은 후반부 말미의 묘사에서 구체적으로 적시되고 있다. 구게와 같은 왕권귀족들은 고대일본 신화에 등장하는 왕도王道에 따라 와카의 도를 생각하고, 무사는 현 정치체제의 근간으로 본분을 다하고, 상인은 오로지 치부를 통한 실존의 세계에서 살아가야 한다는 당대의 상식적 인식표명이라고 할 수 있을 것이다.

Ⅳ. 나가며

고대기 이래 일본인의 신화 인식은 지배층을 중심으로 헤이안 말기부터 근세기에 걸쳐 그들의 정체성에 집단적 자기인식과 국체관을 투영하면서 형성되어 왔다. 근세전기 『우키요모노가타리』에서 표출되는 료이의 신화인식은 진구황후의 신라정벌담의 역사화를 직설적인 형태로 행하고 있음에 비해 사이카쿠의 신화인식은 신화를 상상력의 범주 안에서 인식하고 이를 우키요조시의 창작 안에서 활용하고 있다는 점에서 큰 차이를 보이고 있다. 이 점은 역사화가 본격적으로 시작된 근세후기의 일본지식인들의 신화인식과 비교할 때는 더욱 확연한 차이를 보인다고 할 수 있다. 신화인식은 일본인의 자타인식과 깊은 관련을 맺게 되는데, 자타인식이라는 것은 타지역을 어떤 방식으로 타자화해 왔는가라는 내실의 문제이기도 한 것이다.

『호색일대남』과 『일본영대장』에서 표출되는 일본신화와 관련된 사이카쿠의 내러티브에서는 중, 근세기 시대 이래 한반도를 타자화, 혹은 사상捨象시키는 타자인식의 투영이 전혀 나타나지 않는다. 이는 근세 전기의 대다수 시민의식이 내재된 가치중립적인 타자인식이라고 할 수 있는 바, 그의 우키요조시의 내러티브에서 드러나는 신화인식의 기저에는 동아시아와의 선린우호의 가능성이 내재하고 있었다고도 볼 수 있다. 이러한 가치중립적 자타인식은 그의 작품세계에서 등장하는 고대신화 관련의 묘사에서 소시민적 호기심과 더불어 강요된 체제권력에 순응하는 대중추수적인 경향 등을 내재화

하면서 신화의 희화화라는 창작방식을 창출했다고 볼 수 있다.

사이카쿠의 작품묘사에는 중국과 조선에 관한 배타적이고 적대적인 표상어는 찾아볼 수 없다. 『일본영대장』의 묘사에서는 오히려 중국이나 조선의 상인들에 관한 우호적이고 긍정적인 인식이 드러나고 있음을 확인할 수 있다.

사이카쿠는 다독가多読家적 이야기꾼이었고, 즉흥적 연상과 무의식의 표출이라는 '하이카이시俳諧師적인 작법'으로 일련의 우키요조시를 창출했다. 이러한 작가가 당시의 수많은 문헌에 빈출하고 있는 '삼국사관'이나 '소중화의식' 혹은 '조선정벌'류의 배타적, 적대적 이국표상의 내용과 정보를 접하지 않았을 리 만무하며, 그렇다고 한다면 타자인식을 기저로 하는 그의 신화인식에는 이웃 조선에 관한 의도적 무관심과 더불어 당시 주류로 자리 잡고 있던 삼국사관을 외면하고자 하는 상인계급으로서의 소심하고 소극적인 세계관의 표출이 내재되어 있다고 볼 수 있다. 스스로의 사실주의적 시각으로 확인되지 않은 사항에 관해서는 적극적으로 묘사하지 않는 방식 즉 확신이 없는 일본신화의 미화나 타자배제에 관해서는 무관심적 묘사로 일관하고 있는 것이다. 이 점이 바로 근세기 시민작가 사이카쿠의 내러티브에 보이는 고대신화의 수용과 변용의 특질이라고 할 수 있다.

한·중·일 동아시아 신화의
문화적 교차

제13장

일본 근세기 신화주석의
의의와 그 주변

홍 성 준

I. 머리말

주석이란 모르는 어휘의 뜻을 찾아 알기 쉽게 풀이하여 적거나 이해하기 어려운 문구 등을 상세히 고찰하여 적은 내용을 말한다. 작가는 주석을 달기 위해 대상 어휘나 문구를 오랜 시간동안 분석하고 고찰하는 과정을 거치고, 독자는 주석을 통하여 몰랐던 지식을 바로 습득할 수가 있다. 현대에도 주석은 난해한 내용을 쉽게 만들어주는 도구로서 그 기능을 다하고 있다.

스즈키 겐이치鈴木健一는 주석의 필요성에 대해 다음과 같이 정리하였다.

우선 첫째로는 시대의 변천과 함께 심정, 생활양식, 말과 같은 모든 영역에서 작품에 그려진 세계를 이해할 수 없게 되기 때문에 주석이 필요하게 되었다고 생각할 수 있다.

다음으로, 새로운 작품을 창작하기 위해서 과거의 유명한 작품에 대해 제대로 이해할 필요가 있다고 하는 현실적이고 기술적인 이유도 생각할 수 있다. 중세부터 에도시대에 걸친 주석서의 대부분은 와카和歌와 같은 창작에 도움이 되기 위해 쓰여 졌다는 측면도 크다.

셋째로, 인간이나 사회의 모습 그 자체와 관련된 의미를 작품세계에서 바라는 자세가 중세에서 에도시대에 걸쳐서 나온 주석서에 현저히 드러난다는 점을 들고 싶다. 이들은 겉으로 보이는 해석은 알지만 그 이상으로 내재된 무엇인가가 그곳에 있음을 인정하고 싶을 때에 행해지는 것이다. 국학에 있어서의 상대上代 동경이야 말로 그런 생각을 가진 입장에서 말하는 에도시대를 대표하는 사고법이다.

그 밖에도 스스로에게 권위를 부여하는 측면, 역으로 이것저것 해석을 고찰하는 것을 향한 순수한 즐거움이라는 측면도 보충해서 적어 두겠다.[1]

여기에서 주의 깊게 봐야 할 점은 우리가 과거의 모든 영역에 대해서 잘 이해할 수 없기 때문에 주석이 필요하다는 점이다. 과연 고전문학의 어휘 주석은 그 고전문학이 쓰인 시대에는 일반적으로 통

---

1 鈴木健一「『江戸の「知」―近世注釈の世界』に向けて」『江戸の「知」近世注釈の世界』, 森話社, 2010, 8쪽. 일본어 원문 번역은 모두 필자가 하였고, 밑줄 표시도 필자에 의한 것임. 이하 동.

용되었던 어휘를 설명한 것에 불과하지만, 사실 현대 독자에게는 그 자체가 이미 사용되지 않는 사어死語이거나 하여 생소한 단어인 것이다. 시대가 흐름에 따라 어휘의 의미가 점차 달라지고 심지어 어휘 자체가 사용되지 않는 경우도 생기기 때문에 주석은 고전을 이해하기 위해서 없어서는 안 될 중요한 요소라고 할 수 있다.

한편, 위 인용문 중의 세 번째 주석의 필요성도 간과해서는 안 된다. 밑줄 부분「겉으로 보이는 해석은 알지만 그 이상으로 깊은 무언가를 인정하고 싶을 때」에 주석을 참고하게 되는데, 특히 작가(또는 주석을 단 자)가 함축적인 의미를 찾아내거나 자신의 생각을 기입하거나 했을 때 독자로 하여금 그 사실에 대해 인지하고 이해할 수 있도록 도와주는 역할도 한다. 이는 주석이 문장 해석을 넘어 더욱 깊이 있는 내용 이해를 위한 도구로서의 기능을 하고 있음을 나타낸다.

이러한 주석에 대해서 여러 연구자들의 연구 성과가 보고되어 있다. 주석학이라고 하는 학문의 관점에서 고전주석을 바라보는 연구[2]가 대표적이며, 신화를 주석의 대상으로 삼은 연구[3] 또한 많이 이루어졌다. 위에서 예를 든 스즈키 겐이치는 종래의 연구 결과를 종합적으로 검토·분석하여 주석의 효용성을 세 가지 측면에서 정리하였

---

2 高野奈未「近世における古典注釈学—小野小町「みるめなき」の歌の解釈をめぐって」 『日本文学』61-10, 日本文学協会, 2012, 57-66쪽, 紙宏行「『顕昭古今集注』注釈学の形成」上·下『文教大学女子短期大学部研究紀要』45·46, 2002·2003, 1-12쪽·1-8쪽 등 다수의 선행연구가 있다.

3 中尾瑞樹「中世神話の生成—大江匡房の神道説と儀式次第」『祭儀と言説』森話社, 1999, 147-198쪽, 井上寛司「中世の出雲神話と中世日本紀」『古代中世の社会と国家』 清文堂, 1998, 365-384쪽, 千葉真也「『古事記伝』—注釈学の成果」『解釈と鑑賞』67-9, 2002, 140-143쪽 등 다수의 선행연구가 있다.

다. 이와 같은 선행연구를 바탕으로 본고에서는 근세기의 신화주석에 주목해 보고자 한다. 뒤에서 서술하겠지만, 과거의 어휘나 문물 등과 같은 주석의 대상과는 별도로 신화에 대해 상세한 주석을 달았다는 점에 대해 주목할 필요가 있다. 근세기의 국학자들을 중심으로 생산된 신화주석은 어휘·어구 해석처럼 일반적인 주석에 더하여 국학자 스스로가 행한 고증의 성과의 집대성임과 동시에 사상의 집합체이기 때문이다.

본고에서는 근세기의 주석이 어떠한 양상을 띠고 있는지, 그리고 그 중에서도 신화주석의 양상에 대해 논하고, 근세기의 국학자가 집필한 대표적인 신화 관련 주석서를 대상으로 일본신화의 주석이 어떠한 방식으로 이루어졌으며 이를 통하여 무엇을 얻을 수 있는지에 대해 고찰하고자 한다.

II. 근세기 주석의 양상

근세기에는 문인들이 스스로의 지식 범위를 넓히기 위하여 독자적인 연구를 계속하였으며, 그 결과를 주석으로서 표기하고, 나아가서는 주석서를 집필하기도 하였다. 그렇게 하여 주석 작업은 학문의 영역으로까지 점차 확대되었다. 특히 일본 고전에서 일본 고유의 문화나 사상을 명확히 밝혀내어 일본인의 정신세계를 탐구하는 학문인 국학의 영역에서 주석 작업이 활발히 행해졌다. 국학자들이 고전에서 읽어낸 일본 고유의 전통을 주석 작업을 통하여 사람들이 보다 구체적이고 명확하게 인식할 수 있도록 한 것이다.

근세 초기부터 국학 부흥의 움직임이 나타나기 시작하였고 게이추(契沖, 1640~1701)가 『만요슈万葉集』[4]의 주석 작업을 통하여 본격적인 국학 부흥을 이루어냈다. 그의 주석은 일본 고전의 가나仮名 표기법인 역사적 가나 표기법歷史的仮名遺い의 형성에 큰 영향을 미쳤다. 즉, 게이추의 시대 당시로서도 『만요슈』를 비롯하여 『고지키古事記』·『니혼쇼키日本書紀』·『겐지모노가타리源氏物語』 등이 쓰여 진 시대는 오래 전 과거이기 때문에 표기법의 차이로 인해 가독성이 떨어지는 일이 분명 있었을 것이다. 이를 해결하기 위하여 게이추가 표기법에 대한 주석 작업을 하였고, 이것이 기반이 되어 역사적 가나 표기법이 생겨난 것이다.

이렇듯 주석은 과거의 모르는 사실에 대해 연구한 결과를 모아둔 것이며, 주석 작업은 고전 이해의 방법을 연구하기 위한 기초적이면서 전문적인 작업의 일환이라고 할 수 있다.

근세기의 대표적인 주석서로는 기타무라 기긴北村季吟의 『고게쓰쇼湖月抄』(1673년 성립), 게이추의 『만요다이쇼키万葉代匠記』(1685년경 초고본 성립), 모토오리 노리나가本居宣長의 『고지키덴古事記伝』(1798년 성립)을 들 수 있다. 『고게쓰쇼』는 에도시대에 가장 널리 알려진 『겐지모노가타리源氏物語』의 주석서로 본문 옆에 방주傍注, 위에 두주頭注를 기

---

4 국내에서 일본문헌을 표기하는 방법에는 원문발음을 그대로 표기하는 법(『만요슈(万葉集)』)과 우리 독음에 맞게 표기하는 법(『만엽집(万葉集)』)이 있다. 본 논문에서는 많이 알려져 있지 않은 근세기의 주석서를 다수 언급하고 이 자료들이 일본문헌이라는 점을 나타내기 위하여 원문발음을 그대로 표기하기로 한다.

재하였으며 기긴이 조사 및 연구하여 단 주석 외에 선행주석에 대한 설명도 곁들여져 있다. 『만요다이쇼키』는 『만요슈』에 나오는 와카和歌에 대한 게이추의 감상과 비평, 해석이 담겨 있는 대표적인 주석서로서, 위에서도 말했듯이 과거의 표기법을 연구하여 역사적 가나 표기법을 형성시킨 점에서 학문적 가치가 큰 서적이라 할 수 있다. 또한 『고지키덴』은 『고지키』의 주석서로서 주로 고어古語의 훈독 방법과 의미에 관한 주석이 기재되어 있으며 후대의 일본 고대문학 및 고대사 연구에 큰 영향을 미쳤다. 일본 고전의 대표적인 주석서라고 하면 위의 세 서적이 주로 거론되며, 모두 학문적으로 큰 의의를 지닌 연구 성과의 축적물이라고 할 수 있다.

일본문학의 시대구분에 있어 근세는 다른 시대에서는 볼 수 없는 특징을 지니고 있다. 무엇보다 간행서적이 폭발적으로 증가하여 독자층이 아주 넓어졌다. 이는 다시 말하면 책이 간행되었을 때 그 영향력이 미치는 범위가 과거에 비해 훨씬 넓어졌음을 의미한다. 작가는 책을 집필할 때 독자를 의식하게 되었고, 출판사 또는 서점 역시 독자의 수요를 발 빠르게 파악하여 서적을 간행하고 판매·대여하였다.

이런 가운데 작가는 자신의 관심과 흥미를 표출하는 수단으로 주석을 이용하였다. 고칸合巻 작가인 류테이 다네히코(柳亭種彦, 1783-1842)는 작품 곳곳에 주석을 단 것으로 알려져 있는데, 예컨대 고하이카이古俳諧의 해석이나 근세 초기의 문물에 대해서 작가의 언설, 그림 등의 방법을 통하여 독자에게 소개하고 설명하는 형태의 주석을 기입하였다. 또한 고증수필이라는 연구 성과물을 집필 및 간행함으로써 자신의 관심분야를 정리하였으며, 그 내용 중 일부를 고칸 작품 속에 반영시키기도 하였다[5]. 요미혼読本 작가인 교쿠테이 바킨(曲亭馬琴, 1767-1848)은 다네히코와 관심분야가 달랐기 때문에 작품 속 주석의 내용 역시 달랐다. 바킨은 중국 고전과 한문서적에 관심이 깊었기 때문에 작품 내에 중국의 고사故事나 한시漢詩 등을 인용하였으며, 때로는 스스로 창작하기도 하였다. 중국 고전의 내용을 인용할 경우에는 그 출처를 밝힐 목적으로 주석을 활용하였다. 각주나 미주, 또는 두주頭注의 형식을 취하지 않고, 작품의 본문 속에 작가의 언사言辞를 삽입하는 형식으로 주석을 표기하였다. 또한 요미혼이라는 장르의 특성상 매수 제한이 비교적 자유로웠기 때문에 작품 본문과는 별도로 주석을 기입할 지면을 충분히 확보할 수 있었다.

이렇듯 근세기의 주석은 작가 본인의 관심과 흥미를 독자에게 알리는 역할 또한 지니고 있었으며, 한정된 매수에 작품을 표현해야 하는 고칸의 경우 정통적인 형식의 주석뿐만 아니라 인물의 대사나 그림을 활용한 주석 형태가 많이 이용되었고, 요미혼의 경우는 본문 속에 자연스레 포함되는 작가의 언사의 형식을 취하거나 주석연구의 성과를 별도의 지면에 수록하는 방법이 주로 이용되었다. 오락성을 띤 작품에도 주석을 달아 독자들의 궁금증을 해소시킴과 동시에 작가 스스로의 학문적 욕구를 충족시키는 창작 방법이 근세기의 문학작품에서 자주 보이는 특징 중 하나이다.

---

5 金美眞「柳亭種彦の考証随筆と合巻—古俳諧の利用をめぐって—」「日本学研究」제47집, 단국대학교 일본연구소, 2016, 260-261쪽.

일본 근세기의 작가는 스스로를 지식인이라고 생각하였으며, 특히 요미혼 작가들 사이에서는 자신의 지식인으로서의 능력을 드러내기 위하여 주석을 이용하기도 했다. 그 중에는 독자를 교화하려는 의도를 지니고 집필활동을 한 작가도 있었는데, 바킨은 그 대표적인 작가 중 한 명이다. 그는 자신이 독자들, 심지어는 다른 작가들보다 지식적으로 우위에 서 있다고 생각했기 때문에 그들을 가르치고 교화하려는 의도를 가지고 집필 활동을 하였다[6]. 그의 작품 속에 나타난 유교적 권선징악 사상과 불교적 인과응보 사상은 작품을 즐기는 독자들에게 있어 실생활과 밀접한 관련이 있는 교훈적인 내용이라고 할 수 있다. 또한 작품 속에 중국 고전의 어려운 어구를 인용하고 훈고학訓詁學의 방법으로 어석語釈을 달아 지식 정도를 표현하기도 하였다[7].

이상 살펴본 바와 같이 근세 초기까지는 고전주석은 일부 지식인 계층이 연구하여 계승시키는 학문적 영역에 속해 있었다. 주로 국학 연구에 있어서 주석을 활용하였고, 국학자들은 스스로의 연구 성과를 정리하기 위해 주석서를 집필하였다. 이런 흐름 속에 출판문화가 비약적인 발전을 이루면서 주석서와 개설서의 간행이 활발해지게

---

6 홍성준 「바킨 요미혼에 나타난 교훈성과 서민 교화적 태도」『일본사상』31집, 한국 일본사상사학회, 2016, 267-290쪽.

7 훈고학이란 중국고전의 문자·어구의 의미를 해석하는 학문을 말한다. 이러한 훈고학의 흐름을 이어받아 중국 청대에서 유행한 학문이 고증학(考証学)이며, 이는 경학(経学)·사학(史学)을 연구함에 있어 고전으로부터 근거를 얻고자 하는 것이 특징이다. 언어학적인 연구(음운학·훈고학·금석학)를 하는 학파와 역사학적인 연구를 하는 학파로 나뉜다. 근세후기에는 문학 작가들에 의한 고증의 붐이 일기도 하였는데, 훈고학적인 내용이 고증의 주된 대상이 되었다.

되어 고전주석을 향유하는 사람들이 점차 늘어나게 되었다. 그 내용도 학문적이고 전문적인 내용에서부터 실용적이고 일상적인 내용으로 변하여 갔다.

Ⅲ. 근세기 신화주석의 양상

신화란 민족 태고의 역사나 설화를 말한다. 일본신화는 기기신화記紀神話, 즉 『고지키』와 『니혼쇼키』에 서술되어 있는 신화가 주축 신화로서 인정을 받아 왔다. 일본신화도 한국신화와 마찬가지로 크게 문헌신화文献神話와 구전신화口伝神話로 나눌 수가 있는데, 기기신화의 존재와 근세기 모토오리 노리나가의 주석 작업의 영향으로 현대에는 문헌신화가 정통 신화로서의 위상을 지키고 있다.

노리나가가 집필한 『고지키덴』은 『고지키』의 주석서로서, 고어古語 연구를 통한 정확한 본문해석을 추구하여 실증적인 연구 성과를 수록하였다. 이렇게 고어를 중시하는 태도는 일본의 국학에서 다루는 고신도古神道와 밀접한 관련이 있다. 고신도란 유교·불교 등과 같은 외래 종교의 영향을 받기 이전에 일본에서 존재했던 종교를 뜻하며, 근세기에 복고신도復古神道라 하여 국학자들 사이에 일본 고유의 정신문화로 되돌아가자는 사상으로 발전되었다. 이는 가모노 마부치(賀茂真淵, 1697~1769)와 모토오리 노리나가의 고도설古道説[8]에서 체계

---

8 고도(古道)란 고대에 있었던 사상·문화 등의 총칭으로 일본의 신도(神道)나 국학

를 가다듬어 히라타 아쓰타네(平田篤胤, 1776~1843)의 복고신도 사상으로 계승되었다. 국학에서 말하는 고전이란 주로 신화와 관련된 내용이 쓰여 있는 기기신화를 가리키며, 특히『고지키』에 나오는 신화를 재해석하여 이를 역사로 인식하려는 태도가 국학자들 사이에서 만연하게 되었다. 이러한 새로운 연구 방법과 태도, 다시 말해 신화를 마주하는 연구 방법의 차이는 당시 지식인들 사이에서 사상적 논쟁을 불러일으키기도 하였다[9].

1. 근세기의 신화주석서

일본 근세기에 성립 또는 간행된 대표적인 신화관련 주석서는 다음과 같다. 이 외에도 많은 주석서가 있지만 학문적 가치가 높고 연구가 활발히 진행되고 있는 서적을 정리한 것이다.

에서 말하는 고신도(古神道)를 가리킨다.

9 김경희 논문에서 우에다 아키나리(上田秋成)와 모토오리 노리나가의 사상적 논쟁에 대해 상세히 설명하고 있다. 노리나가가 아마테라스오미카미(天照大御神)와 실제 태양을 동일시하여 일본이 세상의 중심이라고 주장한 것에 대해 아키나리가 각 나라별 신화의 존재를 언급하며 일본중심주의를 부정한 것을 대표적인 예로 들고 있다. 김경희「국학자 지식인의 사상적 논쟁 -『가가이카(呵刈葭)』를 중심으로 -」『일본학연구』제47집, 단국대학교 일본연구소, 2016, 265-288쪽.

〈표 1〉 근세기의 『고지키』 주석서

서명	저자명	성립·간행연도
鼇頭古事記	度会延佳	1687년 서문
古事記箚記	荷田春満	1729년 성립
古事記頭書	賀茂真淵	1757년 성립
古事記詳説	田安宗武	1764-1772년 성립
古事記伝	本居宣長	1798년 성립
古事記灯	富士谷御杖	1808년 간행
古事記謡歌註	内山真竜	1813년 성립
難古事記伝	橘守部	1844년 성립

『고토 고지키鼇頭古事記』는 『고지키』 전 권을 다룬 최초의 주석서로 저자명을 따서 『노부요시본 고지키延佳本古事記』라고도 불린다. 당시 활용할 수 있었던 『고지키』의 모든 이본異本을 검토하여 교정을 보고 국서國書와 같은 다양한 서적을 참고하여 한자의 음독音読·훈독訓読을 정리하는 등 실증적인 고증을 통한 주석 작업을 행하였다. 이는 가모노 마부치나 모토오리 노리나가의 주석서에 큰 영향을 미치게 되었고, 따라서 이 주석서는 『고지키』 연구의 기반을 형성하였다는 점에서 큰 가치를 지닌다고 할 수 있다.

『고지키 사쓰키古事記箚記』는 4대 국학자 중 한 명인 가다노 아즈마마로의 주석서이고, 『고지키 도쇼古事記頭書』는 역시 4대 국학자 중 한 명인 가모노 마부치가 쓴 주석서이다. 특히 후자는 『고토 고지키』의 훈독이나 어구 해석의 오류를 바로잡은 것으로 잘 알려져 있으며, 이후의 『고지키덴』에서 이 책을 많이 인용하고 있다는 점에서 연구적 가치가 높다고 할 수 있다. 또한 『고지키 쇼세쓰古事記詳説』는 『고

토 고지키』의 영향을 크게 받았으며, 신화를 현세의 정치적인 상황
에 맞게 해석한 주석서이다.

『고지키 도모시비古事記灯』는 저자인 후지타니 미쓰에의 독자적인
『고지키』해석방법을 논한 주석서로 전체적으로『고지키뎬』의 영향
을 크게 받고 있으나, 부분적으로 노리나가의 해석을 비판하는 내용
도 포함되어 있다. 다음으로『고지키 요카추古事記謠歌註』는『고지키』
에 수록되어 있는 모든 노래와 각각의 머리말에 주석을 달았으며,
게이추와 가모노 마부치, 그리고 노리나가의 설을 골고루 받아들인
주석서로 알려져 있다. 마지막으로『난코지키뎬難古事記伝』은『고지
키뎬』신대神代편의 노리나가의 견해를 비판한 주석서이다.

이와 같이『고지키』의 주석서는 다양하게 존재하는데 그 중에서
도『고지키』의 연구에 미친 영향은『고지키뎬』이 가장 크다고 볼 수
있다.『고지키뎬』이 성립되기 전까지『고지키』는『니혼쇼키』를 읽
기 위한 참고서 정도의 위상 밖에 지니지 못했었다.『니혼쇼키』가 정
사正史로 인정을 받아온 것에 반해『고지키』는 위서설僞書説이 나올
만큼 역사서로서 크게 인정받지 못하였다[10]. 이렇듯『니혼쇼키』가
압도적으로 우위에 있었는데『고지키뎬』의 등장으로 두 고전의 위
상이 뒤바뀐 것이다[11].

---

10 가모노 마부치는 모토오리 노리나가에게 쓴 1768년 3월 13일자 편지에서『고지키
  』의 서문이 다른 사람에 의해 쓰였으며『고지키』자체가 가짜일 가능성에 대해 언
  급하였다. 倉野憲治·武田祐吉校注 『古事記』日本古典文学大系1, 岩波書店, 1958,
  13-14쪽 참조. 이 외에도 여러 학자들이 위서설(偽書説)을 주장하였으나, 현재 이
  설은 인정받지 못하고 있다.
11 鈴木健一「『古事記』受容一齣―近世から近代への詩歌を中心に」『学習院大学文学部

참고로 『니혼쇼키』의 주석서도 나열해 보면 다음과 같다.

〈표 2〉 근세기의 『니혼쇼키』 주석서

서명	저자명	성립·간행연도
日本書紀通証	谷川士清	1748년 성립 1762년 간행
書紀集解	河村秀根	1785년 성립
日本紀歌解槻乃落葉	荒木田久老	1799년 성립 1819년 간행
日本紀類聚解謠歌註	内山真竜	1811년 성립
日本書紀伝	鈴木重胤	1862년 성립

『니혼쇼키 쓰쇼日本書紀通証』는 『니혼쇼키』의 주석서로서 메이지기明治期에 이르기까지 가장 널리 읽힌 주석서 중 하나이며, 기존 주석서의 오류를 수정하고 한자어의 출전에 대한 세밀한 조사를 행한 실증적인 주석서라 할 수 있다. 『쇼키 싯카이書紀集解』는 니혼쇼키가 중국의 고전을 이용한 점에 주목하여 그 출전을 정리한 최초의 주석서이다.

『니혼기 우타노카이쓰키노 오치바日本紀歌解槻乃落葉』는 『니혼쇼키』에 수록된 가요의 훈점訓点 및 훈독, 그리고 상세한 어석과 해설을 표기한 주석서이다. 『니혼기 루이주카이요카추日本紀類聚解謠歌註』도 역시 『니혼쇼키』에 수록된 가요에 주석과 노래의 해설을 추가한 주석서이며, 저자인 우치야마 마타쓰는 고전 가요 연구에 큰 관심을 가

研究年報』59, 2013, 113-130쪽.

지고 있었기 때문에 이 서적 이후에 『고지키 요카추』라는 『고지키』 수록 가요의 주석서도 편찬하였다. 마지막으로 『니혼쇼키덴日本書紀伝』은 다른 주석서에 비해 비교적 늦은 시기에 성립되었으며, 신대의 천손강림까지의 내용에 대해 다양하고 풍부한 자료를 활용한 주석을 통하여 설명하고 있다.

2. 신화주석의 방법

근세는 다른 시기에 비해 훨씬 많은 서적이 간행되고 읽힌 시기이다. 어려운 한자를 어떻게 읽으면 되는지 적절한 독음을 제시하는 일은 작품 집필 시에 작가들이 당연히 해야 할 일 중 하나였다. 근세의 독자들은 한자어를 보고 그것의 읽는 법에 대한 궁금증과 흥미를 갖고 있었고, 이른바 지식인이라고 칭하던 작가들은 정확한 독음을 달기 위해 저마다의 노력을 거듭하였다. 특히 국학자들 사이에서는 정확하고 올바른 독음을 연구하여 그것이 에도시대에 읽히던 것과는 다른 방식으로 과거에 읽혔음을 밝혀내기도 하였다.

다음은 모토오리 노리나가의 『고지키덴』 중 「然善」이라는 단어의 주석의 일부분이다.

> 然善은 시카요케무斯詞余祁牟로 읽어야 한다. 【스승님은 우베나리宇倍那理로 읽으셨다. 이는 의미는 그렇다 쳐도 문자와 너무 동떨어져있다.】 남신이 말한 것을 승낙한 것이다. 시카然는 '나도 그렇게 생각한다'는 뜻이며 시카나리然也와도 같다. 【시카나리然也라고 해야 할 부분

에서 시카然라고만 하는 것은 후대의 모노가타리 등에 많이 보인다. 또한 시카리志詞理라 함은 시카아리然有의 줄임말이다.】요켄善과 연속되어 있는 말은 아니다. 한번 끊어 읽는다는 느낌으로 읽는다. 요케무余祁牟는 요카라무善加良牟와 같은 뜻의 고어이다. 덴치기天智紀의 동요 중에 다다니시에케무多拖尼之曳鷄武라고 있다.【에曳는 요余이다. 같은 시기의 노래 중에 미요시노御吉野를 미에시누美曳之弩로 읽는 것을 봐도 알 수 있다.】만요슈 등에도 많이 보인다.

然善は斯詞余祁牟と訓べし。【師は宇倍那理とよまれき。是も意はさることなれども、あまり字に遠し】男神の詔へる事を諾ひたる御答なり。然は、吾も然思といふ意にて、然也と云むが如し。【然也を、然とばかりいへること、後の物語などにも多かり。又志詞理と云は、然有の約まりたる語なり】善と一つゞきの語にはあらず。読切る心ばへに有べし。余祁牟は、善加良牟と云に同じ古言なり。天智紀の童謡に、多拖尼之曳鷄武。【曳は即余なり。同時の歌に、御吉野を美曳之弩とあるにてしるべし】万葉などにも多かり。[12]

　한자로 된 표기를 어떻게 읽는 것이 바람직한가를 상세한 의미 분석을 통하여 제시하고 있다. 「然善」의 독음을 정의하기 위해서 한 글자 한 글자의 독음을 확인하고 또 고전에서는 어떻게 읽고 있는지를 분석하고 있다.

　한편, 인용문 마지막에 『만요슈』가 보이는데, 『고지키덴』은 『만요

---

12 『古事記伝』四之巻, 神代二之巻. 大野晋編『本居宣長全集』第九巻, 筑摩書房, 1968, 170쪽.

슈』에서 특정 단어, 또는 한자를 어떻게 읽고 있는지에 주목하는 특징을 보인다. 역사적 가나 표기법의 효시가 된『만요슈』의 표기와 독음이 후대의 노리나가에게 영향을 미치고 있음이 드러나고, 게이추의 주석서『만요다이쇼키』의 존재를 다시금 확인할 수 있는 대목이라고 할 수 있다.

다음으로『고지키덴』의 어구 해석 중에서 가장 많은 비중을 차지하는 것이 한자표기와 관련된 사항이다. 주지하는 바와 같이『고지키』와『니혼쇼키』의 표기가 다르기 때문에 같은 신이라 하더라도 그 표기가 전혀 다른 경우가 있다. 예를 들어 이자나기노미코토의 경우『고지키』는「伊邪那岐命」로『니혼쇼키』는「伊弉諾神」로 표기하고, 이자나미노미코토의 경우『고지키』는「伊邪那美命」로『니혼쇼키』는「伊弉冉神」로 표기하는 것이 일반적이다. 고유 일본어가 먼저 존재하고 그 후에 한자가 차용되었다고 봤을 때 서적에 따라 표기가 달라지는 것은 당연하다고 할 수도 있겠으나, 이를 한자로 처음 접하는 독자에게 또는 이후에 해당 신을 작품 속에 등장시키고자 하는 작가에게 서로 다른 한자표기가 혼란을 야기할 수 있다. 이렇게 한자표기가 다를 경우 이를 주석으로 제시함으로써 위와 같은 혼란을 최소화하고 신화에 대한 이해를 보다 용이하게 해주는 것이 바로 신화주석의 역할이다.

迦微에 神의 한자를 사용한다. 잘 맞는다. 단, 迦微라고 함은 체언이기 때문에 오로지 '그것'을 가리키는 것으로 '그 일'·'그 덕' 등을 가리키지는 않는데, 중국에서 神이란 '그것'을 가리킬 뿐만 아니라 '그 일'·

'그 덕' 등을 가리키기도 하며 체언으로도 용언으로도 쓰인다.

迦微に神の字をあてたる。よくあたれり。但し迦微と云は体言なれ
ば、たゞに其物を指して云のみにして、其事其徳などをさして云ことは
無きを、漢国にて神とは、物をさして云のみならず、其事其徳などをさ
しても云て、体にも用にも用ひたり。[13]

신의 표기로서「迦微」와「神」의 두 가지 방식이 있음을 중국과의
비교를 통한 상세한 어휘 주석과 함께 그 차이를 명확히 제시하고
있다. 일본어로 신을「가미」라고 발음하는데,「迦微」를 음독하면
「가미」이고「神」을 훈독하면「가미」이다. 현대에는 신을 한자로 표
기할 때「神」이라고 쓰지만『고지키』에는 현재와는 다르게 표기되
어 있다는 사실을 알 수가 있다.

이렇듯 고유 일본어의 발음에 맞게 한자를 배치한 차자(借字 ; 宛て
字)를 통한 표기 역시 신화에서 자주 볼 수 있는 표기법이다. 예를 들
어 이자나기伊邪那岐·이자나미伊邪那美·스사노오須佐之男의 한자 표기
는 모두 차자의 표기법을 따른 것으로, 이는『만요슈』의 차자 표기와
유사하여 만요가나万葉仮名의 쓰임과 거의 같다고 할 수 있다[14]. 이러
한 표기법에 관한 내용 또한 신화주석서를 통해서 확인이 가능하며,
이는 과거에 신명神名이나 지명을 어떻게 발음했는지를 가늠하는 하

---

13 『古事記伝』三之卷, 神代一之卷. 大野晋編 앞의 책, 126쪽.
14 이러한 표기법을 상대특수가나표기법(上代特殊仮名遣)이라 하며, 모토오리 노리
　나가에 의해 본격적인 연구가 시작되었다. 현재에도 일본의 국어학자들 사이에서
　상대의 모음의 음가에 관한 논쟁 등 다양한 관점으로 연구가 진행되고 있다.

나의 기준으로 평가할 수 있다.

위 인용문 뒤에는 「迦微」와 「神」의 두 가지 방식의 사례를 구체적으로 들어 어휘의 미묘한 차이를 설명하고 있다. 즉, 단순히 음독과 훈독의 차이, 또는 한자의 표기법의 차이에 머무르지 않고, 「迦微」와 「神」의 두 가지 표기법이 존재하는 이유에 대해서 연구한 성과가 기재되어 있는 것이다. 노리나가가 고대 어휘를 고증하고 그 성과를 주석으로 기재해 두었기 때문에 후세의 연구자와 독자들이 과거의 어휘를 정확히 파악할 수 있게 된 것이다.

Ⅳ. 『고지키덴』의 의의와 노리나가의 사상적 특징

『고지키덴』에 수록되어 있는 신화주석을 살펴보면 노리나가의 독자적인 연구 방법과 성과를 파악할 수 있다. 본 장에서는 『고지키덴』의 주석을 통하여 일본신화에 대한 노리나가의 사상적 특징을 살펴보기로 한다.

노리나가의 신화관은 이후의 신화해석에 큰 영향을 미쳤다. 노리나가는 태양신인 아마테라스오미카미天照大御神가 이 세상을 비추는 실제 태양과 동일하다고 주장하며 일본의 신화 전설을 진리로서 인정해야 한다고 주장하였다[15]. 이 주장은 노리나가가 독자적으로 행한 연구와 주석 작업의 결과로서 나타난 것이라고 할 수 있는데, 그

---

15 김경희 앞의 논문, 270쪽.

의 신화관은 당시의 지식인으로서는 받아들이기 어려운 것이었다. 특히 우에다 아키나리(上田秋成, 1734~1809)는 이를 정면으로 반박하며 일본만이 옳고 일본이 세상의 중심이라는 생각은 배제해야 한다고 주장하였다. 바로 그 유명한 「태양신日の神 논쟁」이라고 불리는 논쟁이다. 이와 같은 논쟁의 발단은 노리나가의 주석 작업이라고 할 수 있다.

여기에서는 「六合」이라는 어휘의 사례를 통해 주석이 신화관을 가늠하는 척도가 될 수 있음을 살펴보고자 한다. 우선 『고지키』와 『니혼쇼키』, 그리고 『고지키덴』에 보이는 「六合」의 예는 다음과 같다.

① 『고지키』上卷并序

천자의 증표를 받아 세상을 통치하시고, 하늘의 정통을 이어받아 질서를 곳곳에 미치게 하셨던 것이다.

乾符を握りて六合を摠べたまひ、天統を得て八荒を包ねたまひき。[16]

② 『니혼쇼키』卷第一、神代上

이 신께서 밝게 빛나시어 나라의 곳곳에 비추어 지셨다.

此の子、光華明彩しくして、六合の内に照り徹る。[17]

16 山口佳紀·神野志隆光校注 『古事記』 新編日本古典文学全集1, 小学館, 1997, 21쪽.

17 坂本太郎·家永三郎·井上光貞·大野晋校注 『日本書紀』 上, 日本古典文学大系67, 岩波書店, 1967, 86쪽.

「六合」은 천지와 사방, 즉 하늘·땅과 동·서·남·북을 가리키며 이는 천하, 또는 세계를 뜻한다. 이를 『고지키』에서는 「아메노시타(天の下, 세상을 뜻함)」라고 읽고, 『니혼쇼키』에서는 「구니(くに, 나라)」라고 읽는다. 그런데 노리나가는 『고지키덴』에서 이 단어를 「리쿠고(りくごう, 여섯 개가 합쳐진 세상)」라고 읽었다.

> ③ 『고지키덴』 古事記上卷并序 「握乾符而摠六合、得天統而包八荒」의 주석
> 乾符는 하늘의 기쁜 표식이다. 六合은 상하와 사방이다. 天統은 하늘로부터 하사받는 제왕의 계통이다. 八荒은 팔방의 먼 나라들이다.
> 乾符は天の吉端なり。六合は上下四方なり。天統は天より授くる帝統なり。八荒は八方の遠き国々なり。[18]

본 인용문에는 표기가 어렵지만, 원문에는 「六-合」이라고 훈점이 표기되어 있어 이를 음독하고 있음을 쉽게 알 수가 있다. 즉, 노리나가는 「六合」을 「리쿠고」라고 읽었던 것이다. 「六合은 상하와 사방이다」는 곧 모든 세계를 가리키는 것으로, 「아메노시타」와 의미상의 차이가 없음을 확인할 수 있다. 그러나 『니혼쇼키』의 독음은 「세상」보다는 「하나의 나라」에 가깝기 때문에 두 신화서적에서 말하는 「六合」이 의미상의 차이를 지니고 있다고 볼 수 있다.

---

18 『古事記伝』二之巻, 古事記上巻并序. 大野晋編 앞의 책, 70쪽.

다시 말해, 노리나가는 『고지키』의 독음을 따서 만국万国을 지칭하는 것으로 보았고, 아키나리는 『니혼쇼키』의 독음을 따서 일본을 가리키는 것으로 보았다. 즉, 「六合」을 어떻게 읽느냐에 따라 해석의 결과가 달라지는 것이다. 바로 이 점이 두 사람의 논쟁의 시작이었으며, 노리나가의 신화관을 단적으로 보여주는 하나의 예라고 할 수 있다.

천문학·지리학적 지식을 바탕으로 현실적인 주장을 펼치는 아키나리[19]와 고문헌을 주요 매개로 삼아 근세신화를 새롭게 창조하려고 시도하는 노리나가의 논쟁을 통하여 당시 국학자들이 추구한 일본 고유의 정신과 자신들의 정통성을 되찾는다는 과제에 대해 생각해 볼 수 있다. 한 가지 짚고 넘어가야 할 점은 노리나가도 역시 서양의 천문학·지리학, 그리고 과학을 받아들인 국학자 중 한 명이었다는 점이다. 다만, 신화해석에 있어서 노리나가는 황국의 정통성을 중시한 나머지 일본을 이 세상의 중심이자 전부라고 주장하였던 것이며, 그러한 태도가 그의 주석에 단적으로 드러나 있는 것이다.

다음으로 마가쓰 히노카미禍津日神를 둘러싼 논쟁에 대해서도 간략히 살펴보고자 한다. 『고지키덴』에는 이 신에 대해 다음과 같이 기술되어 있다.

①『고지키덴』六之巻、神代四之巻「黄泉戸喫」의 주석
재앙이 일어나는 곳은 이 저승의 더러움으로부터 생기는 마가쓰

---

19 아키나리는 당시 네덜란드인이 들여온 「세구지도(世球之図)」와 같은 실증자료를 근거로 노리나가의 설에 문제가 있음을 비판하였다.

히노카미의 영이다.

禍の起るは此黄泉の穢より成坐る禍津日神の霊なり。 [20]

② 『고지키덴』六之巻、神代四之巻「一日必千人死、一日必千五百人生也」의 주석

대저 세상의 사람을 해치는 갖가지 나쁜 일은 마가쓰 히노카미의 소행이다.

抑世に人草の害はる丶、もろ丿丶の悪事は、禍津日神のしわざなる。 [21]

즉, 노리나가는 세상의 재앙이나 나쁜 일의 원인이 마가쓰 히노카미에게 있다고 해석하였다. 위 인용문의 「더러움」이란 부정不浄의 상태를 일컫는 말로 이상적理想的이지 못함을 총체적으로 나타내는 말이다. 여기에는 말 그대로 청결하지 못한 더러움, 또는 병이나 죽음, 불합리한 상태까지도 포함된다.

노리나가의 견해에 반대의 의사를 표한 사람은 바로 히라타 아쓰타네이다. 그는 저서 『고시 세이분古史成文』(1818년 간행)에서 마가쓰 히노카미는 이자나기노미코토의 「더러움」을 떨쳐버리기 위하여 신체神体로부터 떨어져 나가서 생겨난 신이라고 하여, 이 신이 모든 악의 근원이라는 노리나가의 견해와는 다른 주장을 펼쳤다.

---

20 『古事記伝』六之巻, 神代四之巻. 大野晋編 앞의 책, 241쪽.
21 『古事記伝』六之巻, 神代四之巻. 大野晋編 앞의 책, 257쪽.

이렇듯 신화주석은 학문적인 논쟁을 가져오기도 한다. 노리나가
는『고지키덴』의 주석을 통하여 자신의 삶의 규범, 나아가 일본인들
의 정신세계를 바꾸어 놓을 수 있는 새로운 신화를 모색하였다. 그
는 기존의 신화 텍스트를 단순히 수용하는 것이 아니라 주석을 통하
여 새로운 신화를 창조해 냈다. 이른바 근세신화의 창조라고 할 수
있다.

노리나가의 신화 창조는 서양의 천문학·지리학의 영향으로 신화
적 요소를 실체적·시각적으로 바라보는 데에서 시작되었다. 신화 속
천상의 나라인 다카마가하라高天原와 저승세계인 요미노쿠니黃泉国
를 실재하는 공간으로 받아들여 새로운 신화적 공간을 창출해 낸 것
이 대표적인 예이다. 즉, 다카마가하라와 요미노쿠니를 우리가 살고
있는 이 국토와 밀접한 관련이 있는 공간으로서 나타냈으며, 이는
신화적 공간을 가시화可視化하고자 하는 욕구의 표출인 것이다[22].

한편,『고지키덴』에 요미노쿠니와 관련해서 일본 고유의 정신을
강조한 주석이 있어 여기에 소개하고자 한다.

요미(저승)는 죽은 사람이 가서 지내는 나라이다. …(중략)… 그런데
이 요미에 대해 외국에서 건너온 유교·불교 서적에 사람의 생사의 이
치를 다양하게 설파한 것에 익숙한 후세 사람들은 불교든 유교든 자신
의 마음이 가는 대로 해석하지만 모두 잘못된 것이다. 그러한 외국의

22 山下久夫「「近世神話」からみた『古事記伝』注釈の方法」『江戸の「知」近世注釈の世界』,
森話社, 2010, 22-25쪽.

가르침이 없었던 상대上代 사람들의 마음으로 돌아가 단지 죽은 자가
사는 나라라고 생각해야 한다. …(중략)… 귀한 자, 천한 자, 선한 자, 악
한 자 모두 죽으면 요미노쿠니로 가는 것이다.

> 予美は、死し人の往て居国なり。…(中略)…さて此黄泉の事、外国
> より来つる儒仏の書に、人の生死の理をとりどりに云ることどもを聞馴た
> る後世の人は、仏にまれ儒にまれ己が心の引々に強て其方に思ひ寄
> めれど、皆ひがことなり。然る外国の道々の書なかりし上代の心に立帰
> て、唯死人の往て住国と意得べし。…(中略)…貴きも賎きも善も悪も、
> 死ぬればみな此夜見国に往ことぞ。[23]

노리나가는 당시 외국에서 들어온 유교 및 불교 서적에서 말하는
저승에 대해 부정하고, 요미노쿠니란 죽은 사람이라면 누구나 가게
되는 곳이라고 주장하였다. 외국의 영향을 받지 않은『고지키』의 정
신을 받아들이자는 노리나가의 사상을 엿볼 수 있는 부분이라고 할
수 있다. 다시 말하면 요미노쿠니라는 사후 세계는 종교나 선악과
같은 윤리적 기준과는 관련이 없음을 뜻하는 것이다.

사실 노리나가가 외국의 영향을 언급한 이유는 중세의 사회적 특
성 때문이라고 생각된다. 바로 불교의 영향이다.

신화란 자신들이 살고 있는 현실에서 일어나는 일에 의미를 부여하
고 또 그 기원을 논하는 것을 목적으로 한다. 고대古代에는 죽음이란

---

23 『古事記伝』六之巻, 神代四之巻. 大野晋編 앞의 책, 237-239쪽.

무엇인가, 사후세계란 무엇인가, 그 유래·기원은 기기신화 속에서 해결되었다. 이에 반해 불교가 퍼진 중세에는 이제 기기신화만으로는 사람들이 죽음에 대해 의미를 부여하지 못하게 되었기 때문에 불교의 지知를 매개로 신화를 해석하고 재창조하였던 것이다.[24]

중세는 불교가 사회 전반에 깊숙이 침투하여 그 영향력이 확대되어 가던 시기이다. 사후 세계에 대한 의미부여, 구제의 기원 등 불교적인 관점으로 신화를 바라보는 것이 중세신화이다. 중세신화의 새로운 창조를 통하여 중세 사람들의 세계관과 생활양식이 보다 명확해 졌다고 할 수 있다.

근세의 신화주석은 불교나 유교의 영향에서 벗어나 고유의 정신세계를 그대로 받아들이는 것을 목적으로 했다는 데에 그 의의가 있다. 노리나가의『고지키덴』을 중심으로 한 주석 작업이 기존의 신화 해석의 방향을 완전히 바꾸었으며, 그로 인하여 근세적 신화 창조라는 결과를 창출할 수 있었다.

『고지키』의 주석은 오늘날에도『고지키』를 읽으려는 사람은 반드시 보지 않으면 안되는 주석이다. 이는『고지키』의 본문교정의 기초가 확실하고, 훈독에 유의하고 있으며, 어석도 또한 각종 자료를 폭넓게 보고 안정된 판단을 내리고 있기 때문에 확실하고 믿을 수 있기 때문

---

24 斎藤英喜 「日本神話に現れた「死」と「再生」-神話解釈史の視点から-」『일본학연구』제46집, 단국대학교 일본연구소, 2015, 187쪽.

이다.[25]

노리나가의 근세신화 창조에 대한 논의는 현재에도 지식인들 사이에서 계속되고 있으며, 그의 저서 『고지키덴』의 주석서로서의 가치는 매우 높다고 할 수 있다. 그 이유는 주석 그 자체에 대한 충실하고 세밀한 작업이 한 고전의 위상을 크게 높여주었고, 신화를 통한 고유의 정신문화 탐구를 가능하게 해 주었기 때문이다.

Ⅳ. 맺음말

신화는 고대에 이미 형성된 내용을 가리키는 것이 아니라 시대가 흐름에 따라 지속적으로 변용되고 창조되어 가는 것이다. 『고지키』와 『니혼쇼키』, 즉 기기신화는 일본신화의 원류源流로서 오랫동안 자리잡아왔으며, 근세 이전에는 『니혼쇼키』가 정통신화로서 인정을 받았다. 그것이 근세기 노리나가의 『고지키덴』이라는 주석서로 인하여 위상이 역전되고 종래와는 다른 방식으로 해석되어 새로운 신화 창조라는 국면을 맞이하였던 것이다.

고전의 내용을 충실히 이해하여 주석 작업을 통한 연구를 계속하는 것이 근세 국학의 방법이라고 볼 수 있으며, 이는 불교나 유교의 이론을 통한 고전의 이해와는 거리를 둔 것이라 할 수 있다. 근세 국

---

25 大野晋 「解題」 大野晋編 앞의 책, 26쪽.

학에서 말하는 고전이란 기기신화를 가리키며, 『고지키』가 중심이
된 신화주석은 신화에 대한 종래의 인식을 크게 변화시켰다. 주석을
통하여 고대의 어휘를 이해하고 신화 내용을 파악할 수 있게 되어
신화를 그 시대에 맞게 재창조할 수 있게 된 것이다.

　이와 같이 근세기의 신화주석은 기기신화의 위상 변화와 근세신
화 창조라는 두 가지 측면에서 큰 의의를 지니고 있다고 볼 수 있다.
주석 작업과 주석서의 집필이 요구되었던 근세기의 시대적 배경과
맞물려 일본의 신화는 연구 대상으로서 큰 가치를 지니게 되었고,
이러한 과정을 거쳐 『고지키』는 현대에 이르러 일본문학사의 흐름
속에서 최고最古의 문학작품으로서의 위상을 가질 수 있었다.

한·중·일 동아시아 신화의
문화적 교차

참고문헌

제1장   무속신화에 나타난 죽음 인도신, 저승차사의 인물 형상화 양상

권태효「동계 자료와의 대비를 통해본 〈차사본풀이〉의 성격과 기능」『한국신화
　　　의 재발견』, 새문사, 2014.
권태효「한국의 죽음 기원신화」『한국신화의 재발견』, 새문사, 2014.
김두재 역「仏説預修十王生七経」『시왕경』, 성문, 2006.
김정희『조선시대 지장시왕도 연구』, 일지사, 1996.
김태곤『한국무가집』1-4, 집문당, 1979.
김태곤『한국의 무속신화』, 집문당, 1989.
김태훈「죽음관을 통해 본 시왕신앙」『한국종교』33집, 원광대 종교문제연구소,
　　　2009.
배관문「일본인의 죽음관과 재해」『일본학연구』42집, 단국대 일본연구소, 2014. 5.
김헌선『서울진오귀굿 - 바리공주연구』, 민속원, 2011.
서영숙「〈저승차사가 데리러온 여자〉 노래의 특징과 의미」『한국고전여성문학
　　　연구』제23집, 한국고전여성문학회, 2012.
송미경「사령형 인물의 형상화 양상 및 전형성」『구비문학연구』제32집, 한국구
　　　비문학회, 2011. 6.
염원희「〈황제풀이〉무가 연구」『민속학연구』26호, 국립민속박물관, 2010.6.
이경화「일본 역신(疫神)설화의 일고찰」『일본학연구』44집, 단국대 일본연구소,
　　　2015. 05.
이상순『서울새남굿 신가집』, 민속원, 2011.
이지영「연명형 무속신화의 연구」『남도민속학의 진전』, 태학사, 1998.
임석재·장주근『관북지방무가(추가편)』, 문화재관리국, 1966.

393

장덕순 외『구비문학개설』, 일조각, 1995.

정재민「延命說話의 변이양상과 운명의식」『口碑文學硏究』3집, 한국구비문학회, 1996.

최원오「차사본풀이 類型 巫歌의 構造와 意味」『한국민속학』29집, 한국 민속학회, 1997.12.

편무영「시왕신앙을 통해본 한국인의 타계관」『민속학연구』3호, 국립민속박물관, 1996.

홍태한「〈바리공주〉의 연구 성과 검토 및 무가권의 구획」『바리공주전집1』, 민속원, 1997.

홍태한「〈성주무가〉 연구」『한국서사무가연구』, 민속원, 2002.

赤松智城·秋葉隆, 심우성 역『조선무속의 연구(상)』, 동문선, 1991.

세키네 히데유키「일본의 사자숭배 관념 발생계기 재고」『일본학연구』25집, 단국대 일본연구소, 2008.9.

제2장   몽골구비문학에 나타난 죽음관

S.Dulam『Mongol domog zuin dur(몽골신화 형상)』, Ulaanbaatar, 2009.

D.Erdenebaatar「Mongol Altain khadnii orshuulga(몽골 알타이의 암장)」, 『Arkheologiin sudlal(고고학 연구)16호』, 1995.

B.Katuu『Torguud zahchin ardiin tuuli, ulger(토르고드와 자흐칭족 토올과 울게르)』, Ulaanbaatar, 1991.

S.Badamkhatan『Mongol ulsiin ugsaatnii zui(몽골 민속), Ⅰ』, Ulaanbaatar, 1987, p.387

O.Purev『Mongol buugiin shashin(몽골 무속 신앙)』, Ulaanbaatar, 1999.

Ch.Dalai『Mongoliin buu murguliin tovch tuukh(몽골무속 약사)』, Ulaanbaatar, 1959.

Shinjlekh Uhaanii Akademi, Khel zokhioliin khureelen(몽골 과학 아카데미, 어문학연구소)『Khalkh tuuli(할흐 영웅서사시)』, Ulaanbaatar, 1991.

Shinjlekh Uhaanii Akademi, Khel zokhioliin khureelen(몽골 과학 아카데미, 어문학연구소)『Eriin sain Khan Kharangui(항 하랑고이)』, Ulaanbaatar, 2003.

L.Batchuluun『Mongol esgii shirmeliin urlag(몽골 벨트 문화)』, Ulaanbaatar,

1999.

Shinjlekh Ukhaanii akademi, Khel zohioliin khureelen(몽골 과학 아카데미, 어문
학연구소)『Baatarlag tuuli(영웅서사시)』, 1991.

D.Tserensodnom 「Khan kharangui tuuliin neriin garal uusliin asuudald('항 하랑
고이 서사시' 명칭의 기원에 대한 연구)」,『Shinjlekh Uhaanii Akademiin
medee, 2』, 1982.

D.Tserensodnom 『Mongol ardiin domog ulger(몽골신화)』, Ulaanbaatar, 1989.

Ch.Ariyasuren, Kh.Nyambuu 『Mongol yos zanshliin dund tailvar toli(몽골 관습
사전)』, Ulaanbaatar, 1992.

아요다인 오치르 "몽골국 여러 아이막의 기원, 분포 및 문화의 특징", 몽골학자
초청 학술강연회, 단국대학교 한국민족학연구소.

체렌소드놈 지음/ 이평래 옮김『몽골 민간 신화』, 대원사, 2010.

제임스 조지 프레이저, 이용대 역『황금가지』, 한겨레출판, 2006.

이안나『몽골 민간신앙 연구』, 한국문화사, 2010.

이평래 외『아시아의 죽음 문화』, 소나무, 2010.

제3장   일본신화에 나타난 '죽음'과 '재생'

阿部泰郎 「"日本紀"という運動」,『国文学·解釈と鑑賞』, 至文堂, 1993년 3월호.

アンダソヴァ·マラル『古事記 変貌する世界』, ミネルヴァ書房, 2014.

池見澄隆編『冥顕論』, 法蔵館, 2002.

伊藤正義 「中世日本紀の輪郭」,『文学』, 岩波書店, 1972년 10월호.

家永三郎 解説「研究·受容の沿革」(日本古典文学大系,『日本書紀』, 岩波書店), 1967.

権東祐『スサノヲの変貌』, 法蔵館, 2013.

小島憲之他 校注·訳『日本書紀』一, 《新編日本古典文学全集》2, 小学館, 1994.

小峯和明「中世注釈の世界」(『説話の言説』, 森話社), 2002.

西郷信綱『古事記の世界』, 岩波新書, 1967.

西郷信綱『古代人と夢』, 平凡社, 1972.

西郷信綱『古事記注釈』제2권, 平凡社, 1976.

斎藤英喜『古事記はいかに読まれてきたか』, 吉川弘文館, 2012.

斎藤英喜『古事記 不思議な一三〇〇年史』, 新人物往来社, 2012.

斎藤英喜『読み替えられた日本神話』, 講談社新書, 2006.

斎藤英喜『荒ぶるスサノヲ, 七変化』, 吉川弘文館, 2012.

斎藤英喜『異貌の古事記』, 青土社, 2014.

神道大系編纂会 編『古典註釈編·日本書紀註釈(中)』, 神道大系編纂会, 1985.

神道大系編纂会 編『論説編·天台神道(上)』, 神道大系編纂会, 1990.

田原嗣郎 他 校注『平田篤胤·伴信友·大国隆正』, 《日本思想大系》50, 岩波書店, 1973.

제4장　　중국신화·서사문학에 나타난 죽음과 재생관념

『淮南子』, 臺北, 中華書局, 1983.

李昉 外 勅撰『太平廣記』

『莊子集釋』, 臺北, 木鐸出版社, 1983.

『史記』, 臺北, 鼎文書局

劉向『列仙傳』, 臺北, 中華書局, 1983.

전통문화연구회역주『十三經注疏』, 전통문화연구회, 2014.

干寶 저, 임동석역『搜神記』권14, 동서문화사, 2012.

王孝廉『中國的神話與傳說』, 臺北, 聯經出版事業公司, 1983.

吳一虹「風物傳說初探」『民族民間文學論文集』, 貴州, 人民出版社, 1984.

丁山「中國古代宗教與神話考」『中國神話文學選萃』下, 北京, 中國廣播電視出版社, 1992.

中鉢雅量『中國の祭儀と文學』, 東京, 創世社, 1989.

中鉢雅量「中國古代の動物崇拜について」『東方學』제62집, 1979.

出石誠彦「上代支那の洪水說話について」『支那神話傳說の研究』, 東京, 中央空倫社, 1943.

F. W. Mote, The Beginning of a World view, Intellectual Foundations of China, N. Y. A. Knopf, 1971.

余英時『東漢生死觀』, 上海古籍出版社, 2005.

鄭在書『不死의 신화와 사상』, 민음사, 1994.

鄭在書「신선설화의 역사적 변천」『중국학연구』No.4, 숙대중국학연구소, 1986.

김성환「秦漢의 方士와 方術」, 『道敎文化研究』제14집, 2000.

김성환「黃老道硏究」『道敎文化研究』제27집, 2010.

鄭宣景「『太平廣記』이후 神仙說話의 變貌樣相 考察」『中國語文學論集』제61호.

박민영「다마(玉)를 통해본 일본신화-「고자키」,「니혼쇼키」신대의 흐름을 따라」

『일본학연구』제45집, 단국대학교 일본연구소, 2015.

빈미정「중국 고대 기원신화의 분석적 연구」, 서울대박사학위논문, 1994.

빈미정「중국신화와 신화사유의 성격」『중어중문학』제24집, 1999.

제5장　중국 신화 비극영웅의 유형과 형상적 특징

〈문헌류〉

袁　珂『古神話選釋』, 長安出版社, 1982.

魯　迅「再論雷鋒塔的倒掉」『魯迅全集(第1卷)』, 人民文學出版社, 1981.

아리스토텔레스 저/천병희 역『政治學·詩學』, 삼성출판사, 1983.

白琪洙『美의 思索』, 서울대학교출판부, 1984.

朱　狄『原始文化研究』, 三聯書店 , 1988.

張　法『中國文化與悲劇意識』, 中國人民大學出版社, 1997.

장파(張法) 지음/유중하 외 번역『동양과 서양, 그리고 미학』, 푸른숲, 1999.

王以欣『神話與歷史-古希臘英雄故事的歷史和文化內涵』, 商務印書館, 2006.

矛　盾『揷圖本中國神話研究初探』, 上海古籍出版社, 2006.

陸　揚『死亡美學』, 北京大學出版社, 2006.

조셉 캠벨/이윤기 옮김『천의 얼굴을 가진 영웅』, 민음사, 2007.

피에르 그리말(Pierre Grimal)지음/최애리 외 번역『그리스 로마 신화사전』, 열린책들, 2009.

楊利慧『神話與神話學』, 北京師範大學出版集團, 2009.

메르친스키(Meretunckuǔ)著/魏慶征譯『神話的詩學』, 商務印書館, 2009.

프리드리히 니체/박찬국 옮김『비극의 탄생』, 아카넷, 2012.

그레고리 나지(Gregory Nagy) 지음/우진하 옮김『고대 그리스의 영웅들』, 시그마 북스, 2015.

〈논문류〉

金善子「中國古代神話中的悲劇英雄」國立臺灣大學中國文學研究所碩士論文, 1985年6月.

차호원「고전비극미의 재발견」『새가정』186집, 1970년10월.

車栢靑「中國神話中的"統治神"和"反抗神" - 神話形象初探之二」, 『玉溪師專學報』1986年01期.

趙沛霖「中國神話的分類與山海經的文獻價値」『文藝研究』1997年01期.

胡 劍「美學範疇簡論」『新疆師範大學學報(哲社版)』1988年第2期.

尉天驄「中國古代神話的情神」『從比較神話到文學』,東大圖書公司印行, 1999.

江 華「英雄崇拜的演變與人的神化」『求是學刊』1999年第4期.

緩廣飛「盡顯英雄本色-中西神話英雄形象比較」『中州學刊』1999年1月第1期(總第109期).

서대석「동아시아 영웅신화의 비교연구」,『구비문학연구』제11집(2000.12.30.).

王貴生「刑天情神本源新探」『甘肅敎育學院學報(社會科學版)』2003.19(1).

劉正平「山海經刑天神話再解釋」『宗敎学硏究』2005年 第2期.

張文杰「力的抗爭, 悲的超越, 美的昇華 – 論中國古代神話的悲劇特性與民族審美精神」『江淮論壇』2006年第3期.

李文斌「悲劇和悲劇美」『忻州師範學院學報』第22卷第1期, 2006年2月.

張黎明 「中西方悲劇意識與悲劇精神之比較」『文山師範高等專科學報』第19卷第2期, 2006年6月.

변정심「고대 그리스 폴리스(Polis)형성 과정에서의 영웅숭배의 역할」, 한국서양고대역사문화학회,『서양고대사연구』(26, 2010.6).

葉欣然「淺議英雄神話的模式」『群文天地』2011年第5期.

劉志偉「中國古典英雄概念的起源」『中洲學刊』2012年3月第2期(總第188期).

朱志榮「論中國美學的悲劇意識」『文藝理論硏究』2013年第5期.

정 형「일본 전쟁영웅의 내러티브 연구」『日本學硏究』第39輯(2013년5월), 단국대학교 일본연구소.

박영준「시조와 하이쿠의 미의식 비교연구」『시조학논총』제39집, 2013년7월.

제6장   한자 자원을 통한 중국신화 인물 이해

선정규『중국신화연구』, 고려원, 1996.

양원석「중국에서의 字源을 활용한 한자교육 방법」,『한자한문교육』 17, 한국한자한문교육학회, 2006.

양원석「漢字文化學 연구 성과를 활용한 經書 해석 및 한자 교육」,『한문교육연구』36, 한국한문교육학회, 2011.

정재서『이야기 동양신화 (중국편)』, 김영사.

馬昌儀 지음, 조현주 역『古本山海經圖說』, 다른생각, 2013.

袁珂 지음, 김선자·이유진·홍윤희 역『中國神話史 上·下』, 웅진지식하우스, 2010.

(魯) 左丘明『國語』

(秦) 呂不韋『呂氏春秋』

(前漢) 劉安『淮南子』

(後漢) 許愼『說文解字』

(後漢) 鄭玄『毛詩鄭箋』

(東晉) 郭璞『山海經注』

(東晉) 郭璞『山海經圖讚』

(唐) 司馬貞『史記索隱』

(宋) 朱熹『詩集傳』

袁珂『山海經全譯』, 貴州人民出版社, 1992.

谷衍奎『漢字源流字典』, 華夏出版社, 2003.

曹先擢·蘇培成『漢字形義分析字典』, 北京大學出版社, 1999.

漢語大詞典編纂委員會『漢語大詞典』, 漢語大詞典出版社. 1986-1993

제7장 한국 신화의 보편적 성격과 신화적 의미

《古事記》

《東國李相國集》

《三國遺事》

《世本》

《帝王韻紀》

강정식 「할망본풀이의 전승양상」, 경기대학교 인문과학연구소 발표논문, 2003.

권복순 「〈천지왕본풀이〉와 〈삼승할망본풀이〉의 인물의 기능과 그 의미 –신직
　　　차지하기 경쟁신화소를 중심으로-」, 『어문학』 116, 한국어문학회, 2012.

권태효 「인간 죽음의 기원, 그 신화적 전개양상」, 『한국민속학』 43, 한국민속학
　　　회, 2006.

김은희 「제주도 〈불도맞이〉와 서울 〈천궁불사맞이〉 비교」, 『한국무속학』 30, 한
　　　국무속학회, 2015.

김창일 「무속신화에 나타난 꽃밭의 의미 연구」, 『한국무속학』 11, 한국무속학
　　회, 2006.
김헌선 「〈삼승할망본풀이〉의 여신 투쟁이 지니는 신화적 의미」, 『민속학연구』
　　17, 국립민속박물관, 2005.
노성환 「한일 죽음기원신화의 비교연구」, 『일어일문학연구』 34, 한국일어일문
　　학회, 1999.
배진달 『세상은 연꽃 속에』, 프로네시스, 2006.
손진태 『조선신가유편』, 향토연구사, 1930.
심치열 「제주도 서사무가에 나타난 주인공의 연속적 서사진행과 그 의미 -〈삼
　　승할망본풀이〉, 〈삼공본풀이〉, 〈세경본풀이〉를 중심으로-」, 『한국언어문
　　학』 59, 한국언어문학회, 2006.
유보경 「가신신화에 나타난 인물형상과 신격의 상관관계 : 성주풀이와 문전본
　　풀이를 중심으로」, 고려대학교 석사학위논문, 2015.
유효철 「서천꽃밭의 형상과 의미 연구 : 〈이공본풀이〉와 〈삼승할망본풀이〉를 중
　　심으로」, 건국대학교 석사학위논문, 2003.
이수자 「제주도 무속과 신화 연구」, 이화여자대학교 박사학위논문, 1988.
＿＿＿ 「무속신화 〈생불할망본풀이〉에 나타난 여신상, 여성상」, 『이화어문논집
　　』 14, 이화어문학회, 1994.
＿＿＿ 「삼신신앙의 기원과 성격 - 불도맞이 및 생불할망본풀이와 관련하여-」,
　　현용준박사 화갑기념논총 간행위원회 편, 『제주도언어민속논총』, 제주
　　문화, 1992.
이현정 「제주도 서사무가 〈할망본풀이〉의 형성원리 연구 -〈할망본풀이〉와 〈일
　　뤳당본풀이〉의 영향관계를 중심으로-」, 제주대학교 석사학위논문,
　　2014.
일연, 김원중 옮김 『삼국유사』, 을유문화사, 2002.
정제호 「〈삼승할망본풀이〉의 서사 구성과 신화적 의미」, 『한국무속학』 32, 한국
　　무속학회, 2016.
현승환 「생불꽃 연구」, 『백록어문』 13, 제주대학교 국어교육과 백록어문학회,
　　1997.
현용준 『제주도무속자료사전』, 각, 2007.
高平鳴海, 이만옥 역 『여신』, 들녘, 2002.
J.G. Frazer, 이용대 역 『황금가지』, 한겨레출판, 2003.
Snorri Sturluson, 이민용 역 『에다 이야기』, 을유문화사, 2013.

제8장 　 조선 후기 문인들의 『산해경』 인식과 수용

袁　珂 校譯『山海經校譯』, 上海古籍出版社, 1985.

_____ 校注, 『山海經校注』(增補修訂本), 巴蜀書社, 1991.

桂德海『鳳谷桂察訪遺集』, 영인본, 한국문집총간 속78.

成海應『研經齋全集』, 영인본, 한국문집총간 273-279.

申維翰『青泉集』, 영인본, 한국문집총간 200.

俞晚柱『欽英』, 규장각 소장.

俞漢雋『自著』, 영인본, 한국문집총간 249.

李奎報『東國李相國集』, 영인본, 한국문집총간 1-2.

李德懋『青莊館全書』, 영인본, 한국문집총간 257-259.

李萬敷『息山集』, 영인본, 한국문집총간 179.

李源祚『凝窩集』, 영인본, 한국문집총간 속121.

李宜顯『陶谷集』, 영인본, 한국문집총간 181.

丁若鏞『與猶堂全集』, 영인본, 한국문집총간 281-286.

趙龜命『東谿集』, 영인본, 한국문집총간 215.

洪良浩『耳溪集』, 영인본, 한국문집총간 241-242.

김　경「18세기 漢文散文의 尚奇 논의와 作品樣相」, 박사학위논문, 고려대학교 대학원, 2015.

김정숙「조선시대 비일상적 상상력 : 요괴 및 지옥 형상의 來源과 변모」, 『한문학논집』35집, 근역한문학회, 2012.

_____「조선시대의 異物 및 怪物에 대한 상상력, 그 원천으로서의 『山海經』과 『太平廣記』」, 『일본학연구』제48집, 단국대학교 일본학연구소, 2016.

서경호「山海經小考」, 『중국문학』6호, 한국중국어문학회, 1979.

손혜리『연경재 성해응 문학 연구』, 소명출판, 2011.

심경호「박지원과 이덕무의 戲文 교환에 대하여 : 박지원의 『山海經』東荒經 補經과 이덕무의 注에 나타난 지식론의 문제와 훈고학의 해학적 전용 방식, 그리고 척독 교환의 인간학적 의의」, 『한국한문학연구』제31집, 한국한문학회.

임현수「중국 전통시기『산해경』의 비교학적 맥락과 위상」, 『종교문화비평』12호, 한국종교문화연구소, 2007.

진재교『이계 홍양호 문학 연구』, 성균관대 대동문화연구원, 1999.

郭蓮花「柳宗元与《山海经》」, 『柳州师专学报』, 第23卷 第5期, 2008年 10月.

郭預衡『中國散文史』, 上海古籍出版社, 1986.

胡遠鵬「中國《山海经》研究述略」,『福建师范大学福淸分校学』2006 年第3 期.

刘　森「山海经对后世文学创作的影响」,『山海经』2016年 2月.

王　玲「《山海经》的山水游記文學特色與審美意蘊」, 碩士學位 論文, 寧夏大學, 2014.

제9장　일본 시코쿠지역의 고대한국계 신사(사원)와 전승

김문경「당일문화교류와 신라신 신앙-일본 天台僧 最澄, 円仁, 円珍을 중심으로-」
『동방학지』54, 55, 56합집, 연세대학교 국학연구원, 1987.

노성환『한일신화의 비교연구』민속원. 2010.

이병로「일본에서의 신라신과 장보고 -적산명신과 신라명신을 중심으로-」『동
북아 문화연구』, 10, 동북아시아문화학회. 2006.

하정용「일본 속의 신라신과 신라신사에 대하여」『한민족연구』7, 한국민족학
회, 2009.

秋本吉郎校注『風土記』岩波書店. 1982.

井上光貞監訳,『日本書紀(下)』中央公論社, 1987.

忌部正通『神代卷口訣』(『神道大系』古典註釈編三·日本書紀註釈(中)、神道大系編纂
会、1985.

金達寿「日本のなかの朝鮮文化(11) -阿波, 土佐(徳島県, 高知県)-(2) 」『季刊 三千里』
40, 三千里社. 1984.

　　　「日本のなかの朝鮮文化(13) -阿波, 土佐(徳島県, 高知県)-(4) 」『季刊 三千里』
42, 三千里社. 1985.

　　　「日本のなかの朝鮮文化(17) -伊予, 讚岐(愛媛県, 香川県)-(4) 」『季刊 三千里』
46,三千里社. 1985.

菊地照夫「赤山明神と新羅明神 -外来神の受容と変容-」『古代日本の異文化交流』〈鈴
木靖民編)勉誠出版. 2008.

定森秀夫 「鳴門市土佐泊の新羅神社」『一山典還暦記念論集 ―考古学と地域文化―』
〈一山典還暦記念論集刊行会〉 六一書房, 2009.

谷川健一編「御間都比古神社」『日本の神々―神社と聖地〈2)山陽·四国』白水社, 2000.

제10장   일본 신공황후전승에 있어서의 물과 돌

김재선 외편『原文 東夷伝』, 서문문화사, 2000.
김부식 저, 박장렬 외『원문과 함께 읽는 삼국사기Ⅰ』,한국인문고전연구소, 2012.
김후련「神功皇后伝承을 통해서 본 古代 日本人의 新羅観」『일본연구』18, 2002.
_____「母子神과 하치만(八幡)신앙-고대 한일왕권신화를 중심으로-」『동아시아고대학』9, 2004.
노성환「신공황후전승(神功皇后伝承)에 관한 연구」『日語日文学研究』16,1990.
연민수「延烏郎細烏女 전승을 통해 본 新羅와 倭」『일본학보』97, 2013.
일연 저, 신태영 역『원문과 함께 읽는 삼국유사』, 한국인문고전연구소, 2012.
진단학회 편『東国李相国集』, 일조각, 2000.
植垣節也 校註·訳『風土記』新編日本古典文学全集5、小学館、1997.
大野七三 校訂·編『先代旧事本紀訓註』、批評社、2001.
大林太良·吉田敦彦 監修『日本神話事典』、大和書房、1997.
小島憲之 外 校注·訳『日本書紀①』新編日本古典文学全集2、小学館、1994.
_____『日本書紀②』新編日本古典文学全集3、小学館、1994.
_____『万葉集 二』日本古典文学全集 3、小学館、1972.
中田祝夫 校註·訳『日本霊異記』新編日本古典文学全集10、小学館、1995.
松前健「古代韓族の竜蛇崇拝と王権」『朝鮮学報』57、朝鮮学会、1970.
_____『日本神話の謎』、大和書房社、1985.
三品彰英『増補 日鮮神話伝説の研究』、平凡社、1972.
山口佳紀·神野志隆光 校註·訳『古事記』新編日本古典文学全集1、小学館、1997.
山本節『神話の森』、大修館書店、1984.

제11장   일본 기기에 나타난 질투 모티프

김용현「진화이론 기반의 문학연구에 관하여- 진화심리학을 중심으로」한국독일언어문학회(구 독일언어문학연구회) 〈독일언어문학〉 58권0호, 2012.
르네 데카르트(김선영 역)『정념론』문예출판사, 2013.
이재선『문학 주제학이란 무엇인가』민음사, 1996.
최재오 외「진화심리학적 관점으로 본 《느릅나무 밑의 욕망》의 애비와 에벤 인물분석」한국연극교육학회 〈연극교육연구〉 25권0호, 2014.

홍정표 「'질투'에 관해서-정념의 기호학」 불어불문학연구 제39집, 1999.

鄭順粉 「『蜻蛉日記』における二分法的構造－ 女性的論理の構築について －」『日本学研究』19 단국대학교 일본연구소, 2006.

박용구 「일본문학과 일본인의 성의식 고찰 - 역사적 변천과정을 중심으로 -」『日本学研究』17 단국대학교 일본연구소, 2005.

칼 구스타브 융외(설영환 역)『C.G. 융 심리학 해설』선영사, 2014.

허영은 「『가게로 일기(蜻蛉日記)』와『한중록』비교 연구」『日本学研究』17 단국대학교 일본연구소, 2005.

金栄心 「『源氏物語』の皇太后」『日本学研究』16 단국대학교 일본연구소, 2005.

이경화 「일본 역신(疫神)설화의 일고찰 - 오모노누시를 중심으로 -」『日本学研究』44 단국대학교 일본연구소, 2016.

Buss, David M(전중환 옮김)『욕망의 진화』사이언스북, 2007.

Buss, David M(이충호 옮김)『진화심리학』웅진 지식하우스, 2007.

Buss, David M(이충호 옮김)『진화심리학, 마음과 행동을 연구하는 새로운 과학』웅진지식하우스, 2012.

山口佳紀·神野志隆光 脚註·訳『古事記』新編日本古典文学全集 小学館

小島憲之 校註·訳『日本書紀』①, ②, 新編日本古典文学全集 小学館, 1994.

折口信夫『折口信夫全集(ノート編)』第七巻 中央公論社, 1971.

松田千恵子「嫉妬の系譜-発生と展開」〈常葉学園短期大学国文学会〉(25), 2000.

吉井巌「天皇の系譜と神話(2)」塙書房, 1976.

吉田とよ子「二重の衣」-磐之媛の嫉妬」〈上智大学外国語学部紀要〉(21), 1986.

藤沢友祥「石之日売命の嫉妬-「嫉妬」による排除」〈国文学研究〉(161), 2010.

太田 善麿「石之比売皇后の嫉妬」〈国文学: 解釈と鑑賞〉(19), 1954.

斎藤英喜「日本神話に現れた「死」と「再生」- 神話解釈史の視点から -」『日本学研究』46 단국대학교 일본연구소, 2016.

박민영 「다마(玉)를 통해 본 일본 신화 -『고지키』『니혼쇼키』신대(神代)의 흐름에 따라 -」『日本学研究』第45輯, 단국대학교 일본연구소, 2015.

정형 「근세전기 일본의 전쟁영웅상의 창출과 변용의 사상적 배경연구-시민작가 사이카쿠의 내러티브를 중심으로-」『日本学研究』第43輯, 단국대학교 일본연구소, 2014.

_____「일본 전쟁영웅의 내러티브 연구」『日本学研究』第39輯, 단국대학교 일본연구소, 2013.

_____「일본근세전기 겐로쿠문학(元禄文学)에 나타난 자타인식의 문예적 의미 고찰 시론」『日本思想』22호, 2012.

_____「일본근세기 우키요조시 문학장르에 나타난 자타인식과 세계관」『日本思想』23호, 2012.

노병호「天皇과 日本의 교착과 분열 – 초국가주의자 4인의 〈현실〉〈비전〉〈천황〉 –」『日本学研究』第45輯, 단국대학교 일본연구소, 2015.

이하라 사이카쿠 지음 정형 옮김『일본영대장』, 소명출판, 2009.

韓正美『『北野天神縁起』に現れている天神(道真)の様相』『日本学研究』第42輯　단국대학교 일본연구소, 2014.

『世界神話事典』角川選書 2005.

『日本神話事典』大和書房 1997.

『近世文学研究事典』桜楓社 1986.

荒野泰典『近世日本と東アジア』東京大学出版会, 1988.

佐藤弘夫「中世的神国思想の関連性」『神国日本』5　ちくま新書, 2006.

子安宣邦『日本ナショナリズムの解読』白沢社, 2007.

長岡竜作「大乗仏教と東アジアの他者表象 – 表現と意味をめぐって –」『日本学研究』第45輯, 단국대학교 일본연구소, 2015.

福田安典「平賀源内が想像した外国体験」『日本学研究』第46輯, 단국대학교 일본연구소, 2015.

斎藤英喜「日本神話に現れた「死」と「再生」 – 神話解釈史の視点から –」『日本学研究』第46輯, 단국대학교 일본연구소, 2015.

池内敏『唐人殺しの世界　近世民衆の朝鮮認識』臨川書店, 1999.

倉地克直『近世日本人は朝鮮をどうみていたか』角川選書, 2001.

権東祐「神話解釈から読み取る「三韓」認識変化とスサノヲ」『日本学研究』第45輯 단국대학교 일본연구소, 2015.

網野善彦『日本とは何か』日本の歴史００講談社学術文庫, 2008.

倉地克直『近世日本人は朝鮮をどうみていたか』角川選書, 2001.

『新編日本古典文学全集　井原西鶴集1, 2, 3 ,4』小学館, 1996.

『新編日本古典文学全集　仮名草子集』小学館, 1996.

倉地克直『江戸をよむ』吉川弘文館, 2006.

川村博忠『近世日本の世界像』ぺりかん社, 2003.

康志賢「万象亭森島中良作黄表紙『中華手本唐人蔵』における異国への意識について」
『日本学研究』第47輯, 단국대학교 일본연구소, 2016.

染谷智幸「日韓の異界意識と自然」『日本学研究』第46輯, 단국대학교 일본연구소, 2015.

桂島宣弘『自他認識の思想史』有志舎, 2008.

「近世文学に現れた異国像」『日本の近世』中央公論社 1991.

位田絵美「西鶴の描いた異国」『国文学解釈と鑑賞』別冊「西鶴：挑発するテキスト」, 2005.

阿部泰郎「異界との交信と宗教テクスト － 中世日本の精神史の一断面 －」『日本学研究』第48輯, 단국대학교 일본연구소, 2016.

제13장   일본 근세기 신화주석의 의의와 그 주변

井上寛司「中世の出雲神話と中世日本紀」『古代中世の社会と国家』清文堂, 1998.

大野晋編『本居宣長全集』第九巻, 筑摩書房, 1968.

金沢英之「構造化される神話」『江戸の「知」近世注釈の世界』森話社, 2010.

紙宏行 「『顕昭古今集注』注釈学の形成」上・下『文教大学女子短期大学部研究紀要』45・46, 2002・2003.

神野志隆光『本居宣長『古事記伝』を読む』講談社, 2010.

倉野憲治・武田祐吉校注『古事記』日本古典文学大系1, 岩波書店, 1958.

斎藤英喜 「日本神話に現れた「死」と「再生」-神話解釈史の視点から-」『日本学研究』第46集, 단국대학교 일본연구소, 2015.

坂本太郎・家永三郎・井上光貞・大野晋校注『日本書紀』上, 日本古典文学大系67, 岩波書店, 1967.

鈴木健一 「『江戸の「知」―近世注釈の世界』に向けて」『江戸の「知」近世注釈の世界』森話社, 2010.

鈴木健一 「『古事記』受容一齣―近世から近代への詩歌を中心に」『学習院大学文学部研究年報』59, 2013.

高野奈未「近世における古典注釈学―小野小町「みるめなき」の歌の解釈をめぐって」『日本文学』61-10, 日本文学協会, 2012.

千葉真也 「『古事記伝』―注釈学の成果」『解釈と鑑賞』67-9, 2002.

中尾瑞樹「中世神話の生成―大江匡房の神道説と儀式次第」『祭儀と言説』森話社, 1999.

山口佳紀·神野志隆光校注『古事記』新編日本古典文学全集1, 小学館, 1997.

山下久夫 「「近世神話」からみた『古事記伝』注釈の方法」『江戸の「知」近世注釈の世界』 森話社, 2010.

김경희 「국학자 지식인의 사상적 논쟁 -『가가이카(呵刈葭)』를 중심으로 -」『일 본학연구』제47집, 단국대학교 일본연구소, 2016.

金美眞 「柳亭種彦の考証随筆と合巻―古俳諧の利用をめぐって―」『日本学研究』제 47집, 단국대학교 일본연구소, 2016.

홍성준 「바킨 요미혼에 나타난 교훈성과 서민 교화적 태도」『일본사상』31집, 한 국일본사상사학회, 2016.

동아시아 신화에 나타난
죽음과 타계관

초출일람

각 논문의 초출일람은 다음과 같다. 단, 본 총서를 구성함에 있어 통일성을 위해
주석 표기법 등을 약간 수정하였다.

1부 동아시아 신화에 나타난 죽음과 타계관

1장. 권태효「무속신화에 나타난 죽음 인도신, 저승차사의 인물 형상화 양상」
      『일본학연구』제46집, 단국대학교 일본연구소, 2015

2장. 노로브냠「몽골구비문학에 나타난 죽음관-신화, 영웅서사시를 중심으
      로-」『일본학연구』제46집, 단국대학교 일본연구소, 2015

3장. 사이토 히데키(斎藤英喜)「일본신화에 나타난 '죽음'과 '재생'- 신화 해
      석사의 시점에서」『일본학연구』제46집, 단국대학교 일본연구소, 2015

4장. 빈미정「중국신화·서사문학에 나타난 죽음과 재생관념」『일본학연구』
      제46집, 단국대학교 일본연구소, 2015

2부 한·중·일 동아시아 신화연구의 교류와 소통

5장. 선정규「中国神話 비극영웅의 類型과 形象的 특징」『일본학연구』제46
      집, 단국대학교 일본연구소, 2015

6장. 양원석「漢字 字源을 통한 中国神話 人物 이해」『일본학연구』제50집,
      단국대학교 일본연구소, 2016

7장.   정제호 「한국 신화의 보편적 성격과 신화적 의미-〈삼승할망본풀이〉를
        중심으로-」『일본학연구』제50집, 단국대학교 일본연구소, 2016

8장.   김광년 「조선 후기 문인들의『山海経』認識과 受容」『일본학연구』제52
        집, 단국대학교 일본연구소, 2017

9장.   노성환 「일본 시코쿠(四国)지역의 고대한국계 신사(사원)와 전승」『일본
        학연구』제46집, 단국대학교 일본연구소, 2015

10장.   이경화 「신공황후전승에 있어서의 물과 돌」『일본학연구』제50집, 단국
        대학교 일본연구소, 2016

11장.   최승은 「기기(記紀)에 나타난 질투 모티프」『일어일문학연구』99-2, 한
        국일어일문학회, 2016

12장.   정형 「일본근세문학의 신화 수용과 변용-근세전기 시민작가 사이카쿠
        의 내러티브를 중심으로-」『일어일문학연구』99-2, 한국일어일문학회,
        2016

13장.   홍성준 「일본근세기 신화주석의 의의와 그 주변」『일본학연구』제52집,
        단국대학교 일본연구소, 2017

저자약력

정형 鄭滢 Jhong Hyung

단국대학교 문과대학 일어일문학과 교수.

일본문화론, 일본종교사상, 일본근세문학을 전공하였다.

쓰쿠바대학과 국제일본문화연구센터 초빙교수, 한국일어일문학회 회장, 한국일본사상사학회 회장, 단국대학교 일본연구소 소장 등을 역임하였다.

대표논저로 『西鶴 浮世草子研究』(보고사, 2004), 『일본근세소설과 신불』(제이앤씨, 2008, 대한민국학술원우수도서), 『일본일본인일본문화』(다락원, 2009), 『일본문학 속의 에도도쿄표상연구』(제이앤씨, 2010, 대한민국학술원우수도서), 『日本近世文学と朝鮮』(勉誠社, 2013), 『슬픈 일본과 공생의 상상력』(논형, 2013, 대한민국학술원우수도서) 등 20여권이 있고, 역서로는 『일본인은 왜 종교가 없다고 말하는가』(예문서원, 2001), 『천황제국가 비판』(제이앤씨, 2007), 『일본영대장』(소명출판, 2009), 『호색일대남』(지만지, 2017, 세종도서선정우수도서) 등이 있으며, 학술논문으로는 일본근세문학 및 문화론에 관한 40여 편의 학술논문이 있다.

권태효 權泰孝 Kwon Tae-Hyo

국립민속박물관 학예연구관. 경기대·고려대 강사. 구비문학 전공. 저서로는 『한국의 거인설화』(역락, 2002), 『한국구전신화의 세계』(지식산업사, 2005), 『한국신화의 재발견』(새문사, 2015) 등 다수가 있다.

노로브냠 B.Norovnyam

단국대학교 몽골학과 교수. 전 몽골국립대학교 한국학과 교수. 한국 민속학을

전공하였다.『한몽사전』(도서출판 바울, 2012),『Солонгос хэл зүй』(Мөнхийн
үсэг, 2005) 등이 있다.

사이토 히데키 斎藤英喜 Saito Hideki
일본 붓쿄(仏教)대학 역사학부 교수. 신화전승학 전공. 주요 저서로는『読み替
えられた日本神話』(講談社現代新書, 2006),『陰陽道の神々』(思文閣出版, 2007)
『古事記はいかに読まれてきたか』(吉川弘文館, 2012),『異貌の古事記』(青土社, 2013)
등이 있다.

빈미정 賓美貞 Bin Mi-Jong
성결대학교 중어중문학과 교수. 중국신화와 신화문학을 전공하였다. 중국고
전 서사문학과 시가문학에서 신화적 모티프와 이미지의 수용양상을 주된 연
구주제로 삼고 있으며, 문학 작품 속에서 재생과 초월 양상을 신화적으로 해
석해내는데 주력하고 있다. 저서로는『중국 신화문학의 세계』(혜안, 2008)가
있고,「黃帝신화전설에 대한 문헌적 고찰」(『중국문학』44집),「李商隱 시의 신
화적 이미지 고찰」(『중국문학연구』68집) 등의 논문이 있다.

선정규 宣釘奎 Sun Jeong-Gyu
고려대학교 글로벌비즈니스대학 중국학전공 교수. 대표 논저로는「중국신화
비극영웅의 유형과 형상적 특징」(2015),「중국 정치신화의 기능과 유형」
(2012),「중국문학에 나타난 '죽음과 소생'의 원형의식」(2009),「중국신화관의
변천과정 연구」(1999) 외 모두 34편의 논문이 있고, 저서로는『여와의 오색돌
- 중국문화의 신화적 원형』(2013/09),『중국의 전통과 문화』(2007/02),『장강
을 떠도는 영혼(屈原평전)』(2000/12) 외 모두 10권이 있다.

양원석 楊沅錫 Yang Won-Seok
대만 국립정치대학 한국어문학과 조교수. 대만 국립정치대학 한국문화교육
센터 연구원, 고려대학교 한자한문연구소 연구교수, 한국한문학회·한국실학
학회·한국한자한문교육학회·대동한문학회 이사. 고려대학교 한문학과를 졸
업하였고, 동 대학교 국어국문학과에서 석사·박사 학위를 취득하였으며, 한
국한자학과 한국경학을 전공하고 있다. 대표 논저로『조선시대 한자학의 이
론과 쟁점』(학자원, 2018),「韓國漢字學硏究領域及其意義探究」(『한국학보』29,
중화민국한국연구학회, 2017),「다산 정약용의 자학에 대한 인식 및 육서론」(『대

동한문학』 48, 대동한문학회, 2016),「삽교 안석경의 시경론과 시경 해설 방법
의 특징」(『한문고전연구』 31, 한국한문고전학회, 2015) 등 다수가 있다.

▌정제호 鄭堤號 Jeong Je-Ho

안동대학교 한국문화산업대학원 BK21+ 연구교수. 한국구비문학회 연구이
사, 한국무속학회 총무이사 역임. 고전문학을 전공하였다. 대표 논저로「서사
무가의 고전소설 수용 양상과 의미」(고려대학교 박사학위논문, 2015),「관북
지역 〈바리공주〉의 '죽음'에 대한 고찰」(한국무속학 25, 2012),「홍수설화의 서
사적 변주와 인식의 전환」(일본학연구 53, 2018)등이 있다.

▌김광년 金光年 Kim Kwang-Nyeon

고려대학교·카이스트 강사. 한국한문학을 전공하였다. 대표 논저로「상촌 신
흠 산문 연구」,「식암 김석주의 소차류 산문 연구」,「신흠가의 사부 문학에 나
타난 귀거래 의식」 등이 있다.

▌노성환 魯成煥 No Sung-Hwan

울산대학교 일본어일본학과 교수. 미국 메릴랜드대학 방문교수, 중국 절강공
상대학 객원 교수, 일본 국제일본문화연구센터 객원연구원 역임, 주된 연구
분야는 신화와 민속을 통한 한일비교문화론이다. 대표 논저로는『한일왕권신
화』(울산대 출판부, 1995년),『젓가락사이로 본 일본문화』(교보문고, 1997년),
『일본신화의 연구』(보고사, 2002년),『고사기』(민속원, 2009년),『일본의 민속
생활』(민속원, 2009년),『한일신화의 비교연구』(민속원, 2010년),『일본신화와
고대한국』(민속원, 2010년),『일본에 남은 임진왜란』(제이앤씨, 2011년),『일
본신화에 나타난 신라인의 전승』(민속원, 2014년),『임란포로, 일본의 신이 되
다』(민속원, 2014년),『임란포로, 끌려간 사람들의 이야기』(박문사, 2015년),
등이 있다.

▌이경화 李京和 Lee Kyung-Hwa

한국외국어대학교 일본어대학 강사. 일본고전문학을 전공하였다. 대표 논저
로『의식주로 읽는 일본문화』(제이앤씨, 2018),『동식물로 읽는 일본문화』(제
이앤씨, 2018),『미네르바 인문 읽기와 토의토론』(한국외국어대학교출판부,
2017),『한일龍蛇설화의 비교연구』(한국외국어대학교대학원 박사학위논문,
2014) 등이 있다.

┃최승은 崔升銀 Choi Seung-Eun

단국대학교 일본연구소 HK연구교수. 일본 중세문학을 전공하였다. 대표 논
문으로는 「일본 중세 설화에 나타난 질투 관념 - 『발심집(発心集)』, 『고금저문
집(古今著聞集)』을 중심으로 -」(『일본사상』31, 2016) 등이 있다.

┃홍성준 洪晟準 Hong Sung-Joon

단국대학교 일본연구소 HK연구교수. 일본 絵入本学会 운영위원, 한국일어일
문학회 학술기획이사. 일본근세문학을 전공하였다. 대표 논저로 「바킨 작품
속에 나타난 여성상 고찰」(『일본학연구』50, 2017), 「바킨 요미혼에 나타난 교
훈성과 서민 교화적 태도」(『일본사상』31, 2016), 「『月氷奇縁』自評について」(『読
本研究新集』6, 2014), 「稗史七法則「省筆」における「偸聞」」(『国語と国文学』92-5,
2014) 등이 있다.